EL
DICCIONARIO
DE LAS
PALABRAS
OLVIDADAS

Pip Williams nació en Londres, creció en Sídney y actualmente vive en Adelaide Hills. Su debut en la ficción, *El diccionario de las palabras olvidadas*, donde combina su talento para la investigación histórica con un impecable estilo narrativo, ha supuesto su proyección internacional.

En su siguiente libro *La artesana de libros* explora otro fragmento de la historia pocas veces contemplado a través de los ojos de las mujeres. Sus libros se han publicado en más de treinta países en todo el mundo.

www.pipwilliams.com.au

Si tienes un club de lectura o quieres organizar uno, en nuestra web encontrarás guías de lectura de algunos de nuestros libros. **www.maeva.es/guias-lectura**

Este libro se ha elaborado con papel procedente de bosques gestionados de forma sostenible, reciclado y de fuentes controladas, avalado por el sello de PEFC, la asociación más importante del mundo para la sostenibilidad forestal.

EMBOLSILLO apuesta para frenar la crisis climática y desea contribuir al esfuerzo colectivo y permanente de proteger y preservar el medio ambiente y nuestros bosques con el compromiso de producir nuestros libros con materiales sostenibles.

EL DICCIONARIO DE LAS PALABRAS OLVIDADAS

PIP WILLIAMS

Traducción de:
ANA ISABEL SÁNCHEZ DÍEZ

E**M**BOLSILLO

Título original:
THE DICTIONARY OF LOST WORDS

© PIP WILLIAMS, 2020
Primera publicación por AFFIRM PRESS
Esta edición se ha hecho por acuerdo con KAPLAN/DEFIORE RIGHTS mediante
THE FOREIGN OFFICE
© de la traducción: ANA ISABEL SÁNCHEZ DÍEZ, 2022

© de esta edición EMBOLSILLO, 2025
   Benito Castro, 6
   28028 MADRID
   www.maeva.es

ISBN: 978-84-18185-85-4
Depósito legal: M-3674-2025

Diseño de cubierta: MICAELA ALCAINO
Adaptación de cubierta: Gráficas 4, S.A.
Fotografía de la autora: © The Advertiser
Mapa de Oxford: © Mike Hall
Impresión y encuadernación: CPI Black Print (Barcelona)
Impreso en España / *Printed in Spain*

Para mamá y papá.

ÍNDICE

OXFORD
· 1911 ·

0   500   1000
Escala en pies

N

PARQUES
DE LA
UNIVERSIDAD

RÍO CHERWELL

EL "SCRIPTORIUM"

BANBURY ROAD

El "Scriptorium"
Sunnyside

WOODSTOCK ROAD

Somerville
College

Casa de Esme

Ox
Universi
Press

WALTON STREET

OXFORD UNIVERSITY
PRESS

cementerio

1 Librería Blackwell
2 Christ Church College
3 Cafetería Queen's Lane
4 Hospital Radcliffe
5 St. John's College
6 Iglesia de Santa María Magdalena
7 Trinity College

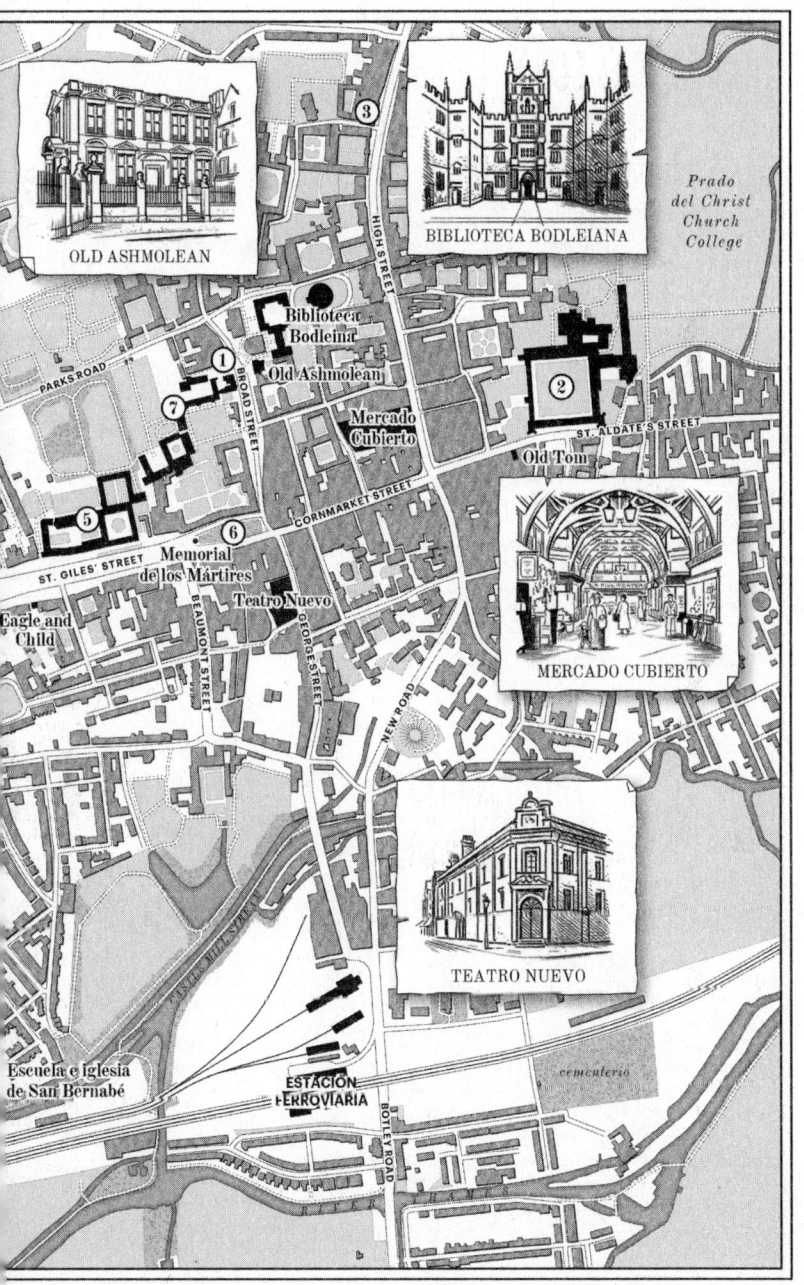

OLD ASHMOLEAN

BIBLIOTECA BODLEIANA

Prado
del Christ
Church
College

PARKS ROAD

Biblioteca
Bodleina

Old Ashmolean

Mercado
Cubierto

Old Tom

ST. ALDATE'S STREET

CORNMARKET STREET

BROAD STREET

HIGH STREET

ST. GILES' STREET

Memorial
de los Mártires

Eagle and
Child

Teatro Nuevo

BEAUMONT STREET

GEORGE STREET

NEW ROAD

MERCADO CUBIERTO

TEATRO NUEVO

Escuela e Iglesia
de San Bernabé

ESTACIÓN
FERROVIARIA

BOTLEY ROAD

cementerio

PRÓLOGO

Febrero de 1886

ANTES DE LA palabra perdida, hubo otra. Llegó al *scriptorium* en un sobre de segunda mano, con la dirección antigua tachada y las señas «DOCTOR MURRAY, SUNNYSIDE, OXFORD» escritas en su lugar.

La labor de mi padre consistía en abrir el correo y la mía, en sentarme en su regazo como una reina en su trono y ayudarlo a liberar cada palabra de su cuna plegada. Me decía en qué pila debía colocarla, y a veces se quedaba callado, me cubría la mano con la suya y me guiaba el dedo hacia arriba, hacia abajo y alrededor de las letras mientras me las susurraba al oído. Él pronunciaba la palabra y yo la repetía; después me explicaba lo que significaba.

La palabra estaba escrita en un trozo de papel de estraza con los bordes irregulares allá donde lo habían rasgado para que se ajustara a las dimensiones preferidas del doctor Murray. Mi padre guardó silencio y me preparé para aprenderla. Pero no me cubrió la mano con la suya y, cuando me volví para acuciarlo, la expresión de su rostro me obligó a contenerme; pese a lo cerca que lo tenía, me dio la sensación de que estaba muy lejos.

Regresé a la palabra e intenté comprenderla. Sin que su mano me guiara, tracé las letras una por una.

—¿Qué dice? —pregunté.

—Azucena —contestó.

—¿Como mamá?

—Como mamá.

—¿Eso significa que mamá saldrá en el *Diccionario*?

—En cierto modo, sí.

—¿Saldremos todos en el *Diccionario*?

—No.

—¿Por qué?

Sentí que mi cuerpo subía y bajaba al ritmo de su respiración.

—Un nombre debe significar algo para aparecer en el *Diccionario*.

Volví a mirar la palabra.

—¿Mamá era como una especie de flor? —pregunté.

Mi padre asintió.

—La flor más hermosa.

Cogió la palabra y leyó la frase que había debajo. Luego le dio la vuelta al papel en busca de algo más.

—Está incompleta —afirmó.

Pero la leyó de nuevo moviendo los ojos de un lado a otro con rapidez, como si así fuera a encontrar lo que faltaba. Colocó la palabra en la pila más pequeña.

Después apartó la silla de la mesa de clasificación. Me bajé de su regazo y me dispuse a sostener la primera pila de fichas. Esa era otra tarea con la que podía ayudar, y me encantaba ver que todas las palabras hallaban su sitio en los casilleros. Mi padre agarró el montón más pequeño e intenté de adivinar dónde iría mamá. «Ni demasiado arriba ni demasiado abajo», canturreé. Pero, en lugar de ponerme aquellas palabras en la mano, mi padre dio tres largos pasos hacia la chimenea y las arrojó a las llamas.

Había tres fichas de papel. Cuando se separaron de sus dedos, cada una de ellas danzó hacia un lugar de descanso distinto impulsada por el flujo de aire caliente. Antes de que hubiera siquiera aterrizado, vi que *azucena* empezaba a crisparse.

Me oí chillar mientras corría hacia el fuego. Oí a mi padre gritar mi nombre. La ficha se retorcía.

Estiré la mano para rescatarla a pesar de que el papel de estraza se estaba carbonizando y las letras escritas en él se transformaban en sombras. Pensé que podría agarrarlo como si fuera una hoja de roble, descolorida y quebradiza por el invierno, pero, cuando cerré los dedos en torno a la palabra, se hizo añicos.

Podría haber permanecido en ese momento para siempre, pero mi padre tiró de mí con una fuerza que me dejó sin aliento. Salió corriendo conmigo hacia el exterior del *scriptorium* y me hundió la mano en la nieve. Vi que tenía el rostro ceniciento, así que le dije que no dolía, pero, cuando abrí la mano, los fragmentos ennegrecidos de la palabra se me habían adherido a la piel abrasada.

Algunas palabras son más importantes que otras, lo aprendí mientras me criaba en el *scriptorium*. Pero tardé mucho tiempo en comprender por qué.

PARTE I

1887 - 1896

Batracio - Desconfiado

SCRIPTORIUM. SUENA COMO si fuera un edificio grandioso en el que el más ligero de los pasos resuena entre el suelo de mármol y la cúpula dorada. Pero no era más que un cobertizo en el jardín trasero de una casa de Oxford.

En lugar de almacenar palas y rastrillos, el cobertizo acumulaba palabras. Todas las palabras inglesas estaban escritas en papeles del tamaño de una tarjeta postal. Los voluntarios las enviaban desde todos los rincones, y se conservaban en fajos en los cientos de casilleros que revestían las paredes del cobertizo. Fue el doctor Murray quien le puso el nombre de *scriptorium* —debió de pensar que era una indignidad que la lengua inglesa se almacenara en el cobertizo de un jardín—, pero todos los que trabajaban allí lo llamaban el *scripi*. Todos menos yo. Me gustaba la sensación de *scriptorium* cuando avanzaba por la boca y se posaba suavemente entre los labios. Me costó mucho tiempo aprender a pronunciarla, así que, cuando por fin lo logré, no iba a conformarme con ninguna otra cosa.

En una ocasión, mi padre me ayudó a buscar *scriptorium* en los casilleros. Encontramos cinco fichas con ejemplos de cómo se había usado la palabra y todas las citas databan de hacía poco más de un centenar de años. Las cinco eran más o menos iguales, y ninguna hacía referencia a un cobertizo en el jardín trasero de una casa de Oxford. Un *scriptorium*, me decían las fichas, era la sala de escritura de un monasterio.

Pero entendía por qué el doctor Murray la había elegido. Sus ayudantes y él eran casi como monjes y, cuando yo tenía cinco años, no me costaba imaginar el *Diccionario* como su libro sagrado. Cuando el doctor Murray me dijo que se tardaría una vida entera en compilar todas las palabras, me pregunté a quién pertenecería esa vida. Él ya tenía el pelo tan gris como la ceniza y solo iban por la mitad de la B.

MI PADRE Y el doctor Murray habían sido profesores en Escocia, juntos, mucho antes de que existiera el *scriptorium*. Y como eran amigos, y como yo no tenía madre que cuidara de mí, y como mi padre era uno de los lexicógrafos de mayor confianza del doctor Murray, todo el mundo hacía la vista gorda cuando yo estaba en el *scriptorium*.

Parecía algo mágico, como si todo lo que había existido y pudiera llegar a existir se hubiese almacenado entre sus paredes. Había libros apilados sobre todas las superficies. Diccionarios antiguos, historias y cuentos de antaño atestaban las estanterías que separaban un escritorio de otro o creaban un rincón para una silla. Los casilleros se alzaban desde el suelo hasta el techo. Estaban atiborrados de fichas y mi padre me dijo una vez que, si me leía todas y cada una de ellas, entendería el significado de todo.

En medio se encontraba la mesa de clasificación. Papá se sentaba a un extremo, y a cada lado cabían tres ayudantes. En el lado opuesto estaba el escritorio elevado del doctor Murray, enfrentado a todas las palabras y a todos los hombres que lo ayudaban a definirlas.

Siempre llegábamos antes que los demás lexicógrafos y, durante ese rato, tenía a mi padre y las palabras solo para mí. Me sentaba en su regazo a la mesa de clasificación y lo ayudaba a catalogar las fichas. Siempre que nos encontrábamos con una palabra que yo no conocía, él leía la cita que la acompañaba y me guiaba para que averiguase su significado. Si le formulaba las preguntas correctas, papá intentaba dar con el libro del que procedía la cita y me leía un poco más. Era como una búsqueda del tesoro, y a veces descubría oro.

—«El niño había sido un bribón atolondrado desde que nació.»

Mi padre leyó la cita de la ficha que acababa de sacar de un sobre.

—¿Soy una bribona atolondrada? —pregunté.

—A veces —contestó, y se puso a hacerme cosquillas.

Entonces le pregunté quién era el chico y papá me señaló dónde estaba escrito, en la parte superior del papel.

—*Aladino y la lámpara maravillosa* —leyó.

Cuando llegaron los demás ayudantes, me metí debajo de la mesa de clasificación.

—Quédate ahí quieta sin decir ni pío y no estorbes —dijo mi padre.

No me costaba permanecer escondida.

Al final de la jornada, me senté en el regazo de papá, al calor de la chimenea, y leímos *Aladino y la lámpara maravillosa*. Era una historia antigua, dijo mi padre. Sobre un niño chino. Cuando le pregunté si había otras, me dijo que había mil más. La historia no se parecía a nada de lo que hubiera escuchado, ni a ningún lugar en el que hubiese estado, ni a nadie que conociera. Miré en torno al *scriptorium* y me lo imaginé como la lámpara de un genio. Era ordinario por fuera, pero por dentro estaba lleno de maravillas. Y algunas cosas no siempre eran lo que parecían.

Al día siguiente, después de ayudar con las fichas, me puse a darle la lata a mi padre para que me contara otra historia. Con el entusiasmo, me olvidé de estar quieta sin decir ni pío; le estaba estorbando.

—A una bribona no la dejarán quedarse aquí —me advirtió papá, y me imaginé desterrada a la cueva de Aladino.

Me pasé el resto del día bajo la mesa de clasificación, y allí fue donde me encontré un pequeño tesoro.

Era una palabra y se cayó por un extremo de la mesa. «Cuando aterrice —pensé—, la rescataré y yo misma se la entregaré al doctor Murray.»

La observé. Durante un millar de momentos la observé surcar una corriente de aire invisible. Supuse que aterrizaría en el suelo sin barrer, pero no fue así. Planeó como un pájaro, a punto de posarse, y luego se elevó dando una voltereta como si se lo hubiera ordenado un genio. Ni siquiera se me había pasado por la cabeza que pudiera aterrizar en mi regazo, que pudiera viajar hasta tan lejos. Pero lo hizo.

La palabra se posó en los pliegues de mi vestido como un ente brillante caído del cielo. No me atrevía a tocarla. Solo se me permitía sujetar las palabras si estaba con mi padre. Pensé en llamarlo, pero algo me frenaba la lengua. Permanecí sentada durante mucho tiempo en compañía de la palabra, queriendo tocarla, pero no. «¿Qué palabra es? —me pregunté—. ¿De quién?» Nadie se agachó para reclamarla.

Al cabo de un largo rato, cogí la palabra formando un cuenco con las manos, con cuidado de no aplastar sus alas plateadas, y me la acerqué a la cara. Resultaba difícil leerla en la penumbra de mi escondite. Me arrastré hacia donde una cortina de polvo reluciente colgaba entre dos sillas.

Levanté la palabra hacia la luz. Tinta negra sobre papel blanco. Siete letras; la primera, una A de araña. Moví la boca alrededor del resto tal como me había enseñado a hacer mi padre: Z de zapato, A de araña, otra vez. Las pronuncié en un susurro. Esa parte era fácil: *aza*. El resto de la palabra tampoco me costó demasiado; por suerte, había muchas aes. *Cana*.

La palabra era *azacana*. Debajo de ella había otras palabras que se apelotonaban como una maraña de hilos. No distinguí si formaban una cita enviada por un voluntario o una definición escrita por uno de los ayudantes del doctor Murray. Mi padre decía que todas las horas que pasaba en el *scriptorium* eran para conferir sentido a las palabras que enviaban los voluntarios, para que pudieran definirse en el *Diccionario*. Era importante y significaba que yo recibiría una educación formal y tres comidas calientes, y que de mayor sería una señorita refinada. Las palabras, decía, eran para mí.

—¿Se definirán todas? —le pregunté una vez.

—Algunas se quedarán fuera —respondió.

—¿Por qué?

Se quedó callado un instante.

—No son lo bastante sólidas. —Fruncí el ceño y me lo aclaró—: No las ha escrito suficiente gente.

—¿Qué pasa con las palabras que se quedan fuera?

—Vuelven a los casilleros. Si no hay información suficiente sobre ellas, se descartan.

—Pero, si no se las incluye en el *Diccionario*, a lo mejor se olvidan.

Ladeó un poco la cabeza y me miró como si acabara de decir algo importante.

—Sí, a lo mejor.

Sabía lo que ocurría cuando se descartaba una palabra. Doblé *azacana* con cuidado y me la guardé en el bolsillo del delantal.

Un instante después, la cara de papá apareció bajo la mesa de clasificación.

—Venga, Esme, vete ya. Lizzie te está esperando.

Escudriñé entre todas las patas —las de las sillas, las de las mesas, las de los hombres— y vi a la joven criada de los Murray al otro lado de la puerta abierta. Llevaba el delantal bien atado a la cintura, con demasiada tela por arriba y demasiada tela por abajo. Era crecedero, me decía, pero desde debajo de la mesa de clasificación me hizo pensar que jugaba a disfrazarse. Me arrastré entre los pares de patas y salí corriendo hacia ella.

—La próxima vez tendrías que entrar tú a buscarme; sería más divertido —dije cuando llegué a su lado.

—Ese no es mi sitio.

Me agarró de la mano y me llevó hacia la sombra del fresno.

—¿Dónde está tu sitio?

Frunció el ceño y luego se encogió de hombros.

—En la habitación del final de la escalera, supongo. En la cocina cuando estoy echándole una mano a la señora Ballard, pero ni de broma cuando no. En Santa María Magdalena los domingos.

—¿Y ya?

—En el jardín cuando te cuido a ti, *pa* no andar molestando a la señora B. Y cada vez más en el Mercado Cubierto, porque ella está mal de las rodillas.

—¿Tu sitio siempre ha estado en Sunnyside? —pregunté.

—No siempre.

Bajó la mirada hacia mí y me pregunté adónde se habría ido su sonrisa.

—¿Dónde estaba antes?

Titubeó.

—Con mi *mama* y todos nuestros pequerrechos.

—¿Qué son *pequerrechos*?

—Niños.

—¿Como yo?

—Como tú, Esmi.

—¿Están muertos?

—Solo mi *mama*. A los niños se los llevaron, no sé adónde. Eran demasiado pequeños *pal* servicio.

—¿Qué es *servicio*?

—¿Es que nunca dejas de hacer preguntas?

Me cogió por debajo de los brazos y me hizo dar vueltas y más vueltas hasta que las dos nos mareamos tanto que nos desplomamos sobre la hierba.

—¿Dónde está mi sitio? —pregunté mientras el mareo iba desvaneciéndose.

—En el *scripi*, digo yo, con tu *papa*. En el jardín, en mi habitación y en el taburete de la cocina.

—¿Y en mi casa?

—Claro, y en tu casa, aunque parece que pasas más tiempo aquí que allí.

21

—No tengo un sitio para los domingos, como tú —dije.

Lizzie arrugó el entrecejo.

—Sí lo tienes, la iglesia de San Bernabé.

—Solo a veces. Cuando vamos, mi padre se lleva un libro. Lo pone delante de los himnos y lee en lugar de cantar.

Me eché a reír al pensar en papá abriendo y cerrando la boca para imitar a la congregación, pero sin emitir sonido alguno.

—No es *pa* reírse, Esmi.

Posó una mano sobre el crucifijo que me constaba que llevaba bajo la ropa. Me preocupó que pensara mal de mi padre.

—Es porque Azucena murió —dije.

El ceño fruncido de Lizzie se transformó en una expresión de tristeza, que tampoco era lo que quería.

—Pero dice que debo decidir por mí misma. En cuanto a Dios y el Cielo. Por eso vamos a la iglesia. —Se le relajó el semblante y decidí volver a una conversación más sencilla—. Mi mejor sitio es Sunnyside —dije—. En el *scriptorium*. Luego en tu habitación, luego en la cocina cuando la señora Ballard hornea dulces, sobre todo cuando hace bollitos con lunares.

—Pero qué graciosa eres, Esmi. Se llaman bollitos de fruta; los lunares son pasas.

Papá decía que Lizzie también era una cría. Cuando él le dirigía la palabra, me daba cuenta de ello. Se quedaba lo más quieta que podía, se agarraba las manos para no juguetear con ellas y asentía a todo sin apenas decir nada. Debía de tenerle miedo, pensé, igual que yo le tenía miedo al doctor Murray. Pero, cuando mi padre se iba, Lizzie me miraba de soslayo y me guiñaba un ojo.

Mientras estábamos tumbadas en la hierba con el mundo dando vueltas sobre nuestra cabeza, se acercó a mí de repente y me sacó una flor de detrás de la oreja. Como una maga.

—Tengo un secreto —le dije.

—¿Y qué secreto es ese, repollito mío?

—Aquí no puedo contártelo. Por si se va volando.

Atravesamos la cocina de puntillas hacia la escalera estrecha que llevaba a la habitación de Lizzie. La señora Ballard estaba agachada sobre un tarro de harina en la despensa y lo único que vi fue su enorme trasero envuelto en pliegues de guinga azul marino. Si nos veía, encontraría alguna tarea que encargarle a Lizzie y mi secreto tendría que esperar. Me llevé un dedo a los labios, pero una risita me subió por la garganta. Lizzie la vio venir, así que me estrechó entre sus brazos huesudos y subimos las escaleras al trote.

La habitación estaba fría. Lizzie quitó la colcha de su cama y la extendió en el suelo desnudo como si fuera una alfombra. Me pregunté si habría alguno de los niños Murray en la habitación que había al otro lado de la pared de la de Lizzie. Era el cuarto del bebé y a veces oíamos llorar al pequeño Jowett, pero no durante mucho tiempo. La señora Murray acudía enseguida, o alguno de los hijos mayores. Pegué el oído a la pared y oí los gorgoritos del bebé al despertarse, ruiditos que no eran del todo palabras. Me lo imaginé abriendo los ojos y dándose cuenta de que estaba solo. Gimoteó un rato, después lloró. Esa vez fue Hilda quien acudió. Cuando el llanto cesó, reconocí el tintineo de su voz. Tenía trece años, como Lizzie, y sus hermanas más pequeñas, Elsie y Rosfrith, nunca andaban muy lejos de ella. Cuando me senté en la alfombra con Lizzie, me los imaginé a todos haciendo lo mismo al otro lado de la pared. Sentí curiosidad por saber a qué jugarían.

Nos sentamos la una frente a la otra con las piernas cruzadas, apenas rozándonos las rodillas. Levanté las dos manos para comenzar un juego de palmas, pero ella se quedó inmóvil al ver mis dedos raros. Estaban arrugados y rosas.

—Ya no me duelen —dije.

—¿Estás segura?

Asentí con la cabeza y empezamos a jugar a las palmas, aunque Lizzie era demasiado delicada con mis dedos raros como para que sonaran como debían.

—Bueno, ¿cuál es tu gran secreto, Esmi? —preguntó.

Casi se me había olvidado. Dejé de jugar, me metí la mano en el bolsillo del delantal y saqué la ficha que había aterrizado en mi regazo aquella misma mañana.

—¿Qué tipo de secreto es ese?

Lizzie cogió el papelito con una mano y le dio la vuelta.

—Es una palabra, pero solo sé leer este trozo. —Señalé *azacana*—. ¿Me lees lo demás?

Recorrió las palabras con un dedo, igual que había hecho yo. Al cabo de un rato, me la devolvió.

—¿Dónde la has *encontrao*? —quiso saber.

—Me encontró ella a mí —contesté. Y, cuando vi que con eso no bastaba, dije—: La tiró uno de los ayudantes.

—Con que la han tirado, ¿eh?

—Sí —dije, sin bajar la mirada ni siquiera un poquito—. Algunas palabras no tienen sentido y se deshacen de ellas.

—Vale, ¿y qué vas a hacer con tu secreto? —preguntó Lizzie.

No lo había pensado. Lo único que quería era enseñárselo a ella. Sabía que no podía pedirle a mi padre que me la guardara en un lugar seguro, y tampoco podía quedarse en mi delantal para siempre.

—¿Me la puedes guardar tú?

—Supongo que sí, si es lo que quieres. Aunque no sé qué tiene de especial.

Era especial porque había venido a mí. Era casi insignificante, pero no del todo. Era algo pequeño y frágil y quizá no significara nada importante, pero sentía la necesidad de mantenerlo alejado del fuego de la chimenea. No sabía cómo explicarle nada de todo eso a Lizzie y ella no insistió. Más bien se puso a cuatro patas, metió la mano debajo de la cama y sacó un baúl de madera no muy grande.

La observé mientras pasaba un dedo por la fina película de polvo que cubría la tapa rayada. No tenía prisa por abrirla.

—¿Qué hay dentro? —pregunté.

—Nada. Todo lo que traje está dentro de ese armario.

—¿No lo necesitarás cuando salgas de viaje?

—No lo necesitaré —respondió, y quitó el pestillo.

Coloqué mi secreto en el fondo del baúl y me senté en cuclillas. Parecía minúsculo y solitario. Lo moví hacia un lado y luego hacia el otro. Al final lo saqué y lo sostuve con ambas manos.

Lizzie me acarició el pelo.

—Tendrás que encontrar más tesoros *pa* que le hagan compañía.

Me puse de pie, levanté el trozo de papel lo más arriba que pude por encima del baúl y lo solté; luego lo contemplé mientras caía flotando, balanceándose de un lado a otro, hasta posarse en una esquina del baúl.

—Ahí es donde quiere estar —dije, y me agaché para alisarlo.

Pero no se aplanaba. Había un bulto bajo el forro de papel que cubría el fondo del baúl. El borde ya se había levantado, así que lo despegué un poco más.

—No está vacío, Lizzie —dije cuando apareció la cabeza de un alfiler.

Ella se asomó por encima de mí para ver a qué me refería.

—Es un alfiler de sombrero —respondió, y estiró la mano para cogerlo.

Tenía tres cuentas pequeñas en la cabeza, la una sobre la otra, formando un caleidoscopio de color. Lizzie lo hizo girar entre el pulgar y el índice. Mientras le daba vueltas, me di cuenta del momento en que recordó algo. Se lo llevó al pecho, me dio un beso en la frente y depositó el alfiler con cuidado en su mesilla de noche, junto a la diminuta fotografía de su madre.

NUESTRO PASEO HASTA casa, en Jericho, duró más de lo debido porque yo era pequeña y a papá le gustaba callejear mientras fumaba en pipa. Me encantaba aquel olor.

Cruzamos la amplia Banbury Road y empezamos a bajar por Saint Margaret's, donde dejamos atrás casas altas construidas de dos en dos, con jardines bonitos y árboles que daban sombra al camino. Luego elegí una ruta zigzagueante por calles estrechas en las que las casas estaban apretujadas las unas contra las otras, igual que las fichas en sus casilleros. Cuando giramos hacia Observatory Street, mi padre limpió la pipa dándole unos golpecitos contra una pared y se la guardó en el bolsillo. Luego me cogió a hombros.

—No tardarás en ser demasiado grande para esto —dijo.

—¿Cuando sea demasiado grande dejaré de ser una pequerrecha?

—¿Así te llama Lizzie?

—Me llama así y de otras muchas formas. También me llama *repollo* y *Esmi*.

—*Pequerrecha* lo entiendo, y *Esmi*, pero ¿por qué te llama *repollo*?

Repollo siempre iba acompañado de un abrazo o una sonrisa amable. Tenía todo el sentido del mundo, pero no sabía explicar por qué.

Nuestra casa estaba hacia la mitad de Observatory Street, justo después de Adelaide Street. Cuando llegamos a la esquina, conté en voz alta:

—Uno, dos, tres, para en cuanto a la puerta estés.

Teníamos una vieja aldaba de latón con forma de mano. Azucena la había encontrado en un puesto de baratijas del Mercado Cubierto; papá decía que cuando la compró estaba deslustrada y arañada y que tenía arena de río entre los dedos, pero que él la había limpiado y colocado en la puerta el día en que se casaron. Sacó la llave del bolsillo y yo me agaché y cubrí la mano de Azucena con la mía. La golpeé cuatro veces.

—No hay nadie en casa —dije.

—No tardarán en llegar.

Abrió la puerta y bajé la cabeza cuando la franqueó para entrar en el vestíbulo.

Papá me bajó, dejó la cartera en el aparador y se agachó para recoger las cartas del suelo. Lo seguí por el pasillo hasta la cocina y me senté a la mesa mientras él preparaba la cena. Teníamos una criada que iba tres veces a la semana para cocinar, limpiar y lavarnos la ropa, pero aquel no era uno de sus días.

—¿Me dedicaré al servicio cuando deje de ser una pequerrecha?

Mi padre meneó la sartén para darles la vuelta a las salchichas y luego miró hacia donde me había sentado.

—No, no te dedicarás a eso.

—¿Por qué no?

Volvió a menear las salchichas.

—Es difícil de explicar.

Esperé. Respiró hondo y las arrugas que le salían entre las cejas al pensar se hicieron más profundas.

—Lizzie es afortunada de dedicarse al servicio, pero para ti sería desafortunado.

—No lo entiendo.

—No, ya me lo imagino. —Escurrió los guisantes y trituró las patatas y los sirvió en los platos junto con las salchichas. Cuando por fin se sentó a la mesa, dijo—: El servicio tiene significados distintos para cada persona, Esmi, dependiendo de su posición en la sociedad.

—¿Todos esos significados distintos aparecerán en el *Diccionario*?

Las arrugas de pensar se le suavizaron.

—Mañana lo buscaremos en los casilleros, ¿te parece?

—¿Azucena habría sabido explicarme *servicio*? —pregunté.

—Tu madre habría tenido palabras para explicarte el mundo, Esmi —respondió papá—. Pero, sin ella, debemos confiar en el *scripi*.

LA MAÑANA SIGUIENTE, antes de clasificar el correo, mi padre me cogió en brazos y me dejó inspeccionar los casilleros que contenían las palabras de la S.

—Vale, a ver qué encontramos.

Me señaló un casillero que estaba casi fuera de mi alcance, pero no del todo. Saqué un fajo de fichas. *Servicio* estaba escrita en una ficha tipo portada y, debajo de ella: *Múltiples acepciones*. Nos sentamos a la mesa de clasificación y papá me dejó soltar el cordel que mantenía las fichas unidas. Estaban separadas en cuatro fajos de citas más pequeños, cada uno con su propia ficha de portada y una definición sugerida por uno de los voluntarios de mayor confianza del doctor Murray.

—Estas las clasificó Edith —dijo mi padre, que después distribuyó los montones sobre la mesa de clasificación.

—¿Te refieres a la tía Ditte?

—La misma.

—¿Es lexi… *lexiógrafa*, como tú?

—Lexicógrafa. No. Pero es una mujer muy culta y tenemos suerte de que haya convertido el *Diccionario* en su pasatiempo favorito. No pasa una sola semana sin que Ditte le envíe al doctor Murray una carta con una palabra o una anotación para la siguiente sección.

Tampoco pasaba una semana sin que nosotros recibiéramos una carta de Ditte dirigida a nosotros. Cuando mi padre las leía en voz alta, hablaban sobre todo de mí.

—¿Yo también soy su pasatiempo?

—Eres su ahijada, y eso es mucho más importante que un pasatiempo.

Aunque Ditte se llamaba en realidad Edith, de muy pequeña me costaba pronunciar su nombre. Había otras maneras de pronunciarlo, me dijo, y me permitió elegir la que más me gustara. En Dinamarca se llamaría Ditte. «Ditte suena a confite», pensaba a veces, disfrutando de la rima. Nunca más volví a llamarla Edith.

—Bien, veamos cómo ha definido Ditte *servicio* —dijo papá.

Muchas de las definiciones describían a Lizzie, pero ninguna explicaba por qué *servicio* tal vez significara algo diferente para ella y para mí. El último fajo que miramos no tenía portada.

—Son duplicados —aclaró mi padre.

Me ayudó a leerlos.

—¿Qué pasará con ellos? —pregunté.

Pero, antes de que pudiera contestarme, se abrió la puerta del *scriptorium* y uno de los ayudantes entró anudándose la corbata como si acabara de ponérsela. Cuando terminó, la corbata le quedó torcida y se le olvidó metérsela por dentro del chaleco.

El señor Mitchell miró por encima de mi hombro hacia los montones de fichas esparcidas por la mesa de clasificación. Un mechón de pelo oscuro le cayó sobre la cara. Se lo echó de nuevo hacia atrás, pero no llevaba aceite capilar suficiente para que se le sujetara.

—*Servicio* —leyó.

—Lizzie se dedica al servicio —dije.

—Así es.

—Pero mi padre dice que para mí sería desafortunado dedicarme al servicio.

El señor Mitchell miró a mi padre, que se encogió de hombros y sonrió.

—Creo que cuando crezcas, Esme, podrás dedicarte a lo que quieras —dijo el señor Mitchell.

—Quiero ser lexicógrafa.

—Pues ese es un buen comienzo —dijo, y señaló todas las fichas.

El señor Maling y el señor Balk entraron en el *scriptorium* debatiendo en torno a una palabra sobre la que ya habían discutido el día anterior. Luego llegó el doctor Murray, con la toga negra ondeando. Miré a aquellos hombres uno por uno y pensé en si sería capaz de averiguar sus respectivas edades basándome en la longitud y el color de la barba. La de papá y la del señor Mitchell eran las más cortas y oscuras. La del doctor Murray se estaba volviendo blanca y le llegaba hasta el botón superior del chaleco. La del señor Maling y la del señor Balk estaban en un punto intermedio. Ahora que ya estaban todos, había llegado el momento de que yo desapareciera. Me metí debajo de la mesa de clasificación y agucé la mirada en busca de fichas extraviadas. Deseaba más que nada en el mundo que otra palabra acudiera a mi encuentro. Ninguna lo hizo, pero, cuando papá me dijo que me fuera con Lizzie, no llevaba los bolsillos vacíos del todo.

Le mostré la ficha a Lizzie.

—Otro secreto —dije.

—¿No deberían prohibirte que saques secretos del *scripi*?

—Mi padre me ha dicho que esta es un duplicado. Hay otra que dice justo lo mismo.

—¿Qué dice?

—Que tú tienes que dedicarte al servicio y yo a bordar hasta que un caballero quiera casarse conmigo.

—¿De *verdaz*? ¿Eso dice?

—Creo que sí.

—Bueno, yo puedo enseñarte a bordar —dijo Lizzie.

Me lo pensé.

—No. Gracias, Lizzie. El señor Mitchell me ha dicho que podría ser lexicógrafa.

Durante las siguientes mañanas, tras ayudar a mi padre con el correo, me metía debajo de la mesa de clasificación y me arrastraba hasta un extremo para esperar a que cayera alguna palabra. Pero, cuando caían, los ayudantes las recuperaban siempre a toda prisa. Al cabo de unos días me olvidé de estar atenta a las palabras y, al cabo de unos meses, me olvidé del baúl que había bajo la cama de Lizzie.

—¿ZAPATOS? —PREGUNTÓ MI PADRE.

—Abrillantados—respondí.

—¿Medias?

—Bien subidas.

—¿Vestido?

—Un poco corto.

—¿Te aprieta?

—No, me va bien.

—Uf —dijo al mismo tiempo que se enjugaba la frente. Luego se quedó mirándome el pelo un buen rato—. ¿De dónde ha salido todo esto? —murmuró mientras intentaba alisármelo con unas manos grandes y torpes.

Cuando los rizos rojos le saltaban como un resorte entre los dedos, jugaba a intentar atraparlos, pero le faltaban manos. Cada vez que domaba un mechón, otro se le escapaba. Empecé a soltar risitas y él levantó las manos al cielo.

Íbamos a llegar tarde por culpa de mi pelo. Papá me dijo que se consideraría un detalle elegante. Cuando le pregunté qué significaba ser elegante, me dijo que era algo que a algunas personas les importaba mucho y a otras nada, y que podía aplicarse a todo, desde a los sombreros hasta al papel pintado pasando por la hora a la que llegabas a una fiesta.

—¿Nos gusta ser elegantes? —quise saber.

—Generalmente no —respondió.

—Será mejor que nos demos prisa, entonces.

Lo cogí de la mano y lo obligué a seguirme al trote. Llegamos a Sunnyside diez minutos más tarde, solo un poco faltos de aliento.

Las verjas de la entrada estaban decoradas con aes y bes de todos los tamaños, estilos y colores. La semana anterior me había pasado horas entretenida y en silencio pintando mis propias letras, así que me hizo mucha ilusión verlas entre las aes y las bes de todos los niños Murray.

—Aquí viene el señor Mitchell. ¿Él es elegante? —pregunté.

—No, en absoluto.

Mi padre le tendió una mano cuando se acercó.

—Un gran día —le dijo el señor Mitchell.

—Largamente esperado —dijo papá.

El hombre se acuclilló para situarse a mi altura y mirarme a la cara. Aquel día sí llevaba aceite capilar suficiente para que el pelo se le quedara en su sitio.

—Feliz cumpleaños, Esme.

—Gracias, señor Mitchell.

—¿Cuántos años tienes ya?

—Hoy hago seis, y sé que esta fiesta no es para mí, es para *A y B*, pero papá dice que aun así puedo comerme dos trozos de tarta.

—Es lo justo. —Se sacó un paquete pequeño del bolsillo y me lo entregó—. No se puede celebrar una fiesta sin regalos. Esto es para ti, jovencita. Con un poco de suerte, los usarás para colorear la letra ce antes de tu próximo cumpleaños.

Desenvolví una cajita de lápices de colores y le dediqué una sonrisa de oreja a oreja al señor Mitchell. Cuando se irguió, le vi los tobillos. Llevaba un calcetín negro y otro verde.

Habían montado una mesa muy larga bajo el fresno y era justo como me la había imaginado. Tenía un mantel blanco cubierto con bandejas de comida y un cuenco de cristal lleno de ponche. De las ramas del árbol colgaban serpentinas de colores y había más gente de la que sabía contar. Nadie quería ser elegante, pensé.

Más allá de la mesa, los niños Murray más pequeños jugaban al pillapilla y las niñas estaban saltando a la comba. Si me acercaba, me invitarían a jugar con ellas —siempre lo hacían—, pero la comba me hacía un poco de daño en la mano y, cuando me tocaba estar en el medio, nunca era capaz de seguir el ritmo. Me animarían y volvería a intentarlo, pero nadie se lo pasaba bien cuando la comba no hacía más que pararse. Observé a Hilda y Ethelwyn mientras hacían girar la comba, contando las vueltas con una canción. Rosfrith y Elsie estaban en el medio, agarradas de la mano y saltando cada vez más rápido a medida que sus hermanas aumentaban la velocidad. Rosfrith tenía cuatro años y Elsie apenas unos meses más que yo. Las trenzas rubias de ambas subían y bajaban como alas. Durante todo el rato que estuve mirándolas, la comba no se detuvo ni una sola vez. Me acaricié el pelo y me di cuenta de que la trenza que me había hecho mi padre se había soltado.

—Espera aquí —me dijo papá.

Rodeó a la multitud para dirigirse hacia la cocina. Un minuto después, volvió con Lizzie pisándole los talones.

—Feliz cumpleaños, Esmi —me dijo la muchacha, y me agarró de la mano.

—¿Adónde vamos?

—A buscar tu regalo.

Seguí a Lizzie por la escalera estrecha que subía desde la cocina. Cuando llegamos a su habitación, me sentó en la cama y se metió una mano en el bolsillo del delantal.

—Cierra los ojos, repollito mío, y estira las dos manos —dijo.

Le hice caso y sentí que una sonrisa me curvaba los labios. Un aleteo me bailó en las palmas de las manos. Lazos. Intenté que no se me desplomara la sonrisa; tenía una caja de lazos al lado de mi cama, llena a rebosar.

—Ya puedes abrir los ojos.

Dos lazos. No eran brillantes y suaves como el que mi padre me había atado en el pelo aquella mañana, pero ambos estaban

33

bordados en los extremos con las mismas campanillas que salpicaban todo mi vestido.

—No se resbalan, como los otros, así que no los perderás enseguida —dijo Lizzie mientras empezaba a pasarme los dedos por el pelo—. Y creo que te quedarán muy bien con trenzas francesas.

Unos minutos después, las dos volvimos al jardín.

—La reina de la fiesta —dijo mi padre—. Y justo a tiempo.

El doctor Murray estaba de pie a la sombra del fresno, con un libro enorme sobre la mesita que tenía delante. Dio unos golpecitos con un tenedor en el borde de su copa. Todos guardamos silencio.

—Cuando el doctor Johnson emprendió la tarea de compilar su diccionario, resolvió no dejar ni una sola palabra sin examinar. —El doctor Murray se quedó callado unos instantes para asegurarse de que todos lo estábamos escuchando—. Esa resolución no tardó en verse mermada cuando se dio cuenta de que un interrogante solo daba pie al siguiente, de que todo libro refería a otro, de que escarbar no siempre era encontrar y de que encontrar no siempre era estar bien informado.

Le tiré de la manga a mi padre.

—¿Quién es el doctor Johnson?

—El editor de un diccionario anterior —susurró.

—Si ya existe un diccionario, ¿por qué estáis haciendo otro nuevo?

—El anterior no era lo bastante bueno.

—¿Y el del doctor Murray lo será?

Papá se llevó un dedo a los labios y se volvió para escuchar lo que decía su amigo.

—Si he tenido más éxito que el doctor Johnson ha sido gracias a la buena voluntad y a la útil cooperación de muchos eruditos y especialistas, la mayoría de ellos hombres muy ocupados a los que no les sobra el tiempo, pero cuyo interés en esta empresa los ha llevado a poner voluntariamente parte de él al servicio del editor y a aportar sus conocimientos de buen grado al perfeccionamiento de la obra.

El doctor Murray empezó a darles las gracias a todas las personas que habían contribuido a recopilar las palabras de *A y B*. La lista era tan larga que empezaron a dolerme las piernas de estar de pie. Me senté en la hierba y empecé a arrancar briznas, a separar las capas hasta revelar los brotes verdes más tiernos para mordisquearlos. Solo levanté la vista cuando oí el nombre de Ditte, y poco después oí el de mi padre y el del resto de los hombres que trabajaban en el *scriptorium*.

Cuando terminó el discurso y la gente se acercó a felicitar al doctor Murray, papá se acercó al volumen de palabras y lo levantó de donde estaba.

Me llamó y me dijo que me sentara con la espalda apoyada en el áspero tronco del fresno. Luego me puso el tomo pesado en el regazo.

—¿Las palabras de mi cumpleaños están aquí dentro?

—Sí, en efecto. —Abrió la cubierta y pasó varias páginas hasta llegar a la primera palabra.

A.

Luego pasó unas cuantas páginas más.

Abejaruco.

Después unas cuantas más.

Mis palabras, pensé, todas encuadernadas en cuero, con las páginas ribeteadas de oro. Me pareció que su peso me retendría en aquel lugar para siempre.

Mi padre volvió a dejar *A y B* en la mesa y la multitud lo engulló. Sentí miedo por las palabras.

—Cuidado —advertí.

Pero nadie me oyó.

—Aquí viene Ditte —dijo mi padre.

Salí corriendo hacia ella mientras franqueaba las verjas.

—Te has perdido la tarta —dije.

—Eso es lo que yo llamo tener el don de la oportunidad —dijo, y se agachó para darme un beso en la cabeza—. El único pastel que como es el de Madeira. Es una regla y me ayuda a adelgazar.

La tía Ditte era igual de corpulenta que la señora Ballard y un poco más baja.

—¿Qué es *adelgazar*? —pregunté.

—Un ideal imposible y algo de lo que no creo que tú tengas que preocuparte nunca —contestó. Después añadió—: Es cuando haces que algo sea un poco más pequeño.

En realidad, Ditte no era mi tía, pero mi tía de verdad vivía en Escocia y tenía tantos hijos que no le sobraba tiempo para mimarme. Eso era lo que decía papá. Ditte no tenía hijos y vivía en Bath con su hermana, Beth. Estaba muy ocupada buscando citas para el doctor Murray y escribiendo su historia de Inglaterra, pero aun así encontraba tiempo para mandarme cartas y hacerme regalos.

—El doctor Murray ha dicho que Beth y tú habéis sido colaboradoras *proflíticas* —dije con cierta autoridad.

—Prolíficas —me corrigió Ditte.

—¿Es bueno ser eso?

—Significa que hemos compilado un montón de palabras y citas para el diccionario del doctor Murray, y estoy segura de que lo ha dicho como un cumplido.

—Pero no habéis compilado tantas como el señor Thomas Austin. Él es mucho más proflítico que vosotras.

—Prolífico. Sí, lo es. No sé de dónde saca el tiempo. Venga, vamos a tomarnos un ponche.

Ditte me agarró de la mano buena y nos encaminamos hacia la mesa de la fiesta.

Seguí a Ditte cuando se adentró entre la multitud y me encontré perdida en un bosque de pantalones de paño marrón con cuadros escoceses y faldas estampadas. Todo el mundo quería hablar con ella, así que, cada vez que nos deteníamos, yo jugaba a adivinar a quién pertenecían los pantalones.

—¿Es realmente necesario incluirla? —Oí que decía un hombre—. Es una palabra tan desagradable que creo que deberíamos desaconsejar su uso.

Ditte me apretó la mano con más fuerza. No reconocí los pantalones, de manera que levanté la vista para ver si reconocía la cara, pero no alcancé a ver más que una barba.

—No somos los árbitros de la lengua inglesa, señor. Nuestro trabajo, obviamente, es registrar, no juzgar.

Cuando por fin llegamos a la mesa bajo el fresno, Ditte sirvió dos vasos de ponche y llenó un platito de bocadillos.

—Aunque no te lo creas, Esme, no he viajado hasta aquí para hablar de palabras. Busquemos un lugar tranquilo donde sentarnos y así me cuentas cómo os va a ti y a tu padre.

Llevé a Ditte al *scriptorium*. Cuando cerró la puerta a su espalda, la fiesta se silenció. Era la primera vez que entraba en el *scriptorium* sin que estuvieran ni mi padre ni el doctor Murray ni ninguno de los demás hombres. De pie junto a la entrada, sentí la gran responsabilidad de mostrarle a Ditte los casilleros llenos de palabras y citas, todos los diccionarios y libros de referencia antiguos y los fascículos en los que las palabras se publicaban por primera vez antes de que hubiera suficientes para formar un tomo entero. Me había costado mucho tiempo aprender a pronunciar *fascículo* y quería que Ditte me escuchara decirlo.

Señalé una de las dos bandejas que había en la mesita contigua a la puerta.

—Ahí es donde van todas las cartas que escriben el doctor Murray, papá y todos los demás. A veces me dejan llevarlas al buzón cuando terminan la jornada —dije—. Las cartas que le enviáis al doctor Murray van en esta bandeja. Si contienen fichas las sacamos antes, y papá me deja meterlas en los casilleros.

Ditte rebuscó en su bolso y sacó uno de esos sobres pequeños que yo conocía tan bien. A pesar de que la tenía al lado, la forma pulcra y familiar de su caligrafía me provocó un leve estremecimiento de emoción.

—Así me ahorro el precio de un sello —dijo, y me entregó el sobre.

No supe muy bien qué hacer con él sin tener allí a mi padre para que me diera instrucciones.

—¿Hay fichas dentro? —pregunté.

—No, solo mi opinión sobre la inclusión de una vieja palabra que tiene a los señores de la Sociedad Filológica algo alborotados.

—¿Qué palabra es? —pregunté.

Ditte se quedó callada y se mordió el labio.

—Me temo que no es propia de una conversación educada. Tu padre no me agradecería que te la enseñara.

—¿Le pides al doctor Murray que la deje fuera?

—Al contrario, querida, le insisto en que la incluya.

Coloqué el sobre encima de la pila de cartas que había en el escritorio del doctor Murray y continué con la visita.

—Estos son los casilleros que contienen todas las fichas —dije al mismo tiempo que movía el brazo arriba y abajo junto a la pared de casilleros más cercana; luego repetí el gesto con otras paredes que rodeaban el *scriptorium*—. Papá dijo que habría miles y miles de fichas y que, por lo tanto, sería necesario que hubiera cientos y cientos de casilleros. Se construyeron a propósito y el doctor Murray diseñó las fichas para que se ajustaran a ellos a la perfección.

Ditte sacó un fajo y sentí que se me aceleraba el corazón.

—No me dejan tocar los fajos sin mi padre —dije.

—Bueno, creo que, si tenemos mucho cuidado, nadie se enterará. —Ditte me sonrió con complicidad y el corazón me latió aún más rápido. Hojeó las fichas hasta que llegó a una extraña, más grande que el resto—. Mira —dijo—, está escrita en el reverso de una carta, ¿ves? El papel es del mismo color que tus campanillas.

—¿Qué dice la carta?

Ditte leyó lo que pudo.

—Es solo un fragmento, pero es posible que fuese una carta de amor.

—¿Por qué iba alguien a recortar una carta de amor?

—Solo se me ocurre que fuera porque el sentimiento no era correspondido.

Volvió a colocar las fichas en el casillero y no quedó nada que indicara que alguien las había sacado.

—Estas son mis palabras de cumpleaños —dije, y avancé hacia los casilleros más antiguos, donde se guardaban todas las palabras desde *A* hasta *Anta*. Ditte enarcó una ceja—. Son las palabras en las que papá trabajó antes de que yo naciera. Normalmente, el día de mi cumpleaños elijo una y él me ayuda a entenderla —continué, y Ditte asintió—. Y esta es la mesa de clasificación. Mi padre se sienta aquí, y el señor Balk se sienta aquí, y el señor Maling se sienta a su lado. *Bonan matenon*.

Me fijé en Ditte para ver su reacción.

—¿Cómo dices?

—*Bonan matenon*. Así es como saluda el señor Maling. Es esperanto.

—Esperanto.

—Eso es. Y el señor Worrell se sienta ahí, y el señor Mitchell suele sentarse ahí, pero le gusta cambiar de sitio. ¿Sabes que siempre lleva los calcetines desparejados?

—¿Y tú cómo lo sabes?

Me reí de nuevo.

—Porque mi sitio está aquí abajo.

Me puse a cuatro patas y gateé hasta meterme bajo la mesa de clasificación. Me asomé.

—Con que ese es tu sitio, ¿eh?

Estuve a punto de invitarla a sentarse conmigo, pero me lo pensé mejor.

—Necesitarías adelgazar para caber aquí debajo —dije.

Rompió a reír y me tendió una mano para ayudarme a salir.

—Mejor nos sentamos en la silla de tu padre, ¿te parece?

Todos los años, Ditte me hacía dos regalos por mi cumpleaños: un libro y una historia. El libro siempre era para adultos y tenía palabras interesantes que los niños no usaban nunca. Desde que había aprendido a hacerlo, Ditte insistía en que lo leyera en voz alta hasta que llegara a una palabra que no conociese. Solo entonces empezaba la historia.

Desenvolví el libro.

—*El... origen... de las... especies.*

Ditte dijo la última palabra muy despacio y la subrayó con el dedo.

—¿De qué trata?

Pasé las páginas en busca de imágenes.

—De animales.

—Me gustan los animales —dije. Luego busqué la introducción y comencé a leer—: «Cuando viajaba a bordo del *Beagle...*» —Miré a Ditte—. ¿Va de un perro?

Se echó a reír.

—No. El *Beagle* era un barco.

Continué:

—«... como...»

Me detuve y señalé la siguiente palabra.

—*Naturalista* —dijo Ditte, y luego la pronunció despacio—. Una persona que estudia el mundo natural. Los animales y las plantas.

—*Naturalista* —repetí para probarla. Cerré el libro—. ¿Me cuentas ya la historia?

—¿A qué historia te refieres? —dijo con expresión de desconcierto, pero sonriendo.

—Ya lo sabes.

Ditte recolocó su peso en la silla y yo me acomodé en la suave honda que se formó entre su regazo y su hombro.

—Eres más larga que el año pasado —me dijo.

—Pero sigo entrando.

Me eché hacia atrás y ella me rodeó con los brazos.

—La primera vez que vi a Azucena, estaba haciendo sopa de pepino y berros.

Cerré los ojos y me imaginé a mi madre removiendo una olla de sopa. Intenté vestirla con ropa normal, pero se negó a quitarse el velo de novia que llevaba en la fotografía que había junto a la cama de mi padre. Esa foto me gustaba más que cualquier otra porque papá la miraba a ella y ella me miraba directamente a mí. «El velo terminará en la sopa», pensé y sonreí.

—Estaba bajo las órdenes de su tía, la señorita Fernley —continuó Ditte—, una mujer muy alta y muy capaz que no solo era la secretaria de nuestro club de tenis, donde tiene lugar esta historia, sino también directora de una pequeña academia universitaria privada para señoritas. Azucena era alumna de la escuela de su tía y, por lo que se ve, la sopa de pepino y berros formaba parte del currículo.

—¿Qué es *currículo*? —pregunté.

—Es la lista de asignaturas que te enseñan en la escuela.

—¿Yo tengo *currículo* en San Bernabé?

—Acabas de empezar, así que en tu currículo solo figuran la lectura y la escritura. Irán añadiendo más asignaturas a medida que vayas haciéndote mayor.

—¿Qué añadirán?

—Con un poco de suerte, algo menos doméstico que la sopa de pepino y berros. Bueno, ¿puedo continuar ya?

—Sí, por favor.

—La señorita Fernley había insistido en que Azucena preparara la sopa para el almuerzo de nuestro club. Le salió espantosa; todo el mundo lo pensó y algunos incluso lo dijeron en voz alta. Por desgracia, Azucena debió de oírlo, porque se retiró a la sede del club y se afanó en limpiar mesas que no necesitaban que las limpiaran.

—Pobre Azucena —dije.

—Bueno, puede que no opines lo mismo cuando escuches el resto de la historia. Si no fuera por aquella sopa tan horrible, quizá no hubieras llegado a nacer nunca.

Sabía lo que se acercaba y contuve la respiración para escucharlo.

—No sé muy bien cómo, tu padre consiguió terminarse su cuenco. Me quedé estupefacta, pero luego lo vi llevarse el cuenco a la cocina y pedirle a Azucena una segunda ración.

—¿Y también se la comió?

—Sí. Y, entre cucharada y cucharada, le hizo a Azucena una pregunta tras otra y, en un lapso de quince minutos, la cara de tu madre pasó de ser la de una chica tímida e incómoda a la de una joven segura de sí misma.

—¿Qué le preguntó?

—Eso no puedo decírtelo, pero, para cuando tu padre terminó de comer, era como si se conocieran de toda la vida.

—¿Supiste que se iban a casar?

—Bueno, recuerdo que pensé en lo afortunado que era que Harry supiera hervir un huevo, porque a Azucena nunca iba a gustarle pasar demasiado tiempo en la cocina. Así que, sí, creo que supe que se casarían.

—Y luego nací yo y luego ella murió.

—Sí.

—Pero, cuando hablamos de ella, cobra vida.

—Nunca lo olvides, Esme. Las palabras son nuestras herramientas de resurrección.

Una palabra nueva. Levanté la mirada.

—Es cuando traes algo de vuelta —dijo Ditte.

—Pero Azucena nunca volverá de verdad.

—No. Nunca.

Me quedé callada para intentar recordar el resto de la historia.

—Y entonces le dijiste a papá que serías mi tía favorita.

—Eso es.

—Y que siempre te pondrías de mi lado, incluso cuando diera problemas.

—¿Eso dije? —Me volví para mirarla a los ojos. Ella sonrió—. Es justo lo que Azucena hubiera querido que dijera, y lo dije completamente en serio.

—Fin —concluí.

UNA MAÑANA, DURANTE el desayuno, mi padre me dijo:

—Ciertamente, las palabras de la C causarían consternación si se consideraran los cuantiosos casos certificables que aún quedan.

Tardé menos de un minuto en resolverlo.

—*Quedan* —dije—. *Quedan* comienza con QU, no con C.

Papá seguía teniendo la boca llena de gachas; así de rápida fui.

—Pensaba que iba a engañarte con *certificables* —dijo.

—No, esa palabra tiene que empezar por C; viene de *certificar*.

—*Ciertamente*, así es. A ver, dime qué cita te gusta más.

Me pasó una página de pruebas del *Diccionario* por encima de la mesa del desayuno.

Habían transcurrido tres años desde el pícnic para celebrar *A y B*, pero todavía estaban trabajando en las pruebas de la C. Aquella página estaba ya compuesta, pero después habían descartado varias líneas y mi padre había emborronado los márgenes con correcciones. Cuando se había quedado sin espacio, había pegado un trozo de papel en el borde y había continuado escribiendo en él.

—Me gusta la nueva —dije, y señalé el trozo de papel pegado.

—¿Qué dice?

—«Para çertificar este fecho, mande a buscar a la damissela; y entonçes lo savreis por su propia boca.»

—¿Por qué te gusta?

—Suena graciosa, como si el señor que la escribió no supiera ortografía y se hubiera inventado algunas de las palabras.

—Es que es antigua —dijo papá, que recuperó la prueba y leyó lo que había escrito—. Verás, las palabras cambian con el tiempo. Cambian el aspecto, los sonidos y, a veces, incluso el significado. Tienen su propia historia. —Subrayó la frase con un dedo—. Si cambiáramos algunas letras, casi parecería moderna.

—¿Qué es una *damisela*?

—Una mujer joven.

—¿Yo soy una damisela?

Me miró y un ceño apenas perceptible le arrugó el entrecejo.

—El día de mi próximo cumpleaños haré diez —dije, esperanzada.

—¿Diez, dices? Bueno, eso zanja la cuestión. Dentro de nada serás una damisela.

—¿Y las palabras seguirán cambiando?

La cuchara se quedó parada a medio camino de su boca.

—Imagino que es posible que, una vez que el significado se ponga por escrito, quede fijado.

—¿O sea que el doctor Murray y tú podríais hacer que las palabras significaran lo que vosotros quisierais y todos tendríamos que usarlas así para siempre?

—Claro que no. Nuestro trabajo es hallar el consenso. Buscamos en los libros para ver cómo se utiliza una palabra y luego redactamos significados que sean coherentes con todos esos usos. Es un proceso bastante científico, en realidad.

—¿Qué significa?

—¿*Consenso*? Bueno, significa que todo el mundo está de acuerdo.

—¿Le preguntáis a todo el mundo?

—No, listilla. Pero dudo que se haya escrito un libro que no hayamos consultado.

—¿Y quién escribe los libros? —pregunté.

—Todo tipo de personas. Venga, deja de hacer preguntas y desayuna; vas a llegar tarde al colegio.

SONÓ LA CAMPANA de la hora de comer y vi a Lizzie en su sitio de siempre, delante de la puerta del colegio, con aire de sentirse incómoda. Me entraron ganas de salir corriendo hacia ella, pero no lo hice.

—No dejes que te vean llorar —me dijo al agarrarme la mano.

—No he llorado.

—Sí has *llorao*, y sé por qué. He visto que se estaban metiendo contigo.

Me encogí de hombros y volví a sentir el escozor de las lágrimas en los ojos. Bajé la mirada hacia mis pies, que daban un paso detrás de otro.

—¿Con qué se meten? —preguntó.

Levanté mis dedos raros. Ella me los agarró, los besó y me hizo una pedorreta en la palma de la mano. No pude evitar reírme.

—La mitad de sus padres tienen los dedos raros, ¿sabes?

Levanté la mirada hacia ella.

—Es *verdá*. Los que trabajan en la fundición enseñan las quemaduras como una medalla para que todo el mundo en Jericho sepa a qué se dedican. Sus pequerrechos son unos tunantes por burlarse de ti.

—Pero yo soy distinta.

—Todos somos distintos —afirmó Lizzie. Pero ella no lo entendía.

—Soy como la palabra *alfabetario* —dije.

—Nunca la había oído.

—Es una de mis palabras de cumpleaños, pero mi padre dice que está obsoleta. No le sirve de nada a nadie.

Lizzie se echó a reír.

—¿Hablas así en clase?

Volví a encogerme de hombros.

—Las familias de esos chicos son de otra forma, Esmi. Ellos no están *acostumbraos* a hablar de palabras, libros e historia como tú y tu padre. Algunas personas se sienten mejor si humillan un poco a los demás. Cuando seas mayor las cosas cambiarán, te lo prometo.

Seguimos caminando en silencio. Cuanto más nos acercábamos al *scriptorium*, mejor me sentía.

Después de comer unos sándwiches en la cocina con Lizzie y la señora Ballard, atravesé el jardín hacia el *scriptorium*. Uno por uno, los ayudantes fueron levantando la vista del almuerzo o de las palabras para ver quién había entrado. Me acerqué en silencio a mi padre y me senté a su lado. Me hizo un hueco en la mesa y saqué de la mochila un cuaderno de ejercicios para practicar la caligrafía que me habían enseñado en el colegio. Cuando terminé, me deslicé por la silla y me colé bajo la mesa de clasificación.

No había fichas, así que me puse a inspeccionar los zapatos de los ayudantes. Todos los pares encajaban a la perfección con sus respectivos dueños, y cada uno de ellos tenía sus costumbres. Los del señor Worrall estaban bien curtidos y permanecían muy quietos y torcidos hacia dentro, mientras que los del señor Mitchell eran todo lo contrario: llevaba unos cómodos zapatos desgastados, torcía los dedos hacia fuera y sacudía los tacones arriba y abajo sin descanso. De cada zapato asomaba un calcetín de diferente color. Los zapatos del señor Maling eran aventureros y jamás estaban donde esperaba encontrármelos, los del señor Balk estaban retraídos bajo su silla y los del señor Sweatman nunca paraban de marcar un ritmo que yo me imaginaba como una melodía en su cabeza. Cuando me asomaba desde debajo de la mesa, el señor Sweatman casi siempre estaba sonriendo. Los zapatos de papá eran mis favoritos y siempre los inspeccionaba en último lugar. Ese día, descansaban el uno sobre el otro, ambos con las suelas expuestas. Me detuve para tocar el minúsculo agujerito que empezaba a dejar entrar el agua. El zapato se agitó, como si quisiera espantar una mosca. Volví a tocarlo y se quedó inmóvil, rígido. Estaba a la espera. Moví el dedo, solo un poquito. Entonces el zapato cayó de lado, inerte y repentinamente viejo. El pie que había calzado empezó a acariciarme el brazo. Era tan torpe que apenas tuve espacio en las mejillas para contener todas las risas que querían escapar. Le di un apretón al dedo gordo y me arrastré hasta donde había la luz justa para poder leer.

Tres fuertes golpes en la puerta del *scriptorium* nos hicieron dar un respingo. El pie de mi padre encontró su zapato.

Desde debajo de la mesa, vi que papá le abría la puerta a un hombre bajo con un enorme bigote rubio y sin apenas pelo en la cabeza.

—Crane —lo oí decir cuando mi padre lo invitó a pasar—. Me están esperando.

La ropa le quedaba demasiado grande y me pregunté si se la habría comprado crecedera. Era el nuevo ayudante.

Algunos ayudantes venían solo para unos meses, pero a veces se quedaban para siempre, como el señor Sweatman. Había llegado el año anterior y, de todos los hombres que se sentaban alrededor de la mesa de clasificación, era el único sin barba. Eso significaba que podía verlo sonreír, y daba la casualidad de que sonreía mucho. Mientras mi padre le presentaba al señor Crane a todos los hombres de la mesa de clasificación, este no sonrió ni una sola vez.

—Y esta pequeña bribona es Esme —dijo papá, que me ayudó a levantarme.

Le tendí la mano, pero el señor Crane no me la estrechó.

—¿Qué hacía ahí debajo? —preguntó.

—Lo que hacen los niños debajo de las mesas, supongo —contestó el señor Sweatman, y su sonrisa se cruzó con la mía.

Papá se agachó hacia mí.

—Esme, ve a avisar al doctor Murray de que ha llegado el nuevo ayudante.

Atravesé el jardín corriendo hasta llegar a la cocina y luego la señora Ballard me acompañó al comedor.

El doctor Murray estaba sentado a un extremo de la gran mesa, la señora Murray al otro. Entre ambos había espacio para todos y cada uno de sus once hijos, pero tres habían abandonado el nido, como decía Lizzie. Los demás estaban repartidos a los dos lados de la mesa: los más mayores en el extremo del doctor Murray, los más pequeños en sillas altas cerca de su madre. Me quedé allí plantada, muda, mientras terminaban de bendecir la mesa; entonces Elsie y Rosfrith me saludaron con la mano y yo les devolví el gesto. De repente, mi mensaje parecía menos importante.

—¿Nuestro nuevo ayudante? —preguntó el doctor Murray mirándome por encima de las gafas cuando me vio a la espera.

Asentí y él se puso de pie. El resto de los Murray comenzó a comer.

En el *scriptorium*, mi padre estaba explicándole algo al señor Crane, que se volvió al oírnos entrar.

—Doctor Murray. Es un honor unirme a su equipo —dijo al mismo tiempo que le tendía la mano y hacía una ligera reverencia.

El doctor carraspeó. El ruido me recordó un poco a un gruñido. Le estrechó la mano al señor Crane.

—No es para todo el mundo —dijo—. Se necesita cierta… diligencia. ¿Es usted diligente, señor Crane?

—Por supuesto, señor —contestó.

El doctor Murray asintió y volvió a la casa para terminar de comer.

Papá continuó con el recorrido por el *scriptorium*. Cada vez que le explicaba al señor Crane algo acerca de la forma de clasificar las fichas, el nuevo ayudante asentía con la cabeza y decía:

—Muy sencillo.

—Las fichas las envían voluntarios de todo el mundo —dije cuando mi padre le estaba enseñando cómo se ordenaban los casilleros.

El señor Crane me miró y frunció ligeramente el ceño, pero no respondió. Me aparté un poquito.

El señor Sweatman me puso una mano en el hombro.

—Una vez me topé con una ficha llegada de Australia —dijo—. Es el lugar más alejado de Inglaterra que existe.

Cuando el doctor Murray volvió después de comer para darle instrucciones al señor Crane, no me senté a escuchar.

—¿Estará aquí un tiempo o para siempre? —le susurré a mi padre.

—Hasta que acabemos —dijo—. Así que, probablemente, para siempre.

Me metí bajo la mesa de clasificación y, unos minutos más tarde, un par de zapatos extraños se unió a los que tan bien conocía.

Los zapatos del señor Crane eran viejos, como los de papá, pero hacía tiempo que nadie los abrillantaba. Los observé mientras intentaban acomodarse. Cruzó la pierna derecha sobre la izquierda, luego la izquierda sobre la derecha. Al final, rodeó las patas delanteras de la silla con los tobillos y tuve la impresión de que los zapatos intentaban esconderse de mí.

Justo antes de que Lizzie me llevara otra vez al colegio, una pila entera de fichas cayó junto a la silla del señor Crane. Oí a mi padre decir que algunos de los fajos de la C se habían vuelto «inmanejables por el peso de la posibilidad». Emitió ese ruidito que hacía cuando se creía gracioso.

El señor Crane no se rio.

—Estaban mal atadas —dijo, y se agachó para recoger todas las fichas posibles con un solo movimiento.

Cerró el puño alrededor de ellas y vi las fichas aplastadas. Se me escapó un gritito y eso hizo que se golpeara la cabeza con la parte inferior de la mesa.

—¿Está bien, señor Crane? —le preguntó el señor Maling.

—Está claro que la niña es demasiado mayor para estar ahí debajo.

—Es solo hasta que vuelva al colegio —dijo el señor Sweatman.

Cuando se me calmó la respiración y el *scriptorium* volvió a sus habituales crujidos de papel y bisbiseos, escudriñé las sombras bajo la mesa de clasificación. Todavía había dos fichas junto a los pulcros zapatos del señor Worrall, como si supieran que allí estarían a salvo de pisadas descuidadas. Las recogí y me asaltó un repentino recuerdo del baúl que había bajo la cama de Lizzie. No conseguí obligarme a devolvérselas al señor Crane.

Cuando vi a Lizzie rondando la puerta, emergí junto a la silla de mi padre.

—¿Ya es esa hora? —dijo, pero me dio la sensación de que en realidad no le había quitado ojo al reloj.

Metí el cuaderno de ejercicios en la mochila y me uní a Lizzie en el jardín.

—¿Puedo guardar algo en el baúl antes de volver al colegio?

Hacía mucho tiempo que no guardaba nada allí, pero Lizzie no tardó más de un segundo en entenderlo.

—Me he preguntado muchas veces si encontrarías algo más que meter en él.

LAS FICHAS NO fueron las únicas palabras que acabaron en el baúl.

En el suelo del armario de mi padre había dos cajas de madera. Las encontré un día mientras jugábamos al escondite. La esquina afilada de una de ellas se me clavó dolorosamente en la espalda cuando intenté aovillarme en el rincón más alejado. La abrí.

Entre los abrigos de mi padre y los vestidos mohosos de Azucena estaba demasiado oscuro para ver lo que había dentro, pero acaricié con la mano los bordes de lo que parecían muchos sobres. Entonces oí un patullar en las escaleras y papá cantó «Caliente, caliente, que me quemo». Cerré la tapa y me arrastré hacia el centro del armario. La luz entró a raudales y salté a sus brazos.

Más tarde, esa misma noche, cuando tendría que haber estado ya dormida, no lo estaba. Mi padre seguía abajo corrigiendo pruebas, así que me escabullí de la cama y crucé de puntillas el rellano hasta su dormitorio. «Ábrete, sésamo», susurré, y tiré de las puertas del armario.

Metí las manos y saqué las cajas una por una. Me senté con ellas bajo la ventana de papá, pues la luz oscura del atardecer aún me permitía ver algo. Eran casi idénticas —de madera clara con las esquinas de latón—, pero una estaba pulida y la otra era mate. Me acerqué la caja pulida y acaricié la madera meliflua. Dentro había un centenar de sobres, gruesos y finos, apretados los unos contra los otros en el orden en que habían sido enviados. Los blancos lisos de él contra los azules de ella. Casi siempre se alternaban, aunque a veces había dos o tres blancos seguidos, como si mi padre tuviera mucho que decir acerca de algo en lo que Azucena ya había perdido el interés. Si leía las cartas de la primera a la última, me contarían la historia de su noviazgo, pero sabía que era una historia con un final triste. Cerré la caja sin abrir ni un solo sobre.

La otra caja también estaba llena de cartas, pero ninguna era de Azucena. Pertenecían a diferentes personas y estaban atadas con cuerdas formando fajos. El más grande era el de Ditte. Saqué la última carta de debajo de la cuerda y la leí. Hablaba sobre todo del *Diccionario*, de las palabras de la C, que parecían no acabarse nunca, y de que los delegados de la Oxford University Press, la editorial de la Universidad de Oxford, no paraban de pedirle al doctor Murray que trabajara más rápido porque el *Diccionario* estaba saliendo demasiado caro. Pero la última parte era sobre mí.

Ada Murray me dice que James tiene a sus hijos clasificando fichas. Me pintó todo un panorama de los niños apiñados en torno a la mesa del comedor hasta altas horas de la noche, apenas visibles bajo una montaña de papeles. Incluso se aventuró a decir que creía que quizá esa hubiera sido la razón de que James siempre hubiera deseado tener una gran prole. Doy gracias a Dios por la sensatez y el buen humor de Ada. Creo que el *Diccionario* podría haberse ido al traste sin ellos.

Debes decirle a Esme que se esconda bien mientras esté en el *scripi* o se convertirá en la próxima recluta del doctor Murray. Apuesto a que es lo bastante inteligente y me pregunto si, de hecho, no lo haría de buen grado.

Con cariño,

Edith

Volví a meter las dos cajas en el armario y luego crucé el rellano de puntillas una vez más. Seguía sujetando la carta en la mano.

Al día siguiente, Lizzie me observó mientras abría el baúl. Me saqué la carta de Ditte del bolsillo y la coloqué encima de las fichas que cubrían el fondo.

—Estás coleccionando un montón de secretos —dijo, y se llevó la mano a la cruz oculta bajo la ropa.

—Va sobre mí —dije.

—¿«Descartada» o «desatendida»?

Lizzie había insistido en que fijáramos reglas. Lo pensé.

—Olvidada —respondí.

Volví al armario de mi padre una y otra vez para leer las cartas de Ditte: siempre decía algo sobre mí; alguna respuesta a una pregunta de papá. Era como si yo fuera una palabra y las cartas fueran fichas que ayudaban a definirme. «Si las leyera todas —pensé—, quizá me encontraría más sentido.»

Pero nunca fui capaz de leer las cartas de la caja pulida. Me gustaba mirarlas, pasar la mano por los lomos y sentirlas aletear bajo mis dedos. Estaban juntos en esa caja, mi madre y mi padre, y, cuando el sueño estaba a punto de atraparme, a veces imaginaba que oía sus voces apagadas. Una noche entré sin hacer ruido en la habitación de papá y me arrastré hasta el armario con el mismo sigilo que un gato que persigue a su presa. Quería pillarlos desprevenidos. Pero, cuando levanté la tapa de su caja pulida, se quedaron callados. Una soledad terrible me acompañó de nuevo a la cama y me impidió dormir.

A la mañana siguiente estaba demasiado cansada para ir al colegio. Papá me llevó a Sunnyside y me pasé la mañana bajo la mesa de clasificación con fichas en blanco y lápices de colores. Escribí mi nombre en distintos tonos en diez fichas distintas.

Cuando esa noche abrí la caja pulida, metí cada ficha entre un sobre blanco y otro azul. Ahora estábamos juntos, los tres. No me perdería nada.

EL BAÚL DE debajo de la cama de Lizzie empezó a acusar el peso de todas las cartas y las palabras.

—No hay conchas ni piedras. *Na* bonito —dijo Lizzie cuando lo abrí una tarde—. ¿Por qué coleccionas *tos* esos papeles, Esmi?

—No son los papeles lo que colecciono, Lizzie; son las palabras.

—Pero ¿por qué te parecen tan importantes esas palabras y no otras? —quiso saber.

No lo tenía claro del todo. Era más un sentimiento que un pensamiento. Algunas palabras eran como pajaritos caídos del nido. Con otras, me sentía como si hubiera encontrado una pista: sabía que era importante, pero no estaba segura de por qué. Con las cartas de Ditte pasaba lo mismo, eran como piezas de un rompecabezas que tal vez algún día encajasen hasta explicar algo que mi padre no sabía cómo decir, algo que quizá Azucena sí hubiera podido explicarme.

No era capaz de expresar nada de todo aquello, así que pregunté:

—¿Por qué bordas, Lizzie?

Guardó silencio durante mucho rato. Dobló su ropa limpia y cambió las sábanas de la cama.

Dejé de esperar su respuesta y continúe leyendo una carta de Ditte a mi padre. «¿Te has planteado qué hacer cuando a Esme se le quede pequeño San Bernabé?», preguntaba. Me imaginé que la cabeza se me salía por la chimenea del aula y que los brazos me asomaban por las ventanas de ambos lados.

—Supongo que me gusta tener las manos ocupadas —contestó Lizzie. Tardé un momento en recordar lo que le había preguntado—. Y eso demuestra que existo —añadió.

—Pero eso es una tontería. Claro que existes.

Dejó de hacer la cama y me miró con tal seriedad que solté la carta de Ditte.

—Limpio, ayudo a cocinar, enciendo el fuego de las chimeneas. *To* lo que hago se come, se ensucia o se quema. Cuando acaba el día, no queda rastro de que haya estado aquí.

Se quedó callada, se arrodilló a mi lado y acarició el bordado del bajo de mi falda. Ocultaba el zurcido que le había hecho cuando me la desgarré con unas zarzas.

—Mi *bordao* siempre estará aquí —continuó—. Veo esto y me siento… Bueno, no sé cuál es la palabra. Como que siempre estaré aquí.

—Permanente —dije—. ¿Y el resto del tiempo?

—Me siento como un diente de león justo antes de que sople el viento.

EL *SCRIPTORIUM* SIEMPRE se quedaba una temporada en silencio durante el verano.

—Hay más cosas en la vida que las palabras —me dijo una vez papá cuando le pregunté adónde se iba todo el mundo, pero no me pareció que lo dijera en serio.

A veces viajábamos a Escocia para visitar a mi tía, pero siempre volvíamos a Sunnyside antes que los demás. Me encantaba esperar bajo la mesa de clasificación a que volvieran todos los pares de zapatos. Cuando el doctor Murray entraba, siempre le preguntaba a mi padre si se había olvidado de llevarme de vuelta a casa, y mi padre siempre fingía que era así. Entonces el doctor Murray miraba debajo de la mesa de clasificación y me guiñaba un ojo.

Al final del verano del año en que cumplí once, los pies del señor Mitchell no volvieron a aparecer y el doctor Murray entró en el *scriptorium* sin apenas abrir la boca. Yo esperaba ver un tobillo con un calcetín verde cruzado sobre otro de color azul pálido, pero donde el señor Mitchell solía sentarse solo quedaba un hueco. Los demás pies parecían mustios y, aunque los zapatos del señor Sweatman se agitaban arriba y abajo, no seguían la melodía.

—¿Cuándo volverá el señor Mitchell? —le pregunté a mi padre.

Tardó mucho en contestarme.

—Se ha caído, Esme. Mientras escalaba una montaña. No volverá.

Pensé en sus calcetines desparejados y en los lápices de colores que me había regalado. Los había usado hasta que no quedó por dónde agarrarlos, y de eso hacía ya años. Mi mundo bajo la mesa de clasificación me pareció menos cómodo.

Cuando cambió el año, fue como si la mesa hubiera encogido. Una tarde me metí debajo de ella y me golpeé la cabeza al salir.

—Mira cómo te has puesto la ropa —dijo Lizzie cuando fue a buscarme para la merienda. Mi vestido estaba lleno de manchas y polvo—. No es propio de una dama andar arrastrándose por el *scripi*, Esmi. No sé por qué tu padre te lo permite.

—Porque no soy una dama —dije.

—Tampoco eres un gato.

Cuando volví al *scriptorium*, recorrí todo el perímetro. Pasé los dedos raros por las estanterías y los libros, y acumulé montoncitos de polvo. «No me importaría ser un gato», pensé.

El señor Sweatman me guiñó un ojo cuando pasé cerca de él.

El señor Maling me dijo:

—*Kiel vi fartas*, Esme?

Contesté:

—Estoy bien, gracias, señor Maling.

Me miró y enarcó las cejas.

—Y en esperanto dirías…

Tuve que pensarlo.

—*Mi fartas bone*, *dankon*.

Sonrió y asintió.

—*Bona*.

El señor Crane respiró ruidosamente para dejarle claro a todo el mundo que yo era una molestia.

Consideré la posibilidad de escabullirme bajo la mesa de clasificación, pero no lo hice. Era una decisión adulta y sentí que la rabia se apoderaba de mí como si la hubiera tomado alguien que no fuera yo. Al final encontré un hueco entre dos estanterías y me acomodé en él con torpeza, agitando en el proceso telarañas, polvo y dos fichas perdidas.

Las fichas estaban ocultas debajo de la estantería que me quedaba a la derecha. Cogí primero una y luego la otra. Palabras con la C, extraviadas hacía poco. Me las guardé y luego miré hacia la mesa de clasificación. El sitio del señor Crane era el más cercano y había otra palabra junto a su silla. Me pregunté si le importaría siquiera.

—Tiene las manos muy largas —oí que el señor Crane le decía al doctor Murray.

Este último se volvió hacia mí y un escalofrío me recorrió todo el cuerpo. Pensé que iba convertirme en piedra. El doctor volvió a su escritorio elevado y cogió una prueba. Luego se encaminó hacia mi padre.

El doctor Murray intentó que pareciera que estaban hablando de las palabras, pero ninguno de los dos miró la prueba. Cuando el doctor se alejó, papá miró por encima de la mesa de clasificación hacia el hueco entre las estanterías, situado en el otro extremo del *scriptorium*. Cuando levanté la vista, me señaló la puerta.

Ya bajo el fresno, mi padre estiró una mano. Yo me quedé mirándola. Pronunció mi nombre con más fuerza que nunca. Luego me obligó a vaciarme los bolsillos.

La palabra era endeble y poco interesante, pero me gustaba la cita. Cuando se la puse en la palma de la mano, mi padre la miró como si no supiera lo que era. Como si no supiera qué debía hacer con ella. Vi que movía los labios alrededor de la palabra y de la frase que la contenía.

CONTAR
«Te cuento entre los tontos.» Tennyson, 1859*

Permaneció callado durante mucho rato. Nos quedamos allí de pie, pasando frío, como si estuviéramos jugando a las estatuas y ninguno de los dos quisiera ser el primero en moverse.

---

* Cita del poema «Geraint y Enid», que forma parte de *Los idilios del rey*, de Alfred Tennyson. (*Todas las notas son de la traductora.*)

Después se guardó la ficha en el bolsillo del pantalón y me llevó a la cocina.

—Lizzie, ¿te importaría que Esme pasara el resto de la tarde en tu habitación? —preguntó mi padre, que cerró la puerta tras de sí para que no se escapara el calor de los fogones.

Lizzie dejó la patata que estaba pelando y se limpió las manos en el mandil.

—*Pos* claro que no, señor Nicoll. Esme siempre es bienvenida.

—No debes entretenerla, Lizzie. Debe sentarse y reflexionar sobre su comportamiento. Preferiría que no le hicieras compañía.

—Como quiera, señor Nicoll —dijo Lizzie, aunque ni ella ni mi padre parecían capaces de mirarse a los ojos.

Sola en el piso de arriba, apoyada contra la cama de Lizzie, me metí la mano en la manga del vestido y saqué la otra palabra, *contado*. Quienquiera que la hubiese escrito tenía una caligrafía preciosa. Una mujer, no me cabía duda, y no solo porque la cita fuera de Byron. Las palabras eran todo curvas y extremidades largas.

Miré bajo la cama de Lizzie y saqué el baúl. Siempre esperaba que pesara más, pero lo deslicé sobre las tablas del suelo sin ningún esfuerzo. Dentro, las fichas cubrían el fondo como una alfombra de hojas de otoño, y las cartas de Ditte descansaban entre ellas.

No era justo que yo me hubiera metido en un lío cuando el descuidado había sido el señor Crane. Las palabras eran duplicados, estaba segura: palabras comunes enviadas por muchos voluntarios. Introduje las dos manos en el baúl y sentí el movimiento de las fichas entre los dedos. Las había salvado a todas, igual que mi padre creía que estaba salvando a las demás metiéndolas en el *Diccionario*. Mis palabras salían de los recovecos y las grietas y de la cesta de descartes que había en el centro de la mesa de clasificación.

«Mi baúl es como el *Diccionario* —pensé—. Solo que está lleno de palabras que se han perdido o descuidado.» Se me ocurrió una idea. Pensé en pedirle un lápiz a Lizzie, pero sabía que ella no desobedecería a mi padre. Eché un vistazo por la habitación, preguntándome dónde los guardaría.

Sin Lizzie allí, la habitación me resultaba desconocida, como si no le perteneciera. Me levanté del suelo y me dirigí al armario. Fue un alivio ver su viejo abrigo de invierno con el botón de arriba algo distinto al resto. Tenía tres delantales y dos vestidos; el de los domingos, que antes era verde trébol, estaba ahora desvaído como la hierba de verano. Lo rocé con la mano y vi tiras de tréboles allá donde Lizzie le había sacado las costuras. Cuando abrí los cajones, no vi más que ropa interior, un juego extra de ropa de cama, dos chales y una cajita de madera. Sabía lo que había en la caja. Hacía solo unos días, la señora Ballard había decidido que ya era hora de que me hablaran de la menstruación, así que Lizzie me había enseñado los trapos y el cinturón que guardaba allí dentro. Albergaba la esperanza de no volver a verlos jamás, así que dejé la caja tal como estaba y cerré la puerta del armario.

No había ningún arcón con juegos. No había estanterías con libros. Sobre la mesita que había al lado de la cama descansaban una muestra de bordado y la fotografía de su madre en un sencillo marco de madera. La estudié con atención: una joven del montón, con un sombrero corriente y ropa corriente, sosteniendo un simple ramo de flores. Lizzie se parecía mucho a ella. Detrás del marco estaba el alfiler de sombrero que había encontrado en el baúl.

Me arrodillé y miré debajo de la cama. En un extremo estaban las botas de invierno de Lizzie; en el otro, su orinal y su caja de costura. Mi baúl vivía justo en el medio, su lugar de descanso marcado por la ausencia de polvo. No había nada más. Ni un lápiz. Claro.

Miré el baúl, que seguía abierto en el suelo, con la última palabra bocarriba sobre todas las demás. Luego miré el alfiler de sombrero que había en la mesita de noche de Lizzie y recordé lo afilado que estaba.

EL DICCIONARIO DE las palabras olvidadas. Me llevó toda la tarde grabarlo dentro de la tapa del baúl. Me dolían las manos del esfuerzo. Cuando terminé, el alfiler de sombrero de Lizzie yacía doblado en el suelo, las cuentas tan brillantes como el día en que lo había encontrado.

Algo me invadió en ese momento, una inquietud extraña y horrible. Intenté enderezar el alfiler, pero se negaba a recuperar la forma original. El extremo había quedado tan romo que no me lo imaginaba perforando siquiera el fieltro del sombrero más barato. Registré la habitación, pero no encontré nada que pudiera arreglarlo. Dejé el alfiler en el suelo, junto a la mesita de noche de Lizzie, con la esperanza de que pensara que se había doblado al caer.

DURANTE EL AÑO siguiente me mantuve alejada en casi todo momento del *scriptorium*. Lizzie me recogía en San Bernabé, me daba de comer y me llevaba de vuelta. Por las tardes leía libros y practicaba la escritura. Alternaba entre la sombra del fresno, la mesa de la cocina y la habitación de Lizzie, dependiendo del tiempo que hiciera. Fingí que estaba enferma cuando celebraron la publicación del segundo volumen, el que contenía todas las palabras que empezaban por C, incluidas *contar* y *contado*.

El día de mi duodécimo cumpleaños, mi padre fue a buscarme a San Bernabé. Cuando cruzamos las puertas de Sunnyside, continuó agarrándome la mano y caminé con él hacia el *scriptorium*.

Estaba vacío, salvo por la presencia del doctor Murray. Levantó la vista de su escritorio cuando entramos, después bajó a saludarme.

—Feliz cumpleaños, jovencita —dijo. Luego me miró por encima de las gafas, sin sonreír—. Doce, creo.

Asentí con la cabeza; él siguió observándome.

Se me entrecortó la respiración. Ya era demasiado grande para esconderme debajo de la mesa de clasificación, para escapar de lo que fuera que el doctor estuviera pensando. Así que opté por mirarlo a los ojos.

—Tu padre dice que eres buena estudiante.

No contesté y él se volvió y señaló los dos volúmenes del *Diccionario* que había detrás de su escritorio.

—Debes apelar a ambos volúmenes siempre que lo necesites. Si no lo haces, nuestros esfuerzos no tienen razón de ser —dijo—. Si necesitas acceder a una palabra más allá de la C, tienes a tu disposición los fascículos según vayan publicándose. Más allá de eso… —Volvió a mirarme con intensidad—, debes pedirle a tu padre que busque en los casilleros. ¿Tienes alguna pregunta?

—¿Qué es *apelar*? —pregunté.

El doctor Murray sonrió y miró brevemente a mi padre.

—Es una palabra de la A, por suerte. ¿La buscamos?

Se dirigió a la estantería de detrás de su escritorio y bajó *A y B.*

CUANDO LLEGÓ LA tarjeta de felicitación de Ditte por mi duodécimo cumpleaños, lo hizo acompañada de una ficha de papel. Una palabra que Ditte decía que era «superflua a la necesidad».

—¿Qué significa «superfluo»? —le pregunté a mi padre mientras se ponía el sombrero.

—Innecesario —dijo—. Que no se quiere ni se necesita.

Miré la ficha. Era una palabra de la B: *Beis.* «Burda y baladí», pensé. Ni perdida ni descuidada ni olvidada, solo superflua. Mi padre debía de haberle contado a Ditte que me había llevado una palabra. Me guardé la suya en el bolsillo.

Me pasé todo el día pensando en ella en el colegio. Me permití juguetear con los bordes de la ficha, toquetearla con los dedos, y la imaginé como una palabra más interesante. Me planteé tirarla, pero no fui capaz. «Superflua», había dicho Ditte. Tal vez pudiera añadir esa descripción a la lista de reglas en las que había insistido Lizzie.

Cuando llegué a Sunnyside por la tarde, subí directamente a la habitación de Lizzie. Ella no estaba, pero no le importaría que la esperara allí. Saqué el baúl de debajo de la cama y lo abrí.

Llegó justo cuando me estaba sacando la ficha del bolsillo.

—Es de Ditte —dije enseguida para evitar que frunciera más el ceño—. Me la ha mandado por mi cumpleaños.

La expresión malhumorada de Lizzie comenzó a desvanecerse, pero entonces algo le llamó la atención. Se le paralizó el rostro. Seguí su mirada y vi las toscas letras grabadas en el interior de la tapa del baúl. Recordé mi ira, ciega y egoísta. Cuando me volví hacia Lizzie, una lágrima le resbalaba por la mejilla.

Me sentí como si un globo de gas se me estuviera hinchando en el pecho, aplastando todos los órganos que necesitaba para respirar y hablar. «Lo siento, lo siento, lo siento», pensé, pero no salió nada. Se acercó a la mesita de noche y cogió el alfiler.

—¿Por qué? —preguntó.

Aun así, no encontré palabras. Ninguna que tuviera sentido.

—¿Qué pone?

Su voz oscilaba entre la rabia y la decepción. Esperé que se decantara por la rabia. Palabras severas contra el mal comportamiento. Una tormenta y luego la calma.

—*El diccionario de las palabras olvidadas* —murmuré sin apartar la vista del nudo de una de las tablas del suelo.

—El diccionario de las palabras robadas, más bien.

Levanté la cabeza de golpe. Lizzie miraba el alfiler como si estuviera viendo en él algo que no había percibido hasta entonces. Le temblaba el labio inferior, como el de una cría. Cuando nuestras miradas se encontraron, se le deformó el rostro. Era la misma expresión que había adoptado mi padre el día que me habían pillado, como si hubiera descubierto algo nuevo sobre mí y no le gustara. Nada de rabia, entonces. Decepción.

—Son solo palabras, Esme.

Me tendió la mano para que me levantara del suelo. Hizo que me sentara en la cama, a su lado. Me puse rígida.

—Esa foto era lo único que tenía de mi *mama* —dijo—. No sale sonriendo, así que suponía que la vida siempre había sido una carga enorme para ella, incluso antes de que le llegáramos los hijos. Pero entonces encontraste el alfiler. —Lo hizo girar y las cuentas se convirtieron en un borrón de colores—. No sé mucho de ella, pero saber que tuvo algo bonito me ayuda a imaginármela feliz.

Pensé en las fotografías de Azucena que había por toda mi casa, en la ropa que aún colgaba en el armario de mi padre, en los sobres azules. Pensé en la historia que Ditte me contaba en todos mis cumpleaños. Mi madre era como una palabra con mil fichas. La madre de Lizzie era como una palabra con solo dos, apenas suficientes para poder contarlas. Y yo había tratado una de ellas como si fuera «superflua a la necesidad».

El baúl seguía abierto y miré las letras que había grabado en él. Luego miré el alfiler, tan delicado en comparación con la mano áspera de Lizzie a pesar del cierre estevado. Ambas necesitábamos pruebas de quiénes éramos.

—Lo arreglaré —dije, y tendí la mano, convencida de que sería capaz de enderezarlo a base de pura fuerza de voluntad.

Ella me dejó cogerlo y me observó mientras lo intentaba.

—Ya está bien así —dijo cuando al fin me rendí—. Y a lo mejor la piedra de afilar va bien *pa* la punta.

El globo del pecho me reventó y dejó escapar un torrente de emociones. Lágrimas y mocos y una disculpa fracturada:

—Lo siento, lo siento mucho.

—Ya lo sé, repollito mío.

Me abrazó hasta que cesaron los sollozos, me acarició el pelo y me meció como hacía cuando era pequeña, aunque ya era casi más alta que ella. Cuando todo terminó, devolvió el alfiler a su lugar, delante de la foto de su madre. Me arrodillé en el suelo duro para cerrar el baúl. Rocé con los dedos las letras, ásperas y toscas. Pero permanentes. *El diccionario de las palabras olvidadas.*

Aquel día el señor Crane se marchaba temprano. Cuando me vio sentada bajo el fresno, no me ofreció ni una palabra ni una sonrisa. Lo vi avanzar dando zancadas hacia su bicicleta, colgarse la mochila a la espalda y pasar una pierna por encima del sillín. No se percató de que un fajo de fichas caía al suelo detrás de él. No lo avisé.

Había diez fichas unidas. Las metí entre las páginas del libro que estaba leyendo y volví al fresno.

Desconfiado era la palabra escrita en la ficha de portada con la caligrafía descuidada del señor Crane. La había definido como «Lleno de o marcado por la desconfianza en uno mismo o en los demás; falto de seguridad, cohibido; dudoso, suspicaz, incrédulo». No sabía qué quería decir *incrédulo*, así que hojeé las fichas en busca de su significado. Mi malestar aumentaba con cada cita. «Haraganes desconfiados, luchen hasta el último aliento*», había escrito Shakespeare.

Pero yo las había rescatado del viento de la tarde y del rocío de la mañana. Las había rescatado de la negligencia del señor Crane. Era en él en quien no se podía confiar.

Separé una de las fichas de las demás. Una cita, pero sin autor, sin título de libro ni fecha. La descartarían. La doblé y me la metí en el zapato.

El resto de las fichas volvieron a las páginas de mi libro y, cuando las campanas de Oxford dieron las cinco, fui a reunirme con mi padre en el *scriptorium*.

Estaba solo, sentado a la mesa de clasificación con una prueba delante, con fichas y libros esparcidos a su alrededor. Permaneció inclinado sobre la página, ajeno a mi presencia.

Pasé las páginas del libro que llevaba en el bolsillo y saqué las fichas de *desconfiado*. Cuando llegué a la mesa de clasificación, las añadí al desorden del espacio de trabajo del señor Crane.

---

* *Enrique VI*, primera parte, acto I, escena III, de William Shakespeare. Traducción de Roberto Appratto. (*Dramas históricos*, en *Obras Completas 3*. ed. Andreu Jaume, Penguin Clásicos, 2016.)

—¿Qué está haciendo?

El señor Crane estaba en el umbral del *scriptorium*; costaba distinguir sus rasgos recortados contra la luz de la tarde, pero su constitución ligeramente encorvada y su fina voz resultaban inconfundibles.

Papá levantó la vista, sobresaltado, y luego vio las fichas bajo mi mano.

El señor Crane se acercó y estiró el brazo como si quisiera apartármelas de un manotazo, pero pareció retraerse ante la deformidad.

—Esto es del todo intolerable —dijo tras volverse hacia mi padre.

—Las he encontrado —le dije al señor Crane, pero ni siquiera me miró—. Las he encontrado cerca de la valla donde apoya la bicicleta. Se le han caído de la mochila. —Miré a mi padre—. Estaba devolviéndolas a su sitio.

—Con el debido respeto, Harry, tu hija no debería entrar aquí. —Estaba devolviéndolas a su sitio —repetí, pero era como si no se me oyera ni se me viera; ninguno de los dos respondió. Ninguno de los dos me miró.

Mi padre cogió una gran bocanada de aire y la soltó al mismo tiempo que negaba con la cabeza de manera apenas perceptible.

—Yo me encargo —le dijo al señor Crane.

—Por supuesto —contestó el hombre, y después cogió el fajo de fichas que se le había caído de la mochila.

Cuando se marchó, mi padre se quitó las gafas y se frotó el puente de la nariz.

—¿Papá?

Volvió a colocarse las gafas en su sitio y me miró. Luego apartó la silla de la mesa de clasificación y se dio unas palmaditas en las rodillas para que fuera a sentarme en su regazo.

—Ya eres casi demasiado grande —dijo tratando de sonreír.

—Se le han caído; lo he visto.

—Te creo, Esme.

—Entonces, ¿por qué no has dicho nada?

Suspiró.

—Es demasiado complicado de explicar.

—¿Hay una palabra? —pregunté.

—¿Una palabra?

—Que explique por qué no has dicho nada. Podría buscarla.

Entonces sonrió.

—Me viene a la mente *diplomacia*. *Transigir*, *mitigar*.

—Me gusta *mitigar*.

Juntos, buscamos en los casilleros.

MITIGAR

«Para mitigar, a fuerza de complacencias, la rabia de sus más furiosos perseguidores.»

David Hume, *Historia de Gran Bretaña*, 1754

Reflexioné sobre ella.

—Estabas intentando que se enfadara menos —dije.

—Sí.

PENSÉ QUE HABÍA mojado la cama, pero, cuando retiré las mantas, el camisón y las sábanas estaban manchados de rojo. Grité. Tenía las manos pegajosas de sangre. El dolor que últimamente había sentido en la espalda y el vientre se volvió aterrador de repente.

Papá irrumpió en mi habitación y miró a su alrededor, muerto de miedo; luego se acercó a la cama, con el rostro invadido por la preocupación. Al ver mi camisón ensangrentado, puso cara de alivio. Luego, de incomodidad.

El colchón cedió ante su peso cuando se sentó en el borde de la cama. Me volvió a tapar con las mantas y me acarició la mejilla. Entonces supe de qué se trataba y, de pronto, me sentí cohibida. Tiré de las mantas hacia arriba y evité mirarlo.

—Perdón —dije.

—No seas tonta.

Permanecimos así durante un embarazoso minuto y me di cuenta de lo mucho que mi padre deseaba que Azucena estuviera allí.

—¿Lizzie te ha…? —comenzó a decir.

Asentí.

—¿Tienes lo que necesitas?

Volví a asentir.

—¿Te…?

Negué con la cabeza.

Mi padre me dio un beso en la mejilla y se levantó.

—Esta mañana tocan tostadas francesas —dijo, y cerró la puerta a su espalda como si fuera una inválida o un bebé dormido. Sin embargo, tenía trece años.

Esperé a oír sus pasos en las escaleras antes de soltar las mantas y sentarme en el borde del colchón. Sentí que se me escapaba más sangre. En el cajón de mi mesita de noche había una caja para la menstruación que Lizzie había preparado especialmente para mí, con cinturones y paños acolchados que había cosido con trapos. Me remangué el bajo del camisón y lo sujeté entre las piernas.

Papá estaba montando barullo en la cocina para dejarme claro que no tenía que preocuparme de que fuera a interrumpir mis actividades. Con la caja bajo el brazo, crucé el rellano hasta el cuarto de baño y me aferré con más fuerza al fardo de tela que me impedía gotear.

«NADA DE COLEGIO», dijo papá. Pasaría el día con Lizzie. Se me humedecieron los ojos de alivio.

Salimos de casa y emprendimos el familiar camino hacia Sunnyside. Como si no hubiera cambiado nada, mi padre me dijo una palabra en la que estaba trabajando y me pidió que adivinara su significado. En ese momento yo apenas podía pensar y, por una vez, me daba igual. Las calles se alargaban y todas las personas con las que nos cruzábamos me miraban como si lo supieran. Me movía como si nada de lo que llevaba fuera de mi talla.

Sentí una humedad entre los muslos, luego el rastro de una única gota, como una lágrima que rueda por una mejilla. Para cuando llegamos a Banbury Road, la sangre me corría por la parte interior de la pierna. Noté que me empapaba las medias. Dejé de andar, apreté las piernas y me llevé la mano al lugar que sangraba.

Gimoteé:

—¿Papá?

Iba unos pasos por delante de mí. Se dio la vuelta y me miró, paseó la mirada por mi cuerpo y luego echó un vistazo a su alrededor, como si fuera a encontrar a alguien mejor preparado para ayudar. Me cogió de la mano y caminamos lo más rápido que pudimos hasta llegar a Sunnyside.

—Ay, mi niña —dijo la señora Ballard cuando me hizo pasar a la cocina.

Le hizo un gesto con la cabeza a mi padre para eximirlo de cualquier responsabilidad. Él me dio un beso en la frente y luego cruzó el jardín en dirección al *scriptorium*. Cuando llegó Lizzie, me lanzó una mirada de lástima y se dirigió directamente hacia los fogones para poner agua a calentar.

En el piso de arriba, Lizzie me quitó la ropa y me limpió con una esponja. Los remolinos de la palangana de agua caliente se sonrosaron con mi humillación. Me enseñó de nuevo a colocarme el cinturón alrededor de la cintura y los trapos dentro de él.

—Ni te lo habías *apretao* lo suficiente ni eran lo bastante gordos.

Me puso uno de sus camisones y me obligó a meterme en la cama.

—¿Tiene que doler tanto? —pregunté.

—Supongo que sí —respondió—. Aunque no sé por qué.

Gemí y Lizzie me miró con una expresión de impaciencia bondadosa.

—Con el tiempo debería dolerte menos. La primera suele ser la peor.

—¿Debería?

—Las hay que no tienen tanta suerte, pero hay infusiones que ayudan — dijo—. Le preguntaré a la señora Ballard si tiene milenrama.

—¿Cuánto tiempo durará? —quise saber.

Lizzie estaba metiendo mi ropa en la palangana. Me imaginé que todas las prendas se habían manchado de rojo y que ese sería mi uniforme a partir de aquel momento.

—Una semana; a lo mejor menos, a lo mejor más —contestó.

—¿Una semana? ¿Debo quedarme una semana en cama?

—No, no. Solo un día. El primer día es más fuerte y quizá por eso duele tanto. Después va más lenta y al final desaparece, pero necesitarás los trapos alrededor de una semana.

Lizzie ya me había dicho que sangraría todos los meses, y ahora me estaba diciendo que sangraría todos los meses durante una semana y que tendría que guardar cama un día de cada mes.

—Nunca he visto que tú te quedes en cama, Lizzie —dije.

Se echó a reír.

—Yo tendría que estar muriéndome de verdad para pasarme un día en la cama.

—Pero ¿cómo evitas que te caiga por las piernas?

—Hay formas, Esmi. Pero no es *apropiao* explicárselas a una niña.

—Pero quiero saberlas.

Me miró con las manos sumergidas en la palangana; no le daba asco tener mi sangre en la piel.

—Supongo que, si te dedicaras al servicio, necesitarías saberlas, pero no es así. Eres una señorita y a nadie le importará que te pases un día al mes en la cama.

Sin más, recogió la palangana y se fue al piso de abajo.

Cerré los ojos y me quedé inmóvil como una tabla. El tiempo se alargaba, pero al final debí de quedarme dormida, porque soñé.

Papá y yo llegábamos al *scriptorium*, yo con las medias rebosantes de sangre. Todos los ayudantes y lexicógrafos que había conocido a lo largo de mi vida estaban sentados alrededor de la mesa de clasificación. Incluso el señor Mitchell, con los calcetines desparejados apenas visibles bajo la silla. Nadie levantaba la vista. Me volvía hacia mi padre, pero ya se había alejado. Cuando volvía a mirar hacia la mesa de clasificación, estaba en su sitio de siempre. Tenía el cuello inclinado ante las palabras, como todos los demás. Cuando intentaba acercarme a él, no podía. Cuando intentaba marcharme, no podía. Cuando gritaba, nadie me oía.

—Ya es hora de marcharse a casa, Esmi; te has *pasao* el día durmiendo. —Lizzie estaba a los pies de la cama, con mi ropa colgada del brazo—. Está calentita. La he tenido colgada delante de los fogones. Ven, que te ayudo a vestirte.

Una vez más, me ayudó con el cinturón y los trapos. Me quitó el camisón por la cabeza y lo sustituyó por capas de ropa cálida. Luego se arrodilló en el suelo y me metió los pies en las medias, me puso los zapatos y me ató los cordones.

A LO LARGO de la semana siguiente, generé más ropa sucia que en los tres meses anteriores, así que mi padre tuvo que pagarle extra a la criada que iba a casa de vez en cuando para que la lavara toda. Me habían dado permiso para no ir al colegio y me pasaba los días en la habitación de Lizzie. No tenía que guardar cama, pero no me atrevía a alejarme demasiado de la cocina. El *scriptorium* estaba vedado. Nadie me lo había dicho explícitamente, pero me daba miedo que mi cuerpo me traicionara de nuevo.

—¿Para qué sirve? —le pregunté a Lizzie el quinto día.

La señora Ballard me había encargado que removiera una salsa mientras ella hablaba con la señora Murray acerca de las comidas de la semana siguiente. Lizzie estaba sentada a la mesa de la cocina remendando un montón de ropa de los Murray. El sangrado casi había desaparecido.

—¿*Pa* qué sirve qué? —dijo ella.

—El sangrado. ¿Por qué ocurre?

Me miró, insegura.

—Tiene que ver con los bebés —contestó.

—¿De qué manera?

Se encogió de hombros sin levantar la vista.

—No lo sé muy bien, Esmi. Es así y ya está.

¿Cómo no iba a saberlo? ¿Cómo iba a ocurrirle una cosa tan horrorosa todos los meses a una persona y que esa persona no supiera por qué?

—¿La señora Ballard lo tiene?

—Ya no.

—¿Cuándo desaparece? —pregunté.

—Cuando eres demasiado vieja para tener bebés.

—¿La señora Ballard tiene algún bebé?

Nunca la había oído hablar de hijos, pero a lo mejor ya eran mayores.

—La señora Ballard no está casada, Esmi. No ha habido bebés.

—Claro que está casada —repliqué.

Lizzie miró por la ventana de la cocina para asegurarse de que la señora Ballard no estaba a punto de entrar y luego se inclinó más hacia mí.

—Se hace llamar «señora» porque es más respetable. Lo hacen muchas solteronas, sobre *to* si ocupan un puesto en el que tienen que mangonear a los demás.

Me sentía demasiado desconcertada para hacer más preguntas.

HABÍA LLEGADO ANTES de lo que se esperaba, dijo mi padre como pidiéndome disculpas. Se llamaba *menorrea* y el proceso de expulsarla era la *menstruación*. Cogió el azucarero y puso gran cuidado en espolvorearse una buena cantidad de azúcar sobre las gachas, a pesar de que ya estaban endulzadas.

Eran palabras nuevas, pero hacían que mi padre se sintiera incómodo. Por primera vez en mi vida, me sentí insegura respecto a mis preguntas. Nos sumimos en un silencio poco habitual, con *menorrea* y *menstruación* suspendidas sin significado en el ambiente.

PERMANECÍ DOS SEMANAS alejada del *scriptorium*. Cuando volví, elegí el momento más tranquilo. Era media tarde, cuando el doctor Murray se había ido a visitar al señor Hart en la editorial y la mayoría de los ayudantes se había marchado a casa.

Solo mi padre y el señor Sweatman estaban sentados a la larga mesa. Se encontraban preparando entradas para la letra F, lo cual significaba que tenían que revisar el trabajo de todos los demás ayudantes para asegurarse de que se correspondían con el muy particular estilo del doctor Murray.

Papá y el señor Sweatman conocían las abreviaturas del *Diccionario* mejor que nadie.

—Pasa, Esme —dijo el señor Sweatman cuando me asomé por la puerta del *scriptorium*—. El lobo feroz ya se ha ido a casa.

Las palabras de la letra M vivían en casilleros que no se veían desde la mesa de clasificación, y las que yo buscaba estaban amontonadas en un único casillero. Ya estaban clasificadas bajo definiciones en bosquejo. A eso era a lo que Ditte dedicaba gran parte de su tiempo, así que sentí curiosidad por saber si reconocería su caligrafía en alguna de las fichas de portada.

Había muchísimas palabras para describir el sangrado. *Menstruo* era lo mismo que *menorrea*. Significaba «sangre sucia». Pero ¿qué sangre era limpia? Siempre dejaba manchas.

Había cuatro fichas con varias citas unidas a la palabra *menstruar*. La ficha de portada ofrecía dos definiciones: «Descargar la menorrea» y «Contaminar como con sangre menstrual». Mi padre me había mencionado la primera, pero no la segunda.

Menstruante era «que menstrúa». Y *menstruoso* había significado una vez «horriblemente sucio o contaminado».

Menstruoso. Como monstruoso. Era lo que más se acercaba a explicar cómo me sentía.

Lizzie la había llamado «la condena». Ella nunca había oído la palabra *menstruación* y se rio cuando la dije.

—Seguro que es una palabra de médicos —me había dicho—. Tienen su propio lenguaje y casi nunca tiene sentido.

Saqué de la estantería el volumen con todas las palabras de la C y busqué *condena*.

«Forzar a alguien a hacer algo penoso.»

No mencionaba el sangrado, pero lo entendí. Dejé que las páginas pasaran rozándome el pulgar. Había mil trescientas en ese único volumen, más o menos las mismas que en *A y B*, y recordaba a mi padre diciendo que las palabras que empezaban por C no se acabarían nunca.

Eché un vistazo en torno al *scriptorium* y traté de adivinar cuántas palabras habría almacenadas en los casilleros y en los libros, y en la cabeza del doctor Murray y sus ayudantes. Ni una sola de ellas alcanzaba a explicar del todo lo que me había sucedido. Ni una sola.

—¿Tiene que estar aquí?

La voz del señor Crane traspasó mis pensamientos.

Cerré el volumen a toda prisa y me di la vuelta. Fijé la vista en mi padre, que estaba mirando al señor Crane.

—Pensé que no volverías hasta mañana —dijo papá en un tono que pareció más afable de lo que lo era.

—Este sitio no es para niños.

Yo ya no era una niña; me lo había dicho todo el mundo.

—No molesta —intervino el señor Sweatman.

—Está interfiriendo con los materiales.

Sentí que se me desbocaba el corazón y no pude evitar hablar.

—El doctor Murray me dijo que debía apelar a los volúmenes del *Diccionario* siempre que quisiera.

Me arrepentí de inmediato cuando mi padre me lanzó una mirada de advertencia. Pero el señor Crane ni respondió ni me miró.

—¿Vas a unirte a nosotros, Crane? —preguntó el señor Sweatman—. Siendo tres, seguro que acabamos este trabajo antes de la hora de cenar.

—Solo he vuelto a recoger el abrigo —dijo.

Luego les dedicó un gesto con la cabeza a ambos y salió del *scriptorium*.

Devolví el gran volumen de palabras que empezaban por la C a su estante y le dije a mi padre que lo esperaría en la cocina.

—Puedes quedarte —me dijo.

Pero ya no me sentía segura. A lo largo de los meses siguientes, pasé más tiempo en la cocina que en el *scriptorium*.

PAPÁ LEYÓ LA carta de Ditte y no compartió nada conmigo. Cuando terminó, la metió de nuevo en el sobre y se la guardó en el bolsillo del pantalón en lugar de dejarla en la mesita auxiliar, donde otras cartas de Ditte permanecían a veces durante días.

—¿Vendrá pronto a visitarnos? —pregunté.

—No lo dice —me respondió mientras cogía el periódico.

—¿Dice algo sobre mí?

Dejó caer el diario para poder verme.

—Pregunta qué tal te va en el colegio —dijo.

Me encogí de hombros.

—Es aburrido. Pero me dejan ayudar a los más pequeños cuando termino mis tareas. Eso me gusta.

Respiró hondo y pensé que iba a decirme algo. No fue así. Se limitó a seguir mirándome unos instantes y luego me dijo que era hora de acostarse.

Unos cuantos días más tarde, después de que mi padre me diera un beso de buenas noches y volviera al piso de abajo a trabajar en unas pruebas, crucé el rellano de puntillas y entré en su habitación. Abrí el armario y saqué la caja más estropeada de las dos. Busqué la carta de Ditte.

15 de noviembre de 1896

Mi querido Harry:

Qué mezcla de sentimientos me ha provocado tu última carta. He intentado componer una respuesta que hubiera merecido la aprobación de Azucena (he llegado a la conclusión de que eso es lo que deseas por encima de todo, así que intentaré no fallaros ni a ti, ni a ella, ni a Esme. Será un intento, eso sí. No prometo nada).

El señor Crane sigue acusando a nuestra Esme de robar. Es una palabra de peso, Harry. Evoca una imagen de Esme paseándose a hurtadillas con un saco colgado a la espalda, llenándolo de candelabros y teteras. Sin embargo, por lo que he podido deducir, sus bolsillos no contenían más que fichas que otros habían descuidado. En cuanto a lo de que tu forma de criarla es poco convencional, bueno, supongo que es cierto, pero, mientras que el señor Crane lo dijo como un reproche, yo lo digo como un cumplido. Lo convencional nunca le ha hecho ningún bien a ninguna mujer. Así que basta de autorrecriminaciones, Harry.

Ahora, respecto a la educación de Esme: por supuesto que debe continuarla, pero ¿adónde ir cuando San Bernabé se le quede pequeño? He estado indagando acerca de una vieja amiga, Fiona McKinnon, que es directora de un internado relativamente modesto (con lo cual quiero decir asequible) en Escocia, cerca de la ciudad de Melrose. Hace años que no hablo con Fiona, pero era una estudiante formidable y estoy segura de que ha creado la Escuela Cauldshiels para Señoritas basándose en sus propias necesidades precoces. Como tu hermana está a menos de ochenta kilómetros de distancia, parece una alternativa excelente a las escuelas del sur de Inglaterra, que son mucho más caras.

Es de suponer que Esme no celebre la idea a corto plazo, pero, a sus catorce años, tiene edad suficiente para correr una aventura.

Por último, pese a que no quiero fomentar su díscolo comportamiento, adjunto una palabra que tal vez le guste. Elizabeth Griffiths utilizó «literatamente» en una novela. Aunque no disponemos de otros ejemplos de uso, es, en mi opinión, una elegante extensión de «literato». El doctor Murray estuvo de acuerdo en que debería escribir una entrada para el *Diccionario*, pero después me han dicho que es poco probable que se incluya. Parece que nuestra autora no ha demostrado ser «literata», una abominación de palabra acuñada por Samuel Taylor Coleridge y que se refiere a una «mujer de letras». También cuenta con un solo ejemplo de uso, pero su inclusión está asegurada. Puede que esto te suene a envidia, pero no creo que esa palabra vaya a cuajar. No cabe duda de que el número de mujeres de letras que hay en el mundo es tan significativo como para convertirlas en miembros ordinarios y merecedores de los literatos.

Varios voluntarios (todos ellos mujeres, por lo que sé) enviaron la misma cita para «literatamente». Hay seis en total y, dado que ninguna de ellas resulta de utilidad para el *Diccionario*, no veo razón alguna por la que Esme no pueda quedarse con una. Estoy descando saber cómo empleáis los dos esta preciosa palabra: juntos podríamos mantenerla viva.

Con cariño,

Edith

ERA NUESTRA ÚLTIMA asamblea escolar antes de Navidad y yo no volvería para terminar el curso. La directora del colegio femenino de San Bernabé, la señora Todd, quería desearme buena suerte, así que me senté en una silla en la parte delantera del salón, de cara al resto de las alumnas. Eran niñas de Jericho. Hijas de trabajadores de la editorial y de la fábrica de papel Wolvercote. Sus hermanos asistían al colegio masculino San Bernabé y de mayores trabajarían en la fábrica de papel o en las imprentas. La mitad de las niñas de mi clase estarían encuadernando libros en menos de un año. Siempre me había sentido fuera de lugar.

Se pronunciaron los anuncios habituales. Yo permanecía rígida, mirándome las manos y deseando que el tiempo pasara más rápido. Apenas oí lo que decía la señora Todd, pero, cuando las chicas empezaron a aplaudir, levanté la vista. Iba a recibir el premio de Historia y el de Lengua. La señora Todd me hizo un gesto con la cabeza para que me acercara y, cuando lo hice, le dijo a todo colegio que me marchaba para asistir a la Escuela Cauldshiels para Señoritas.

—Nada más y nada menos que en Escocia —dijo al volverse hacia mí.

Las niñas volvieron a aplaudir, aunque esta vez con menos entusiasmo. No se imaginaban marchándose, pensé. Y yo tampoco. Pero Ditte decía que me prepararía. «¿Para qué?», le había preguntado. «Para hacer todo lo que sueñes», había sido su respuesta.

La semana posterior a la Navidad fue húmeda y lúgubre.

—Buena preparación para la región de los Scottish Borders —me dijo un día la señora Ballard, y rompí a llorar. Dejó de amasar y se acercó a la mesa de la cocina a la que estaba sentada desgranando guisantes—. Oh, cariño. —Me agarró la cara con las dos manos y me enharinó las mejillas. Cuando dejé de lloriquear, me puso una fuente delante y pesó distintas cantidades de mantequilla, harina, azúcar y pasas. Cogió el bote de canela del estante superior de la despensa y lo puso a mi lado—: Solo una pizca, recuerda.

La señora Ballard solía decir que a los pasteles de roca les daba igual si tenías las manos calientes o frías, si eran hábiles o torpes. Recurría a ellos para distraerme siempre que no podía mandarme con Lizzie o cuando estaba indispuesta. Se habían convertido en mi especialidad. La señora Ballard volvió a su masa y yo empecé a desmenuzar la mantequilla y a mezclar los trozos con la harina. Como de costumbre, sentía la mano derecha como enguantada. Tenía que fijarme bien en que mis dedos raros hicieran su trabajo para sentir que las migas empezaban a formarse.

La señora Ballard siguió charlando:

—Escocia es preciosa.

Había ido de joven. A caminar, con una amiga. No era capaz de imaginármela de joven. Ni en ningún otro lugar que no fuera la cocina de Sunnyside.

—Y no es para siempre —concluyó.

Todos los que estaban en el *scriptorium* aquel día salieron a despedirse de mí. Estábamos en el jardín, temblando, a primera hora de la mañana: papá, la señora Ballard, el doctor Murray y varios de los ayudantes. Pero no el señor Crane. Los hijos menores de los Murray también estaban allí, Elsie y Rosfrith, una a cada lado de su madre. Cada una de ellas le agarraba la mano a uno de los dos más pequeños, y ambas mantenían la mirada clavada en sus zapatos.

Lizzie se quedó junto a la puerta de la cocina, a pesar de que mi padre la llamó para que saliera. Nunca le gustaba estar entre los hombres del *Diccionario*. «No sé hablar con ellos», me decía cuando le tomaba el pelo al respecto.

Permanecimos allí el tiempo justo para que el doctor Murray dijera unas palabras sobre lo mucho que iba a aprender y los beneficios para la salud de pasear por las montañas que rodeaban Cauldshiels Loch. Me regaló un bloc de dibujo y un juego de lápices de colores y me dijo que esperaba recibir cartas con mis impresiones sobre el entorno de mi nueva escuela. Los guardé en la mochila nueva que papá me había regalado esa mañana.

La señora Ballard me entregó una caja llena de galletas aún calientes del horno.

—Para el viaje —dijo, y me abrazó tan fuerte que pensé que no volvería a respirar.

Nadie dijo nada durante un rato. Estoy segura de que la mayoría de los ayudantes se preguntaban a qué venía tanto alboroto. Los veía cambiar el peso de un pie a otro intentando entrar en calor. Querían volver a sus palabras, a la relativa calidez del *scriptorium*. Una parte de mí quería regresar con ellos. Pero otra quería que empezara la aventura.

Miré hacia donde estaba Lizzie. Incluso desde lejos, le vi los ojos hinchados y la nariz enrojecida. Intentó sonreír, pero el engaño era demasiado y tuvo que apartar la mirada. Le temblaron los hombros.

Recibiría una buena formación, había dicho Ditte. Me convertiría en una erudita.

«Y, cuando dejes Cauldshiels —había añadido mi padre—, puedes ir a Somerville. Está más cerca de casa que cualquiera de las demás facultades femeninas, justo enfrente de la editorial.»

Papá me dio un empujón suave. Debía responder al doctor Murray, darle las gracias por el bloc de dibujo y los lápices, pero yo solo estaba pendiente del calor de las galletas, que emanaba a través de la caja hacia mis manos. Pensé en el viaje. Ocuparía todas las horas del día y la mitad de la noche. Para cuando llegara, no quedaría calor en las galletas.

PARTE II

1897 - 1901

Desconfiadamente - Kurdo

EL JARDÍN DE Sunnyside me parecía más pequeño que hacía dos estaciones. Los árboles habían echado todas las hojas y el cielo era una mancha azul entre la casa y los setos. Oía el traqueteo de los carros y los cascos de los caballos que arrastraban los tranvías por Banbury Road.

Pasé mucho rato de pie bajo el fresno. Llevaba semanas en casa, pero solo en ese momento comprendí lo que lo había echado de menos. Oxford me envolvió como una manta y empecé a respirar con facilidad por primera vez desde hacía meses.

Desde el instante en que había vuelto a casa desde Cauldshiels, lo que más había deseado era estar dentro del *scriptorium*. Pero, cada vez que me acercaba a él, sentía una ola en el estómago. Aquel no era mi sitio. Era un estorbo. Por eso me habían enviado tan lejos, por mucho que Ditte intentara hablar de aventuras y oportunidades. Así que ante mi padre fingí que ya era demasiado mayor para el *scriptorium*. En realidad, apenas podía resistirme a él.

Ahora, una semana antes de tener que regresar a Cauldshiels, el *scriptorium* estaba vacío. Hacía mucho tiempo que el señor Crane ya no estaba: despedido, demasiados errores. Papá apenas fue capaz de sostenerme la mirada cuando me lo dijo. El doctor Murray y mi padre estaban en la editorial con el señor Hart y los demás ayudantes estaban pasando la hora del almuerzo junto al río. Me pregunté si el *scriptorium* estaría cerrado con llave. Nunca lo había estado, pero las cosas cambiaban. En Cauldshiels todo estaba cerrado con llave. Para evitar que entráramos. Para evitar que saliéramos. Di un paso y luego otro. Cuando empujé la puerta, se abrió con un familiar chirrido de bisagras.

Me quedé parada en el umbral y miré hacia el interior. La mesa de clasificación era un caos de libros, fichas y pruebas. Vi la chaqueta de mi padre en el respaldo de su silla y el birrete del doctor Murray en el estante que había detrás de su escritorio elevado. Los casilleros parecían estar llenos, pero yo sabía que siempre podía hacerse un hueco para nuevas citas. El *scriptorium* estaba como siempre, pero el estómago no se me asentaba. Yo sí me sentía cambiada. No entré.

Cuando me di la vuelta para salir, me fijé en el montón de cartas sin abrir que había justo al lado de la puerta. La caligrafía de Ditte. Un sobre más grande, de los que utilizaba para la correspondencia del *Diccionario*. Lo cogí sin pensarlo y me fui.

En la cocina había manzanas cociéndose en los fogones, pero ni rastro de la señora Ballard. Sostuve el sobre de Ditte sobre el vapor de las manzanas hasta que el sello cedió. Entonces subí de dos en dos las escaleras que llevaban a la habitación de Lizzie.

Había cuatro páginas de pruebas con las palabras que iban de *guerrero* a *guirigay*. Ditte había sujetado citas adicionales en los bordes de cada página. «El guerrero profesor escocés pelirrojo» estaba unido a la primera y me pregunté si el doctor Murray la aceptaría. Empecé a leer las correcciones que había hecho en la prueba para tratar de entender cómo pretendían mejorar la entrada. Y de repente las lágrimas empezaron a rodarme por la cara. Tenía muchas ganas de ver a Ditte; necesitaba verla, hablar con ella. Me había dicho que iría a visitarme en Semana Santa para pasar conmigo mi decimoquinto cumpleaños. No había ido. Era Ditte quien había convencido a mi padre de que me enviara a Cauldshiels. Ditte quien me había hecho querer ir.

Me enjugué las lágrimas.

Lizzie entró en la habitación y me sobresalté. Miró las páginas de Ditte, esparcidas por el suelo.

—Esme, ¿qué estás haciendo?

—Nada —contesté.

—Ay, Esmi, no sabré leer, pero sí sé dónde tendrían que estar esos papeles, y no es en esta habitación —dijo.

Como no respondí, se sentó en el suelo frente a mí. Pesaba más que antes y no parecía cómoda.

—Estas palabras son distintas a las de siempre —dijo tras coger una página.

—Son pruebas —dije—. Este es el aspecto que tendrán cuando estén en el *Diccionario*.

—¿Has *entrao* en el *scripi*, entonces?

Me encogí de hombros y empecé a recoger las páginas de Ditte.

—No he podido. Solo me he asomado.

—Ya no puedes sacar palabras de allí, Esmi. Y lo sabes.

Posé la mirada en la conocida caligrafía de Ditte, en la ficha enganchada a la última página de las pruebas.

—No quiero volver a la escuela, Lizzie.

—Tienes suerte de poder ir a la escuela —replicó.

—Si hubieras ido, sabrías lo cruel que puede llegar a ser.

—Supongo que es normal que una niña que ha tenido tanta *libertaz* como tú, Esmi, piense así —me tranquilizó Lizzie—. Pero aquí no hay nadie que pueda enseñarte, y eres *demasiao* lista *pa* dejar de aprender. Solo durará un tiempecito más, y después podrás hacer lo que te dé la gana. Ser maestra, o escribir sobre historia como tu señorita Thompson, o dedicarte al *Diccionario* como Hilda Murray. ¿Sabías que ha *empezao* a trabajar en el *scripi*?

No lo sabía. Desde que me había marchado a Cauldshiels, me sentía muy alejada de las cosas con las que había soñado alguna vez. Cuando Lizzie intentó mirarme a los ojos, aparté la vista. Sacó su caja de costura de debajo de la cama y después se encaminó hacia la puerta.

—Deberías comer algo —me dijo—. Y deberías devolver esos papeles al *scripi*.

Cerró la puerta con cuidado a su espalda.

Desprendí la nota de Ditte de la prueba. Era un significado adicional para la palabra *guirigay*: esta definición se refería más a lo oscuro y confuso que al griterío, y solo tenía una cita para apoyarla. La leí en voz alta y me gustó. Metí la mano bajo la cama, y sentir el tacto del asa de cuero y el peso del baúl al tirar de él hacia mí me alivió. Lizzie debía de haber mantenido el secreto del baúl durante todo el tiempo que yo no había estado. Me pregunté qué le habría ocurrido si alguien lo hubiera encontrado allí.

Esa idea me hizo detenerme y pensar en volver a poner *guirigay* en su sitio. Pero quedármela era como un ajuste de cuentas. Abrí el baúl e inhalé las palabras. Puse *guirigay* encima de ellas y cerré la tapa.

En ese momento, mi ira hacia Ditte se desvaneció solo un poco y tuve una idea: le escribiría.

Guardé las pruebas de nuevo en el sobre y volví a sellarlo. Al dejar Sunnyside para irme a casa, dejé el sobre de Ditte en el buzón de la puerta.

28 de agosto de 1897

Mi querida Esme:

Como siempre, fue una alegría toparme con tu familiar caligrafía mientras revisaba el correo de ayer. Había una o dos cartas del *scriptorium*, además de la tuya: una del doctor Murray y otra del señor Sweatman. La letra I está causando cierta preocupación; todos esos prefijos, ¿hasta dónde deben llegar? Agradecí posponer el trabajo para leer acerca de tu verano en Oxford.

Pero no me contabas casi nada, aparte de que el calor era sofocante. Seis meses en Escocia y parece que te has aclimatado a la humedad fría y al espacio sin límites. Me pregunto si echas de menos la «marcha de las montañas hacia el cielo turbulento y las insondables profundidades del loch».

¿Recuerdas haber escrito esto tras tus primeras semanas en Cauldshiels? Lo leí y recordé el amor de tu padre hacia ese lugar. La soledad escarpada lo restituía, decía. No puedo decir que compartiera su opinión. Las montañas y los lochs no me corren por las venas como a ti.

Pero ¿es posible que haya malinterpretado tus descripciones del paisaje, que tu hermoso vocabulario haya disfrazado tus verdaderos pensamientos? Porque tu petición me ha sorprendido bastante.

Según dicen, estás haciendo grandes progresos en Cauldshiels. Una de las mejores de la clase en varias asignaturas y, según la señorita McKinnon, «siempre inquisitiva». Ese es el atributo fundamental de los eruditos y los liberales, opinó siempre mi padre.

Tus cartas, sin excepción, describen una educación ideal para una joven del siglo xx. ¡Dios mío, el siglo xx! Creo que es la primera vez que lo escribo. Este será tu siglo, Esme, y será diferente al mío. Necesitarás saber más.

Me halaga que pienses que podría enseñarte todo lo que necesitas aprender; me halaga tanto, de hecho, y me atrae tanto la idea de que vivas con nosotras, que lo he debatido con Beth durante horas. Entre las dos podríamos hacer un trabajo decente en cuanto a historia, literatura y política. Podríamos aportar algo a lo que ya sabes de francés y alemán, pero las ciencias naturales y las matemáticas escapan a nuestras posibilidades. Y luego está el tiempo que requeriría. No lo tenemos, sencillamente.

Me recuerdas que he prometido ponerme siempre de tu lado, pero, en lo que a tu educación se refiere, creo que te fallaría. Al rehusar tu petición, espero estar poniéndome del lado de una Esme más mayor. Espero que algún día estés de acuerdo.

He escrito a la señora Ballard y le he pedido que te haga una tanda de galletas de jengibre y nueces. Creo que se conservarán bien durante el largo viaje de vuelta al colegio y que te alimentarán incluso más allá de la primera semana del nuevo curso.

Por favor, escríbeme una vez que hayas vuelto a instalarte. Siempre es un placer leer el relato de tus días.

Con todo mi amor, como siempre,

Ditte

ME SENTÉ EN el borde de la cama y desvié la mirada hacia mi baúl del colegio. Hasta ese momento, había estado segura de que me acompañaría a casa de Ditte y Beth en Bath. Volví a leer la carta de Ditte. «Con todo mi amor, como siempre.» Arrugué la carta, la tiré al suelo y la aplasté con un pie.

Papá y yo cenamos en silencio. Creo que Ditte ni siquiera se había molestado en hablarlo con él.

—Mañana hay que madrugar, Esme —dijo mientras se llevaba los platos a la cocina.

Le di las buenas noches y subí las escaleras.

La habitación de mi padre estaba casi a oscuras, pero, cuando abrí las cortinas, entró la última luz del largo día. Me volví hacia el armario. «Ábrete, sésamo», susurré, con añoranza de un tiempo anterior. Metí la mano más allá de los vestidos de Azucena y saqué la caja pulida. Olía a cera de abeja, aplicada hacía poco. La abrí y rasgué las cartas con los dedos raros, como si fueran las cuerdas de un arpa. Quería que Azucena hablara. Que me diera las palabras que convencerían a papá de que se quedara conmigo. Pero permaneció callada.

Detuve mi tarea. Los sobres del final rompían la armonía cromática, ni azules ni blancos, sino del marrón barato y sin blanquear de Cauldshiels. Saqué el último y me acerqué a la ventana para leer lo que había escrito.

Recordaba todas y cada una de las palabras. ¿Cómo no? Las había escrito una y otra vez. No eran las que yo había elegido. Esas palabras las habían desgarrado. «Solo preocupará a su padre», me dijo la señorita McKinnon. Luego me dictó algo apropiado. «Otra vez —dijo, mientras rompía las páginas nuevas —. Más pulcro o pensará que no ha mejorado, que no se esfuerza.» «Son un alegre grupo de chicas… una excursión maravillosa… tal vez me haga maestra… he sacado un sobresaliente en el examen de historia.» Mis notas eran lo único cierto. «Otra vez —dijo—. No se encorve.» Las demás chicas se habían ido a la cama. Yo estuve sentada en aquella fría habitación hasta que el reloj dio las doce. «La han malcriado, señorita Nicoll. Su padre lo sabe mejor que nadie. Quejándose de molestias insignificantes no hará sino confirmárselo.» Luego desplegó ante mí los tres últimos intentos y me pidió que eligiera el que tuviera la mejor caligrafía. El último no. Era casi ilegible. Tenía los dedos raros doblados como si siguieran sosteniendo la pluma. Moverlos me provocaba un dolor insoportable. «Esa, señorita McKinnon.» «Sí, querida, yo opino lo mismo. Ahora, a la cama.»

Y allí estaba. Atesorada como se atesoraban las cartas de Azucena. Palabras falsas que ofrecían consuelo falso a un hombre obligado a ser tanto madre como padre. Quizá sí que era una carga.

Había una carta por cada semana que había pasado fuera. Las saqué todas de la caja y extraje las páginas de los sobres. No había nada mío en ninguna de ellas. ¿Cómo podía habérselas creído mi padre? Cuando devolví los sobres a la caja, estaban vacíos de palabras, pero nunca habían tenido más significado.

Dormí mal. Los resentimientos y la confusión respecto a Ditte y Cauldshiels —e incluso respecto a mi padre— cobraban fuerza en la oscuridad. Al final renuncié a intentar acallarlos.

Papá roncaba, un retumbo predecible que siempre me había reconfortado cuando me despertaba por la noche. En ese momento también me reconfortó: significaba que no se despertaría. Me levanté de la cama y me vestí, cogí una vela y unas cerillas de la mesilla de noche y me las guardé en el bolsillo. Luego salí a hurtadillas de mi dormitorio, bajé las escaleras y me adentré en la noche.

El cielo estaba claro y la luna casi llena. La negrura de la noche solo jugaba alrededor del contorno de las cosas. Cuando llegué a Sunnyside, la casa de los Murray se alzaba oscura y silenciosa, y me pareció oír el aliento sosegado del sueño de la familia.

Empujé la verja. La casa se estiró hacia el cielo, como súbitamente alerta, pero en las ventanas no parpadeó ninguna luz.

Me colé por la rendija y dejé la verja entreabierta; después bordeé el perímetro, ocultándome en la profunda oscuridad de debajo de los árboles, hasta que el *scriptorium* apareció ante mi vista.

A la luz de la luna parecía un cobertizo cualquiera y me indignó haber pensado que era algo más. Cuando me acerqué, distinguí su fragilidad; canalones teñidos de óxido, pintura que se desprendía de los marcos de las ventanas, un fajo de papel impidiendo el paso de la corriente allá donde la madera se había podrido.

La puerta se abrió, como siempre, y me quedé en el umbral esperando a que los ojos se me adaptaran a las tinieblas. La luz de la luna que atravesaba las ventanas sucias proyectaba sombras alargadas en torno a la habitación. Olí las palabras antes de llegar a verlas y se me agolparon los recuerdos; antes pensaba que aquel lugar era el interior de la lámpara de un genio.

Me saqué la carta de Ditte del bolsillo. Seguía estando arrugada, así que busqué un hueco sobre la mesa de clasificación y la alisé lo mejor que pude. Encendí la vela y sentí la ligera excitación del desafío. Las corrientes de aire competían por azotar la llama hacia uno y otro lado, pero ninguna era lo bastante fuerte como para apagarla. Hice más hueco en la mesa de clasificación y vertí un poco de cera para sujetar la vela. Me aseguré de que se adhería bien.

La palabra que quería ya estaba publicada, pero sabía dónde encontrar las fichas. Recorrí una hilera de casilleros con el dedo hasta llegar a «*A* hasta *Anta*». Mis palabras de cumpleaños. Si el *Diccionario* fuera una persona, me había dicho una vez mi padre, «*A* hasta *Anta*» serían sus primeros pasos vacilantes.

Saqué un montoncito de fichas del casillero y las desprendí de su portada.

Abandonar.

El ejemplo más antiguo databa de hacía más de seiscientos años, y las palabras que lo componían eran deformes y difíciles. A medida que avanzaba por las fichas, las citas se volvían más sencillas y, cuando casi había llegado al final del montón, encontré una que me gustaba. La cita no tenía muchos más años que yo y la había escrito una tal señorita Braddon*.

«Me encontré abandonada y aislada en el mundo.»

Sujeté la ficha a la carta de Ditte y volví a leerla. «Aislada en el mundo.»

Aislado ocupaba otro casillero con varios fajos de fichas. Saqué el de más arriba y desaté el cordel. Las fichas estaban separadas de acuerdo con los diferentes significados, cada uno con una ficha de portada que mostraba la definición. Sabía que si sacaba *A y B* de la estantería encontraría las definiciones de las fichas de portada transcritas en columnas, con sus citas debajo.

Era mi padre quien había escrito la definición por la que me decidí. Leí su apretada caligrafía: «Solo, sin compañía, solitario».

Me pregunté brevemente si habría hablado con Azucena sobre todas las formas de estar aislado. Azucena jamás me hubiera mandado a la escuela.

Desenganché la ficha de portada de las de citas —a fin de cuentas, ya había cumplido con su trabajo— y devolví las citas a su casillero. Después regresé a la mesa de clasificación y sujeté la definición de papá a la carta de Ditte.

Entonces oí un ruido. Una nota larga en el silencio. Era la verja: la bisagra desengrasada.

Busqué por todo el *scriptorium* un lugar donde esconderme. Sentí el latido galopante del pánico. No podía tolerar que me quitaran las palabras. Ellas me explicaban. Me levanté la falda y me embutí la carta con las fichas anexas en la cintura de las bragas. Luego cogí la vela de la mesa.

La puerta se abrió y la luz de la luna entró a raudales.

—¿Esme?

Era mi padre. El alivio y la rabia me inundaron.

---

* Se refiere a la autora Mary Elizabeth Braddon.

—Esme, deja la vela.

La llama titiló. La cera goteaba sobre las pruebas esparcidas por la mesa de clasificación y las sellaba entre sí. Vi lo que él veía. Imaginé lo que él imaginaba. Me pregunté si sería capaz de hacerlo.

—Jamás lo…

—Dame la vela, Esme.

—Pero no lo entiendes, solo estaba…

Sopló la vela y se desplomó en una silla. Observé cómo la voluta de humo ascendía bamboleándose.

Me vacié los bolsillos y no había nada, ni una sola palabra. Pensé que querría revisarme los calcetines, las mangas, y lo miré como si no tuviera nada que ocultar. Se limitó a suspirar y se dio la vuelta para salir del *scriptorium*. Lo seguí. Cuando me susurró que cerrara la puerta con cuidado, obedecí.

La mañana apenas empezaba a colorear el jardín. La casa seguía a oscuras, salvo por una única luz titubeante en la ventana que había encima de la cocina. Si Lizzie se asomaba, me vería. Casi sentí cómo me pesaba el baúl cuando lo sacaba de debajo de su cama.

Pero Lizzie y el baúl estaban tan lejos como Escocia. No verlos antes de partir sería mi castigo.

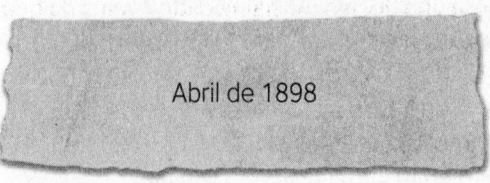

Abril de 1898

MI PADRE VINO a Cauldshiels a visitarme durante las vacaciones de Semana Santa. Había recibido una carta de su hermana, mi verdadera tía. Estaba preocupada por mí. ¿Siempre había sido así de reservada? Me recordaba distinta, rebosante de preguntas. Lamentaba no haber ido a verme antes —era difícil—, pero se había percatado de que tenía moratones en el dorso de las manos, en ambas. Del hockey, le había dicho yo. «Una porra», le escribió ella a mi padre.

Él me contó todo esto en el tren de regreso a Oxford. Comimos chocolate y le dije que nunca había jugado al hockey. Por encima de su hombro, vi mi reflejo en la ventana oscura del vagón. Parecía mayor, pensé.

Mi padre me sujetaba las dos manos entre las suyas y me acariciaba los nudillos con los pulgares. Los moratones de la mano buena se me habían ido aclarando hasta adquirir un enfermizo tono amarillo, apenas visibles, pero en el dorso de la mano derecha tenía una roncha roja. La piel arrugada siempre tardaba más en curarse. Me las besó y se las llevó a la mejilla húmeda. ¿Me dejaría quedarme con él? Estaba demasiado asustada para preguntárselo. Tu madre habría sabido qué hacer, decía siempre, y luego escribía a Ditte.

Saqué las manos de entre las suyas y me tumbé a lo largo en el asiento del vagón. Me dio igual ser tan alta como una adulta. Me sentía tan diminuta como una cría y estaba muy cansada. Me hice un ovillo y me abracé las rodillas. Papá me tapó con su abrigo. Tabaco de pipa, engañosamente dulce. Cerré los ojos e inhalé. No me había dado cuenta de que lo echaba de menos. Me arrebujé en el abrigo, enterré la cara en la lana rasposa. Bajo lo dulce estaba lo acre. El olor a papel viejo. Soñé que me encontraba bajo la mesa de clasificación. Cuando me desperté, estábamos en Oxford.

MI PADRE NO me despertó al día siguiente y ya era media tarde cuando al fin bajé las escaleras. Pensaba pasar las horas anteriores a la cena al calor del fuego del salón, pero, cuando abrí la puerta, vi a Ditte. Papá y ella estaban sentados, uno a cada lado de la chimenea, y su conversación se paralizó en cuanto me vieron. Mi padre rellenó la pipa y Ditte se puso de pie y se acercó a mí. Sin dudarlo ni un segundo, me envolvió en sus brazos pesados, como intentando incorporar mi cuerpo desgarbado a su robusta constitución. Como si aún pudiera hacerlo. Me puse rígida. Me soltó.

—Me he informado acerca del Instituto Femenino de Oxford —dijo Ditte.

Quería gritar y llorar y despotricar contra ella, pero no hice ninguna de esas cosas. Miré a mi padre.

—Tendríamos que haberte enviado allí desde el principio —dijo él con tristeza.

Me fui otra vez a la cama y solo volví a bajar cuando oí que Ditte se marchaba.

DITTE EMPEZÓ A escribirme todas las semanas a partir de ese momento. Yo dejaba que sus cartas se acumularan en el aparador que había junto a la puerta de entrada, sin abrir, y, cuando se juntaban tres o cuatro, mi padre se las llevaba. Con el tiempo, Ditte decidió incluir sus páginas para mí en las cartas que le enviaba a papá. Él me las dejaba en el aparador, desdobladas, suplicando ser leídas. Yo le echaba un vistazo a lo escrito, absorbía unas cuantas líneas sin quererlo, y luego apretaba el puño y las arrugaba hasta hacerlas una bola que arrojaba al cubo de la basura o al fuego.

El Instituto Femenino de Oxford estaba en Banbury Road. Ni mi padre ni yo mencionamos lo cerca del *scriptorium* que se encontraba. Fui bien recibida por las pocas chicas de San Bernabé que se habían matriculado allí, pero arrastré dificultades durante el resto del curso escolar. La directora convocó a mi padre a una reunión en su despacho para informarle de que había suspendido los exámenes. Sentada en una silla junto a la puerta cerrada, la oí decir: «No puedo recomendarle que continúe».

—¿Qué hacemos contigo ahora? —me preguntó papá mientras volvíamos caminando a Jericho.

Me encogí de hombros. Yo solo quería dormir.

Cuando llegamos a casa, había una carta de Ditte para mi padre. La abrió y empezó a leerla. Me di cuenta de que se le sonrojaban las mejillas y apretaba la mandíbula; después se metió en el salón y cerró la puerta a su espalda. Me quedé plantada en el vestíbulo, esperando malas noticias. Cuando salió, llevaba en una mano las páginas que Ditte me había escrito. Con la otra me acarició el brazo hasta entrelazar sus dedos con los míos.

—¿Podrás perdonarme alguna vez? —Dejó las páginas en el aparador—. Creo que esta deberías leerla.

Y se marchó a la cocina a llenar la tetera. Cogí la carta.

28 de julio de 1898

Mi querida Esme:

Harry me escribe que sigues sin ser tú misma. Esquiva la verdad, por supuesto, pero te describe como «distante», «preocupada» y «cansada» en un solo párrafo. Y lo que es aún más alarmante, dice que evitas el *scripi* y te pasas todo el día en tu habitación.

Albergaba la esperanza de que las cosas cambiaran para ti estando lejos de Cauldshiels y en casa con tu padre, pero ya han

94

pasado tres meses. Ahora que ha llegado el verano, espero que tu estado de ánimo vaya mejorando poco a poco.

¿Estás comiendo, Esme? Estabas muy delgada la última vez que te vi. Le pedí a la señora Ballard que te malcriara con cosas ricas y, hasta que Harry me informó de que apenas habías salido de casa, imaginarte sentada en tu taburete de la cocina mientras te preparaban un pastel me proporcionaba cierto consuelo. En mi cabeza eres más pequeña y llevas un delantal amarillo con lunares atado bien arriba, a la altura del pecho. Así te encontré una vez que visité Oxford. ¿Tenías nueve o diez años? No lo recuerdo.

En Cauldshiels estaba ocurriendo algo, ¿verdad, Esme? El problema es que tus cartas no lo decían. Pero, ahora que lo pienso, eran demasiado perfectas. Cuando las releo, me doy cuenta de que podría haberlas escrito cualquiera; y, sin embargo, están escritas con tu inconfundible caligrafía.

El otro día volví a leer que habías ido a pie hasta la fortaleza romana de Trimontium, habías escrito un poema al estilo romántico de Words-worth y habías superado satisfactoriamente un examen de matemáticas. Me pregunté si habrías disfrutado de la caminata y te habrías sentido orgullosa de tu poema. La ausencia de palabras era la pista, pero no fui capaz de verla. Tendría que haber prestado más atención a lo que faltaba en tus cartas, Esme. Tendría que haber ido a visitarte. Lo habría hecho si no hubiera sido por la enfermedad de Beth. Cuando sanó, la directora me lo desaconsejó. Demasiado perjudicial en mitad del trimestre, dijo. Creí en su palabra.

Harry quiso que volvieras a casa mucho antes (a decir verdad, tu padre nunca quiso que te fueras). Fui yo, mi querida Esme, quien sugirió que sus preocupaciones eran infundadas, que a una niña acostumbrada a la escuela de la parroquia local y a pasar la hora del almuerzo en el *scriptorium* le costaría un tiempo adaptarse al internado. Le dije que esperara un año más, que tal vez las cosas cambiaran para mejor.

Después de recogerte en Semana Santa, Harry me envió la carta más directa de su vida. Me dijo que no ibas a volver a

Cauldshiels, fuera cual fuese mi opinión sobre el tema. Recuerdas que viajé a Oxford al día siguiente. Cuando te vi, no encontré ninguna discrepancia con su decisión.

Apenas hablamos, tú y yo. Tenía la esperanza de que el tiempo te restituyera, pero, al parecer, necesitas más. Te llevo en el corazón, mi querida niña, aunque a mí me hayas desterrado del tuyo. Espero que no sea permanente. He adjuntado un recorte de prensa que pensé que podría ser importante para ti. No quiero suponer nada, pero me ha costado no hacerlo. Por favor, perdona mi ceguera.

Siempre con el amor más profundo,
Ditte

Doblé las páginas en torno al diminuto recorte de prensa y me las guardé en el bolsillo. Por primera vez en mucho tiempo, tendría algo que guardar en el baúl cuando visitara la habitación de Lizzie.

—¿Qué tienes ahí, Esmi? —dijo Lizzie, que entró en su habitación y se quitó el delantal sucio por la cabeza.

Miré el minúsculo artículo recortado del periódico. Era una sola frase, apenas una cita. «Una profesora despedida de la Escuela Cauldshiels para Señoritas tras el ingreso de una alumna en el hospital.»

—Solo palabras, Lizzie —dije.

—Para ti no hay «solo palabras», Esmi, sobre *to* si acaban en el baúl. ¿Qué dicen?

—Dicen que no era la única.

Durante el día ayudaba a la señora Ballard en la cocina y solo me aventuraba hacia el *scriptorium* a última hora de la tarde, cuando casi todo el mundo se había marchado. Me quedaba junto a la puerta, vacilante, como solía hacer Lizzie, y observaba a Hilda moviéndose entre los casilleros. Archivaba fichas y las sacaba; escribía cartas y corregía pruebas. Mientras tanto, el doctor Murray continuaba sentado a su escritorio elevado como un búho sabio. A veces me invitaba a entrar y otras no.

—No es porque desapruebe tu presencia —me susurró una vez el señor Sweatman—. Es porque está muy concentrado. Cuando está dándole vueltas a una entrada, podría incendiársele la barba y no se daría cuenta.

Una tarde me acerqué al puesto de mi padre en la mesa de selección.

—¿Podría ser tu ayudante? —le pregunté.

Tachó algo en la prueba que estaba corrigiendo y escribió una nota al lado. Luego levantó la vista.

—Pero eres la ayudante de la señora Ballard.

—No quiero ser cocinera; quiero ser editora. —Aquellas palabras fueron una sorpresa, tanto para mi padre como para mí—. Bueno, editora no, pero quizá ayudante, como Hilda…

—La señora Ballard no te está enseñando a ser cocinera, solo a cocinar. Te resultará útil cuando te cases —dijo papá.

—Pero no voy a casarme.

—Bueno, todavía no.

97

—Si me caso, no puedo ser ayudante —le dije.

—¿Qué te hace pensar eso?

—Que tendré que pasarme el día cuidando bebés y cocinando.

Mi padre se quedó sin palabras. Miró al señor Sweatman en busca de apoyo.

—Si no vas a casarte, ¿por qué no aspiras a ser editora? —preguntó el señor Sweatman.

—Soy una chica —dije, molesta por su broma.

—¿Eso debe importar?

Me sonrojé y no contesté. El señor Sweatman ladeó la cabeza y enarcó las cejas, como diciendo: «¿Y bien?».

—Muy cierto, Fred —dijo papá, y luego me miró para determinar la seriedad de mi afirmación—. Una ayudante es justo lo que necesito, Esme —dijo—. Y estoy seguro de que al señor Sweatman no le iría nada mal que le echaran una mano de vez en cuando.

El señor Sweatman asintió con la cabeza.

Cumplieron con su palabra y empecé a esperar con impaciencia mis tardes en el *scriptorium*. Por lo general me pedían que redactara respuestas corteses a las cartas que felicitaban al doctor Murray por el último fascículo. Cuando empezaba a dolerme la espalda o necesitaba descansar la mano, devolvía libros y manuscritos. En el *scriptorium* había estantes con diccionarios y libros antiguos, pero los ayudantes necesitaban pedir prestado todo tipo de textos a profesores o a las bibliotecas universitarias para investigar el origen de las palabras. Cuando hacía buen tiempo, eso apenas contaba como tarea.

La mayoría de las buenas bibliotecas universitarias estaba cerca del centro de la ciudad. Bajaba en bicicleta por Parks Road hasta llegar a Broad Street; allí desmontaba y caminaba entre la multitud que trajinaba entre la librería Blackwell y el museo conocido como el Old Ashmolean. Era mi parte preferida de Oxford, donde ciudadanos y universitarios establecían una inusual alianza. Ambos grupos eran superiores, según su propia opinión, a los visitantes que intentaban echar un vistazo a los jardines del Trinity College o conseguir entrar en el Teatro Sheldonian. «¿Yo soy de la ciudad o de la universidad?», me preguntaba a veces. No encajaba bien en ninguna de las dos.

—Una bonita mañana para montar en bicicleta —me dijo un día el doctor Murray, que entraba por las puertas de Sunnyside cuando yo salía—. ¿Adónde vas a pasearte?

—A las facultades, señor. Voy a devolver los libros.

—¿Los libros?

—Cuando los ayudantes han terminado con ellos, los llevo de vuelta adonde corresponda —dije.

—¿Ah, sí? —dijo, y luego emitió un ruido que no supe interpretar.

Cuando siguió su camino, me puse nerviosa.

A la mañana siguiente, el doctor Murray me llamó.

—Me gustaría que vinieras conmigo a la Bodleiana, Esme.

Miré a mi padre. Me sonrió y asintió. El doctor Murray se puso su toga negra y me guio hacia el exterior del *scriptorium*.

Bajamos por Banbury Road en nuestras respectivas bicicletas y, siguiendo mi ruta habitual, el doctor Murray giró hacia Parks Road.

—Un paseo mucho más agradable —dijo—. Más árboles.

Su toga ondulaba al viento y la larga barba blanca se le recogía sobre un hombro. No tenía ni idea de por qué íbamos a la Biblioteca Bodleiana y estaba demasiado estupefacta para preguntarlo. Cuando enfilamos Broad Street, el doctor Murray se bajó de la bicicleta. Todos, ciudadanos, universitarios y visitantes, parecían replegarse a medida que él se abría paso hacia el Teatro Sheldonian. Cuando entró en el patio, me imaginé a la guardia de emperadores de piedra que rodeaba el perímetro agachando la cerviz para reconocer la presencia del editor. Lo seguí como una discípula hasta que nos detuvimos en la entrada de la Bodleiana.

—Generalmente, no sería posible que te hicieran lectora, Esme. No eres ni profesora ni estudiante. Pero mi intención es convencer al señor Nicholson de que el *Diccionario* se hará realidad mucho antes si se te permite venir aquí y comprobar citas en representación nuestra.

—¿Y no podemos sacar los libros en préstamo y ya está, doctor Murray?

Se volvió y me miró por encima de las gafas.

—Ni siquiera a la reina se le permite sacar libros prestados de la Bodleiana. Venga, vamos.

El señor Nicholson no se dejó convencer de inmediato. Estaba sentada en un banco viendo a los estudiantes pasar y oí que la voz del doctor Murray empezaba a elevarse.

—No, no es alumna de la universidad, eso es evidente —dijo.

El señor Nicholson me observó con detenimiento y luego le presentó otro argumento al doctor Murray.

La respuesta del editor fue aún más sonora.

—Ni su sexo ni su edad la incapacitan, señor Nicholson. Mientras esté empleada en el campo de la erudición, y le aseguro que así es, tiene fundamentos para que la hagan lectora.

El doctor Murray me hizo un gesto para que me acercara. El señor Nicholson me entregó una tarjeta.

—Recite eso —dijo el señor Nicholson con evidente reticencia.

Observé con detenimiento la tarjeta. Luego miré a mi alrededor, a todos los hombres jóvenes con su toga corta y a los hombres mayores con su toga larga. Las palabras apenas brotaban.

—Más alto, por favor.

Pasó una mujer: una alumna con la toga corta. Se detuvo, sonrió y asintió. Me enderecé, miré al señor Nicholson a los ojos y recité:

—«Por la presente, me comprometo a no sacar de la biblioteca, ni a marcar, desfigurar o dañar en modo alguno ningún volumen, documento o cualquier otro objeto que pertenezca a ella o esté bajo su custodia; a no introducir en la biblioteca ni encender en ella ningún fuego o llama y a no fumar en la biblioteca; y prometo obedecer todas las normas de la biblioteca.»

UNOS CUANTOS DÍAS más tarde había una nota encima de la pila de libros que esperaban a ser devueltos a profesores y bibliotecas universitarias.

> Me harías un favor si visitaras la Bodleiana y comprobaras la fecha de esta cita para *platija*. Está en un poema de Thomas Hood, publicado en el *Literary Souvenir*:
> «O estás donde las platijas nadan,
> anclado bajo una decena de brazas saladas.»
>
> Thomas Hood, Elegía a Tom Woodgate, 18__ J.M.

Mi estado de ánimo fue, en efecto, mejorando poco a poco. Cuando el número de tareas y recados aumentó, empecé a visitar el *scriptorium* cada vez más temprano por las tardes. A finales del verano de 1899, era visitante habitual de muchas de las bibliotecas de la universidad, así como de varios profesores que de buena gana ponían sus colecciones a disposición del proyecto del *Diccionario*. Entonces el doctor Murray empezó a pedirme que llevara notas a la editorial, la Oxford University Press, en Walton Street.

—Si te vas ya, encontrarás al señor Hart con el señor Bradley —me dijo el doctor Murray mientras redactaba apresuradamente la nota—. Los he dejado discutiendo sobre la palabra *ilógico*. Hart tiene razón, por supuesto; no hay razón para que el prefijo sea *in-*. Pero hay que convencer a Bradley. Esto debería ayudar, aunque Bradley no me lo agradecerá. —Me entregó la nota y, al ver mi desconcierto, añadió—: En esa palabra el prefijo negativo es *i-*, como en *irreconocible*, no *in-* como en *injusto*. ¿Lo entiendes?

Asentí con la cabeza, aunque no estaba segura de haber entendido nada.

—Claro que sí. Lo contrario sería *im*pensable. —Luego me miró por encima de las gafas, con una comisura de la boca curvada en una sonrisa poco habitual—. Eso es *im*-, con m, por cierto. No me extraña que las secciones de Bradley tarden tanto en materializarse.

Los delegados habían nombrado al señor Bradley como segundo editor hacía casi una década, pero el doctor Murray tenía la costumbre de ponerlo en su sitio. Mi padre me había dicho una vez que era su manera de recordarle a la gente quién llevaba el timón, y que lo mejor era dejar esos comentarios del doctor sin respuesta. Sonreí y el editor se volvió hacia su escritorio. Una vez fuera del *scriptorium*, leí la nota.

La generalización de la norma no debe anular las normas ortográficas. *Inlógico* es un absurdo. No recomiendo que se incluya en el *Diccionario* como una variante alternativa, y me encantaría que las *Normas de Hart* la desaconsejaran.

J. M.

Conocía las *Normas de Hart*; mi padre siempre tenía un ejemplar a mano. «El consenso no siempre es posible, Esme —me había dicho una vez—, pero la coherencia sí, y el librito de normas ha sido el árbitro final de muchos debates sobre cómo debe escribirse una palabra o si se necesita un guion.»

Cuando era pequeña, mi padre me llevaba a veces con él a la editorial si tenía un motivo para hablar con el señor Hart. Al señor Hart se le conocía como el interventor. Estaba a cargo de todas y cada una de las partes del proceso de impresión del *Diccionario*. La primera vez que vi la fachada de piedra que daba acceso al patio cuadrado, me impresionó su tamaño. Había un gran estanque en el centro, rodeado de árboles y jardines con flores. Los edificios de piedra se elevaban dos y tres pisos por todos los lados y le pregunté a papá por qué la editorial tenía que ser mucho más grande que el *scriptorium*. «No imprimen solo el *Diccionario*, Esme. Imprimen también la Biblia y todo tipo de libros.» De repente aquella grandiosidad cobró sentido y empecé a imaginarme al interventor como una especie de dios.

Me bajé de la bicicleta bajo el imponente arco de piedra. El patio estaba abarrotado de gente que sin duda encajaba en aquel lugar. Chicos con delantales blancos tiraban de carretillas cargadas de resmas de papel, algunas impresas y cortadas a medida, otras en blanco y tan grandes como manteles. Hombres con delantales manchados de tinta paseaban fumando en pequeños grupos. Otros hombres, sin delantal, escudriñaban libros o pruebas en vez de lo que tenían delante, y uno de ellos masculló una disculpa cuando chocó contra mi brazo, aunque no llegó a levantar la vista. En parejas, hablaban y señalaban hacia hojas de papel sueltas cuyo contenido, al parecer, era incorrecto. Me pregunté cuántos problemas de lengua se resolvían mientras recorrían aquella plaza. Entonces me fijé en dos mujeres un poco mayores que yo. Atravesaban el patio interior como si lo hicieran todos los días y me di cuenta de que debían de trabajar en la editorial. Pero, cuando nos acercamos, me percaté de que su conversación no era como la de los hombres: caminaban muy juntas y una tenía una mano cerca de la boca. La otra escuchaba y se reía un poco. No llevaban en las manos nada que las distrajera, ningún problema sin resolver. Su jornada había terminado y se alegraban de marcharse a casa. Me saludaron con un movimiento de cabeza cuando pasé a su lado.

Un centenar de bicicletas se alineaban a un lado del patio. Dejé la mía un poco apartada para que no me costara encontrarla al salir.

El señor Hart no respondió cuando llamé a la puerta de su despacho, así que seguí caminando por el pasillo. Mi padre decía que el interventor no abandonaba el edificio antes de la hora de la cena, y nunca sin despedirse de los cajistas e inspeccionar las prensas.

La sala de composición estaba cerca del despacho del señor Hart. Abrí la puerta y eché un vistazo. El interventor estaba en el otro extremo de la sala hablando con el señor Bradley y uno de los cajistas. El enorme bigote del señor Hart era lo que más recordaba de mis visitas con papá. Se le había encanecido con los años, pero no había perdido ni un ápice de volumen. En aquel momento era como un hito que me guiaba entre las hileras de las mesas de trabajo de los cajistas, con las superficies inclinadas repletas de bandejas de tipos. Me sentí como si estuviera invadiendo un terreno prohibido para mí.

El señor Hart me miró cuando me acerqué, pero no detuvo su conversación con el señor Bradley. La conversación resultó ser un debate y tuve la sensación de que continuaría hasta que el señor Hart se impusiera. No tenía la estatura del segundo editor y su traje no era de la misma calidad, pero su rostro era severo cuando el del señor Bradley era bondadoso. Era solo cuestión de tiempo. El cajista me lanzó una mirada y sonrió, como si se disculpara por los hombres mayores. Era bastante más alto que los otros dos, delgado y lampiño. Tenía el pelo casi negro, los ojos casi violetas. Entonces lo reconocí. Un chico de San Bernabé. Había pasado mucho tiempo viendo a los niños jugar en su patio cuando ninguna de las niñas quería jugar conmigo en el nuestro. Me di cuenta de que él no me reconocía.

—¿Cómo deletrea usted *ilógico*? —preguntó, inclinándose hacia mí.

—¿En serio que aún siguen hablando de eso? —susurré—. He venido por esa razón.

Frunció el ceño, pero, antes de que pudiera preguntarme nada más, el señor Hart se dirigió a mí.

—Esme, ¿cómo está tu padre?

—Muy bien, señor.

—¿Ha venido contigo?

—No, me envía el doctor Murray.

Le entregué la nota, un poco arrugada por mi mano nerviosa.

El señor Hart la leyó y asintió despacio para mostrar su acuerdo. Vi que las puntas del bigote se le curvaban ligeramente hacia arriba. Le pasó la nota al señor Bradley.

—Esto debería zanjar el asunto, Henry —dijo.

El señor Bradley leyó la nota y las puntas de su bigote permanecieron inmóviles. Cedió en la discusión sobre *ilógico* con un gesto caballeroso de la cabeza.

—Bien, Gareth, ¿podrías enseñarle al señor Bradley las matrices de *ganar*? —dijo el señor Hart mientras le estrechaba la mano al editor.

—Sí, señor —contestó el cajista. Luego se volvió hacia mí—: Encantado de conocerla, señorita.

«En realidad no nos hemos conocido», pensé.

Se encaminó hacia su mesa de trabajo y el señor Bradley lo siguió.

Fui a despedirme del señor Hart, pero ya se había acercado a otra mesa y estaba revisando el trabajo de un señor mayor. Me habría gustado seguirlo para entender en qué trabajaba cada uno de aquellos hombres. La mayoría estaban componiendo a partir de los manuscritos: en todos los casos, los montones de páginas uniformes pertenecían a una sola mano. Un único autor. Miré hacia la mesa de trabajo junto a la que se hallaban el señor Bradley y el joven cajista. Había tres montones de fichas atados con cuerda. Otra pila estaba desatada; la mitad de las palabras ya compuestas con tipos y la otra mitad esperando.

—Señorita Nicoll.

Me volví y vi al señor Hart sujetando la puerta abierta. Deshice el camino entre las hileras de mesas de trabajo.

A LO LARGO de los meses siguientes, el doctor Murray me dio varias notas para que se las entregara al interventor. Se las llevaba encantada, con la esperanza de que se me presentara otra oportunidad de visitar la sala de composición. Pero siempre que llamaba a la puerta del despacho del señor Hart, este respondía.

Solo me pedía que me quedara si el doctor Murray había solicitado una respuesta inmediata, y en esas ocasiones no se me invitaba a sentarme. Lo tomaba más por un descuido que por una preferencia por parte del señor Hart, porque siempre parecía estar muy atareado. «Él también preferiría estar en la sala de composición», pensaba.

Por las mañanas, era de la señora Ballard, pero mostraba poca aptitud. «Hay que hacer algo más aparte de lamer la fuente hasta dejarla limpia», me decía cada vez que se me hundía otra tarta o que descubría, al probarla, que le faltaba algún ingrediente clave. Era un alivio para ambas que los recados para el *Diccionario* fueran reduciendo mi tiempo en la cocina. Desde que me había convertido en la mensajera ocasional del doctor Murray, me sentía más cómoda en el *scriptorium*. Puede que mis fechorías no se hubieran olvidado, pero al menos se estaba reconociendo mi utilidad.

—Para cuando vuelvas con ese libro, tendré redactadas dos entradas que de lo contrario no se habrían escrito —me dijo una vez el señor Sweatman—. Sigue así y habremos terminado antes de que acabe el siglo.

UNA VEZ FINALIZADAS mis tareas para la señora Ballard, me quité el delantal y lo colgué en el gancho de la puerta de la despensa.

—Estás más contenta —me dijo Lizzie, que se quedó inmóvil sobre las verduras que estaba preparando.

—El tiempo —le dije.

—Es el *scripi* —replicó, con una mirada cautelosa que me confundió—. Cuanto más tiempo pasas allí, más te pareces a la que eras antes.

—Eso es bueno, ¿no?

—Claro, es bueno. —Empujó un montón de zanahorias picadas hacia una fuente y luego empezó a cortar chirivías por la mitad—. Es solo que no quiero que te tienten.

—¿Que me tienten?

—Las palabras.

Entonces me di cuenta de que no había habido palabras. Me habían encargado recados de todo tipo, libros y notas y mensajes verbales, pero ni una sola palabra. Ni una sola prueba. No se me había confiado ni una sola ficha.

Tenía una cesta de recados junto a la puerta del *scriptorium*. Todos los días había libros que devolver a varios lugares y una lista de los que debía sacar en préstamo. Había citas que comprobar en la Bodleiana, cartas que enviar por correo y notas que entregarle al señor Hart y, a veces, a los profesores de las facultades.

Un día en concreto, me encontré tres cartas apartadas para el señor Bradley. A menudo aparecían en el *scriptorium* y era tarea mía llevárselas a la sala del diccionario en la editorial. Esa sala no se parecía en nada al *scriptorium*: era un despacho normal y corriente, no mucho más grande que el del señor Hart, aunque el señor Bradley tenía tres ayudantes trabajando con él. Una de ellos era su hija, Eleanor. Tenía unos veintitrés años, la misma edad que Hilda Murray, pero ya tenía aspecto de señora mayor. Siempre que la visitaba, me ofrecía té y una galleta.

Aquel día nos sentamos a la pequeña mesa del fondo de la sala. Tenía el servicio del té encima y apenas había espacio para las dos, pero a Eleanor no le gustaba ni comer ni beber en su escritorio por si acaso se derramaba algo. Le dio un bocado a su galleta y las migas le cayeron sobre la falda. No pareció darse cuenta. Entonces se inclinó hacia mí.

—Corre el rumor de que los delegados de la editorial no tardarán en nombrar un tercer editor. —Abrió los ojos como platos tras las gafas de montura de alambre—. Parece que no avanzamos tan rápido como les gustaría. Más fascículos significan más dinero en las arcas de la editorial.

—¿Dónde lo pondrán? —Le eché una ojeada al atestado despacho—. No me imagino al doctor Murray compartiendo el *scriptorium*.

—Eso no se lo imagina nadie —dijo Eleanor—. Por suerte, también corre el rumor de que nos mudaremos al Old Ashmolean. Mi padre fue la semana pasada a tomar medidas.

—¿En Broad Street? Siempre me ha encantado ese edificio, pero ¿no es un museo?

—Van a trasladar la mayoría de las colecciones al Museo de Historia Natural de Parks Road y a darnos a nosotros el espacio grande de la primera planta. Seguirán ofreciendo conferencias en el piso de arriba y teniendo el laboratorio en el de abajo. —Miró a su alrededor—. Será un gran cambio, pero creo que nos acostumbraremos.

—¿Crees que al señor Bradley le importará compartir su sala del *Diccionario* con otro editor?

—Si acelera las cosas, no creo que le importe en absoluto. Y estaremos al lado de la Bodleiana. Puede que la mitad de los libros de Inglaterra se impriman aquí, en la editorial, pero en la Bodleiana se guardan copias de todos los libros de Inglaterra. Qué vecina tan perfecta.

Bebí un sorbo de mi té con leche.

—¿En qué palabras estás trabajando, Eleanor?

—Nos hemos embarcado en el verbo *ir* —respondió—. Y sospecho que consumirá mi tiempo durante meses. —Apuró su taza—. Ven conmigo.

Nunca había visto su escritorio de cerca. Estaba cubierto de papeles, libros y cajas estrechas llenas de cientos de fichas.

—He aquí *ir* —dijo con un elegante gesto de la mano.

Sentí el impulso de tocarlas, seguido de una oleada de vergüenza.

Cuando me marché, atravesé el concurrido patio de la editorial caminando junto a la bicicleta y salí por debajo del arco de piedra hacia Walton Street. Las fichas de Eleanor eran las primeras a las que me acercaba desde mi vuelta al *scriptorium*. ¿Habría habido algún debate al respecto? ¿Habría aceptado el doctor Murray mi regreso siempre y cuando me mantuvieran alejada de las palabras?

—Podría ayudar a clasificar fichas —le dije a mi padre mientras volvíamos andando a casa esa noche.

No dijo nada, pero se metió la mano en el bolsillo, encontró las monedas que llevaba en él y las oí tintinear las unas contra las otras cuando las movió entre los dedos.

Continuamos en silencio durante varios minutos, pues todas las preguntas que tenía en la cabeza encontraban una respuesta incómoda. Cuando íbamos más o menos por la mitad de St Margaret's Road, dijo:

—Se lo preguntaré a James cuando vuelva de Londres.

—Antes nunca le preguntabas al doctor Murray —dije.

Volví a oír el ruido de las monedas en su bolsillo. Bajó la mirada hacia la acera y no dijo nada.

Unos días después, cuando el doctor Murray me pidió que visitara al señor Hart, fue para entregarle las fichas de *graduado* a *graduar*. Levantó los fajos y me los tendió. Eran varios, todos atados con un cordel, y todas las fichas y fichas de portada estaban numeradas por si se alteraba el orden. Las agarré con los dedos raros, pero el doctor Murray no las soltó. Me miró por encima de las gafas.

—Hasta que se compongan, Esme, estas son las únicas copias —dijo—. Son muy valiosas, todas y cada una de ellas.

Las soltó y regresó a su escritorio antes de que pudiera elaborar una respuesta.

Abrí mi mochila y coloqué los montones de fichas con mucho cuidado en el fondo. Valiosas, todas y cada una de ellas, y, sin embargo, podían perderse de muchas maneras. Recordé las pilas de palabras de la mesa de trabajo del cajista e imaginé una brisa o un visitante torpe; fichas que caían al suelo, una cabalgando sobre una ola de aire y aterrizando donde nadie salvo un niño pudiera descubrirla.

Me habían prohibido tocarlas y ahora me asignaban el papel de protectora. Quería contárselo a alguien. Si hubiera habido alguna persona en el jardín en ese momento, habría encontrado la forma de enseñarle las fichas, de decirle que el doctor Murray me las había confiado. Cogí la bicicleta de detrás del *scriptorium* y atravesé las verjas de Sunnyside hacia Banbury Road. Al girar hacia St Margaret's Road, las lágrimas empezaron a rodarme por las mejillas. Eran cálidas y bienvenidas.

El edificio de la calle Walton me recibió de un modo distinto, su amplia entrada ya no suponía una intimidación, sino un gesto de bienvenida: estaba al cargo de una importante misión para el *Diccionario*.

Cuando entré en el edificio, saqué un manojo de fichas de la mochila y desaté el lazo que las mantenía unidas. Cada sentido de la palabra *graduar* estaba definido en una ficha de portada y seguido de las citas que lo ilustraban. Examiné los distintos significados y encontré deficiencias en uno de ellos. Pensé en decírselo a mi padre, o quizá al doctor Murray, y mi arrogancia hizo que me entrara la risa. Entonces alguien chocó contra mí, o yo choqué contra alguien, y mis dedos raros soltaron su presa. Las fichas cayeron al suelo como basura. Cuando intenté ver dónde habían caído, solo vi pies apresurados. Sentí que se me drenaba la sangre de la cara.

—No pasa nada —dijo un hombre, que se agachó para recoger lo que había caído—. Por algo están numeradas.

Me tendió las fichas. Estiré una mano temblorosa para recuperarlas.

—Madre mía, ¿está bien? —Me agarró del codo—. Tiene que sentarse antes de que se desmaye. —Abrió la puerta más cercana y me sentó en una silla que había nada más franquearla—. Espero que el ruido no la moleste, señorita. Quédese aquí un minuto, vuelvo enseguida con un vaso de agua.

Era la sala de impresión y, efectivamente, era ruidosa. Pero había ritmos encima de otros ritmos, y tratar de separarlos unos de otros acalló mi pánico. Comprobé las fichas: una, dos, tres… Conté hasta treinta. No faltaba ninguna. Las até con la cuerda y volví a meterlas en la mochila. Cuando el hombre regresó, me encontró con la cara apoyada en las manos; todas las emociones de la última hora habían emergido a la superficie y me costaba contenerlas.

—Tome, bébaselo —dijo, y se acuclilló para ofrecerme el vaso de agua.

—Gracias —contesté—. No sé qué me ha pasado.

Me dio la mano y me ayudó a levantarme de la silla. Se quedó mirando mis dedos raros y los aparté.

—¿Trabaja aquí? —pregunté mientras observaba la sala de impresión que se extendía a su espalda.

—Solo si alguna de las máquinas necesita un retoque —respondió—. Me dedico sobre todo a colocar tipos. Soy cajista.

—Hace reales las palabras —dije, y al fin lo miré.

Tenía los ojos casi violetas. Era el joven cajista que estaba con el señor Hart y el señor Bradley el día de mi primera visita.

Ladeó la cabeza y pensé que a lo mejor no entendía a qué me refería. Pero luego sonrió.

—Prefiero decir que les doy sustancia: una palabra real es la que se dice en voz alta y significa algo para alguien. No todas aparecerán en una página. Hay palabras que llevo oyendo toda mi vida y que nunca he compuesto.

«¿Qué palabras? —quise preguntar—. ¿Qué significan? ¿Quién las dice?» Pero se me había anudado la lengua.

—Debo irme —conseguí decir al final—. Tengo que entregarle estas fichas al señor Hart.

—Bueno, ha sido un placer encontrarme con usted, Esme —dijo sonriendo—. Es Esme, ¿verdad? No llegaron a presentarnos.

Me acordaba de sus ojos, pero no de su nombre. Me quedé allí plantada, muda y con cara de tonta.

—Gareth —dijo, y me tendió la mano una vez más—. Mucho gusto en conocerla.

Dudé y luego devolví mi mano a la suya. Tenía unos dedos largos y afilados y un pulgar extrañamente bulboso. Me quedé mirándolo.

—Mucho gusto en conocerle también —dije.

Abrió la puerta y me acompañó hasta el pasillo.

—¿Se sabe el camino?

—Sí.

—Perfecto, entonces. Vaya con cuidado.

Me di la vuelta y me encaminé hacia el despacho del interventor. Fue un alivio entregar los fajos de fichas.

COMENZÓ UN NUEVO siglo y, aunque reinaba la sensación de que podía ocurrir cualquier cosa, jamás pensé que vería al doctor Murray asomarse a la puerta de la cocina. Cuando la señora Ballard lo vio acercarse cruzando el césped a grandes zancadas, se sacudió el delantal y se colocó los mechones de pelo que se le habían escapado del gorro. Quitó el cerrojo de la parte superior de la puerta y el doctor Murray se asomó por ella; su larga barba se meció en el cálido aliento de los fogones.

—¿Y dónde está Lizzie? —preguntó tras mirar hacia la encimera junto a la que me encontraba removiendo la masa de un pastel.

—La he mandado a comprar unas cosas, doctor Murray —contestó la señora Ballard—. Volverá enseguida y entonces Esme la ayudará a colgar la ropa recién lavada en el armario de secado. Nos es de gran ayuda, nuestra Esme.

—Bueno, puede ser, pero me gustaría que ahora me acompañara al *scriptorium*.

Instintivamente, me llevé las manos a los bolsillos. La señora Ballard me miró. Negué con la cabeza, como para decirle: «No he hecho nada, lo prometo».

—Venga, Esme. Vete ya al *scripi* con el doctor Murray.

Me quité el delantal y eché a andar, como si estuviera envuelta en melaza, hacia la puerta de la cocina.

Cuando entré en el *scriptorium*, mi padre estaba allí, sonriendo. Papá tenía muchos tipos de sonrisa, pero su «sonrisa enjaulada» era mi favorita. Luchaba por escapársele de entre los labios fruncidos y las cejas crispadas. Liberé las manos de los puños que habían formado.

Mi padre me cogió de la mano y los tres nos dirigimos hacia la parte trasera del *scriptorium*.

—Esme, esto es para ti —dijo papá, que por fin liberó la sonrisa.

Detrás de una estantería de diccionarios viejos, había un escritorio de madera. Era parecido al que había ocupado en un aula fría de Cauldshiels. Se me crisparon los dedos al recordar el dolor de cuando me los pillaban con la tapa.

Una burla susurrada que decía que mis dedos ya no servían para nada me retumbó en la cabeza. Empecé a temblar, pero mi padre me puso la mano en el hombro y me devolvió al *scriptorium*. Cuando el doctor Murray levantó la tapa, dejó al descubierto lápices nuevos, fichas en blanco y dos libros que reconocí de inmediato.

—Son de Elsie —me oí decirle al doctor Murray, pues quería aclararle que no se los había robado.

—Elsie ya los ha leído, Esme. Le gustaría que los tuvieras tú. Considéralos un regalo de Navidad tardío o, mejor aún, un regalo para el nuevo siglo.

En ese momento, me di cuenta de que habían forrado la parte inferior de la tapa con un trozo de papel pintado: verde claro con minúsculas rosas amarillas. Era el mismo papel que cubría las paredes del salón de la casa de los Murray. El escritorio era distinto a los de Cauldshiels también en otros aspectos: era más grande, de madera pulida y con bisagras que reflejaban la luz; el asiento estaba separado.

El doctor Murray cerró la tapa y se quedó allí plantado, algo incómodo.

—Bueno —dijo—, aquí será donde te sientes, y tu padre te empleará en hacer lo que considere útil.

Sin más, le dedicó un gesto de asentimiento a mi padre y regresó a su mesa.

Abracé a papá y me di cuenta, por primera vez, de que tenía que agacharme para apoyar mi mejilla en la suya.

A la mañana siguiente, me vestí con más esmero que de costumbre. Me fijé en las arrugas de la falda que había dejado en el suelo y saqué una limpia del armario. Me pasé media hora intentando domar mi melena y hacerme una trenza apretada, como había hecho Lizzie en una ocasión, pero acabé con un moño despeinado, como siempre. Escupí en los zapatos y los froté con la esquina de la colcha. Luego entré en la habitación de mi padre para mirarme en el espejo de Azucena.

—Puedes llevártelo a tu dormitorio si quieres. —Me sobresalté al oír a mi padre—. Tu madre no era vanidosa, pero le encantaba ese espejo.

Me sonrojé, tímida ante mi propio reflejo y consciente de que me estaba examinando y comparando. Azucena había sido una mujer alta y delgada, como yo, y también había heredado su piel clara y sus ojos marrones. Sin embargo, en lugar de la cabellera rubia de mi madre, eran los rizos de color rojo fuego de mi padre los que me coronaban la cabeza. Lo vi en el espejo y sentí curiosidad por saber qué vería él.

—Estaría orgullosa —dijo.

En Sunnyside, papá recogió el correo de la mañana y yo no me fui a la cocina con Lizzie y la señora Ballard, sino que lo acompañé hasta el *scriptorium*. Encendió las nuevas luces eléctricas y atizó las brasas hasta que brillaron. La temperatura apenas variaba, pero se generaba una ilusión de calidez. Me quedé junto a la mesa de clasificación, nerviosa y a la espera de instrucciones.

Me pasó el fajo de cartas.

—Este será tu trabajo a partir de ahora —dijo—. Recoger y clasificar las cartas como me has visto hacerlo a mí. Tienes suerte de que el doctor Murray ya no pida que se envíen palabras; recibíamos sacos enteros de cartas. Pero, aun así, hay que abrirlas todas para comprobar si hay fichas. —Rasgó uno de los sobres—. Esto es una carta, así que se sujeta al sobre y se deja en el sitio de la persona a la que vaya dirigida; ¿sabes dónde se sienta todo el mundo?

Asentí con la cabeza. Por supuesto que lo sabía.

Me llevé las cartas al fondo del *scriptorium*. Mi escritorio se hallaba en un hueco formado por dos estanterías de diccionarios antiguos y la única sección de pared visible. Me lo imaginé como un casillero grande, construido especialmente para mis dimensiones. Desde allí veía a los ayudantes sentados a la mesa de clasificación y al doctor Murray en su escritorio elevado. Para verme, ellos tenían que girarse y estirar el cuello.

Fue un alivio darme cuenta de que podía seguir observando sin ser observada, pero ahora mi presencia no era fortuita. Tenía un escritorio y a los ayudantes no se les darían instrucciones de ignorarme. Serviría a las palabras como ellos servían a las palabras. Y el doctor Murray había dicho que me pagaría una libra y media al mes. Era apenas una cuarta parte de lo que ganaba mi padre, era incluso menor que el salario de Lizzie, pero sería suficiente para comprar flores todas las semanas y encargar unas cortinas para el salón. Y no tendría que pedirle dinero a papá cuando quisiera un vestido nuevo.

ESPERABA CON IMPACIENCIA el ritual diario de clasificar el correo y las previsibles respuestas de los ayudantes cuando lo repartía. Cada uno de ellos tenía una actitud y un guion que los definía, tal como los zapatos y los calcetines los habían definido en su día.

El señor Maling era el primero de la ronda. «Dankon», decía, y hacía una pequeña reverencia con la parte superior del cuerpo. El señor Balk rara vez levantaba la vista y siempre me llamaba señorita Murray. Hilda se había marchado el año anterior para trabajar de profesora en el Royal Holloway College, en Surrey, y Elsie había ocupado su lugar junto al escritorio de su padre. El señor Balk parecía incapaz de distinguirnos a la una de la otra, a pesar de mi altura y mi pelo. Papá se limitaba a darme las gracias, levantando la mirada o no, dependiendo de la complejidad de su trabajo.

Solo me entretenía con el señor Sweatman. Soltaba la pluma y se recolocaba en la silla.

—Esme, ¿qué datos has podido recabar de la cocina de la señora B? —me preguntaba siempre.

—Ha prometido un bizcocho para la merienda —le contestaba a veces.

—Excelente. Puedes proceder.

La mayoría de las cartas era para el doctor Murray.

—El correo, doctor Murray.

—¿Vale la pena leerlo? —preguntaba mirándome por encima de las gafas.

—No sabría decirle.

Luego cogía las cartas y las reordenaba según la afabilidad de los remitentes. Ciertos caballeros de la Sociedad Filológica retrocedían hacia el final, pero las cartas de los delegados de la editorial siempre terminaban las últimas.

Acabada la ronda del correo, volvía a mi escritorio para atender cualquier pequeña tarea que me hubieran encomendado, pero dedicaba la mayor parte de la jornada a clasificar los fajos de fichas de palabras concretas que empezaban por la M y a ordenarlos de la cita más antigua a la más reciente.

Los días en los que el correo traía fichas eran mis favoritos. Las examinaba todas con la esperanza de ser quien compartiera una palabra nueva con mi padre o el doctor Murray. Todas las palabras, sin importar a qué altura del alfabeto cayeran, debían cotejarse con las que ya se habían recogido. La cita podía mostrar un significado ligeramente distinto o ser anterior a las ya registradas. Cuando había fichas en el correo, podía pasarme horas entre los casilleros sin apenas notar el paso del tiempo.

TRABAJÉ MUCHO Y pasó otro año. Todos los días seguían el mismo patrón, aunque las palabras los coloreaban de forma diferente. Estaban el correo, las fichas, las respuestas a las cartas. Por la tarde seguía devolviendo libros y comprobando citas en la Bodleiana. Nunca estaba inquieta ni aburrida. Ni siquiera el fallecimiento de la reina Victoria me deprimió; me vestí de negro, como todos los demás, pero me sentía más feliz de lo que lo había sido desde mis días de debajo de la mesa de clasificación.

Cuando el invierno dio paso a la primavera, el señor Bradley se trasladó de la editorial a su nueva sala del diccionario en el Old Ashmolean, y el tercer editor, el señor Craigie, se sumó a él con otros dos ayudantes. El doctor Murray no veía con buenos ojos al nuevo y reaccionó presionando a su propio equipo para que produjera palabras con mayor rapidez. Era como si quisiera demostrar que el nuevo editor era innecesario, aunque todos sabíamos que el *Diccionario* ya llevaba una década de retraso.

En el verano de 1901, el señor Balk por fin había empezado a llamarme señorita Nicoll.

—HOY HARÁ CALOR en el *scripi* —dijo Lizzie cuando asomé la cabeza por la puerta de la cocina para dar los buenos días.

—¿Nos preparas un poco de limonada, por favor? —pregunté.

—Ya he ido al mercado.

Señaló con un gesto de la cabeza una fuente de limones de color amarillo brillante.

Le lancé un beso y me dirigí hacia el *scriptorium*, ojeando el correo por el camino.

Había tomado la costumbre de intentar adivinar qué había en los sobres antes de abrirlos. Mientras cruzaba el jardín, examiné la pila para llevar a cabo una evaluación superficial. Unas cuantas iban dirigidas «Al editor», algunas de ellas tan ligeras que, sin duda, no contenían más que una ficha. «Para mí», pensé. Había varias cartas dirigidas «Al doctor James Murray», la mayoría de ellas del gran público —la caligrafía y la dirección del remitente me resultaban desconocidas—, otras de caballeros de la Sociedad Filológica, y una dentro de uno de los sobres que siempre utilizaban los delegados de la editorial. Esta última sería, probablemente, una advertencia sobre los fondos; si sugería que el doctor Murray redujera el contenido del *Diccionario* para avanzar más deprisa, todos sufriríamos su mal humor. La puse al final del montón para que el doctor pudiera empezar el día con halagos de desconocidos.

Había una o dos cartas para cada uno de los ayudantes y luego, al final del fajo, había una dirigida a mí.

Señorita Esme Nicoll, ayudante auxiliar
Sunnyside, *scriptorium*
Banbury Road
Oxford

Era la primera carta que recibía en el *scriptorium* y la primera vez que se me reconocía como ayudante. Un escalofrío de emoción me recorrió de arriba abajo, pero la sensación desapareció cuando reconocí la caligrafía de Ditte. Habían pasado tres años, pero seguía sin poder pensar en ella y no acordarme también de Cauldshiels, y no quería pensar en ese sitio.

El día ya era cálido, y el aire sofocante que rodeaba mi escritorio permanecía inmóvil. La carta de Ditte quedó apartada del resto de los montones; una página y una única ficha. Preguntaba por mi salud y por cómo me iba en el *scriptorium*. Había recibido buenos informes de más de una fuente, decía, y me sonrojé de orgullo.

La ficha era de una palabra común. No quería dejarme conmover por ella, pero no pude evitarlo. Cuando busqué en los casilleros, no encontré ninguna cita equivalente. Pertenecía a un gran fardo que ya había sido clasificado y dividido en varios sentidos distintos. En lugar de colocarlo en su sitio, me lo llevé a mi escritorio.

Seguí el contorno de las letras con el dedo, tal como podría haber hecho con mi padre antes de aprender a leer. Ditte había confeccionado la ficha a partir de un papel de estraza grueso y había adornado los bordes con volutas. Me la acerqué a la cara e inhalé el conocido aroma a lavanda. Me pregunté si habría rociado el papel o si lo habría sujetado contra el pecho antes de meterlo en el sobre.

El silencio había sido mi única opción para castigarla, y después no había sido capaz de encontrar las palabras adecuadas para romperlo. Cómo la echaba de menos.

Saqué una ficha en blanco de mi escritorio y copié en ella hasta la última palabra de la de Ditte.

INCLINACIÓN
«La inclinación mueve la mente a la misericordia.»
The Babees' Book, 1557

Volví a los casilleros y enganché la copia a la ficha de portada más relevante. La ficha original de Ditte fue a parar al bolsillo de mi falda. La primera desde hacía mucho tiempo… Fue un alivio.

Perdí una hora pensando en Ditte, en las palabras que podría utilizar para poner fin a mi silencio. Cuando volví a concentrarme en el correo, saqué otra ficha de su sobre. Pese a que esta no tenía adornos, tampoco carecía de interés. Había palabras que no había oído pronunciar en mi vida y que a duras penas podía imaginar que se utilizaran, pero que llegaban a incluirse en el *Diccionario* porque alguien importante las había dejado fijadas por escrito. «Reliquias», solía pensar cuando me topaba con ellas.

Mancillar era una de ellas. La cita era de «El cuento del caballero», de Chaucer.

«¿Quién te ha mancillado u ofendido?», decía.

Tenía al menos quinientos años. Comprobé que la ficha estaba completa y luego busqué el casillero correspondiente. El fajo era pequeño, no tenía ficha de portada. Añadí la de Chaucer. Las palabras con la M no tardarían en empezar a definirse; la K estaba casi terminada. Volví a mi escritorio y cogí el siguiente sobre para liberarlo de su contenido. Cuando se revisaron y clasificaron todas las cartas, hice la ronda por los escritorios para entregárselas a los hombres a cambio de recados. Cuando me acerqué al escritorio del doctor Murray, me entregó un montón de cartas que habían llegado durante la semana anterior.

—Preguntas menores —dijo—. Sabes más que suficiente para responderlas.

—Gracias, doctor Murray.

Asintió y volvió a la copia que estaba corrigiendo.

Durante alrededor de una hora, el susurro del trabajo solo se vio interrumpido por los hombres que se quitaban la chaqueta y se aflojaban la corbata. El *scriptorium* gimió cuando el sol alcanzó el tejado de hierro. El señor Sweatman abrió la puerta para que entrara la brisa, pero no había brisa posible.

Leí una carta que preguntaba por qué *Judío* se había dividido en dos fascículos. Dividir una palabra en dos publicaciones distintas había sido objeto de más de una discusión entre el doctor Murray y los delegados de la editorial. «Es una cuestión de ingresos», habían insistido los delegados cuando el doctor Murray les había informado de que se produciría un retraso en el siguiente fascículo: las variantes de *judío* requerían una investigación más detallada, les había dicho. «Publique lo que tenga», le habían contestado.

Judío tardó seis meses en tener una entrada conciliadora y todas las semanas el doctor recibía al menos tres cartas del público pidiéndole explicaciones. Redacté una respuesta que sugería que los requisitos de la imprenta insistían en un determinado número de páginas para cada fascículo y que el idioma inglés no podía reducirse para ajustarse a tales limitaciones. Había ocasiones en las que debía dividirse una palabra, pero los significados de *judío* se reunirían cuando se publicara el siguiente volumen, *H a K*.

Leí lo que había escrito y me sentí satisfecha. Levanté la mirada hacia donde se encontraba el doctor Murray y me pregunté si debía pedirle que lo revisara antes de cerrar el sobre y ponerle un sello.

El doctor Murray tenía un almuerzo en el Christ Church y estaba sentado a su escritorio elevado, de cara a la mesa de clasificación, ya ataviado con su ropa de académico. Llevaba el birrete bien colocado, la toga era como las enormes alas negras de un pájaro mítico. Desde mi rincón del fondo del *scriptorium*, parecía un juez presidiendo sobre un jurado.

Justo cuando estaba armándome de valor para acercarme al estrado y pedirle que revisara mi trabajo, el doctor Murray empujó su silla hacia atrás. Las patas se arrastraron sobre las tablas del suelo de una manera que habría suscitado reproches si hubieran sido las de cualquier otra persona. Todos los hombres levantaron la vista y vieron que el editor comenzaba a enfurecerse.

El doctor Murray tenía una carta en la mano. Movía la cabeza de un lado a otro, una negación lenta de lo que fuera que hubiese leído. El *scriptorium* se sumió en el silencio. El doctor Murray se dio la vuelta y sacó *A y B* de la estantería.

Cuando aterrizó sobre la mesa de clasificación, sentí el golpe del volumen como si me hubieran dado un golpe en el pecho.

Lo abrió por la mitad, pasó una página tras otra y respiró hondo cuando encontró la correcta. Escudriñó las columnas y los ayudantes comenzaron a revolverse en sus respectivos asientos. Incluso mi padre estaba nervioso y se llevó la mano al bolsillo para juguetear con las monedas que guardaba en él. El doctor Murray examinó la página, volvió al inicio y después la inspeccionó más de cerca. Trazó con el dedo toda la longitud de una columna. Estaba buscando algo. Esperamos. Un minuto pareció una hora. Buscara lo que buscase, no estaba allí.

Levantó la vista, con una expresión volcánica en el rostro. Luego se quedó quieto, como si estuviera a punto de dictar sentencia. El doctor Murray nos miró a todos, uno por uno, con los ojos entornados y las fosas nasales hinchadas por encima de la larga barba plateada. Su mirada era severa y firme, como si buscara la verdad en nuestro corazón. Solo titubeó cuando llegó hasta mí. Inclinó la cabeza y arqueó las cejas. Estaba recordando mis años bajo la mesa de clasificación. Y yo también.

«¿Quién te ha mancillado?», me lo imaginé pensando.

Papá fue el primero en seguir la mirada del doctor Murray hasta mi sitio. Luego el señor Sweatman. Todos los ayudantes estiraron el cuello para mirarme, aunque los más nuevos estaban confusos. Nunca me había sentido tan visible como en ese momento y me sorprendí a mí misma sentándome más erguida. No me puse nerviosa ni bajé la mirada.

Si al doctor Murray se le había pasado por la cabeza la idea de acusarme, decidió no hacerlo. En vez de eso, cogió la carta una vez más y la releyó. Después le echó un vistazo al volumen abierto; era inútil examinarlo una tercera vez. Guardó la carta entre sus páginas y se marchó del *scriptorium* sin decir una palabra. Elsie salió pisándole los talones.

Los ayudantes exhalaron. Mi padre se secó la frente con un pañuelo. Cuando estuvieron seguros de que el doctor Murray había entrado en la casa, varios hombres se aventuraron a salir al jardín para intentar tomar el aire.

El señor Sweatman se levantó y se acercó al volumen de palabras que descansaba sobre el escritorio del doctor Murray. *A y B*. Cogió la carta y la leyó entera. Cuando me miró, había compasión en sus ojos, pero también un atisbo de sonrisa. Papá se colocó a su lado y hojeó la carta; luego la leyó en voz alta:

> Estimado señor:
>
> Le escribo para agradecerle su excelente *Diccionario*. Estoy suscrito para recibir los fascículos a medida que se publican y tengo los cuatro volúmenes encuadernados hasta el momento. Ocupan una estantería hecha a propósito para ellos y espero, algún día, verla llena, aunque tal vez sea una satisfacción que le deje a mi hijo. Estoy en mi sexta década y no gozo de buena salud.
>
> Es mi costumbre, desde que usted me ha proporcionado los medios, reflexionar sobre ciertas palabras y comprender su historia. Tuve motivos para consultar su diccionario mientras leía *El lord de las islas*. La palabra que buscaba en este caso era «azacana». No es una palabra oscura, pero Scott la utiliza con un significado similar al de «sierva o esclava», un sentido que yo desconocía. El significado de «aguadora» estaba adecuadamente referenciado, pero este otro no.
>
> Debo admitir que me quedé perplejo. Su diccionario ha asumido un carácter de autoridad incuestionable para mí. Soy consciente de que es injusto lastrar cualquier obra del hombre con la expectativa de la perfección y solo puedo concluir que usted, como yo, es falible y que fue una omisión accidental.
>
> Le ilumino, señor, con buena intención y con todo el respeto.
>
> Saludos cordiales, etc.

CRUCÉ EL JARDÍN lo más despacio que pude y dejé atrás a los ayudantes tumbados en la hierba, todos ellos con un vaso alto de limonada al lado. Cuando comencé a subir las escaleras hacia la habitación de Lizzie, la señora Ballard salió de la despensa con dos huevos en cada mano.

—No es propio de ti pasar por mi cocina sin más ni más —dijo.

—¿Sabe si Lizzie anda por aquí, señora B?

—Vaya, buenos días para ti también, jovencita.

Me escudriñó por encima de las gafas.

—Lo siento, señora B. Ha habido un disgusto en el *scriptorium* y nos estamos tomando un descanso. Esperaba que Lizzie estuviera por aquí, así podría…

—¿Un disgusto, dices?

Continuó hacia la encimera de la cocina y empezó a cascar los huevos en el borde de una fuente. Me miró para que respondiera.

—Han perdido un significado de una palabra —dije—. El doctor Murray está furioso.

Negó con la cabeza y sonrió.

—¿Creen que vamos a dejar de decir una palabra si no está en su diccionario? Seguro que no es la primera que pierden.

—Diría que el doctor Murray cree que sí.

La señora Ballard se encogió de hombros y se llevó la fuente a la cadera. Batió los huevos hasta que su mano se convirtió en un borrón y un tamborileo reconfortante invadió la cocina.

—Esperaré a Lizzie en su habitación —anuncié.

Entró justo cuando estaba a punto de sacar el baúl.

—Esme, ¿qué narices estás haciendo?

—Esto está muy sucio, Lizzie —dije, con la cabeza metida bajo su cama y palpando el vacío con los dedos—. No es en absoluto lo que me esperaría de la criada más consumada de todo Oxford.

—Sal de ahí abajo, Esmi. Vas a ponerte el vestido perdido.

Retrocedí gateando, arrastrando el baúl conmigo.

—Creía que te habías *olvidao* de ese baúl.

Pensé en el recorte de prensa que Ditte me había enviado. Estaría encima de todas las demás palabras del baúl. Llevaba tiempo sin ser capaz de enfrentarme a él.

El baúl estaba cubierto de una película de polvo.

—Lizzie, cuando me fui a la escuela, ¿lo mantuviste a buen recaudo a propósito? ¿O fue solo por casualidad?

Se sentó en la cama y me observó.

—No me pareció que hubiera motivo para contárselo a nadie.

—¿De verdad era una niña tan mala? —pregunté.

—No, solo una niña sin madre, como muchas de nosotras.

—Pero no me mandaron lejos por eso.

—Solo te mandaron a la escuela. Y seguro que fue porque no tenías una *mama* que te cuidara. Creyeron que era lo mejor.

—Pero no lo fue.

—Ya lo sé. Y ellos también terminaron por saberlo. Te trajeron a casa. —Lizzie me metió un mechón de pelo rebelde de nuevo en el pasador—. ¿Por qué te ha dado por recordarlo ahora?

—Ditte me ha enviado una ficha.

Se la mostré. Cuando le leí la cita, vi su alivio.

Luego la miré con timidez.

—Hay otra razón —dije.

—¿Cuál?

—El doctor Murray cree que falta un significado de una palabra en el *Diccionario*.

Lizzie miró el baúl y se llevó la mano al crucifijo. Creí que iba a empezar a ponerse nerviosa, pero no fue así.

—Ábrelo despacio —me dijo—. No sea que haya algo viviendo ahí dentro y se asuste con la luz.

ME PASÉ TODA la tarde con mi *Diccionario de las palabras olvidadas*. Lizzie se marchó, pero volvió en más de una ocasión; me trajo sándwiches y leche, y le transmitió de mala gana a mi padre el mensaje de que no me encontraba bien. Cuando entró en su habitación por tercera vez, encendió la lámpara.

—Estoy *derrengá* —dijo. Se dejó caer con pesadez en la cama y desordenó las fichas que tenía extendidas sobre ella. Movió la mano entre ellas como si estuviera acariciando las hojas de los árboles—. ¿La has encontrado? —preguntó.

—¿El qué?

—La palabra con el *significao* perdido.

La expresión del doctor Murray me volvió a la cabeza.

—Ah, sí —dije—. Al final la he encontrado.

Estiré el brazo hacia la mesita de noche de Lizzie y cogí la ficha. Entregársela al doctor Murray era impensable. Aunque no hubiera estado furioso, no se me ocurría ningún escenario que hiciera que la presencia de esa palabra en mi mano se considerase aceptable.

—¿La recuerdas, Lizzie? —dije al mismo tiempo que se la tendía.

—¿Por qué iba a acordarme de ella?

—Fue la primera. No estaba segura, pero, cuando he sacado todo lo del baúl, ahí estaba, justo en el fondo. ¿Te acuerdas? Se la veía tan sola.

Se quedó pensando un rato y luego se le iluminó la cara.

—Ah, sí, ya me acuerdo. Encontraste el alfiler de sombrero de mi madre.

Miré el grabado que había en el interior del baúl, *El diccionario de las palabras olvidadas*. Me sonrojé.

—Déjate ahora de esas historias —dijo, y luego señaló con la cabeza la palabra que aún sujetaba en la mano—. ¿Cómo se ha *enterao* el doctor Murray de que falta ese *significao*? ¿Los cuenta? Serían *demasiaos*.

—Ha recibido una carta. De un señor que esperaba encontrarlo en el volumen con todas las palabras de la A y la B, pero que vio que no estaba.

—Pero es imposible que la gente espere que todas las palabras estén ahí dentro —dijo Lizzie.

—Uy, pues lo esperan. Y a veces el doctor Murray tiene que escribir para explicarles por qué no se ha incluido una palabra.

Hay muchas buenas razones, según mi padre, pero esta vez ha sido distinto.

Rememorar el drama de aquella mañana me tenía emocionada. Contra toda lógica, me resultaba imposible no experimentar una sensación de logro. Había sido la causa de algo que parecía importar de verdad.

Vi preocupación en el rostro de Lizzie.

—¿Cuál es, entonces? —me preguntó—. ¿Qué palabra es?

—*Azacana* —dije lenta y deliberadamente, sintiéndola en la garganta y en los labios—. La palabra es *azacana*.

Lizzie lo intentó:

—*Azacana*. ¿Qué significa?

Miré el trozo de papel. Era una ficha de portada y reconocí la caligrafía de mi padre. Vi el punto por el que el alfiler la había sujetado una vez a todas las fichas de citas o tal vez a una prueba. Si hubiera sabido que era de mi padre, ¿me la habría guardado?

—Venga, ¿qué significa?

—«Mujer que se ocupa en cosas de poco provecho y mucho trabajo» —dije.

Lizzie se quedó pensando un rato.

—Eso es lo que soy yo —dijo—. Supongo que estoy obligada a trabajar como una esclava para los Murray hasta que me muera.

—Qué va, no creo que esta palabra te describa, Lizzie.

—Pues yo diría que sí —replicó—. No pongas esa cara, Esmi. Me alegro de salir en el *Diccionario*; bueno, habría salido si no fuera por ti. —Sonrió—. Me gustaría saber qué más dicen en él de mí.

Pensé en las palabras del baúl. Algunas no las había oído ni leído hasta verlas en una ficha. La mayoría eran normales y corrientes, pero la ficha o la caligrafía tenían algo que me había resultado atractivo. Había palabras torpes con citas mal transcritas que jamás acabarían en el *Diccionario*, y había palabras que existían en una frase y en ninguna otra: palabras incipientes, hápax que nunca triunfaron. Las adoraba todas.

Azacana no era una palabra incipiente y su significado me perturbaba. Lizzie tenía razón; se refería a ella como se refería a una esclava romana.

En ese momento recordé la rabia del doctor Murray y sentí que la mía se elevaba para hacerle frente. «Esta palabra no tendría que ser», pensé. No tendría que existir. Su significado tendría que ser oscuro e impensable. Tendría que ser una reliquia y, sin embargo, resultaba tan sencilla de entender ahora como en cualquier otro momento de la historia. La alegría de contar la historia se desvaneció.

—Me alegro de que no esté en el *Diccionario*, Lizzie. Es una palabra horrible.

—Puede ser, pero es una palabra verdadera. Con *Diccionario* o sin él, las azacanas siempre existirán.

Lizzie se acercó a su armario para coger un delantal limpio.

—La señora B me ha dejado a cargo de la cena, Esmi. Tengo que marcharme. Quédate si quieres.

—Pues lo haré, si no te importa. Tengo que escribir a Ditte. Me gustaría que la carta saliera con el correo de la mañana.

—Ya era hora.

16 de agosto de 1901

Mi querida Esme:

Cuánto tiempo he esperado tu carta. Lo consideraba mi penitencia, y justamente merecida. No obstante, ha sido una condena severa y me alegro de que haya terminado.

No he estado en aislamiento y estoy bien informada de todo aquello que puede considerarse de naturaleza objetiva. Has crecido como un «sauce joven», según una rara floritura de James cuando me describió la fiesta en el jardín para celebrar *H a K*. Tu padre se queja de que ahora lo superas en altura, pero tu creciente parecido con Azucena le inspira nostalgia.

Sé lo suficiente para darme por satisfecha de que estás leyendo bien y aprendiendo una o dos habilidades domésticas tenidas por deseables en una joven. Todos estos detalles los he recibido con gratitud, pero lo que he anhelado durante los últimos años ha sido algo tuyo, Esme. Tus pensamientos y deseos. Tus opiniones y curiosidades en desarrollo.

En este sentido, tu carta ha sido un bálsamo. La he leído y releído, captando en cada pasada alguna prueba más de tu aguda inteligencia. El reciente alboroto provocado por la ausencia de un significado en el *Diccionario* ha despertado tu interés, sin duda, y, aunque no se excluyó de manera intencionada, ese sentido de *azacana* se suma a toda una serie de excelentes palabras que tendrían que haberse incorporado en el *Volumen I*, pero que finalmente no se incluyeron —no le menciones «África», por ejemplo, al doctor Murray: es un tema delicado—.

Lo que tengo claro es que durante el tiempo que pasaste bajo la mesa de clasificación absorbiste más que la mayoría de quienes se han pasado seis años sentados ante una pizarra. Fue un error que cualquiera de nosotros supusiera que el *scriptorium* no era un lugar adecuado para crecer y aprender. Nuestro pensamiento estaba limitado por la convención —el dictador más sutil pero opresivo—. Por favor, disculpa nuestra falta de imaginación.

Y ahora, a tu principal pregunta.

Por desgracia, el *Diccionario* no tiene capacidad para contener las palabras que no disponen de una fuente textual. Todas las palabras deben haber sido fijadas por escrito y tienes razón al suponer que en su mayoría provienen de libros escritos por hombres, pero no siempre es así. Las mujeres han escrito muchas citas, aunque están, por supuesto, en minoría. Quizá te sorprenda saber que algunas palabras no tienen más fuente que un manual técnico o un panfleto. Conozco al menos una palabra que se encontró en la etiqueta de un frasco de medicamentos.

Tienes razón al observar que, así, las palabras de uso común que no se plasman por escrito quedarían necesariamente excluidas. Tu preocupación acerca de que algunos tipos de palabras, o las palabras utilizadas por algunos tipos de personas, se perderán para el futuro es muy perspicaz. Sin embargo, no se me ocurre ninguna solución. Plantéate la alternativa: la inclusión de todas esas palabras, palabras que van y vienen en uno o dos años, palabras que no se conservan en nuestra lengua a lo largo de las generaciones. Atascarían el *Diccionario*. No todas las palabras son iguales… Y, mientras escribo esto, creo que veo tu preocupación con mayor claridad: si las palabras de un grupo se consideran más dignas de ser preservadas que las de otro… Bueno, me has dado que pensar.

La ambición inicial de que el *Diccionario* fuera un registro completo del significado y la historia de todas las palabras inglesas ha resultado ser del todo imposible, pero te aseguro que hay muchas palabras excelentes registradas en textos literarios que tampoco pasan las pruebas establecidas por el doctor Murray y la Sociedad Filológica. Adjunto una de esas palabras.

Perdonamiento.

Es de una novela de Adeline Whitney titulada *Sights and Insights*. Beth la leyó poco después de que se publicara. No la elogió en absoluto —la señora Whitney no oculta su opinión de que una mujer debe limitar sus actividades al hogar y sus palabras a lo doméstico—, pero esta palabra le resultó interesante y ella misma redactó la ficha. Años después, me pidieron que escribiera la entrada, aunque nunca superó el primer borrador.

Por razones que estoy segura de que no necesito explicarte, he tenido motivos para reflexionar sobre ella en los últimos tiempos. Nunca fui muy diligente a la hora de devolver las palabras rechazadas al *scriptorium*, así que aquí va: una ofrenda y una petición. Si la aceptan, mi alma sentiría dichosamente su propia redención y perdonamiento —por citar a la señora Whitney—.

Con amor,

Ditte

PARTE III

1902 - 1907

Lanza - Nuevo

DOS AÑOS DESPUÉS de recibir mi primera remuneración, el doctor Murray me pidió que le enseñara a Rosfrith el proceso de clasificación de las fichas y de comprobación de los sentidos, y cualquier otra cosa que la ayudara a integrarse como nueva ayudante. Al cabo de media hora, quedó claro que mi instrucción no era necesaria. Como todos sus hermanos, Rosfrith llevaba clasificando fichas desde que era una cría. Quizá no se hubiera escondido bajo la mesa de clasificación, pero sabía desenvolverse en el *scriptorium*.

—Soy superflua a la necesidad —dije, y Rosfrith sonrió.

Se parecía mucho a Elsie, aunque era un poco más esbelta, un poco más alta y un poco más rubia. Tenía la misma cara de rasgos finos, los mismos ojos inclinados hacia abajo, que le habrían conferido un aspecto triste si no hubiera sido tan risueña. La dejé en el escritorio que compartiría con su hermana, justo a la izquierda de la mesa elevada del doctor Murray, y volví al mío. Las fichas de las palabras que empezaban por L descansaban apiladas en varios montones ordenados a lo largo del borde. Cuando me senté, me pregunté qué sensación me hubiera producido repartirme la tarea de clasificarlas con alguien que se pareciera un poco a mí.

Por lo general, me tomaba bastante tiempo para revisar las palabras que clasificaba. Si el término me resultaba familiar, cotejaba mi comprensión del mismo con el ejemplo proporcionado por el voluntario. Si no me resultaba familiar, me aprendía su significado de memoria. Esas palabras nuevas se convirtieron en el centro de mi trayecto de vuelta a casa con papá. Si él no conocía la palabra, se la explicaba y nos la lanzábamos el uno al otro en frases cada vez más elaboradas.

Pero *lánguido* me provocó bostezos. Tenía trece fichas de significado invariable y no era difícil que mi mente se alejara vagando más allá de los confines del *scriptorium*. Pensé en lo que Ditte me había dicho acerca de la necesidad de que las palabras dispusieran de historia textual. Pues bien, no cabía duda de que *lánguido* la tenía. La cita más antigua era de un libro escrito en 1440, así que su inclusión estaba asegurada, pero no era ni de lejos tan interesante como la palabra de Lizzie, *derrengada*.

Lizzie no había dicho jamás que se sintiera lánguida, pero siempre estaba derrengada.

Sujeté todas las fichas de *lánguido*, ordenadas desde la cita más antigua hasta la más reciente. Solo había una parcialmente incompleta: la palabra *lánguido* aparecía en la esquina superior izquierda y había una cita, pero no incluía ni la fecha ni el título ni el nombre del autor del libro.

La habrían desechado, pero, aun así, se me aceleró el corazón cuando me la guardé en el bolsillo.

LA SEÑORA BALLARD ya estaba sentada a la mesa de la cocina cuando entré, y Lizzie estaba preparando unos sándwiches de jamón para comer. Ya habían sacado tres tazas de té.

—¿Qué significa *derrengada*, Lizzie?

La señora Ballard resopló.

—Esa pregunta podrías hacérsela a cualquiera que se dedique a servir, Esme. Todos sabríamos contestarte.

Lizzie sirvió el té y se sentó.

—Significa que estás *cansá*.

—¿Por qué no dices «cansada», entonces?

Reflexionó sobre ello.

133

—No es solo que estés *cansá* por falta de sueño; es que estás *cansá* por culpa del trabajo, por el trabajo físico. Me levanto antes del amanecer para asegurarme de que todos los de la casa grande estén *calientitos* y tengan de comer cuando se despierten, y no me voy a dormir hasta que ellos están roncando. Estoy *derrengá* la mitad del tiempo, como un caballo *agotao*, que no vale *pa na*.

Me saqué la ficha del bolsillo y miré la palabra. *Lánguido* no se parecía mucho a *derrengado*, sino más bien a perezoso. Miré a Lizzie y comprendí por qué ella nunca tendría motivos para usarla.

—¿Tiene un lápiz, señora B?

La mujer dudó.

—No me gusta nada la pinta de ese trozo de papel que tienes en la mano, Esme.

Se lo enseñé.

—Está incompleta, ¿ve? Es desechable. Voy a reutilizarla.

La señora Ballard asintió.

—Lizzie, cariño, hay un lápiz justo a la entrada de la despensa, al lado de mi lista de la compra. ¿Podrías traérselo a Esme?

Tracé una línea sobre *lánguido* y le di la vuelta a la ficha. Estaba en blanco, pero vacilé. Nunca había escrito una ficha. Llevaba años llevándome palabras, leyéndolas, recordándolas, rescatándolas. Recurría a ellas en busca de explicaciones. Pero, cuando las palabras del *Diccionario* me defraudaban, jamás se me había pasado por la cabeza que pudiera incorporar otras.

Bajo la atenta mirada de Lizzie y la señora Ballard, escribí:

DERRENGADA

«Me levanto antes del amanecer para asegurarme de que todos los de la casa grande estén *calientitos* y tengan de comer cuando se despierten, y no me voy a dormir hasta que ellos están roncando. Estoy *derrengá* la mitad del tiempo, como un caballo *agotao*, que no vale *pa na*.»

Lizzie Lester, 1902

—No CREO QUE al doctor Murray le parezca una cita adecuada —dijo la señora Ballard—. Pero me gusta verla escrita. Lizzie no se equivoca. Acabas agotada de estar de pie todo el día.

—¿Qué has escrito? —preguntó Lizzie.

Se lo leí y ella se llevó la mano al crucifijo. Me pregunté si la habría disgustado.

—Nunca se había escrito *na* de lo que he dicho —dijo al fin.

Después se levantó y recogió la mesa.

Miré mi ficha. Habría encajado bien en uno de los casilleros, pensé, y me pregunté qué pensaría Lizzie de que su nombre y sus palabras se juntaran con las de autores como Wordsworth y Swift. Decidí crear una ficha de portada y unirla a la palabra de Lizzie; entonces recordé que todas las palabras de la D ya estaban publicadas.

Dejé a Lizzie y a la señora Ballard con su almuerzo y subí las escaleras de dos en dos. El baúl que había debajo de la cama de Lizzie ya estaba más lleno que vacío. Deposité *derrengada* encima del montón.

Esa sería la primera, pensé. Era única porque no había salido de un libro. Pero, si la comparaba con todas las demás, no había nada que la distinguiera. Me quité el lazo del pelo y lo até alrededor de la ficha. Parecía muy triste, allí sola, pero no me costó imaginarme más.

MI PADRE ME había contado una vez que la idea de que las fichas tuvieran aquel tamaño había sido del doctor Murray. Al principio, les enviaba las fichas preparadas a los voluntarios, pero, al cabo de un tiempo, bastó con indicarle a la gente que mandara sus palabras y frases en trozos de papel de quince por diez centímetros. Algunos de los voluntarios no siempre disponían de papel en blanco y, cuando yo era pequeña, papá me buscaba bajo la mesa de clasificación para enseñarme las fichas recortadas de periódicos, viejas listas de la compra, papel de carnicería usado —con una mancha de sangre marrón floreciendo sobre las palabras— e incluso páginas arrancadas de libros. Estas últimas me resultaban ofensivas y le sugerí al doctor Murray que despidiera a los voluntarios que estropeaban los libros. A papá le entró la risa. El peor infractor, me dijo, era Frederick Furnivall. Puede que, de vez en cuando, el doctor Murray se planteara despedirlo, pero Frederick Furnivall era secretario de la Sociedad Filológica. El *Diccionario* había sido idea suya.

Las fichas del doctor Murray eran ingeniosas, me había dicho mi padre. Sencillas y eficaces, más valiosas cuanto más se llenaba el *scriptorium* y más limitado se volvía el espacio de almacenamiento. El doctor Murray las había diseñado para que encajaran a la perfección en los casilleros. No se había desperdiciado ni un centímetro de ellos.

Cada ficha poseía su propia personalidad y, mientras era clasificada, existía la posibilidad de que la palabra que contenía se entendiera. Como mínimo, se recogía y se leía. Algunas fichas circulaban de mano en mano, otras eran objeto de un largo debate y, a veces, de una discusión. Durante un tiempo, toda palabra era tan importante como la que la precedía y la que la seguía, con independencia de a qué hubiera pertenecido su ficha antes de que la recortaran. Si estaba completa, se guardaba en un casillero, sujeta o atada a otras fichas; su uniformidad resaltada por las pocas demasiado grandes y coloridas que se habían recortado siguiendo un diseño propio.

Muchas veces me preguntaba en qué tipo de ficha me escribirían si yo fuera una palabra. En una demasiado larga, sin duda. Seguro que del color equivocado. En un trozo de papel que no encajaba del todo. Me preocupaba el hecho de que quizá nunca consiguiera encontrar mi sitio en los casilleros.

Decidí que mis fichas no serían distintas a las del doctor Murray y empecé a acumular todo tipo de papeles para recortarlos al tamaño adecuado. Mis favoritas eran las que sacaba del papel de carta azul que Azucena había utilizado en su día. Había cogido unas cuantas hojas del cajón del escritorio de mi padre. Las reservaría para las palabras bonitas. Las demás eran una mezcla de lo ordinario y lo extraordinario: un fajo de fichas en blanco originales del *scriptorium*, olvidadas en un rincón polvoriento y que nadie extrañaba; fichas recortadas de redacciones escolares y ejercicios de álgebra; unas cuantas tarjetas postales que papá había comprado, pero nunca enviado (casi del tamaño perfecto, pero no del todo); y recortes de papel de pared, un poco gruesos, pero con un precioso estampado en una de las caras.

Empecé a llevarlas siempre encima, con la esperanza de captar más palabras como *derrengada*.

Lizzie era una gran fuente de ellas. En una semana, registré siete palabras que estaba segura de que no se encontrarían en los casilleros. Cuando lo comprobé, cinco de ellas sí estaban. Tiré las duplicadas y metí las dos restantes en el baúl, junto con *derrengada*, tras atarlas todas con mi lazo.

El *scriptorium* no resultaba tan fructífero. De vez en cuando, el doctor Murray decía algo interesante con su acento escocés, normalmente en voz baja. *Badulaque* era una expresión común en respuesta a la incompetencia o la lentitud en el trabajo, y no me atreví a pedirle que la repitiera, aunque escribí una ficha y la definí como «idiota o bobo». Cuando busqué en el volumen de *A y B*, me sorprendió descubrir que ya estaba allí. Los demás ayudantes no utilizaban más que las palabras que leían en libros bien escritos. Dudaba que alguno de ellos hubiera dedicado mucho tiempo a escuchar lo que se decía en la cocina de la señora Ballard o lo que los comerciantes del Mercado Cubierto se soltaban los unos a los otros.

Ya no tenía que ayudar en la cocina, pero a veces lo hacía. Lo prefería a volver a casa sola cuando papá trabajaba hasta tarde. Las cortinas nuevas y las flores frescas alegraban nuestro hogar, pero, durante las largas tardes de verano, prefería quedarme hablando con Lizzie. Luego, cuando hacía frío, me parecía un desperdicio gastar carbón para una sola persona.

—¿Puedo pedirte un favor, Lizzie?

Estábamos la una al lado de la otra ante el fregadero.

—Lo que quieras, Esmi. Ya lo sabes.

—Me gustaría saber si me ayudarías a recopilar palabras —dije mientras la miraba de reojo para medir su reacción. Apretó la mandíbula—. No del *scriptorium* —añadí enseguida.

—¿Dónde iba a encontrar yo palabras? —preguntó sin apartar la vista de la patata que estaba pelando.

—Dondequiera que vayas.

—El mundo no es como el *scripi*, Esmi. Las palabras no andan por ahí *tirás* esperando a que una chica con las manos largas las recoja.

Se volvió y me dedicó una sonrisa tranquilizadora.

—Ese es justo el problema, Lizzie. Estoy convencida de que hay un montón de palabras maravillosas volando por ahí que nunca se han escrito en un papel. Quiero anotarlas.

—¿*Pa* qué?

—Porque creo que son tan importantes como las palabras que recogen el doctor Murray y mi padre —respondí.

—*Pos* claro que… —Se quedó callada, se corrigió—. Pues claro que no lo son. Son palabras que usamos solo porque no conocemos otra cosa mejor.

—No estoy de acuerdo. Creo que a veces las palabras apropiadas no son del todo correctas, y que por eso la gente inventa otras nuevas o utiliza palabras antiguas de una forma distinta.

Lizzie soltó una risita.

—La gente con la que hablo en el *Mercao* Cubierto no tiene ni idea de cuáles son las palabras *apropiás*. La mayoría apenas sabe leer y se queda de piedra cada vez que un caballero se para a darles palique.

Terminamos de pelar las patatas y Lizzie empezó a cortarlas por la mitad y a meterlas en una olla grande. Me sequé las manos en el paño caliente que colgaba ante los fogones.

—Además —continuó Lizzie—, no está bien que una mujer que sirve en una casa ande por ahí perdiendo el tiempo con gente a la que le gusta usar palabras *desvergonzás*. Daría mala imagen de los Murray que se me viera *metía* en ese tipo de conversaciones de la calle cuando terminara los *recaos*.

Me había imaginado tal montón de palabras que necesitaría un baúl nuevo para almacenarlas todas, pero, si Lizzie no me ayudaba, apenas reuniría suficientes para tensar mi lazo.

—Venga, por favor, Lizzie. No puedo ponerme a deambular por Oxford sola y sin ningún propósito. Si no me haces este favor, más me vale dejarlo.

Terminó de cortar las últimas patatas y se volvió para mirarme.

—Aunque fuera por ahí pegando la oreja, solo me aceptarían las mujeres. Los hombres, hasta los que trabajan en las gabarras, no hablarían como siempre si yo estuviera delante.

En mi cabeza comenzó a formarse otra idea.

—¿Crees que hay palabras que solo usan las mujeres o que se aplican específicamente a las mujeres?

—Diría que sí —contestó.

—¿Me dices cuáles son? —pregunté.

—Pásame la sal —dijo, y levantó la tapa de las patatas.

—Bueno, ¿me las dices?

—No creo que pueda.

—¿Por qué no?

—Algunas no quiero decirlas y otras es que no te las sé explicar.

—A lo mejor puedo acompañarte a hacer recados. Así sería yo la que pegara la oreja. No te estorbaré ni te haré perder el tiempo. Solo escucharé y, si oigo alguna palabra interesante, la anotaré.

—A lo mejor —dijo.

EMPECÉ A LEVANTARME temprano los sábados para acompañar a Lizzie al Mercado Cubierto. Me metía fichas y dos lápices en los bolsillos y la seguía de un lado a otro como un perrito faldero. Empezábamos por la fruta y la verdura: las más frescas desaparecían a toda prisa. Después íbamos al puesto del carnicero o del pescadero, a la panadería y a la tienda de ultramarinos. Bajábamos por un callejón y subíamos por otro, mirando los escaparates de las tiendecitas que vendían bombones, sombreros o juguetes de madera. Luego entrábamos en la minúscula mercería. Lizzie a veces volvía a casa con un hilo o unas agujas nuevas. La mayoría de las veces, yo volvía a casa decepcionada. Los tenderos se mostraban amables y corteses, y todas las palabras que decían me resultaban conocidas.

—Quieren que te gastes el dinero —me dijo Lizzie—. No van a arriesgarse a ofender esos oídos tan *delicaos* que tienes.

A veces captaba una palabra cuando pasábamos por la pescadería o ante un grupo de hombres que descargaban carros repletos de verduras. Pero Lizzie se negaba a preguntarles qué significaba y tampoco me dejaba acercarme a ellos.

—A este paso, nunca recogeré más palabras, Lizzie. —Ella se encogió de hombros y continuó con su trillado camino por el mercado—. Pues, entonces, a lo mejor tengo que volver a guardarme palabras del *scriptorium*.

Aquello la hizo parar, tal como sabía que ocurriría.

—No serías capaz… —me dijo.

—¿Y si no consigo controlarme?

Se me quedó mirando un instante.

—Vamos a ver qué anda vendiendo hoy la vieja Mabel.

MABEL O'SHAUGHNESSY REPELÍA y atraía como los dos extremos de un imán. El suyo era el puesto más pequeño del Mercado Cubierto: dos cajas de madera puestas la una al lado de la otra y los objetos encontrados que normalmente contenían expuestos encima. Lizzie solía desviarse hacia otro lado, por lo que, durante mucho tiempo, Mabel no había sido para mí más que una imagen pasajera de huesos afilados a punto de desgarrar una piel apergaminada y un sombrero andrajoso que apenas cubría las calvas de cuero cabelludo desnudo.

Cuando nos acercamos, resultó evidente que Lizzie y Mabel se conocían bien.

—¿Has comido hoy, Mabel? —preguntó Lizzie.

—No he vendido ni *pa* comprarme un bollo rancio.

Lizzie metió la mano en nuestra bolsa y le dio un panecillo.

—¿Quién es esta? —dijo Mabel, con la boca llena de pan.

—Esme, esta es Mabel. Mabel, esta es Esme. Su padre trabaja para el doctor Murray. —Luego me miró como si quisiera disculparse—. Esme también trabaja para el *Diccionario*.

Mabel me tendió la mano: unos dedos largos y cubiertos de mugre sobresalían de los restos de unos guantes sin dedos. Yo no solía estrechar manos e, instintivamente, me froté los dedos raros en la tela de la falda, como para liberarlos de algo desagradable. Cuando se los tendí, la anciana se rio.

—Eso no se te arregla por mucho que te limpies —dijo.

Entonces me cogió la mano entre las suyas y me la examinó como solo lo había hecho el médico. Sus sucios dedos fueron sujetando uno por uno todos los míos, poniendo a prueba las articulaciones y enderezándolas con suavidad. Los suyos eran tan rectos y ágiles como los míos torcidos y rígidos.

—¿Funcionan? —preguntó.

Asentí con la cabeza. Pareció quedar satisfecha y me soltó. Luego señaló los artículos del puesto.

—*Pos* entonces no hay *na* que te impida comprar.

Empecé a hurgar entre lo que ofrecía. No me extrañó que no hubiera comido: no vendía más que desperdicios, cosas rotas sacadas del río. La única nota de color procedía de una taza y un platillo, ambos desconchados pero por lo demás funcionales. Mabel los había puesto la una encima del otro como si hicieran juego, aunque estaba claro que no era así. Pensé que nadie que tuviera dinero de sobra se tomaría el té en aquella taza, pero, para ser educada, la cogí y examiné el delicado estampado de rosas.

—Es porcelana. El platillo también —dijo Mabel—. Ponlos a la luz.

Tenía razón. Eran de porcelana fina, los dos. Volví a poner las rosas sobre el platillo de campánulas azules y, entre los marrones limosos de todo lo demás, me pareció que la combinación tenía algo alegre. Intercambiamos una sonrisa.

Pero aquello no bastó. Mabel volvió a señalar sus mercancías con un gesto de la cabeza, así que toqué, giré y cogí una o dos. Había un palo, no más largo que un lápiz, pero retorcido a lo largo. Esperaba que fuera áspero, pero estaba tan suave como el mármol. Cuando me lo acerqué para examinar el extremo nudoso, un rostro antiguo me devolvió la mirada. Las preocupaciones de toda una vida aparecían talladas en la expresión del anciano, que tenía la barba enroscada en el giro del palo. Sentí una mariposa en el pecho al imaginármelo sobre el escritorio de mi padre.

Miré a Mabel. Había estado esperando y ahora me ofrecía una sonrisa desdentada y una mano extendida.

Me saqué una moneda del bolso.

—Es extraordinario.

—No tengo *na* más que hacer con las manos, ahora nadie las quiere alrededor del cipote. —No tenía claro si la había entendido y, cuando no reaccioné como ella esperaba, miró a Lizzie y le preguntó—: ¿Es tonta?

—No, Mabel, solo es que no tiene buen oído para tu idioma en concreto.

Cuando volvimos a Sunnyside, saqué una ficha y un lápiz. Lizzie se negó a decirme qué significaba *cipote*, pero asentía o negaba con la cabeza en respuesta a mis conjeturas. El color de su cara me informó cuando acerté.

Nos convertimos en visitantes habituales del puesto de Mabel. Mi vocabulario se amplió y a mi padre le encantaban las tallas que le compraba de vez en cuando. Se apoyaban contra sus plumas y lápices en el viejo cubilete que siempre había tenido sobre el escritorio.

MABEL TOSÍA Y carraspeaba para librarse de grandes pegotes de flema cada pocas palabras. Llevaba casi un año visitándola con Lizzie y nunca la había visto callada, pero pensé que tal vez aquel día la tos la entorpeciera. No era así; solo la volvía más difícil de descifrar. Cuando volvió a toser, le ofrecí mi pañuelo con la esperanza de que de esa forma dejara de escupir en las losas junto a su taburete. Lo miró, pero no hizo el menor amago de cogerlo.

—No, estoy bien, muchacha —dijo.

Luego se echó hacia un lado y esputó contra el suelo lo que había acumulado en la boca. Me estremecí. Se sintió satisfecha.

Mientras yo inspeccionaba sus tallas, Mabel cotorreaba sobre los deslices delictivos, financieros y sexuales de sus tenderos vecinos, y apenas interrumpía su discurso para decirme el precio de algo.

Entre sus palabras reumáticas apareció una que me pareció haber oído antes, una palabra que Lizzie había negado conocer pese a que su rostro enrojecido me dejó claro que mentía.

—Coñazo —dijo Mabel cuando le pedí que la repitiera.

—Vámonos, Esme —ordenó Lizzie, que me cogió del brazo con una urgencia poco habitual.

—Coñazo —repitió Mabel, un poco más alto.

—Esme, tenemos que irnos. Hay mucho que hacer.

—¿Qué significa? —le pregunté a Mabel.

—Significa que es un coñazo: una zorra y una puta pesada de mierda.

Mabel miró hacia el puesto de flores.

—Mabel, baja la voz —susurró Lizzie—. Te echarán de aquí por usar ese lenguaje, ya lo sabes.

Seguía intentando apartarme de allí.

—Pero ¿qué significa de verdad? —le pregunté de nuevo a Mabel.

Me miró con la boca abierta, toda encías. Le encantaba cuando le pedía que me explicara una palabra.

—¿Tienes lápiz y papel, muchacha? Esta te va a interesar escribirla.

Me zafé de la mano de Lizzie.

—Tú vete, Lizzie. Ahora te alcanzo.

—Esme, si alguien te oye hablando así… Bueno, la señora Ballard se enterará incluso antes de que lleguemos a casa.

—No pasa nada, Lizzie. Mabel y yo vamos a hablar en susurros —dije, y me volví para mirar con severidad a la anciana—. ¿Verdad, Mabel?

Asintió con la cabeza como una niña abandonada que espera un plato de sopa. Quería que sus palabras se fijaran por escrito.

Me saqué una ficha en blanco del bolsillo y escribí *Coñazo* en la esquina superior izquierda.

—Viene del coño, de la chirla —dijo Mabel.

La miré con la esperanza de que el sentido de lo que acababa de decir me viniera a la cabeza, como ocurría a veces, al cabo de un par de segundos, pero seguí perpleja.

—Mabel, eso no me ayuda. —Cogí otra ficha y escribí *Chirla* en la esquina superior izquierda—. Ponme *coño* en una frase —le pedí.

—Me pica el coño —dijo, y se rascó la parte delantera de las faldas.

Eso me ayudó, pero no lo anoté.

—¿Es lo mismo que entrepierna? —susurré.

—Qué lerda eres, muchacha —dijo Mabel—. Tú tienes coño, yo tengo coño, Lizzie tiene coño, pero ese de ahí, el viejo Ned, no tiene coño. ¿Lo pillas?

Me acerqué un poco más a ella y contuve la respiración para protegerme del hedor de Mabel.

—¿Es la vagina? —susurré.

—Joder, menudo genio estás hecha.

Me aparté, pero no antes de que toda la fuerza de su risa exhalada me golpeara en la cara. Tabaco y piorrea.

Escribí: «Vagina de la mujer; *coñazo*: insulto derivado». Luego taché «de la mujer».

—Mabel, necesito una frase que deje más claro que el agua lo que significa —insistí.

Pensó, fue a decir algo, se contuvo, pensó un poco más. Luego me miró con una alegría infantil que se le extendía por el complicado paisaje del rostro.

—¿Estás lista, muchacha? —preguntó.

Me apoyé en su cajón y anoté sus palabras: «Había una joven puta española que se llenaba el coño de cola. Con una sonrisa decía: si pagan por meterla de noche, pagarán por sacarla de día».

La risa le provocó un violento ataque de tos que requirió de unas cuantas palmadas en la espalda para aliviarse.

Cuando se recuperó, escribí «Mabel O'Shaughnessy, 1903» debajo de la cita.

—¿Y *chirla*? —pregunté—. ¿Significa lo mismo?

Me miró, aún divertida.

—Es por los jugos, muchacha. —Se pasó la lengua por los labios agrietados—. Los míos ya no están dulces, pero antes… —frotó un pulgar contra dos dedos— comía bien gracias a mis jugos. A los hombres les encanta pensar que te ponen cachonda.

Me pareció que la entendía. Escribí: «Sinónimo de coño. Por referencia al flujo vaginal durante las relaciones íntimas».

—¿También es un insulto? —pregunté.

—No del todo —dijo Mabel—. Los de mi calaña lo usamos igual que *coño*, pero no como *coñazo*. —Luego miró hacia el puesto de las flores—. Esa y el viejo de su marido son un puto coñazo y no hay más que hablar.

—Gracias, Mabel —dije mientras volvía a guardarme las fichas en el bolsillo.

—¿No quieres una frase?

—Ya me has dado unas cuantas. Elegiré la mejor cuando llegue a casa —respondí.

—Siempre y cuando aparezca mi nombre… —dijo.

—Sí. Nadie querría reclamar una de tus citas.

Me ofreció otra sonrisa desdentada y me tendió uno de sus palos tallados.

—Una sirena.

A mi padre le encantaría. Me saqué dos monedas del bolso.

—Yo diría que vale un poco más —dijo Mabel.

Le di otras dos monedas, una por cada palabra, y luego me fui en busca de Lizzie.

—¿Y QUÉ TE ha *contao* Mabel, entonces? —me preguntó Lizzie en el camino de vuelta a Sunnyside.

—Muchas cosas, la verdad. Me he quedado sin fichas.

Esperé a que Lizzie me preguntara más, pero ya había aprendido a no hacerlo. Cuando llegamos a Sunnyside, me invitó a tomar un té.

—Tengo que comprobar una cosa en el *scriptorium* —dije.

—¿No vas a meter tus palabras nuevas en el baúl?

—Todavía no. Quiero comprobar cómo se definió *coño* en el *Diccionario*.

—Esme. —Lizzie parecía desesperada—. No puedes decir esa palabra en voz alta.

—¿O sea que la conoces?

—No. Bueno, sé que existe. Sé que no es una palabra que se pueda emplear en compañía educada. No debes decirla, Esmi.

—Vale —dije, encantada con el efecto que ejercía la palabra sobre ella—. La llamaremos «la palabra con C».

—No la llamaremos de ninguna manera. No hay ninguna razón para tener que usarla.

—Mabel dice que es una palabra muy antigua. Así que debería estar en el volumen de la C. Quiero ver cuánto me he acercado a la definición.

El *scripi* estaba vacío, aunque la chaqueta de mi padre y la del señor Sweatman seguían en el respaldo de sus respectivas sillas. Me acerqué a la estantería que había detrás del escritorio del doctor Murray y bajé el segundo volumen de palabras. El tomo *C* era aún más voluminoso que el de *A y B*; habían tardado la mitad de mi infancia en recopilarlo. Cuando busqué entre sus páginas, descubrí que la palabra de Mabel no estaba incluida.

Devolví el volumen a su sitio y empecé a buscar en los casilleros de la C. Estaban llenos de polvo debido a la falta de atención.

—¿Buscas algo en concreto?

Era el señor Sweatman.

Doblé las fichas de Mabel que tenía en la mano y me volví.

—Nada que no pueda esperar hasta el lunes —contesté—. ¿Está mi padre con usted?

El señor Sweatman cogió la chaqueta del respaldo de su silla.

—Ha pasado por la casa a comentar una cosa rápida con el doctor Murray. Llegará en cualquier momento.

—Lo esperaré en el jardín —dije.

—Muy bien. Nos vemos el lunes.

Levanté la tapa de mi escritorio y metí las fichas entre las páginas de un libro.

EMPECÉ A IR sola al Mercado Cubierto. Cada vez que mi trabajo me llevaba a la Bodleiana o al Old Ashmolean, daba un rodeo para pasar por los abarrotados pasillos de puestos y tiendas. Caminaba despacio; me entretenía ante el escaparate de la sombrerería para poder escuchar a escondidas al verdulero y a su hijo, que estaban en la calle; los viernes tardaba en escoger el pescado con la esperanza de captar alguna palabra desconocida pronunciada por el pescadero o su mujer.

—¿Por qué el doctor Murray no incluye palabras que no están escritas? —le pregunté una mañana a mi padre mientras nos dirigíamos hacia el *scriptorium*.

Llevaba tres fichas nuevas en el bolsillo.

—Si no está escrita, no podemos verificar su significado.

—¿Y si es de uso común? Oigo las mismas palabras repetidas una y otra vez en el Mercado Cubierto.

—Puede que sean de uso común oral, pero, si no son de uso común escrito, no se incluirán. Es tan sencillo como que una cita del señor Smith, el verdulero, no es adecuada.

147

—Pero una tontería escrita por el señor Dickens sí lo es, ¿no?

Papá me miró de reojo.

Sonreí.

—*Hartante*, ¿te acuerdas?

Hartante había provocado un debate considerable en torno a la mesa de clasificación hacía unos años. Tenía diecisiete fichas, pero todas contenían la misma cita. Era la única, hasta donde pudo determinar el señor Maling.

«Es bastante hartante y pesada.»

«Pero si es Dickens», decía un ayudante. «Es una tontería», decía otro. «La decisión le corresponde a un editor», señaló el señor Maling. Y como el doctor Murray no estaba, el fallo recayó sobre el editor más reciente, el señor Craigie. Debía de admirar a Dickens, porque se incluyó en *H a K*.

—*Touché* —dijo papá—. Vale, ponme un ejemplo de una palabra que hayas oído en el mercado.

—Descocada —dije, y recordé a la señora Stiles, la del puesto de flores, diciéndoselo a un cliente con la mirada clavada en mí.

—La verdad es que esa palabra me suena. —Adoptó una expresión de satisfacción—. Creo que a lo mejor descubres que ya existe una entrada.

Mi padre apretó el paso y, cuando llegamos al *scriptorium*, se dirigió directamente a la estantería que contenía los tomos publicados. Sacó el que contenía las palabras con la D y comenzó a hojearlo sin dejar de repetir «descocada» en voz baja.

—Bueno, *descocar* es quitarle a los árboles los cocos o insectos que los dañan, pero *descocado* no aparece.

Se acercó a los casilleros y yo lo seguí.

El *scriptorium* estaba vacío, salvo por nosotros. Volví a sentirme como una niña. *Descocado* estaría más o menos por el medio, pensé. Ni demasiado arriba ni demasiado abajo.

—Aquí está. —Mi padre llevó un montoncito de fichas a la mesa de clasificación—. Ah, ahora la recuerdo, esta entrada la escribí yo. *Descocarse* significa «Manifestar desparpajo y descaro».

—Entonces, ¿*descocado* es alguien que tiene facilidad para hablar y que actúa con naturalidad?

—Eso es lo que sugiere.

Me asomé por encima de su hombro y leí la ficha de portada. Había varias definiciones escritas con la caligrafía de mi padre.

«Que muestra demasiada libertad y desenvoltura; que tiene descaro.»

—Todas las citas son del *Daily Telegraph* —dijo papá, y me pasó una.

—¿Y eso qué importa?

—Lo creas o no, el doctor Murray ha formulado esa misma pregunta.

—¿A quién?

—A los delegados de la editorial cuando quieren recortar costes. Recortar costes significa recortar palabras. Según ellos, *The Daily Telegraph* no es una fuente creíble y sus palabras son prescindibles.

—Supongo que *The Times* sí es una fuente creíble, ¿no?

Mi padre asintió.

Miré la ficha que me había dado.

DESCOCADA
Todas las hijas descocadas y las doncellas con bombachos y la gente insatisfecha en general.

The Daily Telegraph, 1895

—¿No es un cumplido, entonces?

—Eso depende de si crees que las personas y, como ves, en especial las mujeres, deben mostrar poca libertad y desenvoltura y carecer de desparpajo. —Sonrió y luego se puso serio—. En general, creo que se utilizaría para criticar.

—Las guardaré —dije.

Recogí las fichas. Mientras volvía a los casilleros, me guardé a *las hijas descocadas* en la manga del vestido. «Superflua a la necesidad», pensé.

HACIA FINALES DE 1902, ya había adquirido bastante confianza a la hora de recopilar mis propias palabras, pero seguía haciendo recados en el *scriptorium* y añadiendo citas nuevas a fajos de fichas que los voluntarios habían clasificado hacía años. Descubrí que las definiciones que se les daban a algunas palabras me generaban una gran frustración. Sentía la tentación de tachar muchísimas de ellas, pero esa función no me correspondía. La tentación, sin embargo, solo puede resistirse durante un tiempo limitado.

—Esme, ¿esto es obra tuya?

Mi padre me pasó una prueba deslizándola sobre la mesa del desayuno y señaló un trozo de papel sujeto a una esquina. La letra era mía. En su tono de voz no había nada que dejara translucir si mi corrección era buena o mala. Permanecí en silencio.

—¿Cuándo lo has hecho? —preguntó

—Esta mañana —dije sin levantar la vista de mi plato de gachas—. Anoche te la dejaste fuera cuando te fuiste a la cama.

Mi padre se sentó a leer lo que decía la nota.

MAMARRACHA

Aplicado a menudo en tono jocoso a las mujeres jóvenes de temperamento vivaz o impulsivo. «En las tablas, era la mamarracha más alegre, más despreocupada del mundo.»

La mujer más bella de Varsovia
Mabel Collins, 1885

Levanté la vista. Papá esperaba una explicación.

—Capta un sentido que no estaba incluido —dije—. He sacado la cita de otro sentido al que no se ajustaba en absoluto. A veces pienso que los voluntarios se confunden bastante.

—Como nosotros —señaló mi padre—. Por eso pasamos tanto tiempo reescribiéndolas.

Me sonrojé al darme cuenta de que papá había dejado la prueba sin archivar porque aún estaba trabajando en ella.

—Se te ocurrirá algo mejor, pero pensé que te ahorraría algo de tiempo si te redactaba un borrador —dije.

—No. Ya había terminado con ella. Creía que mis definiciones eran adecuadas.

—Ah.

—Me había equivocado.

Cogió la prueba y la dobló. Ambos permanecimos callados durante un instante.

—¿Podría hacer más sugerencias?

Mi padre enarcó las cejas.

—Sobre los significados que se les asignan a las palabras —continué—. Mientras las clasifico y les añado fichas nuevas, podría anotar sugerencias en cualquier ficha de portada que me parezca...

Me interrumpí, incapaz de hacer una crítica.

—¿Inadecuada? —dijo papá—. ¿Subjetiva? ¿Moralista? ¿Pomposa? ¿Incorrecta?

Nos echamos a reír.

—A lo mejor sí —dijo.

MI PETICIÓN QUEDÓ suspendida en el aire mientras el doctor Murray me escrutaba por encima de las gafas.

—Claro que sí —dijo al fin—. Estoy deseando ver lo que se te ocurre.

Había preparado un discurso por si me la denegaba, así que la facilidad con que accedió me pilló desprevenida. Me quedé paralizada, aturdida, delante de su escritorio.

—Es probable que todas tus sugerencias se refinen —añadió—. No obstante, tu perspectiva contribuirá con su granito de arena a nuestro esfuerzo por definir la lengua inglesa. —Entonces se inclinó hacia delante y el bigote se le movió en las comisuras de la boca—. Mis hijas también gustan de señalar los prejuicios inherentes a nuestros ancianos voluntarios. Estoy seguro de que se alegrarán de tenerte de su lado.

A partir de ese momento no me sentí superflua, y la tarea de clasificar las fichas se transformó en un nuevo reto. Mi padre me informaba cada vez que una de mis sugerencias llegaba a publicarse en un fascículo. La proporción aumentaba a la par que mi confianza y empecé a llevar la cuenta en el interior de mi escritorio: una muesca por cada significado redactado y aceptado. Con el paso de los años, el interior de mi escritorio fue llenándose de las marcas de mis pequeños logros.

DISFRUTABA DE LA libertad de tener un sueldo y cogí cierta confianza con varios de los vendedores del Mercado Cubierto. Seguía acompañando a Lizzie los sábados por la mañana, pero con mi propia cesta y una asignación de mi padre para llenarla. Cuando terminábamos de comprar comida, la llevaba a la pañería. Poco a poco, iba sustituyendo en nuestra casa todo aquello que estaba raído o resultaba deprimente por ser demasiado funcional. Me gustaba gastarme el dinero de esa manera, aunque mi padre solo se daba cuenta a veces. La última tienda en la que entrábamos siempre era la mercería, y mi mayor alegría era comprarle hilo nuevo a Lizzie. Otros días, cuando Lizzie no iba conmigo, visitaba a ciertos tenderos que sabía que tenían facilidad de palabra. Hablaban con acentos muy del norte o del rincón suroeste de Inglaterra. Algunos eran gitanos o irlandeses itinerantes, así que iban y venían. Eran sobre todo mujeres, tanto viejas como jóvenes, y pocas eran capaces de leer las palabras que me habían proporcionado una vez que las anotaba. Pero les encantaba compartirlas. En unos cuantos años, había conseguido reunir más de cien. Algunas, según descubrí, ya estaban en los casilleros, pero muchas no. Cuando me sentía con ganas de algo salaz, siempre visitaba a Mabel.

UNA MUJER A la que no había visto nunca estaba husmeando entre los artículos de Mabel con el mismo aire distraído con el que solía hacerlo yo. Estaban inmersas en una conversación y me daba apuro interrumpirlas. Me quedé esperando entre los cubos de flores del puesto de la señora Stiles.

Le compraba flores todas las semanas, pero mi relación con Mabel a lo largo de los últimos años no le había pasado desapercibida y la florista no se mostraba amistosa. Eso hizo que mi prolongada presencia resultara aún más incómoda.

—¿Sabes ya lo que quieres?

La señora Stiles había salido de detrás del mostrador para enderezar unas flores que no necesitaban que las enderezaran.

Oí a Mabel reírse de algo que había dicho la mujer. Al mirar hacia allá, vislumbré una piel pálida y un pómulo maquillado cuando la desconocida apartó la cara, solo un poco, para evitar el aliento rancio que sabía que la estaba atacando en esos momentos. Me pregunté por qué la joven seguía allí; la compasión solo requería un momento. Tuve la extraña sensación de que me estaba observando a mí misma tal como, quizá, me habrían observado los demás; tal como, sin duda, me había observado la señora Stiles.

La florista esperaba algún tipo de respuesta, así que me dirigí hacia el cubo de los claveles. Su simetría pastel resultaba insulsa y en cierto modo repelente, pero estaban bien situados para poder distinguir con mayor claridad a la visitante de Mabel. Me encorvé ligeramente, como si estuviera inspeccionando los ramos, y sentí la desaprobación apenas contenida de la señora Stiles. Varios pétalos de lila cayeron de las flores que la mujer acomodaba con demasiado vigor.

—Para ti, Mabel —dije unos minutos después, al entregarle un ramillete de lilas cuyo aroma supuso un evidente alivio para su nueva amiga.

No me atreví a volverme hacia la florista, pero Mabel no tuvo vergüenza. Cogió el ramo e inspeccionó con aire crítico el papel marrón y la sencilla cinta blanca con que lo habían envuelto.

—Lo que importa son las flores —dijo demasiado alto, y luego se las acercó a la nariz con exagerado deleite.

—¿Cómo huelen? —preguntó la joven.

—No sabría decirte. Hace años que no huelo nada.

Mabel le pasó las lilas y la mujer enterró el rostro en ellas para aspirar su aroma.

Cuando cerró los ojos, pude examinarla bien. Era alta, aunque no tanto como yo, y su figura tenía las mismas curvas que la de una mujer de un anuncio de jabón Pears. Por encima de un cuello alto de encaje, su piel asomaba pálida y sin imperfecciones. El pelo rubio miel le colgaba por la espalda en una trenza suelta y no llevaba sombrero.

Posó las flores entre una campana recubierta de crustáceos que no tenía muchas probabilidades de volver a sonar y el rostro tallado de un ángel.

Cogí la talla.

—Esta no la había visto, Mabel.

—La he *terminao* esta mañana.

—¿Es alguien que conoces? —pregunté.

—Yo antes de perder los dientes.

La anciana se echó a reír.

La mujer no hizo ademán de marcharse y me pregunté si habría interrumpido alguna conversación privada que estaban esperando a reanudar. Me saqué el monedero del bolsillo y busqué las monedas adecuadas.

—Ya me imaginé que te gustaría —dijo Mabel.

Al principio creí que se refería a la joven, pero cogió el ángel tallado y aceptó mis monedas.

—Me llamo Tilda —dijo la mujer, y me tendió la mano.

Vacilé.

—No le gusta dar la mano —intervino Mabel—. Le da miedo que te asustes.

Tilda me miró los dedos y luego directamente a los ojos.

—No hay muchas cosas que me asusten —dijo.

Su apretón fue firme. Me sentí agradecida.

—Esme —dije—. ¿Eres amiga de Mabel?

—No, acabamos de conocernos.

—Almas gemelas, diría yo —dijo Mabel.

Tilda se acercó a mí.

—Está empeñada en que soy fulana.

No la entendí.

—Mira qué cara. Nunca había oído la palabra *fulana*. —Mabel no fue tan discreta y, con un arrastrar de cubos y una protesta mascullada, la señora Stiles dejó claro que se había ofendido—. Venga, chica —me dijo Mabel—. Saca las fichas.

Tilda ladeó la cabeza.

—Colecciona palabras —aclaró Mabel.

—¿Qué tipo de palabras?

—Palabras de mujeres. Las verdes.

Me quedé muda, atrapada sin una explicación aceptable. Fue como si mi padre me hubiera pedido que me vaciase los bolsillos.

Pero Tilda se mostró interesada, no horrorizada.

—¿En serio? —preguntó mientras se fijaba en el corte holgado de mi chaqueta y la cadeneta de margaritas que Lizzie me había bordado alrededor del borde de las mangas—. ¿Palabras verdes?

—No. Bueno, a veces. Las palabras verdes son la especialidad de Mabel.

Saqué mi fajo de fichas en blanco y un lápiz.

—Y… ¿eres fulana? —pregunté sin estar segura de cuán ofensivo podía resultar, pero con curiosidad por probar la palabra.

—Actriz, aunque para algunos es lo mismo. —Sonrió a Mabel—. Nuestra amiga me cuenta que fue pisando las tablas como terminó metiéndose en su particular campo de trabajo.

Empecé a entender y escribí *fulana* en la esquina superior izquierda de una ficha que había recortado de una prueba desechada. Esas fichas se estaban convirtiendo en mis favoritas, aunque el placer que me producía tachar las palabras legítimas y registrar una de las de Mabel en la otra cara nunca venía sin un regusto de vergüenza.

—¿Te importaría usarla en una frase? —la animé.

Tilda miró la ficha y luego me miró a mí.

—Te lo tomas muy en serio, ¿no? —dijo.

El calor me enrojeció las mejillas. Me imaginé la ficha a través de sus ojos, su futilidad. Qué rara debía de parecerle.

—Dile una frase —insistió Mabel.

Tilda esperó a verme levantar la vista.

—Con una condición —dijo, y sonrió con anticipada satisfacción—. Vamos a representar una producción de *Casa de muñecas* en el Teatro Nuevo. Tienes que venir a la matiné de esta tarde y después quedarte a tomar el té con nosotros.

—Que sí, que irá. Venga, dile una frase.

Tilda tomó una gran bocanada de aire y se enderezó. Posó la mirada en algún punto situado más allá de mi hombro y pronunció su frase con un acento de clase trabajadora que no le había detectado antes.

—Una moneda para la fulana te mantendrá caliente la lanza.

—Si me preguntan, yo digo que ahí ha *hablao* la voz de la experiencia —dijo Mabel entre risas.

—Nadie te ha preguntado, Mabel —dije, y escribí la frase en medio de la ficha—. ¿Es lo mismo que *prostituta*? —le pregunté a Tilda.

—Supongo. Aunque me da la sensación de que fulana es menos profesional; también puede referirse a una querida o amante.

Tilda me observó mientras componía una definición.

—Eso lo resume a la perfección —me dijo.

—¿Tu apellido?

Mi lápiz flotaba sobre el papel.

—Taylor.

Mabel le dio un golpe a la caja con su cuchillo de tallar para llamar nuestra atención.

—Léemelo, vamos.

Miré a mi alrededor, hacia los parroquianos del mercado.

Tilda me tendió la mano para que le diera la ficha.

—Prometo no leerla en voz alta.

Se la di.

FULANA

Una mujer a la que pagan a cambio de favores sexuales de forma esporádica.

«Una moneda para la fulana te mantendrá caliente la lanza.»

Tilda Taylor, 1906

«Una buena palabra —pensé mientras volvía a guardarme la ficha en el bolsillo—. Y una buena fuente.»

—Tengo que marcharme —dijo Tilda—. La prueba de vestuario es dentro de una hora. —Buscó en su bolso y sacó un programa—. Hago de Nora —dijo—. El telón se levanta a las dos.

CUANDO MI PADRE volvió a casa del *scriptorium*, yo ya tenía la comida preparada: pasteles de cerdo del mercado y judías verdes hervidas. Sobre la mesa de la cocina había un jarrón con flores frescas.

—Me han invitado a la matiné de *Casa de muñecas* en el Teatro Nuevo —dije cuando empezamos a comer.

Levantó la vista, sorprendido pero sonriente.

—¿Sí? ¿Y quién te ha invitado?

—Alguien a quien he conocido en el Mercado Cubierto.

—La sonrisa de papá se convirtió en un ceño fruncido, así que continué de inmediato—: Una mujer. Una actriz. Sale en la obra. ¿Te apetecería acompañarme?

—¿Hoy?

—No me importa ir sola.

Se le notó aliviado.

—Tenía muchas ganas de pasar una tarde tranquila con los periódicos.

Después de comer, bajé por Walton Street hacia el centro. A la altura de la editorial, una multitud de personas que terminaba su semana laboral salía en tropel por el arco, y la larga tarde que se extendía ante ellos animaba las conversaciones. La mayoría se encaminaba hacia la dirección de la que yo venía, de regreso a sus casas en Jericho, pero varios grupitos de hombres y unas cuantas parejas jóvenes echaron a andar hacia el centro de Oxford. Los seguí y me pregunté si alguno iría al Teatro Nuevo.

En George Street, la pequeña caravana de gente tras la que caminaba se desvió hacia los pubs y teterías. Nadie entró en el teatro.

Llegué temprano, pero aun así me sorprendió que estuviera tan vacío. Parecía más grande de lo que lo recordaba. Había asientos para centenares de espectadores, pero no había más de treinta personas. No supe decidir dónde sentarme.

Tilda salió de detrás del telón y subió trotando la escalera enmoquetada hasta donde me encontraba, aún de pie.

—Bill me ha dicho que había visto entrar en el teatro a una mujer despampanante y he sabido que serías tú.

Tilda me cogió de la mano y tiró de mí hacia la primera fila, donde solo se había sentado una persona.

—Bill, tenías razón. Esta es Esme.

El chico se levantó e hizo una ligera reverencia teatral.

—Esme, este es mi hermano, Bill. Tienes que sentarte con él en la primera fila para que pueda verte. Está claro que quedarías perdida entre la multitud si te sentaras en cualquier otro sitio.

Tilda le dio un beso a su hermano en la mejilla y se fue.

—Cuando te sientas delante, puedes imaginarte que el teatro está lleno y que tienes los mejores asientos para un espectáculo con las entradas agotadas —dijo Bill cuando ambos nos sentamos.

—¿Tienes que hacerlo a menudo?

—Por lo general, no, pero ha sido útil para esta obra.

Me resultaba fácil estar allí sentada con él, aunque sabía que seguramente debería de sentirme incómoda. Bill carecía de la formalidad a la que estaba acostumbrada en los hombres que iban y venían del *scriptorium*. Era más de la ciudad que de la universidad, por descontado, pero tenía algo más que no sabía muy bien cómo definir. Bill era menor que Tilda, que le sacaba diez años, según me dijo, por lo que él tenía veintidós. Solo dos menos que yo. Era lo bastante alto como para mirarme a los ojos y tenía la nariz fina y los labios carnosos de su hermana, aunque ocultos entre un tumulto de pecas. También compartían los ojos verdes, pero no el pelo de color miel: el de Bill era más oscuro, como la melaza.

Lo escuché hablar mientras esperábamos a que empezara la obra. Me habló sobre todo de Tilda. Me contó que ella lo había cuidado cuando nadie más había querido hacerlo. ¿No tenían padres?, le pregunté.

—No. Pero no están muertos —respondió Bill—. Solo ausentes. Así que la sigo adondequiera que el teatro la lleve.

Entonces las luces se apagaron y se levantó el telón.

Tilda estuvo fascinante, pero el resto de los intérpretes no.

—No sé si esta tarde me bastará con un té —dijo Tilda cuando por fin salimos del teatro—. ¿Sabes dónde podemos tomarnos algo, Esme? Algún sitio al que no vaya a ir el resto del elenco.

Yo solo había ido a los pubs para comer los domingos con mi padre, nunca para tomar algo. La mayoría de las veces nos quedábamos en Jericho, pero una vez habíamos ido a un pub minúsculo cerca de Christ Church. Encabecé la marcha hacia St Aldate's.

—¿Old Tom es el dueño? —preguntó Bill cuando llegamos a la puerta del pub.

—Se llama así por Great Tom, la campana de la Tom Tower.

Señalé el campanario situado en St Aldate's Road. Estaba a punto de contarles más cosas, pero Tilda se dio la vuelta y entró.

Eran las cinco y el Old Tom empezaba a llenarse; sin embargo, Bill y Tilda formaban una pareja sorprendente: se abrieron paso entre la multitud como un cuchillo caliente a través de la mantequilla. Yo los seguí, ligeramente encorvada, con la mirada gacha. No era la hora apropiada para ir a comer y podía contar el número de mujeres presentes con los dedos de una mano. Me imaginé a Lizzie agarrándose el crucifijo cuando le contara cómo había pasado la tarde.

—Qué amables —oí decir a Tilda cuando tres hombres se levantaron de la mesa y se la ofrecieron.

Su hermano le apartó la silla para que se sentara y después hizo lo mismo conmigo.

—¿Qué quieres tomar? —preguntó.

La verdad es que no lo tenía claro.

—Limonada —dije, en un tono que suplicaba aprobación.

La barra estaba a poco más de un metro de distancia, así que Bill gritó el pedido por encima de la cabeza de los demás hombres. Al principio hubo gruñidos, pero cuando el joven señaló dónde estábamos sentados, de repente nuestras bebidas se convirtieron en la prioridad de todo el mundo.

Tilda apuró su wiski.

—¿Te ha gustado la obra, Esme?

—Has estado maravillosa.

—Gracias por decirlo, pero has esquivado la pregunta muy hábilmente.

—Ha sido mediocre —dijo Bill, que me salvó.

—Puede que eso sea lo más bonito que han dicho de ella, Bill. —Le puso una mano en el brazo—. También es la razón por la que nos han acortado la temporada. Con efecto inmediato.

—Joder.

Me sobresalté. No por la palabra en sí, sino por la facilidad con que la había empleado.

Bill se volvió hacia mí.

—Perdón —dijo.

—No te disculpes, Bill. Esme es coleccionista de palabras. Si tienes suerte, la escribirá en uno de sus trocitos de papel.

Tilda levantó el vaso vacío.

—Lo siento, amiga, pero, con nuestro reciente despido, no nos da para dos wiskis. Aunque aún no te he contado la buena noticia. —Tilda sonrió—. Como ha dicho Esme, yo he estado maravillosa. Un par de actores de la Universidad de Oxford también opinan lo mismo. Formaban el grueso del público de hoy y me han pedido que actúe con ellos en *Mucho ruido y pocas nueces*. Voy a interpretar a Beatriz. La actriz titular ha enfermado de varicela. —Se quedó callada unos instantes para que Bill lo asimilara—. Tienen una reputación buenísima y las entradas de las primeras noches ya están casi agotadas. He acordado cobrar una parte de la taquilla.

Bill dio tal golpe en la mesa que todos los vasos saltaron.

—¡No me jodas! ¿Tienen trabajo también para mí?

—Por supuesto; a fin de cuentas, vamos incluidos en el mismo paquete. Vestirás y desvestirás y de vez en cuando ayudarás a repasar los textos. Se pelearán por ti, Bill.

El joven volvió a la barra y yo saqué una ficha. Mabel solo había utilizado «joder» en sentido negativo.

—Puede que necesites más de una —comentó Tilda—. No se me ocurren muchas palabras más versátiles.

JODER NO ESTABA en el tomo que incluía la J.

—¿Buscas algo en particular, Esme? —me preguntó mi padre cuando volví a dejar el volumen en la estantería.

—Sí, pero no te conviene que lo diga en voz alta.

Sonrió.

—Entiendo. Prueba en los casilleros. Si se ha escrito, estará allí.

—Si se ha escrito, ¿no debería aparecer en el *Diccionario*?

—No necesariamente. Tiene que contar con una historia legítima en la lengua inglesa. E incluso así… —Se interrumpió—. Pongámoslo así: si no quieres decirla en voz alta, puede que haya entrado en conflicto con el sentido del decoro de alguien.

Busqué en los casilleros. *Joder* tenía más fichas que la mayoría de las palabras y el fajo estaba dividido en aún más significados de los que Bill y Tilda habían sido capaces de proporcionarme. El más antiguo databa del siglo XVI.

La puerta del *scriptorium* se abrió y el señor Maling entró acompañado del señor Yockney, nuestro ayudante más reciente, más bajo y más calvo. Volví a colocar las fichas en su sitio y me fui a mi escritorio a clasificar el correo.

A las once, fui a sentarme con Lizzie en la cocina.

—Mabel dice que el sábado hiciste una amiga nueva —dijo mientras me servía el té.

—Dos amigos, en realidad.

—¿Vas a hablarme de ellos?

Lizzie no dijo casi nada mientras le contaba mi día. Cuando le hablé del Old Tom, se llevó la mano al crucifijo. No mencioné el wiski de Tilda, pero me aseguré de decirle que yo había tomado limonada.

—Les quedan unas cuantas semanas de ensayos —dije—. He pensado que podríamos ir juntas cuando estrenen la obra.

—Ya veremos —dudó Lizzie.

Luego recogió la mesa.

Antes de volver al *scriptorium*, subí las escaleras hasta su habitación y añadí las palabras de Bill y Tilda al baúl.

LA BIBLIOTECA BODLEIANA estaba a pocos minutos del Teatro Nuevo, de manera que cada petición de que buscara una palabra o verificase una cita se convirtió en una oportunidad para visitar a Bill y Tilda en los ensayos. Mi entusiasmo por esos recados no pasó desapercibido.

—¿Adónde vas esta mañana, Esme?

El señor Sweatman caminaba con su bicicleta hacia el *scriptorium* cuando yo me preparaba para salir con la mía.

—A la Bodleiana.

—Pero si es la tercera vez en otros tantos días.

—El doctor Murray está buscando una cita y mi tarea consiste en localizarla —dije—. Además, es un placer para mí, me encanta la biblioteca.

El señor Sweatman miró las paredes metálicas del *scriptorium*.

—Sí, entiendo el porqué. ¿Y qué palabra es, si se me permite la pregunta?

—*Sufragio* —respondí.

—Una palabra importante.

Sonreí.

—Todas son importantes, señor Sweatman.

—Por supuesto, pero algunas significan más de lo que podríamos imaginar —dijo—. A veces temo que el *Diccionario* se quede corto.

—¿Cómo no va a quedarse corto? —Olvidé que tenía prisa—. Las palabras son como las historias, ¿no le parece, señor Sweatman? Cambian según van pasando de boca en boca; sus significados se estiran o se truncan para adaptarse a lo que hay que decir. Es imposible que el *Diccionario* recoja todas las variantes, sobre todo porque muchas no se han escrito nunca... —Me quedé callada, repentinamente tímida.

El señor Sweatman había esbozado una sonrisa amplia, pero no burlona.

—Es un argumento excelente, Esme. Y, si no te importa que te lo diga, empiezas a hablar como una lexicógrafa.

Pedaleé lo más rápido que pude por Parks Road y llegué a la Bodleiana en un tiempo récord. Me resultó fácil encontrar los *Comentarios sobre las leyes de Inglaterra*, de Blackstone. Me lo llevé al pupitre más cercano y miré las tres fichas que el doctor Murray quería que comprobara. Todas tenían la misma cita, más o menos («es el más o menos lo que necesito que verifiques», me había dicho el doctor Murray).

Encontré la página, la examiné, pasé el dedo por la frase y cotejé las tres citas con ella. A todas les faltaban una o dos palabras. «Un buen día en la biblioteca», pensé mientras trazaba una línea sobre lo que habían escrito los voluntarios. Pese a las muchas ganas que tenía de seguir mi camino, transcribí la cita correcta con gran esmero en una ficha limpia.

«En toda democracia, por tanto, es de suma importancia regular quién y de qué manera concede los sufragios.»

Volví a leer la cita y comprobé de nuevo su precisión. Busqué la fecha de publicación: 1765. Me pregunté a quién pensaba Blackstone que debían concederse los sufragios. Escribí la palabra *corrección* en la esquina inferior izquierda de la ficha y añadí mis iniciales, *E.N.* Luego la sujeté a las otras tres fichas.

Tomé la ruta más larga para volver al *scriptorium* pasando por el Teatro Nuevo.

Dentro, los ojos tardaron un momento en acostumbrárseme a la oscuridad. Los actores estaban en el escenario, parados en plena la escena. Había unas cuantas personas sentadas en las filas centrales.

—No sabía si te vería hoy —dijo Bill cuando me senté a su lado.

—Tengo diez minutos —dije—. Quería verlos con los trajes.

Era un ensayo general. Faltaban tres días para el estreno.

—¿Por qué vienes todos los días? —preguntó Bill.

Tuve que pensar.

—Creo que es por ver algo antes de que esté formado por completo. Ver cómo evoluciona. Me imagino aquí sentada la noche del estreno y valorando aún más cada escena porque comprendo lo que ha llevado hasta ella.

Bill se echó a reír.

—¿Qué te hace tanta gracia?

—Nada. Es solo que no hablas mucho, pero, cuando lo haces, es perfecto.

Bajé la mirada y me froté las manos.

—Y me encanta que nunca hables de sombreros —dijo Bill.

—¿Sombreros? ¿Por qué iba a hablar de algo así?

—A las mujeres les gusta.

—¿Ah, sí?

—El hecho de que ni siquiera lo sepas es lo que hará que me enamore de ti.

De pronto, todas las palabras que conocía se evaporaron.

Mi querida Esme:

Tus nuevos amigos parecen una pareja interesante. Y con interesante quiero decir poco convencional, lo cual suele ser algo bueno, aunque no siempre. Confío en que seas capaz de determinar la diferencia.

En cuanto a la inclusión de palabras vulgares en el *Diccionario*, la fórmula del doctor Murray tendría que ser el único árbitro. Es bastante científica y su estricta aplicación exige determinados tipos de pruebas. Si las pruebas existen, la palabra debe incluirse. Es genial porque elimina la emoción. Cuando se utiliza de forma correcta, la fórmula hace exactamente lo que fue concebida para hacer. Cuando se la deja de lado, es inútil. Ha habido ocasiones en las que la han dejado de lado, incluso su inventor, para poder ejercer la opinión personal. Las palabras vulgares, como tú las llamas, son las víctimas habituales. Con independencia de las pruebas que existan para su inclusión, hay quienes desearían que esas palabras desaparecieran.

Por mi parte, creo que añaden color. Una palabra vulgar, bien colocada y pronunciada con el vigor justo, expresa mucho más que su equivalente cortés.

Si has empezado a recopilar esas palabras, Esme, te sugiero que te abstengas de decirlas en público: no te haría ningún bien. Si de verdad te apetece expresarlas, podrías pedirle al señor Maling su traducción al esperanto. Te sorprenderá lo versátil que es ese idioma y lo liberal que puede ser el señor Maling en lo que a las vulgaridades se refiere.

Con amor,
Ditte

Junio de 1906

MUCHO RUIDO Y POCAS NUECES se estrenó el nueve de junio en el Teatro Nuevo. El cometido de Bill durante la noche del estreno consistía en ayudar a los actores con los corsés, las medias y las pelucas. Los fallos eran frecuentes, así que me senté con él entre bastidores y vi la obra desde un lateral.

—¿Te has sentido tentado alguna vez? —pregunté mientras veíamos a Tilda convertirse en Beatriz.

—No sería capaz de actuar ni aunque me fuera la vida en ello —dijo Bill—. Por eso se me da tan bien la costura.

—¿De verdad?

—Y la carpintería y atender al público y cualquier otra cosa que se necesite. —Me rozó la mano con la suya—. ¿Y tú, te has sentido tentada alguna vez?

Negué con la cabeza. Los dedos de Bill juguetearon con los míos y no los aparté.

—¿Lo sientes? —preguntó al acariciarme la piel cicatrizada.

—Sí, pero de lejos, como si me estuvieras tocando a través de un guante.

Era una explicación mediocre. Su contacto era como un susurro al oído, un susurro cuyo aliento se me extendía por todo el cuerpo y me hacía estremecer.

—¿Te duele?

—No, nada.

—¿Qué te pasó?

Cuando era pequeña, la respuesta era un complicado nudo de emociones que se me enmarañaba en el centro del pecho. No tenía palabras para explicarlo. Pero la mano de Bill rodeaba la mía con firmeza y yo ansiaba su calor.

—Había una ficha… —comencé.

—¿Una palabra?

—Pensé que era importante.

Bill prestó atención.

EL TIEMPO EN el *scriptorium* siempre se había expandido y contraído adaptándose a mis estados de ánimo, pero rara vez se me había hecho largo. Desde que había conocido a Tilda y Bill, me sorprendía mirando el reloj más a menudo.

Durante semanas, todas las funciones de *Mucho ruido y pocas nueces* se representaron ante un teatro lleno.

Yo había asistido a tres matinés de sábado y había llevado a mi padre a una función nocturna. Sentada a mi escritorio, me dio la sensación de que las manecillas del reloj se habían atascado en las tres y media.

El doctor Murray regresó de una reunión con los delegados de la editorial y se pasó media hora entera trasladando a los ayudantes la reprimenda que le habían echado.

—Tres años con la letra M y solo hemos publicado hasta *mesnada* —bramó.

Intenté recordar lo que significaba *mesnada*: un término histórico, con los que papá y yo no jugábamos mucho. Pero, en última instancia, procedía de la raíz *mansio*, que me recordaba a *manso*, cuyo significado era apacible, sosegado, suave. Papá había pasado más tiempo del habitual cotejando citas y elaborando definiciones. Al final, el doctor Murray había tachado varias de ellas. Miré hacia donde estaba sentado mi padre y supe que no se arrepentía de ni uno solo de los minutos que había pasado con esa bella palabra.

Cuando el sermón terminó, el silencio era sepulcral. El reloj marcaba las cuatro. El doctor Murray estaba sentado a su escritorio elevado leyendo pruebas con más inquietud que de costumbre. Los ayudantes apenas levantaban la mirada del trabajo; nadie hablaba. Nadie se atrevió a salir antes de las cinco.

Cuando llegó la hora, se produjo un giro de cabeza colectivo hacia el doctor Murray, pero este permaneció inmóvil y el trabajo continuó. A las cinco y media, otro giro de cabezas. Desde mi sitio, parecía coreografiado. Se me escapó un ruidito y mi padre se volvió hacia mí. «Quieta sin decir ni pío», me advirtió su mirada. El doctor Murray seguía sentado, con el lápiz preparado para corregir y extirpar.

A las seis, el doctor Murray metió las pruebas en las que había estado trabajando en un sobre y se levantó del escritorio. Se acercó a la puerta del *scriptorium* y dejó el sobre en la bandeja, listo para que lo llevaran a la editorial por la mañana. Se volvió para mirar hacia la mesa de clasificación, donde los siete ayudantes seguían con la cabeza gacha, con el lápiz en el aire a la espera de la ansiada liberación.

—¿No tenéis casa a la que marcharos? —preguntó el doctor Murray.

Nos relajamos. La tormenta había pasado.

—¿Tienes alguna palabra para mí, Esme? —quiso saber papá antes de cerrar la puerta del *scriptorium*.

—Esta noche no. Me llevo a Lizzie al teatro, ¿recuerdas?

—¿Otra vez?

—Lizzie no ha ido nunca.

Me miró.

—*Mucho ruido y pocas nueces*, supongo.

—Creo que le resultará divertida.

—¿Ha visto alguna obra de teatro?

—No, o al menos no me lo ha dicho.

—No crees que el lenguaje le…

—Papá, menudas cosas dices.

Le di un beso en la frente y me dirigí hacia la cocina, con un creciente sentimiento de incertidumbre.

Lizzie llevaba años haciéndole arreglos a su único vestido bueno. Nunca había sido elegante, pero siempre había pensado que aquel color verde trébol hacía que pareciera que tenía la piel más clara. Mientras caminábamos por Magdalen Street, pensé que, en realidad, le hacía parecer pálida. Lizzie se santiguó cuando pasamos por delante de la iglesia.

—Ay, Lizzie, tienes una mancha.

Rocé la sombra de grasa que le oscurecía la tela por encima de la cintura.

—La señora B necesitaba ayuda para bañar el *asao* —dijo—. Ya no tiene el pulso tan firme como antes y me salpicó cuando lo sacó del horno.

—¿Y no has podido frotártela?

—Es mejor meterla en remojo y no me daba tiempo. Pensaba que estaríamos solas y que nadie se fijaría en ella.

Era demasiado tarde para cambiar de planes: Tilda y Bill estarían esperándonos en el Old Tom. Vi a Lizzie a través de los ojos de mis nuevos amigos. Tenía treinta y dos años, era poco mayor que Tilda, pero tenía la cara arrugada y el pelo lacio, con el castaño entreverado ya de canas. Más que recordarme a un anuncio de jabón Pears, su figura tendía a la de la señora Ballard. Apenas me había dado cuenta hasta entonces.

—¿No deberíamos girar por George Street? —preguntó Lizzie cuando seguí recto hacia Cornmarket.

—Verás, Lizzie, he pensado que te gustaría conocer a mis nuevos amigos. Hemos quedado en el Old Tom para tomar una copa antes de la obra.

—¿Quién es Old Tom?

—Es un pub, en St Aldate's.

Llevaba el brazo enhebrado en el mío y sentí que se ponía rígida.

BILL SONREÍA CON ganas y Tilda nos saludó con la mano cuando entramos en el Old Tom. Lizzie titubeó un momento en la puerta de la misma manera en que la había visto dudar en el umbral del *scriptorium*.

—No se necesita invitación, Lizzie —dije.

Me siguió y tuve la sensación de que yo era la mayor y ella la niña.

—Esta debe de ser la famosa Lizzie —dijo Bill, que le dedicó una reverencia y le agarró la mano que le colgaba como inerte a un costado—. ¿Cómo estás?

Lizzie tartamudeó algo y apartó la mano demasiado deprisa, frotándosela como si le hubieran dado un manotazo. Bill fingió no darse cuenta y desvió la atención hacia Tilda.

—Tilda, el bar está de bote en bote. Utiliza tus encantos para que podamos pedirnos una ronda. —Miró a Lizzie—: Fíjate en cómo se apartan para dejarla pasar. Es como Moisés.

Lizzie se inclinó hacia mí.

—Yo no quiero una copa, Esme.

—Solo limonada para Lizzie, Bill —dije.

Tilda asentía y sonreía mientras se abría paso entre la densa multitud de hombres que esperaban para pedir sus bebidas. Bill tuvo que gritar:

—Limonada y lo de siempre, hermanita.

Tilda levantó un brazo para que supiera que lo había oído. Cuando me volví hacia Lizzie, la sorprendí mirándome como si acabáramos de conocernos y estuviera reflexionando sobre quién podría ser.

—Les he dicho que tenía que estar en el camerino a las siete —dijo Tilda unos minutos después, con las cuatro bebidas sujetas con pericia entre las manos—. Uno se ha ofrecido a vestirme y tres han prometido ver la obra. Tendría que cobrar comisión con la cantidad de entradas que vendo.

Lizzie cogió el vaso que Tilda le tendía y posó la vista en el escote generoso del vestido, en la turgencia del pecho. Las miré alternativamente y vi cómo se veían la una a la otra. Una criada vieja y una ramera.

—Por ti, Lizzie —dijo Tilda, y levantó su wiski—. Entre Esme y la vieja Mabel, me siento como si ya te conociera. —Luego echó la cabeza hacia atrás y vació el vaso—. Tengo que ir a vestirme. ¿Os veré después de la obra?

—Claro —dije, pero Lizzie se crispó a mi lado—. Quizá.

—Dejaré que las convenzas tú, Bill. Es lo que mejor se te da.

Tilda se abrió paso entre el gentío atrayendo un tipo de mirada por parte de los hombres y otro por parte de las mujeres.

EL LUNES SIGUIENTE, Lizzie sirvió el té de la tetera grande que hervía en los fogones y le pasó la taza a mi padre.

—¿Te gustó la obra, Lizzie? —preguntó.

Ella siguió sirviendo otra taza y no levantó la vista.

—Solo entendí la *mitá*, pero me pareció bonita, señor Nicoll. Esme fue muy buena al llevarme.

—¿Y conociste a los nuevos amigos de Esme? La actuación de la señorita Taylor me impresionó cuando la vi, pero me temo que tengo que confiar en ti para que respondas por ellos.

La siguiente taza era para mí y Lizzie se tomó su tiempo para añadir el azúcar que sabía que me gustaba.

—No puedo decir que haya conocido a más gente como ellos, señor Nicoll. Tienen una confianza a la que no estoy *acostumbrá*, pero fueron *educaos* conmigo y amables con Esme.

—Entonces, ¿les das tu aprobación?

—Yo no soy quién *pa* dársela, señor.

—Pero ¿irás de nuevo al teatro?

—Sé que tendría que gustarme más, señor Nicoll, pero no sé si es *pa* mí. Al día siguiente estaba cansadísima, pero había que encender los fuegos y preparar el desayuno como todos los días.

—¿LES DARÍA YO mi aprobación? —me preguntó papá más tarde, mientras cruzábamos el jardín hacia el *scriptorium*.

¿Quería yo que les diera su aprobación?, me pregunté.

—Te caerían bien. Y me atrevo a decir que, en una discusión, te pondrías del lado de Tilda. —Dudé al imaginarme a Tilda en el Old Tom después de la función, con un puro en una mano y un wiski en la otra, imitando a Arthur Balfour. Agravaba la voz, redondeaba las vocales y parodiaba su dimisión como primer ministro el año anterior. Todo ello para gran regocijo de todos los presentes, liberales y conservadores por igual—. Aunque no estoy segura de si les darías tu aprobación —terminé.

Abrió la puerta del *scriptorium*. En lugar de entrar, se volvió y me miró. Conocía esa expresión, así que esperé a que invocara la mayor sabiduría de Azucena. Ella sabría qué hacer, diría, y mi padre no me daría ánimos ni consejos…, al menos hasta que llegara una carta de Ditte con palabras que pudiera repetir. Pero esa vez no se anduvo con rodeos.

—Me parece que, cuantas más palabras defino, menos sé. Me paso los días intentando entender cómo usaban las palabras unos hombres que murieron hace tiempo, con el objetivo de redactar un significado que sea suficiente no solo para nuestra época, sino también para el futuro. —Me agarró las manos entre las suyas y me acarició las cicatrices, como si Azucena aún estuviera impresa en ellas—. El *Diccionario* es un libro de historia, Esme. Si algo me ha enseñado, es que la forma en que concebimos las cosas en la actualidad cambiará con toda certeza. ¿Cómo evolucionarán las cosas? Pues solo puedo esperar lo mejor, pero sé que tu futuro será diferente al que tu madre podría haber esperado a tu edad. Si tus nuevos amigos tienen algo que enseñarte al respecto, te sugiero que los escuches. Pero confía en tu criterio, Esme, en cuanto a qué ideas y experiencias deben incluirse en tu futuro y cuáles no. Siempre te daré mi opinión, si me la pides, pero eres una mujer adulta. Aunque algunas personas no estarían de acuerdo, creo que tienes derecho a tomar tus propias decisiones y no puedo empeñarme en que todas cuenten con mi aprobación.

Se llevó mis dedos raros a los labios y los besó; luego se los llevó a la mejilla. El gesto contenía la emoción de una despedida.

Entramos en el *scriptorium* y aspiré su aroma a lunes por la mañana. Me dirigí a mi escritorio.

Tenía un fajo de fichas que había que clasificar en los casilleros, unas cuantas cartas que requerían una respuesta sencilla y una página de pruebas con una nota del doctor Murray: «Asegúrate de que todas las citas están en el orden cronológico correcto». No iba a ser un día precisamente agotador.

El *scriptorium* comenzó a llenarse. Los hombres se inclinaban sobre sus palabras; el reto de articular los significados les hacía fruncir la frente y suscitaba debates susurrados. Yo colocaba las citas del siglo xv antes de las del siglo xvi y nadie me pedía opinión.

Justo antes de comer, papá me informó de que una sugerencia que había hecho para un sentido de *mezcolanza* se incluiría en el próximo fascículo, con ajustes menores. Levanté la tapa de mi escritorio y le añadí una muesca a la madera llena de cicatrices. No me producía ni un ápice de la satisfacción de antaño. Era más bien como una especie de conciliación. Miré hacia el doctor Murray. Estaba sentado con la espalda recta y la cabeza inclinada hacia sus papeles; pruebas o cartas, no alcanzaba a distinguirlas. Tenía el rostro relajado y movía el lápiz con suavidad. Aquel momento era tan bueno como cualquier otro para abordarlo. Me levanté del escritorio y me dirigí con más confianza de la que sentía hacia la parte delantera del *scriptorium*.

—¿Doctor Murray?

Deposité en su escritorio las cartas que había redactado. No levantó la vista de su trabajo.

—Seguro que están bien, Esme. Por favor, añádelas al correo.

—Me gustaría saber…

—¿Sí?

Pese a todo, seguía trabajando, la tarea lo absorbía.

—Me gustaría saber si podría hacer algo más.

—No me cabe duda de que el correo de la tarde traerá más consultas sobre la fecha del próximo fascículo —dijo—. Desearía que dejaran de llegar, pero me alegro de que disfrutes respondiéndolas. Elsie se niega a padecer el tedio.

—Me refería a que me gustaría hacer más con las palabras. Algo de investigación, quizá. Por supuesto, seguiría atendiendo la correspondencia, pero me gustaría contribuir de una manera más significativa.

El lápiz del doctor Murray se detuvo y oí una risa poco habitual. Me miró por encima de las gafas, evaluándome como si fuera una sobrina a la que hacía tiempo que no veía. Luego, movió aquí y allá por el escritorio unos cuantos papeles, encontró lo que buscaba y lo leyó en silencio. Levantó la nota.

—Esto es de la señorita Thompson, tu madrina. Le he pedido que investigue una variante de *perfilador*. Tel vez tendría que habértelo pedido a ti. —Me pasó la nota—. Indaga un poco. Busca citas indicativas y redacta una definición del sentido.

4 de julio de 1906

Estimado doctor Murray:

Siento que he hecho peligrar mi carácter al vagar por ahí en busca de estas cosas. La peluquería es el lugar adecuado para ellas. Cuando pedí un perfilador de ojos, me lo ofrecieron marrón, castaño, negro y también marrón rojizo. No reconocieron el término «perfilador de labios».

Cordialmente,

Edith Thompson

EL PATIO DE butacas comenzaba a llenarse y Tilda no había llegado. El joven que interpretaba a Benedicto se puso a gritarle a Bill:

—Es tu hermana; ¿por qué no sabes dónde está?

—No soy su guardián —respondió él.

El actor miró a Bill, incrédulo.

—Claro que lo eres.

Luego se marchó enfadado, con la peluca torcida y gotas de sudor trazándole surcos en la cara pintada.

Bill se volvió hacia mí.

—Es que es verdad que no soy su guardián. Ella es la mía.

Le echó un vistazo a la puerta del escenario.

—Si no llega pronto, a lo mejor te toca hacer de Beatriz —le dije—. Debes de saberte hasta la última línea.

—Se ha ido a Londres —dijo.

—¿A Londres?

—Por «el negocio», como lo llama ella.

—¿Qué es?

—El sufragio femenino. Se ha unido a las Pankhurst.

La puerta del escenario se abrió y Tilda la cruzó corriendo. Llevaba una enorme sonrisa dibujada en la cara y un paquete grande en los brazos.

—Vigílame esto, Bill. Tengo que vestirme.

—Ten cuidado con Benedicto —dije.

—Le diré una mentira que querrá creerse.

Beatriz fue más lista que Benedicto aquella noche. Cuando Tilda salió a saludar al final de la función, los aplausos duraron tanto que Benedicto abandonó el escenario antes de que terminaran.

Después, en lugar de encaminarnos hacia el Old Tom, Tilda nos llevó en dirección contraria, al Eagle and Child, en St Giles' Street.

Una de las dos salas delanteras ya estaba llena y Tilda utilizó sus estratagemas habituales para abrirse paso por ella. Yo me quedé rezagada con Bill junto a la entrada estrecha, intentando encontrarle algún sentido a la concurrencia. Conté doce mujeres con ropas diversas. Algunas eran pudientes, pero la mayoría pertenecían a lo que mi padre llamaría clase media: mujeres no muy distintas a mí.

Tilda interrumpió sus saludos y gritó hacia donde estábamos:

—El paquete, Bill. ¿Me lo pasas?

Bill le entregó el paquete a una mujer baja y oronda que le dio las gracias diciendo:

—Buen hombre, necesitamos más como usted.

—No somos tan difíciles de encontrar —dijo él, que parecía saber a qué se refería la mujer.

Me sentí como si hubiera irrumpido en medio de una conversación.

—¿Lo de siempre? —me preguntó Bill.

—¿Me ayudará a entender lo que está pasando?

—Lo entenderás enseguida.

Echó a andar por el pasillo estrecho hacia la barra.

—Hermanas —comenzó Tilda—, gracias por uniros a la lucha. La señora Pankhurst os prometió que estaríais aquí y aquí estáis.

Las mujeres, las doce, se sintieron satisfechas de sí mismas, como alumnas que hubieran recibido el favor de la maestra.

—He traído los folletos y hay un mapa que indica dónde debemos entregarlos cada una.

Tilda abrió el paquete y pasó los folletos para que fueran repartiéndoselos. En ellos aparecía una mujer vestida de académica compartiendo celda con un presidiario y un lunático.

—Un título de la Universidad de Oxford no estaría nada mal —oí decir a una mujer.

—Añádelo a la lista —dijo otra.

—Esme —me llamó Tilda por encima del barullo—, ¿me extiendes esto en la otra mesa?

Me tendió un mapa doblado por encima de la cabeza de las mujeres que tenía delante. Dudé, sin saber a qué más cosas estaría accediendo. Ella pareció entenderlo y sostuvo el mapa, y mi mirada, con paciencia. Asentí y entré en la sala con las demás mujeres.

Me senté de espaldas a la ventana que daba a la calle, con la mano apoyada en una de las esquinas del mapa para evitar que se cayera de la mesa, víctima del emocionado escrutinio de las mujeres. La charla era estimulante; las mujeres comentaban tácticas y se cambiaban las rutas según donde vivieran: algunas querían repartir los folletos donde nadie las conociera, otras preferían la comodidad de su propia calle para poder volver a casa lo más rápido posible si las increpaban.

La mayoría estaba de acuerdo en que había que repartirlos por la noche. Otras, temerosas de la oscuridad o de los maridos que no veían aquella actividad con buenos ojos, idearon el plan de envolver cada panfleto en un aviso de reunión antialcohólica. Las felicitaron por la idea, pero el trabajo de confeccionar la trampa recayó sobre las mujeres que la habían elegido.

Cuando los detalles quedaron resueltos, Tilda le entregó a cada mujer un paquetito de folletos y estas empezaron a abandonar el Eagle and Child en entusiasmadas parejas.

Tres de las mujeres permanecieron en el pub y, cuando todas las demás se marcharon, Tilda las guio hacia el mapa. Me desplacé hasta otro extremo de la minúscula sala mientras ellas trazaban más planes. Saqué una ficha.

HERMANAS

Mujeres unidas por un objetivo político compartido; camaradas.

«Hermanas, gracias por uniros a la lucha.»

Tilda Taylor, 1906

LAS MUJERES SE fueron con sus folletos y otro paquete más grande. Bill volvió cuando Tilda estaba doblando el mapa.

—¿Ahora ya podemos tomarnos ese trago? —dijo al mismo tiempo que nos ofrecía un wiski y la cerveza con limonada a la que yo le había cogido el gusto.

—Muy oportuno, Bill —dijo Tilda, que agarró su vaso y me miró—. Es emocionante, ¿verdad?

No sabía si lo era o no. Me sentía sonrojada y curiosa y tenía el pulso acelerado, pero tal vez fuera ansiedad. No tenía nada claro si aquella era una experiencia que debía aceptar o rechazar.

—Bebe —dijo Tilda—. Todavía tenemos trabajo pendiente.

Salimos del Eagle and Child y giramos hacia Banbury Road. Tilda me entregó también a mí un paquete de folletos, envueltos en papel marrón y atados con un cordel. Podría haber sido un fajo de pruebas recién llegadas de la editorial.

—No sé si debo hacerlo —dije mientras los sostenía con incomodidad.

—Claro que sí —me contestó.

Bill caminaba unos pasos por delante de nosotras, manteniéndose deliberadamente al margen de nuestra conversación.

—Yo no soy como tú, Tilda. No soy como ninguna de esas mujeres del pub.

—Tienes útero, ¿no? ¿Y coño? ¿Y un cerebro capaz de decidir entre el puñetero Balfour y Campbell-Bannerman? Pues entonces eres idéntica a esas mujeres del pub.

Sujetaba el paquete manteniéndolo alejado de mi cuerpo, como si contuviera algo corrosivo.

—No seas cobarde —me espetó Tilda—. Lo único que vamos a hacer es meter papeles en los buzones. En el peor de los casos, los tirarán al fuego; en el mejor, los leerán y puede que alguien cambie de opinión. Ni que te hubiera pedido que pongas una bomba.

—Si el doctor Murray se enterara…

—Si de verdad crees que le molestaría, asegúrate de que no se entere. Mira, esta es tu ruta. Tienes suficientes para los dos lados de Banbury entre Bevington y St Margaret's Road.

La ruta incluía Sunnyside. Seguía dudando.

—Vives en Jericho, ¿no?

Asentí con la cabeza.

—No te queda tan lejos —me dijo—. Bill, acompáñala.

—¿Y tú? —pregunté.

—A nadie le sorprenderá verme tomar el aire de noche y sin carabina, pero tú necesitas ir del brazo de un hombre. Qué le vamos a hacer.

No nos cruzamos con mucha gente a la que saludar mientras subíamos por St Giles: otra pareja y un grupo de estudiantes con toga, borrachos y ostentosamente educados cuando se separaron para dejarnos pasar por el medio. Cuando giramos desde St Giles hacia Banbury, nos encontramos la calle desierta. La ansiedad disminuyó y el arrepentimiento por mis reparos ocupó su lugar.

—¿Quieres que lo haga yo? —me preguntó Bill cuando nos acercamos al primer buzón, pasado Bevington Road.

Bill sabía lo que yo sabía: que era distinta a esas mujeres. Que tal vez estuviera de acuerdo con ellas, pero que no tenía agallas para alzarme con ellas. Negué con la cabeza cuando hizo ademán de coger el paquete. Desvió la mano hasta posármela en la parte baja de la espalda y agradecí sentir su fuerza. Tiré del nudo que había hecho Tilda y dejé que el envoltorio de papel se desprendiera de los folletos. La imagen de la mujer encarcelada me acusó de apatía.

Para cuando llegamos a Sunnyside, mi montón se había reducido mucho. Había marcado un ritmo rápido y Bill me había concedido un generoso silencio después de que le espetara que su parloteo iba a despertar a la gente y hacer que se asomaran a las ventanas. Al ver el buzón de columna rojo, reduje la marcha. Cuando era pequeña, pensaba que el doctor Murray debía de ser muy importante para tener su propio buzón de columna. Me encantaba pensar que estaba lleno de cartas que solo hablaban de palabras. Cuando aprendí el alfabeto, mi padre empezó a dejarme escribir cartas con palabras inventadas y significados imaginarios, y frases tontas que no significaban nada para nadie excepto para él y para mí. Me daba un sobre y un sello y yo le dirigía mi carta a él, con la dirección del *scriptorium*, en Banbury Road, Oxford. Atravesaba el jardín yo sola, salía por la verja y depositaba mi carta en el buzón de columna del doctor Murray. A lo largo de los siguientes días, me fijaba en la cara de mi padre mientras abría el correo que se entregaba en Sunnyside, clasificaba las fichas en sus respectivos fajos y revisaba las cartas. Cuando por fin llegaba a la mía, la trataba con la misma seriedad que a todas las demás. La leía, asentía con la cabeza como si estuviera conforme con un argumento importante y luego me llamaba para pedirme opinión. Incluso cuando me entraba la risa, él se mantenía serio. Aún sentía una emoción especial al depositar las cartas del *scriptorium* en el buzón de columna.

—Setenta y ocho —le dijo Bill al silencio.

—El *scriptorium*.

—Puedes saltártelo si quieres.

Di un paso rápido hacia el buzón de la verja y dejé caer el panfleto dentro. Cayó al fondo con un susurro suave.

A LA MAÑANA siguiente, mi padre sostuvo el paraguas mientras yo vaciaba el buzón de Sunnyside. El folleto estaba en el fondo del montón, expuesto y vulnerable, sin sobre. Atisbé uno de sus bordes y de repente me inquietó que esperaran que lo desechase; al fin y al cabo, ¿en la pila de quién debía ponerlo? Su importancia había aumentado después de que lo metiera en el buzón y, con ella, mi ansiedad. Pero, a la luz de la mañana y entre todas aquellas cartas de hombres cultos y mujeres inteligentes, el folleto había perdido la fuerza.

Me sentí decepcionada. Había temido lo que el folleto podía provocar y ahora temía que no pasase nada.

—Papá, le prometí al doctor Murray que añadiría unas citas nuevas a un fajo de fichas que va a enviarle a Ditte para que las corrija —dije—. ¿Puedo dejar el correo para más tarde?

—Dámelo. Será una forma sencilla de empezar la jornada.

Agradecí su previsible respuesta.

Desde mi escritorio, distinguía a la perfección el perfil de mi padre. En lugar de clasificar fichas, lo observé a la espera de un cambio de expresión mientras revisaba las cartas. Cuando llegó al final de la pila, cogió el folleto. Contuve el aliento.

Lo miró, leyó el pie de foto y lo sopesó durante un minuto con expresión seria. Luego la relajó, sonrió y asintió con la cabeza al comprender la viñeta: ¿el ingenio, tal vez? ¿O el argumento? En lugar de arrugarlo, lo puso en uno de sus montones. Se levantó de la mesa de clasificación y colocó cada montón en su sitio.

—Creo que esto te interesará, Esme —me dijo mientras colocaba un fajo pequeño de fichas en mi escritorio—. Ha llegado con el correo.

Me observó mientras cogía el folleto que me tendía y lo inspeccionaba como si no lo hubiera visto nunca.

—Algo que vale la pena comentar con tus jóvenes amigos —añadió mi padre antes de alejarse.

Tilda tenía razón; era una cobarde. Dejé el folleto en mi escritorio y saqué mi ficha más reciente del bolsillo.

Hermanas. Busqué en los casilleros. Tenía muchas fichas y, por supuesto, estaban clasificadas y ordenadas bajo fichas de portada con los diferentes sentidos, pero *camaradas* no era uno de ellos.

LIZZIE PASABA CADA vez más tiempo en la cocina desde que la señora Ballard había empezado a tener desmayos. El médico le había recomendado que no pasara mucho rato de pie, así que la señora Ballard había cogido la costumbre de sentarse a la mesa de la cocina con una tetera y dedicarse a dar órdenes. Cuando entré, estaba pasando las páginas de *The Oxford Chronicle* y recordándole a Lizzie que salara el pollo que acababan de llevarles.

—Y no seas rácana con la sal —dijo—. Hace falta una buena cantidad para que se ponga tierno. Cuanto más tiempo repose, mejor.

Lizzie puso los ojos en blanco, pero no perdió la sonrisa.

—Me puse a salar pollos cuando tenía doce años, señora B. Creo que sé lo que hay que hacer.

—Dicen que ha habido problemas en la ciudad —informó la señora Ballard, sin hacerle caso a Lizzie—. Han cogido a unas sufragistas pintando consignas en el ayuntamiento. Aquí dice que las persiguieron por St Aldate's y que podrían haberse escapado si no fuera porque una se cayó y las otras dos se pararon a ayudarla.

—¿Sufragistas? —repitió Lizzie—. No lo había oído en mi vida.

—Es lo que pone. —La señora Ballard leyó el artículo—. Es como llaman a las mujeres de la señora Pankhurst.

—¿Solo consignas? —pregunté.

Me esperaba un incendio provocado.

—Aquí dice que escribieron «Mujeres: Sin más derechos que un presidiario» con pintura roja.

—¿No era eso lo que decía tu folleto, Esme? —preguntó Lizzie con las manos metidas en el pollo y la mirada clavada en mí.

—La que se cayó está casada con el juez —continuó la señora Ballard—. Y las otras dos son alumnas del Somerville College. Todas señoras educadas. Qué vergüenza.

—El folleto no era mío, Lizzie. Llegó con el correo.

—¿Sabes quién lo envió? —preguntó sin quitarme la vista de encima.

Sentí que un rubor carmesí me subía por el cuello y me devoraba la cara. Ya tenía su respuesta, así que volvió a concentrarse en el ave con movimientos algo más bruscos.

Me acerqué para leer el artículo por encima del hombro de la señora Ballard. Tres arrestos. Sin condenas, así que sin juicio. Me pregunté si Tilda y la señora Pankhurst estarían decepcionadas.

En el *scriptorium*, consulté los casilleros. Encontré *sufragio*, pero no *sufragista*. Busqué ejemplares recientes de *The Times of London*, *The Oxford Times* y *The Oxford Chronicle* y me los llevé a mi escritorio. Todos contenían artículos que mencionaban a las *sufragistas* y uno incluso se refería a los *sufragentes*. Los recorté, subrayé las citas y los sujeté a sus respectivas fichas. Luego volví a guardarlas todas en el casillero que les correspondía.

La FUNCIÓN HABÍA terminado una noche más y Bill y yo estábamos ayudando a Tilda a ponerse la ropa de calle.

—Estás demasiado cómoda, Esme —dijo Tilda mientras se quitaba los pololos de Beatriz.

—Pero yo vivo aquí, Tilda.

—Como la esposa del juez y las mujeres del Somerville College.

Una hora más tarde, estábamos otra vez en el Eagle and Child. Me sentía insulsa en comparación con la energía de las mujeres que se habían reunido para ayudar. El nuevo folleto las instaba a sumarse a Emmeline Pankhurst en una marcha en Londres, así que ya estaban haciendo planes para el viaje. Deseaba contagiarme de su determinación, pero, para cuando salimos a la calle, ya me había convencido de que no iría con ellas.

—Tienes miedo, solo es eso —me dijo Tilda, que me había puesto una mano en la mejilla como si fuera una cría. Le dio un paquete de folletos a Bill y echó a andar de espaldas—. El problema, Esme, es que tienes miedo de lo que no debes. Sin el voto, nada de lo que digamos importa, y eso debería aterrorizarte.

LIZZIE ESTABA SENTADA a la mesa de la cocina con su costurero y un montoncito de ropa delante. Miré hacia la despensa en busca de la señora Ballard.

—En la casa, con la señora Murray —dijo Lizzie. Luego me entregó tres folletos arrugados—. Los he *encontrao* en el bolsillo de tu abrigo. No estaba fisgando, solo viendo cómo estaban las costuras porque iba a arreglarte el dobladillo.

Me quedé muda. Experimenté la familiar sensación de que merecía estar metida en un lío, pero no entendía muy bien por qué.

—Los he visto por aquí y por allá, *tiraos* cerca de los buzones y *pegaos* en el Mercado Cubierto. Me han *contao* lo que dicen. Hasta me han *preguntao* si iba a ir. —Soltó un bufido desdeñoso—. Como si pudiera irme a pasar el día a Londres. Te llevará por el mal camino, Esmi, si la dejas.

—¿Quién?

—Lo sabes muy bien.

—Sé lo que me hago, Lizzie.

—A lo mejor, pero nunca se te ha dado bien saber lo que te conviene.

—Esto no tiene que ver solo conmigo, sino con todas las mujeres.

—¿O sea que los has repartido tú?

Lizzie tenía treinta y dos años y aparentaba cuarenta y cinco. De repente, comprendí por qué.

—Haces lo que te manda todo el mundo, Lizzie, pero no tienes ni voz ni voto —dije—. De eso van estos panfletos. Ya es hora de que se nos conceda el derecho a hablar por nosotras mismas.

—No son más que un montón de señoras ricas que quieren aún más de lo que ya tienen —dijo.

—Quieren más para todas. —Estaba levantando la voz—. Si tú no vas a defenderte, deberías alegrarte de que vayan a hacerlo otras.

—Me alegraré si te mantienes lejos de esos papeles —contestó, más tranquila que nunca.

—Es la apatía lo que evita el voto de las mujeres.

—*Apatía* —se burló Lizzie—. Yo diría que hay algo más.

Me marché hecha una furia y olvidé el abrigo.

Cuando volví a la cocina, justo antes de comer, la señora Ballard estaba sentada a la mesa ante una taza de té humeante.

—Hoy sándwiches solo para tres, señora B —dije mientras miraba a mi alrededor en busca de Lizzie.

—Demasiado tarde.

Señaló con la cabeza hacia la bandeja que descansaba sobre la encimera, repleta de sándwiches, justo cuando Lizzie apareció al pie de la escalera que llevaba a su habitación.

La miré y sonreí, pero ella se limitó a asentir.

—El doctor Murray tiene una reunión con los delegados de la editorial, y mi padre y el señor Balk han ido a ver al señor

Hart —continué, pues quería fingir que no estábamos peleadas—. Hay errores ortográficos, por lo visto. Mi padre me ha dicho que tardarán horas en volver.

—Pues entonces hoy merendamos sándwiches, Lizzie —dijo la señora Ballard.

—Buena gana de desperdiciarlos —contestó ella, que se acercó a la encimera y empezó a pasar unos cuantos a un plato más pequeño.

—Ya lo hago yo —dije.

—¿Vas a ir al teatro esta noche, Esme?

Lizzie no tenía tantas ganas de fingir.

—Supongo que sí.

—Seguro que te sabes el texto de memoria.

Era un reproche para el que no tenía respuesta. Era cierto y Bill se burlaba de mí cuando me sorprendía moviendo los labios a la vez que Tilda durante las intervenciones de Beatriz. «Podrías ser su suplente», me decía.

—¿Quieres venir? —le pregunté a Lizzie.

—No. Te lo agradecí la primera vez, Esme, pero con una me basta.

Tal vez se hubiera detenido ahí si mi alivio no hubiese resultado tan obvio. Suspiró y bajó la voz:

—No tienes tanto mundo como ellos, Esmi.

—Ya no soy una niña.

La señora Ballard echó la silla hacia atrás arrastrando las patas y salió al huerto con su cesta de recoger hierbas.

—A lo mejor ya es hora de que tenga «más mundo», como tú dices. Las cosas están cambiando. Las mujeres no tienen que vivir condicionadas por los demás. Tienen opciones y yo opto por no pasar el resto de mis días haciendo lo que me digan y preocupándome por lo que piense la gente. Eso no es vida.

Lizzie sacó un paño limpio del cajón y lo extendió sobre el plato de sándwiches que la señora Ballard y ella se comerían más tarde. Se enderezó, respiró hondo y se llevó la mano al crucifijo que llevaba colgado del cuello.

—Ay, Lizzie. No quería decir…

—No estaría mal tener opciones, pero, desde mi posición, las cosas se ven igual que siempre. Si tú tienes elección, Esme, elige bien.

LAS ENTRADAS PARA la última función se agotaron. Hicieron tres bises y los ovacionaron, así que los intérpretes se embriagaron antes de haber probado siquiera una copa. Tilda los guio desde el Teatro Nuevo hasta el Old Tom, con cada brazo entrelazado con el de un actor, ambos pegados a ella de una manera tan íntima que hacía que los paseantes nocturnos se volvieran para mirarlos.

Yo iba detrás con Bill. Era nuestra posición habitual en aquella procesión semanal y, como de costumbre, me buscó la mano y me animó a apoyársela en el antebrazo y a arrimarme a él. Pero aquella noche el ánimo era distinto. Posó su otra mano sobre la mía y empezó a trazarme un intrincado patrón con los dedos sobre la piel desnuda. Estaba poco hablador y menos decidido a seguirles el ritmo a los demás.

—Están exultantes —dije.

—La última noche siempre es así.

—¿Qué pasará?

Me acerqué más a él, como si estuviéramos conspirando.

—Habrá al menos un arresto, un chapuzón en el Cherwell y…

Me miró.

—¿Y?

—Tilda se meterá en la cama con uno de esos dos, con el que sea capaz de colarla a hurtadillas en su habitación.

—¿Cómo lo sabes?

—Es lo que tiene por costumbre —contestó, sin duda tratando de calibrar mi reacción—. Los rechaza durante toda la temporada, porque dice que follar es malo para la obra, pero al final les deja acostarse con ella.

Ya lo sabía; me lo había contado Tilda. Entonces me había sonrojado y ella me había dicho: «Si el gallo puede hacerlo, ¿por qué la gallina no?». Ella había refutado mis argumentos y yo había empezado a oírlos como prestados y no verdaderamente míos.

—A ver, Esme —me había dicho—, las mujeres están diseñadas para que les guste.

Luego me había explicado cómo.

—¿Cómo se llama? —le pregunté al día siguiente, con el recuerdo de mis torpes tanteos y su exquisito placer aún reciente.

Tilda se echó a reír.

—¿Lo has encontrado, entonces?

—¿Encontrar el qué?

—El botón. El *clítoris*. Te lo deletreo si quieres anotarlo. —Saqué una ficha y un cabo de lápiz del bolsillo. Tilda me lo deletreó—. Un estudiante de medicina me dijo cómo se llamaba, aunque sus conocimientos no iban mucho más allá de la palabra.

—¿Qué quieres decir? —pregunté.

—Bueno, lo describió como una polla residual, la demostración de que procedíamos de Adán, me dijo. Pero, como tú, no tenía ni idea de lo que el clítoris era capaz de hacer. O, si lo sabía, lo consideraba irrelevante. —Sonrió—. Le provoca placer a la mujer, Esme. Esa es su única función. Saber eso lo cambia todo, ¿no te parece?

Sacudí la cabeza, no la entendía.

—Estamos diseñadas para disfrutarlo —me había dicho Tilda—. No para evitarlo ni soportarlo. Para disfrutarlo, igual que ellos.

Mientras seguíamos a Tilda y su séquito, Bill me pareció tímido por primera vez desde que nos conocíamos.

—Esta noche no volverá a casa —dijo.

Tenía una respuesta apropiada en la punta de la lengua, pero no dije nada.

—Se ha asegurado de dejármelo claro.

Sus palabras viajaron a través de mí hasta el lugar para el que ahora ya tenía una palabra. Sabía lo que ocurriría si me iba con él. Lo anhelaba.

—No puedo llegar tarde —dije.

—Eso no pasará.

Unos días después, Bill, Tilda y yo quedamos para tomar el té en la estación. Bill me besó en la mejilla. Cualquier persona que nos hubiera visto habría supuesto que éramos viejos amigos; primos, tal vez. No hubiera notado su aliento suave en mi oído ni el escalofrío con el que lo recibí. A lo largo de tres noches, me había explorado y había encontrado vetas de placer que yo no sabía que existían. ¿Debía quedarse en Oxford? Me había preguntado. «Si tienes que preguntármelo —contesté—, entonces seguramente no.»

Tilda me entregó una bolsa de papel.

—No te preocupes, no son folletos —dijo sonriendo.

Abrí la bolsa.

—Un perfilador de labios, un perfilador de ojos y un perfilador de cejas —continuó—. Fáciles de conseguir, aunque quizá no en la peluquería a la que va tu madrina. También te he comprado un lápiz de labios. Rojo, a juego con ese pelo tuyo. Necesitarás un vestido nuevo para que te quede bien.

Saqué una ficha.

—Utiliza *perfilador de labios* en una frase.

—El perfilador de labios trazó el contorno de sus labios de rubí como el pincel de un artista.

—La ha estado ensayando —intervino Bill.

—No puedo escribir eso en una ficha.

—Si es para el *Diccionario* de verdad, ¿la frase no tiene que salir de un libro? —preguntó Bill.

—Se supone, pero se sabe que hasta el doctor Murray se ha inventado alguna cita cuando las que existen no hacen justicia al sentido.

—Esa es mi frase, o la tomas o la dejas —sentenció Tilda.

La tomé. Bill sirvió más té.

—¿Tenéis ya una obra programada en Manchester? —pregunté.

—No nos vamos a Manchester por trabajo, Esme —dijo Bill—. Tilda se ha unido a la WSPU.

—¿Qué es?

—La Unión Social y Política de Mujeres —dijo Tilda.

—La señora Pankhurst cree que sus habilidades escénicas serán útiles —señaló Bill.

—Sé proyectar la voz.

—Y poner acento elegante.

Bill miró a su hermana con gran orgullo. No me lo imaginaba separándose de ella.

Elsie Murray trazaba su ruta por el *scriptorium* con la mano llena de sobres. Observé a todos y cada uno de los ayudantes mientras recibían el suyo, las variaciones en el grosor indicativas de la antigüedad, la educación y el género. El sobre de mi padre era grueso. El mío, como los de Rosfrith y Elsie, parecía casi vacío. La joven se detuvo junto a la silla de su hermana y, mientras hablaban, volvió a sujetarle en el moño a Rosfrith un mechón de pelo rubio que se le había escapado. Satisfecha de que este no volvería a soltarse, Elsie continuó hacia mi escritorio.

—Gracias —le dije cuando me entregó la paga.

Sonrió y dejó otro sobre aún más grande sobre mi mesa.

—Últimamente te he notado un poco aburrida, Esme.

—No, qué va.

—Lo dices por educación. Yo también he pasado mucho tiempo encargándome de la clasificación y redacción de cartas. Sé lo tedioso que puede ser. —Abrió el sobre, sacó una página de pruebas y la deslizó hacia mí—. Mi padre ha pensado que tal vez te guste probar suerte con la corrección.

No era el remedio para el estado de ánimo que me había invadido, pero lo agradecía de todas maneras.

—Vaya, Elsie, gracias.

Ella asintió, complacida. Esperé sus preguntas habituales.

—Esta noche estrenan una obra en el Teatro Nuevo —comentó.

—Sí.

—¿Vas a ir?

Llevaba seis años recibiendo un sobre todos los viernes, y todos los viernes Elsie me preguntaba qué capricho iba a comprarme. Siempre había sido algo para alegrar nuestra casa, pero, desde el momento en que conocí a Tilda, mi respuesta apenas había variado: iría al teatro.

—¿Qué te resulta tan fascinante de *Mucho ruido y pocas nueces*? —me había preguntado una vez.

Me vino a la mente Bill, su muslo rozando el mío en la oscuridad de detrás del escenario, nuestra mirada puesta en Tilda.

—No creo que vaya al teatro esta noche —contesté.

Se me quedó mirando un instante. Me dio la sensación de que sus ojos oscuros mostraban compasión.

—Hay tiempo. He leído que tuvo mucho éxito en Londres y que esperan que la temporada sea larga.

Pero yo era incapaz de imaginarme otra compañía teatral u otra obra, y la idea de sentarme en el patio de butacas con otra persona que no fuera Bill estuvo a punto de hacer que se me saltaran las lágrimas.

—Tengo que seguir —dijo Elsie, que me tocó brevemente el hombro antes de alejarse.

Cuando se fue, les eché un vistazo a las pruebas que me había entregado. Era la primera página del siguiente fascículo y llevaba sujeta en el borde una ficha con un ejemplo adicional para *mancillar*.

Las instrucciones que el doctor Murray había garabateado eran: «Editar la página para que quepa». Recordé la palabra saliendo de un sobre hacía años; la pulcra caligrafía de una mujer y un verso de Chaucer. Mi padre y yo nos habíamos pasado una semana jugando con ella. Esta nueva cita me hizo reflexionar. «El dolor mancilloso de su ausencia casi la hace enloquecer.»*

---

* Perteneciente a *Arden of Feversham*, una obra de George Lillo publicada póstumamente que no ha sido traducida al español.

Los echaba de menos. Era como si hubieran escrito una obra de teatro y construido el decorado, de manera que, siempre que estaba con ellos, tenía un personaje que interpretar. Me sentía muy cómoda en él: yo era una actriz secundaria, una persona ordinaria que ejercía de contraste para que los protagonistas pudieran brillar. Ahora que habían hecho las maletas y se habían marchado, era como si me hubiese olvidado de mi papel.

Pero ¿me hacía enloquecer la ausencia de Bill?

Me había dado algo que había deseado desde la primera vez que me agarró la mano. No era amor, ni mucho menos. Era conocimiento. Bill había cogido palabras que yo había escrito en fichas y las había convertido en zonas de mi cuerpo. Me había mostrado sensaciones que ninguna frase, por buena que fuera, podría acercarse siquiera a definir. Hacia el final, oí el placer exhalado en mi aliento, sentí que se me arqueaba la espalda y que estiraba el cuello para exponer el pulso. Era una rendición, pero no ante él. Como un alquimista, Bill había convertido las vulgaridades de Mabel y los detalles prácticos de Tilda en algo hermoso. Estaba agradecida, pero no enamorada.

Era a Tilda a quien más echaba de menos; era su ausencia la que dejaba un dolor mancilloso. Ella tenía ideas que yo deseaba entender y decía cosas que yo no podía decir. Se preocupaba más por lo que importaba y menos por lo que no. Cuando estaba con ella, sentía que quizá lograra algo extraordinario en la vida. Ahora que se había ido, temía que jamás fuera así.

—¿Otra vez mala, Esmi? —me preguntó Lizzie cuando entré en la cocina a por un vaso de agua—. Estás algo pálida, eso seguro.

La señora Ballard estaba echándole un vistazo al pudin de Navidad que había hecho unos meses antes mientras lo rociaba con un poco de brandy. Me miró con los ojos entornados y, cuando frunció el ceño, se le acentuaron las arrugas de la cara. Lizzie me sirvió un poco de agua de la jarra que había sobre la mesa de la cocina y luego fue a la despensa a por un paquete de galletas integrales.

—¡Galletas compradas, señora B! —dije—. ¿Sabía que merodeaban por su despensa?

Parpadeó y se le relajó el rostro.

—El doctor Murray insiste en que tengamos las de la marca McVitie's. Le recuerdan a Escocia, dice.

Lizzie me pasó una galleta.

—Te asentará el estómago —dijo.

Comer era lo último que me apetecía, pero Lizzie insistió. Me senté a la mesa de la cocina y mordisqueé la galleta mientras la señora Ballard y Lizzie se afanaban a mi alrededor. No avanzaron mucho. Cuando Lizzie le pasó un trapo a los fogones por tercera vez, al final les pregunté si ocurría algo.

—No, no, cariño —se apresuró a contestar la señora Ballard—. Estoy segura de que todo irá bien.

Pero el ceño fruncido volvió a invadirle el rostro.

—Esme —dijo Lizzie, que por fin soltó el paño—, ¿me acompañas arriba un momento?

Miré a la señora Ballard, que me indicó con la cabeza que siguiera a Lizzie. Sí ocurría algo y, durante un instante, pensé que iba a vomitar. Respiré hondo y se me pasó, luego seguí a Lizzie escaleras arriba hasta su habitación. Nos sentamos en su cama. Ella se miró las manos, que le descansaban incómodas sobre el regazo. Fui yo quien estiró los brazos para tomárselas entre las mías. Lizzie tenía malas noticias, pensé. Estaba enferma o quizá, con tanto hablarle de opciones, la había empujado a buscar un puesto mejor. Antes de que dijera una sola palabra, ya se me habían llenado los ojos de lágrimas.

—¿Sabes de cuánto estás? —preguntó Lizzie.

La miré de hito en hito mientras intentaba relacionar aquellas palabras con algo que entendiera.

Probó de nuevo.

—¿Cuánto hace que estás… —Me miró el vientre y luego a los ojos— … esperando?

Entonces la entendí. Le solté las manos y me puse de pie.

—No seas ridícula, Lizzie —dije—. Es imposible.

—Ay, Esmi, qué zoqueta eres. —Se levantó para volver a agarrarme las manos—. ¿No lo sabías?

Negué con la cabeza.

—¿Cómo lo sabes tú?

—Mi mama siempre estaba en *estao* de buena esperanza. Fue lo único que conocí antes de llegar aquí. Los mareos se te pasarán pronto —dijo.

La miré como si estuviera loca.

—No puedo tener un bebé, Lizzie.

ESPERA. ESPERABLE. ESPERAR.

Significa *aguardar*. Una invitación, a una persona, un acontecimiento. Pero nunca a un bebé. En *D a E*, ni una sola cita mencionaba a un bebé. Lizzie calculaba que llevaba «esperando» desde hacía diez semanas, pero yo no me había dado cuenta.

Al día siguiente, me quedé en la cama en lugar de acompañar a mi padre durante el desayuno. Le dije que me dolía la cabeza y estuvo de acuerdo en que se me veía pálida. En cuanto se fue al *scriptorium*, entré en su habitación y me puse delante del espejo de Azucena.

Estaba un poco pálida, sí, pero, en camisón, no apreciaba ningún cambio. Me aflojé la cinta del cuello y dejé que el camisón cayera al suelo. Recordé a Bill acariciándome desde la cabeza hasta los pies con un dedo. Nombrando todas mis partes. Seguí ese mismo camino con la mirada; se me puso la piel de gallina como cada una de las veces que habíamos estado juntos. Me detuve a la altura del vientre, en la insinuación de redondez que bien podría ser una comida copiosa o gases, o la pesadez previa al sangrado mensual. Pero no era ninguna de esas cosas y el cuerpo que hacía tan poco había aprendido a interpretar me resultó de repente incomprensible.

Volví a subirme el camisón y me até la cinta con fuerza. Volví a la cama y me tapé con las mantas hasta el cuello. Me quedé horas allí tumbada, sin apenas moverme, sin querer sentir lo que debía de estar pasando en mi interior.

Estaba esperando, pero no un bebé. Estaba esperando una solución.

Esa noche dormí mal. Por la mañana, me encontraba peor por la falta de sueño, pero insistí en ir al *scriptorium*. Me guardé un paquete de McVitie's en el escritorio y fui comiéndomelas mientras revisaba el correo de la mañana y clasificaba fichas. Intenté mejorar los significados sugeridos por los voluntarios en las fichas de portada, pero no se me ocurrió nada mejor.

Miré hacia la mesa de clasificación. Mi padre estaba sentado donde siempre, al igual que el señor Sweatman y el señor Maling. El señor Yockney ocupaba el que había sido el sitio del señor Mitchell, y de repente me pregunté qué tipo de zapatos llevaría y si sus calcetines harían juego. ¿Sería bien recibida otra criatura bajo la mesa de clasificación? ¿O los nuevos ayudantes se quejarían, reprenderían y acusarían? Papá tosió, sacó un pañuelo y se sonó la nariz. Estaba resfriado, nada más, pero de pronto me di cuenta de que estaba más viejo, más gris, más rollizo. ¿Tendría la energía necesaria para ser madre y padre, abuela y abuelo? ¿Sería justo pedírselo?

A la hora de comer, me sumé a la señora Ballard y a Lizzie en la cocina y sufrí su angustia.

—Tienes que decírselo a tu papa, Esmi. Y a Bill hay que obligarlo a hacer lo correcto —dijo Lizzie.

—No voy a contárselo a Bill —dije.

Lizzie se me quedó mirando, con la cara rebosante de miedo.

—Al menos escribe a la señorita Thompson. Ella te ayudará a decírselo a tu padre. Ella sabrá qué hacer —sugirió la señora Ballard.

—Todavía hay tiempo —dije, aunque sin saber si lo había o no.

Lizzie y la señora Ballard intercambiaron una mirada, pero no dijeron nada más. La cocina se sumió en un silencio insoportable. Cuando Lizzie me preguntó si la acompañaría al Mercado Cubierto el sábado, le dije que sí.

EL MERCADO ESTABA abarrotado. Era un alivio. Caminaba junto a Lizzie mientras iba de un puesto a otro probando la firmeza de una fruta, la blandura de otra. La cháchara me resultaba familiar y tranquilizadora; nadie se dedicó a preguntarme cómo me encontraba ni a decirme que estaba pálida.

Al final, nos encaminamos hacia el puesto de Mabel. Hacía semanas que no la veía. Me pareció más pequeña, la curva antinatural de su espalda más pronunciada. Cuando nos acercamos, vi que estaba tallando. Nos acercamos aún más y el movimiento de sus manos me fascinó, su destreza una contradicción respecto a su cuerpo patético.

Mabel estaba tan absorta que no se dio cuenta de que estábamos delante de su puesto hasta que Lizzie le dejó una naranja en la caja. El rostro rugoso apenas acusó el regalo, pero la anciana soltó el cuchillo y se metió la naranja entre los pliegues de sus harapos. Luego cogió el cuchillo otra vez y reanudó el tallado.

—Te gustará cuando esté terminada —dijo mirándome.

—¿Qué es? —preguntó Lizzie.

Mabel se volvió hacia ella un momento y le pasó la figura.

—Es Taliesin el Bardo. O tal vez Merlín el Mago. Creo que aquí a la señorita Frase-Citas le gustará *pa* su padre.

Volvió a mirarme, a la espera de algún cumplido por su juego de palabras. Le dediqué una sonrisa lánguida.

—O es uno o es otro —dijo Lizzie.

—Son el mismo —respondió Mabel. Me recorrió de arriba abajo con la mirada y entornó ligeramente los ojos—. Solo que no paran de cambiarle el nombre.

Lizzie le devolvió la talla y Mabel la cogió sin quitarme ojo. Cambié de posición, incómoda, y ella se inclinó hacia delante.

—Se te nota —susurró—. En la cara. Si te quitaras el abrigo, supongo que lo vería.

Los gritos de los tenderos, el traqueteo de los carros, las conversaciones rivales; todos los ruidos del mercado quedaron absorbidos en una única nota penetrante. El instinto hizo que mirara a mi alrededor y que me abrochara todos los botones del abrigo.

Mabel sonrió y se recostó contra el respaldo de su asiento. Estaba satisfecha de sí misma. Yo empecé a temblar.

Hasta ese momento, mi angustia se había centrado solo en contárselo a mi padre. No había pensado en lo que opinarían los demás ni en cuáles serían las consecuencias de que lo supieran. Miré de nuevo a mi alrededor y me sentí como una criatura diminuta sin ningún lugar al que escapar.

—No te has *casao*, que yo sepa —dijo Mabel.

—Basta ya, Mabel —susurró Lizzie.

Sus palabras traspasaron el zumbido que me llenaba los oídos y los ruidos del mercado volvieron de golpe. Hubo un momento de alivio cuando me di cuenta de que nadie parecía haberse dado cuenta. Pero no duró. Tuve que apoyarme en la caja de Mabel para no caerme.

—No te preocupes, muchacha —dijo Mabel—. Todavía te quedan unas semanas. La mayoría de la gente no se fija en lo que no espera ver.

Lizzie habló por mí, un deje de mi miedo patente en su voz:

—Pero tú sí te has *fijao*, Mabel…

—Aquí no hay nadie con mis… ¿Cómo lo diría? Con mis peculiares experiencias.

—¿Tienes hijos?

Apenas oí mi voz al formularle la pregunta.

Mabel se echó a reír, sus encías ennegrecidas feas y burlonas.

—No soy tan tonta como *pa* eso —dijo. Luego bajó aun más la voz—. Hay formas de no tenerlos.

Lizzie tosió y empezó a coger diversos objetos de la mesa de Mabel, me enseñaba uno y luego otro, y después me preguntaba si me gustaban. Hablaba más alto de lo necesario.

Mabel me sostuvo la mirada. A continuación, en un tono que llegó hasta el puesto de flores y más allá, dijo:

—¿Te interesa algo de lo que tengo por aquí, muchacha?

Le seguí el juego, cogí la figura inacabada de Taliesin y le di vueltas en la mano temblorosa. Apenas la vi.

—De lo mejor que he hecho, esa. Pero *entoavía* no está *terminá* —dijo Mabel, que estiró la mano para recuperarla—. Creo que la tendré *acabá pa* después de comer, por si quieres volver.

—Hora de irse, Esme.

Lizzie me agarró del brazo.

—La dejaré *guardá pa* que no te la quite *naide* —dijo Mabel cuando ya nos volvíamos para marcharnos.

Asentí con la cabeza. Ella me devolvió el gesto. Después Lizzie y yo salimos del mercado sin haber terminado de hacer la compra.

—¿Vas a entrar a tomar un té? —preguntó Lizzie cuando llegamos a Sunnyside.

Los ayudantes veteranos trabajaban solo media jornada los sábados, y a menudo me quedaba en la cocina haciéndole compañía a Lizzie mientras esperaba a mi padre.

—Hoy no. Había pensado en irme a casa y colgar unos cuantos adornos para darle una sorpresa a papá.

Cuando llegué a casa, subí las escaleras hasta la habitación de mi padre y me coloqué de nuevo frente al espejo de Azucena. No era mi vientre lo que le había llamado la atención a Mabel, sino mi cara. Escudriñé el cristal para intentar ver lo mismo que ella, pero la cara que me devolvía la mirada era la de siempre.

¿Cómo era posible? Debía de haber ido cambiando con los años y, sin embargo, yo no lo notaba. Aparté la vista del espejo y luego volví a mirar a toda prisa para tratar de vislumbrarme durante un segundo tal como lo haría un extraño. Vi el rostro de una mujer mayor de lo que esperaba, con los ojos muy abiertos, marrones y asustados. Pero no vi nada que me dijera que estaba embarazada.

Bajé las escaleras y le dejé una nota a mi padre. Había salido a comprarme ropa, decía. Volvería a casa sobre las tres con pastas para la merienda.

Cogí la bicicleta y me encaminé de nuevo hacia el Mercado Cubierto. Cuando llegué, me faltaba el aire, más de lo habitual. Un niño al que ya había visto otras veces por allí se acercó a mí y se ofreció a apoyar mi bicicleta contra la pared más cercana. Él se encargaría de vigilarla, me dijo. Su madre me saludó con un gesto de la cabeza desde su puesto y yo la imité. ¿Me habría notado algo en la cara? ¿Había mandado a su hijo a ayudarme por eso? Me asomé al interior del mercado; el vocerío no hizo sino aumentar el caos de mi cabeza.

Mientras avanzaba entre las tiendas y los puestos, tenía la sensación de que atraía todas las miradas. Tenía que actuar con normalidad. Fui de un puesto a otro, recordando a Tilda y a los demás mientras ensayaban entre bastidores; el ensayo nunca resultaba tan convincente como la actuación. Me pregunté si estaría convenciendo a alguien.

Cuando llegué al puesto de Mabel, ya llevaba la cesta llena. Le di una manzana.

—Tienes que comer más fruta, Mabel —le dije—. Para que no se te agarre el catarro al pecho.

Exageró su sonrisa podrida para que viera el déficit de dientes.

—Llevo sin comerme una manzana desde que era una muchacha más o menos de tu edad —dijo.

Volví a guardar la manzana en la cesta y saqué una pera madura. La cogió y apretó la pulpa con el pulgar. Si la rechazaba, tendría una magulladura para cuando llegara a casa.

Pero no la rechazó.

—Toda una delicia —dijo.

La rodeó con las encías y dejó que el jugo le corriera por la barbilla. Se lo limpió con el dorso de una mano envuelta en harapos, eliminando así días de mugre de una pequeña zona de la piel.

—Mabel… —comencé, pero no me salían las palabras.

Los labios agrietados de la anciana se suavizaron mientras chupaba la carne de la pera. Sentí que me sonrojaba y las náuseas que creía superadas volvieron en una oleada atenazadora que me obligó a apoyarme en el borde de la caja de Mabel.

—A esa Lizzie no le parecerá bien lo que tienes *pensao* hacer —dijo en voz baja.

Era una verdad con la que llevaba días debatiéndome. Lizzie se negaba a escucharme cuando le decía que no podía tener un hijo. Cuanto más claras eran mis palabras, más se toqueteaba el crucifijo que llevaba al cuello. Igual que su fe, siempre estaba ahí: oculto, silencioso y personal. Pero, desde hacía una semana, se aferraba a él como si fuera lo único que la mantenía apartada del infierno.

Ese crucifijo me juzgaba y yo lo odiaba. Me lo imaginaba tergiversando mis palabras y susurrándole su versión al oído. Estábamos enfrentados en una especie de tira y afloja, con Lizzie en el medio. Y no era un combate que me apeteciera perder.

—Yo diría que la señora Smyth aún no ha *dejao* el oficio —susurró Mabel mientras separaba objetos al azar como para mostrarme su valor—. Estaba de aprendiza, por decirlo de alguna manera, cuando yo lo necesité. Apuesto a que a estas alturas ya es una vieja bruja y muy buena en lo suyo.

El temblor de las manos se me fue extendiendo por las extremidades y terminó por invadirme el cuerpo entero.

—Respira normal, muchacha —dijo Mabel sin dejar de sostenerme la mirada.

Me agarré con fuerza a la caja e intenté dejar de tragar aire a bocanadas, pero el temblor no remitía.

—¿Tienes un lápiz y una de esas fichas tuyas? —me dijo.

—¿Qué?

—Sácatelos del bolsillo.

Sacudí la cabeza. No tenía sentido.

Mabel se inclinó hacia delante.

—Hazlo —dijo, y luego añadió en voz un poco más alta—: Acabo de darte una palabra y se te olvidará si no la anotas.

Me llevé una mano al bolsillo y busqué una ficha y un lápiz. Cuando estuve preparada para escribir, el temblor había disminuido.

—*Oficio* —dijo Mabel, que se echó un poco hacia atrás, pero no apartó la mirada de mi cara.

Anoté *oficio* en la esquina superior izquierda. Debajo escribí que «la señora Smyth aún no ha *dejao* el oficio».

—¿Te encuentras ya mejor? —preguntó Mabel.

Asentí con la cabeza.

—El miedo odia lo ordinario —me dijo—. Cuando tienes miedo, tienes que pensar en cosas ordinarias, hacer cosas ordinarias. ¿Me oyes? El miedo se irá, al menos durante un tiempo.

Volví a asentir y miré la ficha. *Oficio* era una palabra muy común.

—¿Dónde dices que vivía la señora Smyth? —pregunté.

Mabel me lo dijo y yo lo apunté en la parte inferior de la ficha.

Antes de irme, se sacó algo de entre los muchos pliegues de tela que la mantenían caliente.

—Para ti —dijo, y me entregó un disco de madera clara en el que había tallado un trébol—. Gracias por la manzana.

Lo envolví con la ficha y me lo guardé en el bolsillo.

ERA UNA CASA adosada normal y corriente con otras viviendas adosadas idénticas a ambos lados. En la puerta aún colgaba una guirnalda navideña. Volví a comprobar la dirección y luego miré calle abajo. Estaba vacía. Llamé a la puerta.

La mujer que me abrió era mayor, pero tenía la espalda recta, iba bien vestida y sus ojos quedaban casi a la altura de los míos. Supuse que me había equivocado de casa y empecé a balbucear una disculpa, pero ella me interrumpió:

—Encantada de verte, querida —dijo en voz bastante alta—. ¿Cómo está tu madre?

Me quedé mirándola, confundida, pero ella no perdió la sonrisa y me agarró del brazo para hacerme entrar en la casa.

—Es solo por salvar las apariencias —dijo una vez que cerró la puerta—. Todos los vecinos son unos entrometidos. —Entonces me escudriñó como lo había hecho Mabel, me estudió la cara y me miró el cuerpo de arriba abajo—. Imagino que no querrás que se enteren de tus asuntos.

No fui capaz de encontrar las palabras necesarias para elaborar una respuesta y la señora Smyth tampoco pareció necesitarla. Me cogió el abrigo y lo colgó en un perchero junto a la puerta; luego echó a andar por el pasillo estrecho y yo la seguí. Me hizo pasar a una salita de estar con las paredes forradas de libros y un fuego suave ardiendo en la chimenea. Vi dónde había estado sentada hasta que llamé a la puerta: en un sofá de terciopelo de color azul noche, con unos cojines grandes y suaves de estampados dispares apoyados aquí y allá contra el respaldo. Había sitio suficiente para dos personas, pero el terciopelo solo estaba desgastado en uno de los extremos; el asiento hundido tras años de ser el favorito. En la mesa de al lado descansaba un libro abierto, con el lomo forzado. Mientras la señora Smyth atizaba el fuego, me acerqué al libro. *En el reino de María*, de la baronesa Orczy. Yo me lo había comprado hacía años en la librería Blackwell. Durante un segundo olvidé por qué estaba allí y me arrepentí de la molestia que le había causado.

—Me gusta leer —dijo la señora Smyth cuando me sorprendió mirando el libro—. ¿Y a ti?

Asentí, pero tenía la boca demasiado seca para hablar. Se acercó al aparador y sirvió un vaso de agua.

—Bebe un sorbo, no te lo tomes de golpe —ordenó, y me lo tendió.

Hice lo que me había dicho.

—Muy bien —dijo cuando le devolví el vaso—. Ahora, ¿te importaría decirme quién me ha recomendado?

—Mabel O'Shaughnessy —susurré.

—Puedes levantar la voz. Aquí dentro no nos oye nadie.

—Mabel O'Shaughnessy —repetí.

La señora Smyth no reconoció de inmediato el nombre de Mabel, y que le describiera su aspecto tampoco sirvió de mucho. Sin embargo, cuando le conté lo que sabía de su pasado y mencioné el acento irlandés, la mujer empezó a asentir.

—Era una clienta habitual —comentó sin sonreír—. ¿Un puesto en el Mercado Cubierto, dices?

Asentí, me miré los pies. El suelo de la sala de estar estaba cubierto por una alfombra con un estampado profuso.

—Pensaba que no habría sobrevivido, después de tanto hacer la calle —dijo.

Levanté la vista.

—¿Hacer la calle?

—Está claro que tú no estás aquí por eso.

—¿Cómo dice?

—A mi puerta vienen a llamar dos tipos de mujeres —dijo—, las que se prodigan demasiado y las que se prodigan demasiado poco. —Me miró de arriba abajo, se fijó en todas y cada una de mis prendas de vestir—. Tú eres de las segundas.

—¿Y lo de *hacer la calle*? —pregunté otra vez mientras me llevaba la mano al bolsillo para ver si tenía una ficha y un lápiz.

—Hacer la calle es ser puta —contestó como si no acabara de decir nada peor que *avenida* o *calzada*—. Van por ahí de una esquina a otra, como podría hacer cualquiera, pero en su caso el riesgo es mucho mayor. Si algo sale mal, acabas en la cárcel, en el cementerio o aquí.

Me puso la mano en el vientre y di un respingo. Cuando empezó a clavarme los dedos, intenté apartarme.

—Estate quieta —dijo, y me puso una mano en la parte baja de la espalda para poder hacer fuerza con la otra—. *La profesión de la señora Warren*, lo llaman algunos, por la obra de teatro de Bernard Shaw. ¿Te gusta el teatro? —me preguntó, aunque no esperó mi respuesta—. Me invitaron al estreno de esa obra. Las putas no son las únicas mujeres que se presentan ante mi puerta. También me encuentro con bastantes actrices.

Dejó de estrujarme y dio un paso atrás.

—Yo no soy…

—Ya veo que no eres ni puta ni actriz —dijo.

Luego nos quedamos allí plantadas, en silencio. Ella estaba pensando, sopesando algo. Al final, dejó escapar un largo suspiro.

—Hay aleteo —dijo.

—¿Qué significa eso? —pregunté.

—El aleteo del vientre significa que el bebé ha decidido quedarse.

La miré fijamente.

—Significa que has acudido a mí demasiado tarde.

«Gracias a Dios», pensé.

HACER LA CALLE

Ser prostituta.

«Hacer la calle es ser puta. Van por ahí de una esquina a otra, como podría hacer cualquiera, pero en su caso el riesgo es mucho mayor.»

Señora Smyth, 1907

ALETEO

Agitación de la vida.

«El aleteo del vientre significa que el bebé ha decidido quedarse.»

Señora Smyth, 1907

SUNNYSIDE ESTABA TRANQUILO cuando me bajé de la bicicleta y crucé la verja. La tarde se acababa; estaba anocheciendo y no había luz en el *scriptorium*. Todo el mundo se había ido a casa. Vi a Lizzie a través de la ventana de la cocina y la observé durante un rato. Iba y venía entre los fogones y la mesa, sin duda preparando la cena para los Murray. Una vez, cuando era pequeña, me había dicho que no le gustaba mucho cocinar.

—¿Qué te gusta? —le había preguntado.

—Me gusta coser y me gusta cuidar de ti, Esmi.

Estaba tiritando. Apoyé la bicicleta contra el fresno y me dirigí hacia la cocina.

Una vez dentro, me quedé parada en la entrada, con la puerta cerrada a mi espalda, el calor de los fogones caldeándome la cara. Pero los temblores no cesaban.

Lizzie me miró. Se posó la mano en el pecho. Tenía preguntas que no hizo. Los estremecimientos empeoraron y, de repente, ella estaba allí. Me rodeó con sus brazos firmes y me guio hasta una silla. Me puso una taza en las manos; estaba casi demasiado caliente, pero solo casi. Me dijo que bebiera. Bebí.

—No hubiera sido capaz de hacerlo —dije mirándola a la cara.

Me abrazó contra su vientre y me acarició el pelo.

Cuando hablaba, lo hacía despacio y con cautela, como si yo fuera un gato callejero que temiera que se escapase antes de que ella pudiera ayudarlo.

—Parecía un hombre bastante majo, el tal Bill. Podrías decírselo.

Me abrazó un poco más fuerte mientras lo decía y yo no me aparté. Lo había pensado. Lo había imaginado. En lo más profundo de mi corazón, estaba segura de que Bill haría lo correcto si se enterara. Tilda se aseguraría de ello. Hablé con la misma lentitud y cautela con las que acababa de hacerlo Lizzie.

—Pero no lo amo. Y no quiero estar casada.

Se puso un poco rígida y sentí que tomaba aire. Luego acercó una silla a la mía y se sentó frente a mí. Entrelazamos las manos.

—Toda mujer quiere casarse, Esmi.

—Si eso es cierto, ¿por qué no están casadas ni Ditte ni su hermana? ¿Ni Elsie ni Rosfrith ni Eleanor Bradley? ¿Por qué no estás casada tú?

—No todas las mujeres tienen oportunidad de hacerlo. Y a algunas… Bueno, a algunas es solo que las crían con *demasiaos* libros y *demasiás* ideas, y no son capaces de conformarse.

—Yo tampoco creo que pueda conformarme, Lizzie.

—Te acostumbrarías.

—Pero es que no quiero acostumbrarme.

—¿Qué quieres?

—Quiero que las cosas se queden como están. Quiero seguir clasificando palabras y entendiendo lo que significan. Quiero seguir mejorando y que me den más responsabilidades, y quiero seguir ganando mi propio dinero. Siento que no he hecho más que empezar a comprender quién soy. Ser esposa o madre no encaja conmigo.

Salió todo de golpe y terminó en un sollozo.

Para cuando dejé de llorar, ya sabía lo que tenía que hacer. Le pedí a Lizzie que me buscara un papel y un bolígrafo. Escribiría a Ditte.

11 de febrero de 1907

Mi queridísima Esme:

¡Por supuesto que debes venir! Yo te ayudaré a arreglar lo que deba arreglarse. Pero está el asunto de tu padre y de cómo podrían darse las cosas. Viajaré a Oxford este viernes. Llegaré a las 11.30 de la mañana y me gustaría que me recibieras en la estación. Iremos directamente a la cafetería Queens Lane: está muy lejos de Jericho y es poco probable que nos encontremos con alguien conocido. Deja a Lizzie con sus tareas en Sunnyside, pero asegúrale que las tres hablaremos antes de que me marche.

Tu situación no es tan poco habitual como tal vez pienses. Muchas jóvenes con medios o educación se han encontrado con un imprevisto similar. Es el dilema más antiguo de la historia... ¡Sí, la Virgen María! (Por favor, no le leas esto en voz alta a Lizzie, sé que no lo aprobaría.) Pero ya entiendes a qué me refiero. Estás en buena compañía, aunque eso no debe de tranquilizarte mucho. Solo agradezco que hayas tenido el buen juicio de confiar en mí antes de tener la oportunidad de plantearte soluciones alternativas. Muchas jóvenes que eligieron ese camino no han regresado nunca.

Tengo una propuesta para ti, Esme. Si vas a venir a vivir con Beth y conmigo, me gustaría que fueras mi ayudante de investigación.

Mi *Historia de Inglaterra* necesita actualizarse y hace años que contemplo la posibilidad de escribir una biografía de mi abuelo. Era parlamentario, ya sabes. Un hombre muy interesante, con ideas avanzadas a su tiempo. Me atrevo a decir que a tu amiga Tilda le habría caído muy bien. Por supuesto, requeriré tus servicios lo antes posible. Podemos debatir los detalles mientras tomamos el té el viernes.

¿Me entiendes, Esme? Me estarás haciendo un gran servicio y, cuando el trabajo esté terminado, volverás a Oxford y continuarás con tu función en el *scriptorium*. Tu camino, sea cual sea el que desees, no debe desviarse.

Incluiré todo lo que sea relevante en una carta al doctor Murray y estoy segura de que considerará mi oferta como una oportunidad que no hará sino aumentar tu valor para él a tu regreso.

Ahora, tu padre. Le he escrito para informarle de mi viaje, utilizando como excusa la palabra «mortificar» (si las citas actuales son nuestra guía para su significado, entonces quedará fijado que las mujeres son las únicas perpetradoras de esta particular forma de incordio). Mi plan en este momento es quedar en visitar a Harry en casa, prepararlo para la noticia, calmar sus peores temores (que estarán todos relacionados con tu bienestar actual y futuro) y dejarle claro que lo tenemos todo dispuesto. Luego debes contárselo todo, dentro de lo razonable. Es un buen hombre, Esme. No es ni mojigato ni fanático ni conservador, pero es padre y te quiere mucho. Debes recordar que se despierta todos los días ante una fotografía tuya con tu faldón de bebé. Esta noticia será una conmoción. Necesitará tiempo y comprensión, y quizá la oportunidad de despotricar y desvariar. Permíteselo.

Aparte de esto, debemos comentar más cosas, pero creo que es mejor dejarlas hasta que nos sentemos cara a cara con una buena tetera entre ambas.

Así las cosas, nos vemos este viernes a las 11.30 de la mañana. No llegues tarde.

Con cariño,

Ditte

Llovía, no mucho, pero la gente que caminaba por High Street iba abriendo los paraguas y subiéndose el cuello para protegerse de la humedad. Los observé mientras Ditte hablaba. Estaba escribiendo el guion de las mentiras y medias verdades que convertirían en aceptable mi ausencia del *scriptorium*.

Nos tomamos dos teteras grandes en la cafetería. Cuando salimos a la calle, la lluvia había cesado y un sol débil se reflejaba sobre el pavimento húmedo. Parpadeé para defenderme del resplandor fulminante.

Dos semanas más tarde, mi padre estaba conmigo en el andén esperando el tren que me llevaría a Bath. Yo pensaba en todas las conversaciones que habíamos mantenido desde que Ditte había salido de nuestro salón y me había hecho un gesto para que entrara a hablar con él. Habíamos dicho muy poco. Los gestos y los suspiros habían salpicado nuestras interacciones. Me había tocado la cara y me había cogido los dedos raros cada vez que le fallaban las palabras. Supe lo mucho que papá deseaba que Azucena estuviera allí y que pensaba que, si hubiera sido así, las cosas serían distintas. Supe que pensaba que él me había fallado a mí y no que yo le había fallado a él. Pero no me dijo nada de eso, así que solo pude corresponder a su afecto con una caricia.

Cuando llegó el tren, cargó con mi baúl hasta el vagón de segunda clase y me acomodó en un asiento cercano a la puerta. Podría haberme dicho algo entonces, pero ya había otras tres personas sentadas a mi alrededor. Me besó en la frente y salió al pasillo, pero no se fue enseguida. Esbozó una sonrisa triste y de repente me di cuenta de que volvería a casa completamente cambiada; de que, al contrario de lo que me había prometido Ditte, mi camino, fuera el que fuese, ya se había desviado. En ese momento me levanté y lo abracé. Me estrechó contra su pecho hasta que sonó el silbato.

Beth tenía que recibirme cuando me bajara del tren en Bath; sin embargo, cuando me asomé al andén, no vi ni rastro de ella. Me apeé y esperé donde el mozo había dejado mi baúl.

Una mujer me saludó con la mano. Era más alta, más delgada y mucho más elegante que Ditte, pero compartían cierta similitud en la forma de la nariz. Sonreí cuando se acercó.

—Es un delito que haya tardado tanto en conocerte —dijo, y me envolvió en un abrazo inesperado que casi me tira al suelo.

—Por supuesto, lo sé todo de ti —dijo Beth cuando nos sentamos en el asiento trasero del taxi.

Me sonrojé y bajé la mirada hacia mi regazo.

—Uy, no solo eso —dijo, como si «eso» fuera trivial—. Eres el tema de conversación favorito de Edith y yo nunca me canso de oír hablar de ti. —Se inclinó hacia mí—. Debes perdonarnos, Esme. Somos un par de solteronas sin perro; de algo tenemos que hablar.

Ditte y Beth vivían entre la estación de Bath y el Royal Victoria Park, así que el trayecto en taxi fue corto. Nos detuvimos frente a una casa adosada de tres plantas, idéntica en todos los aspectos a las casas adosadas que se extendían a izquierda y derecha. Beth me vio mirando las ventanas de la buhardilla.

—Nos la dejaron —dijo— para que no tuviéramos que casarnos nunca. Es demasiado grande, desde luego, pero tenemos muchos invitados y una mujer viene a limpiar todas las mañanas. La señora Travis insiste en que mantengamos cerradas las habitaciones del último piso. Ahorra polvo que quitar, dice. Tiene muy poca aptitud para quitar el polvo, así que hemos accedido.

«Cuántas habitaciones», pensé. Yo habría limpiado la mía si me hubieran invitado cuando tenía catorce años.

Beth era más joven que Ditte y su opuesto en casi todos los sentidos; sin embargo, no parecía haber tensiones ni discusiones entre ellas. Siempre había pensado que Ditte era como el tronco de un árbol enorme: anclado con firmeza a lo que sabía que era verdad. Al cabo de solo unos días en Bath, empecé a pensar en Beth como la copa. Reaccionaba en mente y cuerpo a cualquier fuerza que se le acercara. Pese a sus cincuenta años, brillaba, y yo estaba fascinada.

Se me concedió una semana de gracia. —«Para que te adaptes», me dijo Beth—. Y luego comenzó a invitar a gente a tomar el té de la tarde. «No podemos estar hablando siempre de ti», bromeó.

El día en que iban a llegar nuestras primeras visitas, las hermanas me pidieron que bajara a preparar una bandeja.

—La señora Travis es un ama de casa ordinaria —dijo Ditte mientras trasladaba el bizcocho de la rejilla en la que se había enfriado hasta un plato—, pero su pastel de Madeira no tiene parangón.

—Tal vez me quede en mi habitación —dije.

—Tonterías —protestó Beth, que entró en la cocina justo en ese momento—. Todo saldrá a la perfección. Hablaremos de la revisión de la historia inglesa de Edith y entonces a todo el mundo le parecerá de lo más lógico que te haya empleado. —Se acercó a mí y me dijo en tono cómplice—: Porque a ti también te precede tu reputación, claro.

Me llevé una mano al vientre, aún oculto, y me sonrojé con violencia. Beth no hizo ningún esfuerzo por calmar mis temores.

—No te metas con ella, Beth —dijo Ditte.

—Pero es que es tan fácil… —replicó ella sonriendo—. La reputación que te precede, Esme, es la de ser una erudita innata. Según el doctor Murray, eres igual que cualquier licenciado de Oxford. Le gusta contar, sobre todo, la historia de cuando te pasabas el día acampada bajo la mesa de clasificación. Asegura que su indulgencia ha permitido el desarrollo de una particular afinidad por las palabras.

El horror se convirtió en gratitud y el calor permaneció en mi rostro.

—No aprobaría que te contara estas cosas, por supuesto —continuó Beth—. La alabanza embota el intelecto, en su opinión.

Llamaron a la puerta.

—Siempre a tiempo —le dijo Beth a Ditte. Luego se dirigió a mí—. Tú no te acerques la mano a la barriga y nadie notará nada.

Tres caballeros. Todos académicos, todos residentes en Somerset en las épocas en las que no debían dar clase. El profesor Leyton Chisholm era historiador en la Universidad de Gales y contemporáneo de las hermanas. Se sentía tan cómodo en su compañía que se sirvió pastel sin que se lo ofrecieran y se sentó en el sillón más cómodo sin que lo invitaran a hacerlo. El señor Philip Brooks también era un buen amigo, pero no lo bastante mayor como para tomarse tales libertades. Tuvo que agacharse para no golpearse la cabeza con el marco de la puerta y Beth se burló de él poniéndose de puntillas para besarlo en la mejilla. El señor Brooks era profesor de Geología en el University College de Bristol, al igual que el señor Shaw-Smith, el más joven de los tres. Las hermanas no lo conocían, pero el hombre había ido a su casa por insistencia del señor Brooks. Su rostro juvenil parecía impaciente, pero aún no toleraba una barba. Se presentó con torpeza.

—Con el tiempo se acostumbrará a nosotras, señor Shaw-Smith —dijo Beth, y yo me pregunté si se referiría a nosotras tres o a todas las mujeres.

Cuando los hombres se sentaron, Ditte y yo nos acomodamos una a cada lado del sofá. Beth sirvió el té y me hizo un gesto para que pasara el pastel. Cuando todo el mundo estuvo servido y se dieron por finalizados los halagos sobre el pastel de Madeira, me recosté y esperé a que Beth hiciera alguna pregunta provocativa que diera pie a la conversación de los hombres. Esperaba anécdotas y arrogancia de caballeros, desacuerdos intelectuales refutados con argumentos lógicos cada vez más reducidos. Esperaba alguna petición de opinión esporádica, por cortesía, y ya anticipaba mi decepción ante la automática moderación del lenguaje que se observaría debido a que las tres llevábamos falda.

Pero no fue así como transcurrió la tarde. Aquellos caballeros habían ido a escuchar, a poner a prueba sus ideas y a que los persuadieran de las contrarias…, no los otros hombres, sino las hermanas. La mirada de los académicos se posaba con comodidad sobre Beth, la seguía mientras se movía para encender una lámpara, se fijaba en sus manos mientras comprobaba el nivel de la tetera y les servía otra taza a cada uno. Cuando ella hablaba, se inclinaban hacia delante, le pedían aclaraciones, se turnaban para jugar con sus ideas y combinarlas con las suyas. Discutían con ella, invitándola a defender su posición. Beth a menudo sonreía antes de emitir un reproche tajante como respuesta a un razonamiento poco riguroso. Si los hombres se dejaban convencer por su forma de pensar, cosa que sucedía a menudo, nunca era por cortesía. Me tenían perpleja. Ditte hablaba mucho menos, pero, en muchas ocasiones, se acercaba al profesor Chisholm para comentar en voz baja alguno de los argumentos que los más jóvenes debatían con Beth. Cuando se le pedía opinión a Ditte, el grupo callaba. En cuestiones de historia, estaba claro que ella era la autoridad, y sus palabras se trataban con un respeto que yo solo había visto dispensado al doctor Murray.

—Es justo esa cuestión la que Edith pretende explorar en la revisión de su *Historia* —dijo Beth en un momento dado—. Por eso hemos invitado a Esme a pasar una temporada con nosotras. Va a ser la ayudante de investigación de Edith.

—¿Ese no es tu trabajo, Beth? —dijo el profesor Chisholm.

—Por lo general, sí, pero, como ya sabes, tengo un proyecto de escritura propio.

Le dedicó una sonrisa descarada.

—¿Y en qué consistirá, señorita Thompson? —quiso saber el señor Shaw-Smith.

Beth volvió todo su cuerpo hacia la pregunta y guardó silencio unos instantes antes de hablar.

—Bueno —respondió—, es un escándalo, en realidad. He escrito una novela de la peor clase posible y, milagrosamente, van a publicármela.

Noté que una sonrisa revoloteaba por el rostro de Ditte mientras se servía otra porción de Madeira.

—¿Cómo se titula? —preguntó él.

—*La esposa del soldado del regimiento de dragones*—dijo Beth con orgullo—. Está ambientada en el siglo XVII y la tarea que me espera durante los próximos meses es añadir un poco más de fuego a la narración.

—¿Fuego?

—Sí, fuego, señor Shaw-Smith. Y no tengo palabras para explicarle lo mucho que me estoy divirtiendo.

El joven al fin comprendió y se refugió en su taza de té. Yo me metí la mano en el bolsillo para palpar el cabo de un lápiz y el borde de una ficha.

—Los gestos son importantes, por supuesto —continuó Beth—. Él podría ofrecerle la mano; ella podría aceptarla. Pero la excitación es una función corporal, ¿no le parece, señor Shaw-Smith?

El joven estaba sin palabras.

—Claro que se lo parece —prosiguió Beth—. Si se quiere un poco de fuego en una novela, la piel debe sonrojarse y el pulso debe acelerarse; en el caso de los personajes y en el de los lectores, en mi opinión.

—Estás diciendo que el deseo debe mostrarse —intervino el señor Brooks.

—Por supuesto —dijo ella—. ¿Alguien quiere más té?

Me excusé y todos los hombres se pusieron en pie. Me dio la sensación de que el señor Shaw-Smith agradecía la interrupción.

Quería anotar las palabras de Beth antes de que la cita exacta se me desvaneciera de la memoria.

Cuando volví, había otra visita.

—Esme, esta es la señora Brooks.

La señora Brooks se levantó para saludarme. Apenas me llegaba al hombro.

—No te atrevas a llamarme señora Brooks —dijo ella al mismo tiempo que me tendía la mano—. Solo respondo por Sarah. Soy la esposa y chófer de Philip.

La presión fue firme y el apretón, eficiente. Sospeché que en su carácter no había nada pequeño.

—Es cierto —dijo el señor Brooks—. Mi esposa ha aprendido a conducir y yo no. Adelante, ríase, es lo que hacen la mayoría de nuestros amigos. Pero es un arreglo que nos va bastante bien. —Miró a Sarah—. Yo no quepo con facilidad detrás del volante, ¿verdad, querida?

—Tú no cabes con facilidad en ningún sitio, Philip —contestó Sarah entre risas—. Y el automóvil tampoco está hecho para mi estatura, pero ¡cómo me gusta!

Habíamos apurado otra tetera y apenas quedaba una migaja de pastel en el plato cuando Sarah insistió en que era hora de irse.

—Debo llevar a estos caballeros a su casa antes de que se haga de noche —dijo.

Todos nos levantamos. Pero, cada vez que uno de los caballeros se despedía de Beth, ella se lo llevaba a un pequeño aparte. Al cabo de diez minutos, Sarah se vio obligada a dar palmadas como una maestra de escuela para que la siguieran hacia la puerta.

LAS HERMANAS DISFRUTABAN recibiendo invitados durante el té de la tarde y, a lo largo del mes siguiente, conocí a más gente que en todos los años que había pasado en el *scriptorium*. No volví a ver al señor Shaw-Smith, pero el profesor Chisholm era una visita frecuente.

—Se presenta como por arte de magia en nuestra puerta cada vez que la señora Travis hornea su pastel de Madeira —susurró un día Beth—. Es extraordinario, la verdad.

Philip Brooks lo acompañó una vez y, en otra ocasión, Philip y Sarah acudieron solos. La señora Brooks tenía una apariencia bastante poco atractiva y, cuando hablaba, solía ser brusca. Me hacía sospechar que su intelecto palidecía en comparación con el de las hermanas, pero tenía una forma de decir las cosas que en cierto modo resaltaba la verdad. Me recordaba a Tilda.

Cuando se hizo demasiado difícil ocultar mi vientre, empecé a organizar salidas para que coincidieran con el té de la tarde. Al principio iba al Victoria Park o a las termas y, cuando llovía, me refugiaba en la abadía y escuchaba los ensayos de los chicos del coro. Pero Ditte no tardó en ponerle fin a esas actividades.

—Tienes la capacidad de investigación de una historiadora, Esme —dijo una noche durante la cena—. Mañana, en lugar de tenerte vagando sin rumbo por el Victoria Park, me gustaría que visitaras los archivos de Guildhall.

—Edith, no te olvides del anillo —dijo Beth, que cogió otro trozo de ternera y lo ahogó en salsa.

Ditte se quitó la sortija de oro que llevaba en el dedo meñique y me la dio. Sabía cuál era su función, así que me la puse. Me quedaba perfecta.

—Nunca he podido ponérmela en ese dedo —comentó Ditte.

—Nunca has querido —dijo Beth—. Pero a Esme le va bien.

La siguiente ocasión en la que las hermanas tuvieron invitados yo estaba en Londres, buscando en los archivos del Museo Británico y pasando unos días con mi padre. La vez siguiente estaba en Cambridge, en casa de una comprensiva amiga de Beth que no me preguntó ni una sola vez por mi marido.

Me tomaba mi investigación muy en serio y mis aptitudes, como mi vientre, iban en aumento. En lugar de limitarme, Ditte me había concedido cierta libertad. Me había allanado el camino con cartas de presentación. Escribía que era su sobrina, me daba su apellido y tenía mucho cuidado de no asociarme con el *scriptorium*. Dondequiera que fuera, ya me estaban esperando: mi entrada a los archivos y salas de lectura era automática; los documentos que necesitaba estaban organizados de antemano y esperando a que los examinara.

Al principio, estaba segura de que no convencía a nadie. Me desenvolvía con torpeza, pedía demasiadas disculpas y me sentía demasiado agradecida cuando me concedían acceso. A la entrada de la sala de lectura de las Old Schools de Cambridge, vi a un ayudante comprobar dos veces la carta de Ditte y se me partió el corazón solo de pensar en que quizá me expulsaran antes de tener la oportunidad de respirar aquella embriagadora combinación de piedra envejecida, cuero y madera. Cuando se fijó en el anillo de oro que llevaba en la mano, la barriga que había detrás de él dejó de tener importancia. Me permitió pasar y me quedé plantada en el umbral un instante más de la cuenta.

—¿Está bien, señora? —me preguntó el ayudante.

—No podría estar mejor —respondí.

Me dirigí con paso firme hacia una mesa situada al fondo de la sala. El suelo de madera anunció mi presencia a las cabezas encorvadas y los lectores absortos; los arquitectos de aquella gran sala no habían pensado en el golpeteo de unos zapatos de mujer. Saludé la curiosidad de todos aquellos caballeros académicos enderezando la espalda dolorida y dedicándoles un seco gesto de asentimiento a cada uno de ellos. Cuando llegué a mi silla, estaba agotada por el esfuerzo.

Jamás había creído que existiera algún lugar capaz de rivalizar con Oxford en cuanto a historia y belleza, pero, cada vez que me aventuraba a viajar por mi cuenta, me veía obligada a reflexionar sobre lo poco que conocía. Oxford y el *scriptorium* siempre habían sido suficiente. Nuestras visitas a la familia en Escocia siempre me habían resultado demasiado largas y la única vez que había vivido fuera por mi cuenta me había hecho recelar de volver a intentarlo. A pesar de todo, empecé a disfrutar de esa nueva aventura, aunque cada vez resultaba más difícil ignorar el motivo que la había incitado.

Las hermanas no solo eran cómplices de mi aprieto, sino que parecían deleitarse con él. Durante el desayuno, me interrogaban sobre mi calidad de sueño, sobre mi apetito y deseos de comer alimentos extraños —ninguno, lo cual decepcionaba especialmente a Beth—. Anotaban mi peso y mis hábitos de sueño en una libretita, y un día Beth me preguntó, con una timidez poco propia de ella, si le permitiría verme desnuda.

—Me gustaría dibujar tu cuerpo —dijo.

Me había acostumbrado a mirarme desnuda en el espejo y a trazar mis curvas desde el pecho hasta el pubis. Intentaba memorizarlas. Se lo permití.

Mientras Beth me dibujaba, yo estaba junto a la ventana de mi habitación contemplando el jardín. Era un caos de colores y bordes descuidados. El manzano estaba lleno de vida y sus flores atiborraban el suelo. Era hermoso, pensé, en su abandono libre de podas. La luz del sol caía sobre mi vientre y su calor era la prueba de mi desnudez. Pero no sentía vergüenza ni pudor. Beth estaba sentada en la cama y me llegaba el rumor del roce del carboncillo sobre el papel.

Cuando me pidió que me colocara una mano encima y la otra debajo del vientre, accedí. Tenía la piel caliente y la presioné. Y entonces ocurrió: un movimiento bajo la piel cada vez más tensa. Una reacción. Contra toda lógica, acaricié a la cosa que crecía en mi interior y le susurré unas palabras de saludo.

No me percaté de que Beth había soltado el cuaderno de bocetos. Me puso una bata sobre los hombros y se dirigió a la puerta para invitar a Ditte a entrar.

—Precioso —dijo Ditte mirando el boceto, pero le costó levantar la vista hacia mí.

Se fue tan silenciosamente como había entrado, pero la vi enjugarse los ojos al salir.

—SARAH BROOKS va a venir a tomar el té —anunció Ditte mientras almorzábamos.

Lo normal habría sido que me lo dijera el día anterior.

—Pues saldré a dar un paseo por el Victoria Park. Hace un día precioso.

Ditte desvió la mirada hacia Beth y luego de nuevo hacia mí.

—En realidad nos gustaría que te quedaras.

Me miré la barriga, ya enorme e innegable, y luego miré a Ditte, extrañada.

—Son buenas personas —dijo.

Al principio no lo entendí. Se me había privado de toda compañía salvo la de las hermanas desde abril, cuando mi padre había ido a visitarme por mi veinticinco cumpleaños. Estábamos casi en junio; estaba enorme.

Beth se levantó de la mesa de la cocina y comenzó a afanarse con la cafetera.

—No han podido tener hijos propios, Esme —dijo—. Serían buenos padres para el tuyo.

Las palabras aún estaban encajando en su lugar cuando Ditte estiró las manos por encima de la mesa para coger las mías. No las aparté, pero no fui capaz de devolverle el suave apretón. Me había quedado sin aliento, no podía hablar a causa del vacío que acababa de crearse en mi pecho. No era la falta de aire; era la escasez de palabras. Tenía la sensación de que lo comprendía con precisión, pero no tenía palabras para nombrarlo.

En la periferia de esa sensación, vi que Beth le daba la espalda a los fogones con la cafetera en una mano y los rasgos de la cara incómodos con la sonrisa que intentaban sostener. ¿Qué vio para que su expresión se deformase y empezara a temblarle la mano? Se le cayó un poco de café al suelo, pero no hizo ademán de limpiarlo. Miró a su hermana. Nunca la había visto tan insegura.

ERA INCAPAZ DE decidir qué ponerme, aunque mis opciones no eran muchas. La última vez que había visto a Sarah, había creído que mi barriga quedaba bien disimulada. Ahora me preguntaba si lo habría sabido todo desde el principio. La idea me incomodaba, me molestaba. Me puse un vestido que me acentuaba el pecho y se me ceñía demasiado a la cintura, y me coloqué delante del espejo. Tenía algo de obsceno y de maravilloso. Me pasé los dedos raros por la curva del pecho, por el pezón, por la hinchazón del bebé bajo la piel estirada. Lo sentí moverse y vi la ondulación bajo la tela del vestido.

Me cambié y me vestí con una blusa y una falda, ambas prestadas por Ditte. Me puse una bata encima.

En cuanto entré al salón, Sarah se puso de pie. Las hermanas querían que la tarde fuera más cómoda de lo que podía serlo, así que permanecieron sentadas y lanzaron varias frases informales de bienvenida que sonaron forzadas y exageradamente alegres: «Ya estás aquí»; «Quieres un té, ¿verdad, Esme?»; «Estábamos hablando del calor que hace»; «¿Quieres un trozo de pastel de Madeira, Sarah?».

Sarah no les hizo caso y vino directa hacia mí. Me cogió las dos manos entre las suyas.

—Esme, si prefieres que no ocurra, lo entiendo. Esto será mucho más difícil para ti que para cualquiera. Debes tomarte el tiempo necesario y estar convencida.

Era arrepentimiento y pena y pérdida. Era esperanza y alivio. Y era otras cosas que no tenían nombre, pero las sentía en las entrañas y notaba el sabor de su amargura. La frustración de no ser capaz de articular nada de eso se convirtió en un torrente de lágrimas.

Sarah me cogió, me envolvió en sus brazos fuertes y me dejó llorar sobre su hombro. La sentí sólida y sin miedo.

Cuando Beth por fin sirvió el té, todas nos estábamos sonando la nariz.

Bebimos té y comimos pastel, y me fijé en la miga firmemente pegada a la comisura de la boca de Sarah. Me di cuenta de que escuchaba todo lo que decía Beth y nunca la interrumpía, aunque no siempre se mostraba de acuerdo con ella cuando se le presentaba la posibilidad de responder. Presté atención al sonido de su voz y recordé la facilidad con que se reía. Me pregunté si sabría cantar.

Había evitado pensar en lo que sucedería cuando el embarazo llegara a su fin. Yo no hacía preguntas y las hermanas solo habían dejado caer alguna insinuación. «¿Había sido ese el plan desde el principio?», pensé.

Por supuesto que sí.

¿Tenía que serlo?

Por supuesto que sí.

El bebé era una niña. Lo sabía, aunque no podía explicar por qué. Y había empezado a quererla.

—¿Esme? —dijo Beth.

Las tres mujeres estaban esperando a que les contestara algo que no había oído.

—Esme —dijo Sarah—, ¿te parecería bien que volviera a visitarte?

Miré a Ditte. Cuando terminara la revisión de su *Historia*, volvería a Oxford y retomaría mi trabajo en el *scriptorium*. Eso era lo que me había dicho y yo lo había aceptado.

Debía de haber una palabra para lo que estaba sintiendo en ese momento, pero, a pesar de mis muchos años en el *scriptorium*, no recordaba ni una sola. Asentí con la cabeza.

EL TIEMPO CÁLIDO se mantuvo y yo me puse enorme. Ditte ya estaba satisfecha con mis investigaciones e insistía en que me pasara largas horas recostada en el sofá revisando las correcciones que ella misma había introducido en su *Historia*.

Sarah venía a tomar el té todos los martes por la tarde y yo me sentaba con ellas, observando en silencio. Cada vez que la veía encontraba algo nuevo en ella que me gustaba, pero eran horas incómodas y mi ambivalencia no cambiaba. Había mucho que decir, pero tanto servir el té y tanto repartir pastel de Madeira siempre terminaba impidiéndolo.

Entonces, un martes, entré con mis andares pesados en la sala de estar y me encontré a Sarah todavía con el sombrero y los guantes de conducir.

—He pensado que podríamos ir a dar un paseo —dijo ella.

Fue un alivio inesperado y respiré hondo, como si ya estuviera al aire libre.

—Las dos solas —continuó tras volverse hacia las hermanas, que asintieron al unísono.

Me sorprendí cuando me abrió la puerta del pasajero de un Daimler y me ayudó a subir. Había viajado muy pocas veces en un automóvil privado y nunca en uno conducido por una mujer. Sarah tenía las piernas y los brazos cortos, y todo su cuerpo participaba en conseguir que el coche se moviera. No paraba de echarse hacia delante para cambiar las marchas y hacia atrás para pisar los pedales. Era como si un titiritero le manejara los brazos y las piernas. Tosí para disimular una risa.

—¿Estás enferma? —me preguntó.

—No, que va —contesté.

Sarah nunca insistía en conversar y era excepcionalmente torpe a la hora de mantener charlas triviales. —Una vez contestó a un comentario sobre el tiempo explicando la relación entre la presión barométrica y la lluvia—. Así que lo único que se oyó durante nuestro trayecto fue el crujido de las marchas y algún que otro comentario despectivo sobre la forma de conducir de otras personas.

Cuando llegamos al Bath Recreation Ground, ya había rellenado tres fichas con varias citas para *puñetero cabeza de chorlito*. Parecía que las hubiera escrito durante un ataque espástico.

—El Somerset juega la final del campeonato contra el Lancashire —anunció Sarah, que me ayudó a bajar del asiento y estiró el cuello para ver el marcador—. El Lancashire va a por ciento ochenta y una carreras, un objetivo nada difícil, así que Philip tiene mucho trabajo. ¿Te gusta el críquet, Esme?

—No lo sé. Nunca me he parado a ver un partido entero.

—Eres demasiado educada para decir que son larguísimos y que ver crecer la hierba sería más emocionante. No, no lo niegues, se te ve en la cara. —Enhebró su brazo con el mío, adaptándose con facilidad a mi altura, y empezamos a recorrer el perímetro del óvalo—. Cuando termine la tarde, te asombrará haber podido pensar tal cosa.

El señor Brooks ya estaba en el campo y sentí curiosidad por saber si Sarah habría calculado a propósito el momento de nuestra llegada. Desde que las intenciones del matrimonio habían quedado claras, el señor Brooks no había acompañado ningún día a su esposa a tomar el té en casa de las hermanas. Yo había dado por supuesto que consideraba que esos asuntos era mejor reservarlos para las mujeres. No fue hasta que lo vi lanzar su primera bola cuando pensé que «esos asuntos» podrían no estar decididos por completo. Caí en la cuenta de que me estaban cortejando y de que en algún momento tendría que aceptar o rechazar lo que se me ofrecía. El señor Brooks le había entregado su gorra al árbitro y el sol se le reflejaba en la calva. Su altura llamaba tanto la atención por exceso como la de Sarah por defecto. Se acercó al campo de juego dando grandes zancadas con las piernas largas y delgadas y lanzó la pelota desde un molino de brazos.

—Ha sido idea de Philip —dijo Sarah después del segundo lanzamiento de su marido.

—¿El qué?

—Traerte al partido. Uy, se ha quedado corto. Va a llegar al borde.

Un sector del público sentado en el lado opuesto del óvalo prorrumpió en aplausos.

—Esto no le va a gustar a nuestra gente. Creo que está distraído. Pobre hombre, con las ganas que tenía de impresionarte.

—¿A mí?

—Sí. Como ya te he icho, ha sido idea suya. Se moría de ganas de ir conmigo a tomar el té, pero siempre lo disuadía. Habría sido incómodo, ¿no crees?

Me limité a bajar la mirada.

—Creo que tenía la esperanza de demostrar sus méritos como padre ofreciendo un buen espectáculo en el centro del campo.

Aunque me gustaba, su franqueza siempre me pillaba por sorpresa.

—Bueno, él ya ha acabado. Quince carreras en el *over*. Se alegrará de que sea la hora del té.

Observé a los jugadores mientras salían del campo hacia las salas del club. Cuando Philip miró hacia nosotras, Sarah lo saludó con la mano. En lugar de seguir a sus compañeros, el señor Brooks cruzó el campo para unirse a Sarah y a mí. Zancadas largas, algo encorvado.

—Por favor, decidme que acabáis de llegar —dijo mientras se acercaba.

Quizá estuviera sonrojado o quizá quemado por el sol, no habría sabido decirlo.

—Me temo que no, cariño. Hemos llegado justo cuando Sharp salió a batear.

Sarah se puso de puntillas para darle un beso y yo no pude evitar preguntarme si la postura encorvada de Philip no sería una adaptación al matrimonio.

Miró el marcador.

—Supongo que a partir de ahora estaré defendiendo —dijo.

Luego se volvió hacia mí, con un brillo en los ojos de color avellana.

—Esme —dijo—, me alegro mucho de volver a verte.

No supe muy bien qué decir. Asentí con la cabeza, pero sin apenas sonreír. Cuando me tendió una mano enorme, se la estreché. Vio mis dedos raros y no se inmutó, pero, aun así, esperé que el apretón fuera flojo por miedo a aplastar lo que parecía tan frágil. Sin embargo, me agarró con la firmeza suficiente para evitar que se me resbalara la mano. Cuando me soltó, lo hizo en el momento justo. «Se sabe mucho de un hombre por la forma en que te da la mano», me había dicho una vez mi padre.

Era martes y la señora Travis ya había terminado su jornada y se había marchado. Sarah iba a venir a tomar el té y las hermanas estaban en la cocina preparando la bandeja. Cuando entré, Ditte estaba colocando trozos de pastel en un plato mientras Beth calentaba la tetera. Estaba a punto de preguntar si podía ayudarlas cuando sentí un reguero de humedad en la parte interior del muslo. Antes de que me diera tiempo a detectar lo que era, sentí que salía a borbollones. Ahogué un grito y las hermanas se volvieron.

—Creo que he roto aguas —dije.

Ditte tenía un trozo de pastel en la mano y Beth la tetera. Durante unos segundos, apenas se movieron. Luego, de repente, empezaron a revolotear de un lado a otro como gallinas asustadas: daban vueltas y hablaban la una por encima de la otra. Debatieron si debía comer o evitar comer, si debía continuar con la infusión de hojas de frambuesa o dejar de tomarla. Si debía acostarme o darme un baño.

—Estoy segura de que el médico dijo que no la dejáramos bañarse —dijo Beth.

—Pero recuerdo que la señora Murray siempre decía que bañarse suponía un gran alivio, y ella ha tenido centenares de bebés —dijo Ditte sin el menor asomo de su habitual calma y precisión.

Yo no tenía ganas ni de comer, ni de beber, ni de bañarme, pero a ninguna se le ocurrió preguntarme.

—Creo que solo tengo que ponerme ropa seca —interrumpí.

Seguía plantada en medio del charco que había provocado tal frenesí en las hermanas.

—¿Han empezado los dolores? —preguntó Beth.

—No. Me siento justo igual que hace diez minutos, solo que mojada.

Esperaba que mi respuesta las calmara, pero solo me miraron desconcertadas. Cuando oyeron que llamaban a la puerta, ambas salieron corriendo a abrir y me dejaron allí sola.

—¿Dónde está?

La voz de Sarah.

Las tres entraron en la cocina con Sarah a la cabeza. Tenía una enorme sonrisa dibujada en el rostro pecoso.

—Todo esto es perfectamente normal —dijo, y me sostuvo la mirada hasta asegurarse de que lo había entendido. Luego se volvió hacia las hermanas y lo repitió con más severidad—: Perfectamente normal. —Al ver el pastel sobre la mesa y el vapor que salía de la tetera, exclamó—: ¡Ah, excelente! El té os sentará genial. Esme y yo bajaremos dentro de diez minutos.

Me agarró del brazo y me guio escaleras arriba.

En mi habitación, Sarah se arrodilló en el suelo frente a mí; me quitó un zapato y luego el otro. Sin hacer ningún comentario, me metió la mano por debajo de la falda y me desabrochó las medias. Sentí que me recorría las dos piernas con los dedos mientras las bajaba y la piel se me erizó a su paso. Sarah no me preguntó si podía cuidarme, se limitó a hacerlo.

—¿Es normal? —pregunté.

—Has roto aguas, Esme. Y han salido claras. Es perfectamente normal.

—Pero el doctor Scanlan me dijo que los dolores comenzarían justo después. No siento nada distinto.

Levantó la mirada y, distraída, me acarició la pantorrilla con la mano.

—El dolor llegará —dijo—. Dentro de cinco minutos o de cinco horas. Y, cuando llegue, dolerá como un demonio.

Sabía que era cierto, pero, hasta ese momento, había albergado la esperanza de que hubiera excepciones. Sentí que palidecía. Ella me guiñó un ojo.

—Te recomiendo decir palabrotas. Te aliviará cuando el dolor esté en el punto álgido, aunque tienes que ser convincente. Nada de medias tintas o susurros. Grita. El parto es el único momento en que puedes hacerlo sin consecuencias.

—¿Cómo lo sabes? —pregunté.

Se puso de pie.

—¿Dónde guardas los camisones?

Señalé la cómoda.

—En el último cajón.

—He dado a luz a dos bebés —dijo Sarah mientras sacaba un camisón limpio—. Por desgracia, las aguas no salieron claras en ninguno de los dos casos.

Me ayudó a quitarme el vestido y luego la combinación por la cabeza. Se arrodilló de nuevo y se sirvió de esta última para secarme las piernas. Me quitó la ropa interior y examinó hasta el último centímetro de la tela húmeda antes de llevársela, finalmente, a la nariz.

Di un paso atrás.

—Huele como debe oler —dijo sonriéndome—. También he ayudado a mi hermana a dar a luz a cinco de sus pequerrechos. Sus bragas siempre olían así y todos esos bebés nacieron berreando.

Tiró las bragas a la pila de las otras prendas. No quedaba nada más que quitarme. Nunca había estado tan desnuda.

—¿Te quedarás? —pregunté.

—Si tú quieres, sí.

—¿Las mujeres suelen decir palabrotas cuando tienen un bebé?

Me pasó el camisón por la cabeza. La tela ondeó y luego se me posó sobre la piel como una brisa. Sarah me ayudó a encontrar los agujeros de los brazos.

—Si las conocen, apenas pueden evitarlo.

—Yo me sé algunas palabrotas bastante fuertes. Las recopilo cuando me las dice una anciana del mercado de Oxford.

—Bueno, una cosa es oírlas en el mercado y otra muy distinta tenerlas dentro de la boca. —Cogió mi bata de detrás de la puerta y me ayudó a ponérmela—. Algunas palabras son más que letras sobre una página, ¿no crees? —dijo mientras me ataba el cinturón alrededor del vientre lo mejor que podía—. Tienen forma y textura. Son como balas, están llenas de energía y, cuando exhalas, sientes el borde afilado rozándote el labio. Resulta bastante catártico en el contexto adecuado.

—¿Como cuando alguien se te cruza en la carretera de camino al críquet? —pregunté.

Se echó a reír.

—Ay, cariño. Philip lo llama mi «jerga de conductora». Espero que no te sintieras ofendida.

—Un poco sorprendida, pero creo que fue entonces cuando empezaste a caerme bien de verdad.

Entonces no hubo palabras; Sarah solo se puso de puntillas y me besó en la mejilla. Me encorvé un poco para recibirla.

ATENDER
Dirigir a alguien el cuidado de uno; ocuparse o encargarse de alguien, cuidar, velar, proteger.

TRABAJO DE PARTO
Sufrir los dolores del parto.

DESEMBARAZAR
Quitar el impedimento que se opone a algo, dejarlo libre; expulsar la descendencia; apartar; soltar.

INQUIETA
Privada de quietud; que no encuentra descanso; especialmente intranquila en lo mental o espiritual.

MICO
Persona pequeña o insignificante.

BRAMAR
Dicho de una persona: gritar con extraordinaria violencia.
Dicho del viento o del mar: hacer ruido estrepitoso, como durante una tormenta violenta.

LA LUZ BORDEABA las cortinas. La habitación se había vaciado de su anterior multitud. El caos había sido devuelto al orden. La lavanda enmascaraba el olor a sangre y mierda.

Mierda. Había dicho esa palabra en voz alta, una y otra vez. Y había dicho otras que Mabel me había enseñado. Me habían dejado la garganta ronca. No lo había soñado.

Aunque sí soñaba. Y, en el sueño, un bebé lloraba.

Seguía llorando. El sonido hacía que me dolieran los pechos.

Su conversación era susurrada, pero yo la oí.

—Mejor que no lo vea, por si cambia de opinión.

La comadrona.

—Tiene que comer.

Sarah.

—Quedarse con esta criatura los condenaría a ambos. Traeré una nodriza.

La comadrona.

Aparté las sábanas y bajé las piernas por un lado de la cama. Unos músculos desconocidos gimieron tras el calvario. Un escozor terrible me arrancó un grito. Tenía un recuerdo de ese dolor, borroso por el éter.

Intenté levantarme, pero me palpitaba la cabeza y los sonidos nítidos de hacía un momento se amortiguaron, como si acabara de sumergirme bajo el agua en una bañera. Volví a sentarme y cerré los ojos. En la oscuridad de detrás de mis párpados vi el negativo de un rostro, dos puntos de luz inquebrantable grabados en mi retina. Cuando por fin me puse en pie, sentí que se me salían las entrañas. Traté de detener el flujo con las manos, pero no fue necesario: alguien me había puesto un cinturón y lo había rellenado con un paño.

—Vuelve a la cama, preciosa.

Era Sarah. Seguía allí, con las pecas de color vivo, sosteniéndome con la mirada, los ojos aún inquebrantables.

—Tengo que amamantar al bebé.

—Es una niña —dijo.

«Una niña», pensé.

—Tengo que amamantarla.

AMAMANTAR

Dicho de una mujer: dar de mamar a un bebé para alimentarlo, calmarle la sed y consolarlo.

Estaban todas allí: Ditte y Beth, Sarah y la comadrona. Me observaban mientras la amamantaba. Oían a Niña mamar igual que yo oía a Niña mamar, pero no sentían la fuerza de su succión ni su peso contra mi vientre. No la olían. Durante media hora, sus ruiditos fueron lo único que se oía en la habitación. Nadie daba voz ni a sus esperanzas ni a sus temores.

—Llorar es bastante normal —dijo la comadrona.

¿Cuánto tiempo llevaba sollozando?

¿Cuántas veces amamanté a Niña? No pude contarlas, aunque esa había sido mi intención. El tiempo se convirtió en algo elástico y la frontera entre los sueños y la vigilia se difuminó. Se turnaban para acompañarnos, nunca nos dejaban solas. Quería enterrar la cara en ese hueco dulce que Niña tenía bajo la oreja, inspirar su cálido olor a galleta. «Te comería», quería decirle. Quería desvestirla y acariciar cada pliegue regordete, besarla de arriba abajo y susurrarle mi amor en los poros de la piel.

Pasaron varias semanas. No hice ninguna de esas cosas.

SARAH SE SENTÓ en la cama y acarició con la mano grande y pecosa la pelusa dorada de la cabeza de nuestro bebé.

—Puedes cambiar de opinión.

Había intentado imaginármelo de cien maneras distintas.

—Mi opinión no sería lo único que tendría que cambiar —dije.

Ella lo sabía. Cuando me miró, vi que el alivio batallaba contra una sombra de arrepentimiento. Se alegró, creo, de que lo hubiera dicho en voz alta. Me dio la espalda, tardó más que de costumbre en doblar una gasa limpia.

—¿Me la llevo? —preguntó Sarah.

No se me ocurría cómo responder. Bajé la mirada y me fijé en que se le había acumulado leche en la comisura de la boca dormida. Me moví un poco y vi cómo le resbalaba por la barbilla. Sentí el peso de Niña, mucho mayor que la primera vez que la cogí. Intenté dar con una palabra que se correspondiera con su belleza.

No la había. No la hay. Nunca habrá una palabra que la iguale.

Se la entregué a Sarah. Unos meses después, Sarah y Philip emigraron al sur de Australia.

PARTE IV

1907 - 1913

Polígeno - Sinsabor

LAS PALABRAS NO tenían fin. No había fin para lo que significaban ni para las formas en que se habían utilizado. La historia de algunas palabras se remontaba tan atrás que nuestra moderna comprensión de ellas no era más que un eco de la original, una distorsión. Yo antes pensaba que era al revés, que las palabras deformadas del pasado eran borradores torpes de lo que llegarían a ser; que las palabras que se formaban en nuestra lengua, en nuestro tiempo, eran verdaderas y completas. Pero estaba empezando a darme cuenta de que, en realidad, todo lo que viene después de esa primera articulación es una corrupción.

Ya me había olvidado de la forma exacta de la oreja de Niña, del azul concreto de sus ojos. Se le oscurecieron durante las semanas que la amamanté; puede que se le hayan oscurecido aún más. Me despertaba todas las noches con su llanto fantasma y sabía que jamás oiría una sola palabra envuelta en la música de su voz. Era perfecta cuando la tenía en brazos. Inequívoca. La textura de su piel, su olor y el ruido suave de su succión no podían ser nada más que lo que eran. La había entendido a la perfección.

Con la llegada de cada amanecer, recreaba los detalles de Niña. Empezaba por las uñas translúcidas de los diminutos dedos de los pies y subía por las extremidades regordetas y la piel cremosa hasta llegar a las pestañas doradas, casi inexistentes. Pero luego me costaba recordar algún detalle y comprendía que,

234

con el paso de los días, los meses y los años, mi recuerdo de Niña se desvanecería.

«Criatura natural.» Hija natural. Así la había llamado la comadrona. Pero esa expresión no aparecía en «Hábil a Holganza». Busqué en los casilleros: cinco fichas unidas a una ficha de portada. La habían definido. Hijo natural: «Un hijo nacido fuera del matrimonio; bastardo». La habían excluido. Habían añadido una nota a la ficha de portada: «Lo mismo que hijo ilegítimo. Eliminar».

Pero ¿qué era legítimo? ¿Mi amor por Bill? ¿Lo echaba de menos?

No. Ni siquiera lo amaba. Solo había yacido con él.

Pero mi amor por Niña sí era legítimo. A ella sí la echaba de menos.

Ninguna de las palabras que encontré lograba definirla, así que al final dejé de buscar.

Trabajaba. Me sentaba a mi mesa en el *scriptorium* y llenaba los vacíos de mi mente con otras palabras.

20 de septiembre de 1907

Querido Harry:

Insertadas entre tus muchas páginas de noticias sobre el *Diccionario* y la vida en el *scripi*, había unas cuantas palabras que no han dejado de preocuparme desde entonces. No eres de los que exageran y, en mi opinión, eres propenso al optimismo cuando ni siquiera hay motivos que lo justifiquen, así que no puedo sino suponer que tu inquietud por Esme es lícita.

He tenido noticia de estados de ánimo similares en mujeres que han pasado por lo mismo que ella y debemos considerar la posibilidad de que esté sufriendo un duelo. Su situación no es extraordinaria. (El año pasado ha sido todo un aprendizaje al respecto y te sorprendería saber cuántas jóvenes se encuentran en tales dificultades. Algunas de las historias que me han contado son escalofriantes y no las repetiré. Baste decir que nuestra querida Esme es afortunada de tener un padre que la quiere tanto.) De modo que, sigamos cuidándola hasta que vuelva a ser ella misma.

Estamos bastante perdidas sin Esme. Como dice Beth, su curiosidad constante nos forzaba a la honradez. Cualquiera hubiera esperado que se le pasara con la edad y debo confesar que ha habido ocasiones en las que deseaba que aceptase de una vez por todas la sabiduría de los demás. Pero exige que se la convenza y estoy segura de que mi *Historia* será mejor por ello.

Pero ahora me dices que se ha sumido en el silencio, así que me he tomado la libertad de llevar a cabo algunas disposiciones.

Tengo una amiga con una casita de campo en Shropshire. Está asentada en las montañas y las vistas llegan hasta Gales (cuando hace buen día, por supuesto). El inquilino falleció hace poco, por lo que la casa está vacía. Mi hermana y yo pasamos una semana allí no hace mucho. Beth puede dar fe de lo magnífico que es pasear por la zona: hay muchos senderos empinados que ponen a prueba el corazón y distraen la mente. Es justo lo que Esme necesita. Yo puedo dar fe de la comodidad: no sería del agrado de ciertas jóvenes, pero Esme no es quisquillosa.

He reservado la casa de campo para el mes de octubre. También he escrito a James y Ada Murray, y han accedido a que Lizzie acompañe a Esme en el viaje. Antes de que protestes, Harry, he sido muy discreta, aunque he tenido que recurrir a un ardid. Les he dicho que me había enterado de que a Esme le estaba costando recuperarse de un resfriado que había contraído durante su estancia en Bath. James se mostró inmediatamente de acuerdo en que debía reponer fuerzas. Es de la firme creencia de que un buen paseo cura cualquier cosa, e hizo gran hincapié en dejar claro que no está de acuerdo con envolver a la gente en mantas y sentarla en una tumbona junto al mar en cuanto empieza a toser. Pensé que se opondría a que Lizzie pasara tanto tiempo fuera, pero reconoció que apenas ha tenido unos cuantos días libres en años de servicio y se merece unas vacaciones. Le envié mi conformidad en el correo de la tarde de ese mismo día junto con unas palabras que James no esperaba hasta una semana más tarde, solo para asegurarme de que no cambiaba de opinión.

Mi querido Harry, espero que estos arreglos te resulten convenientes y, por supuesto, espero que le resulten convenientes a Esme. Estoy segura de que no nos costará convencerla. El viaje en tren de Oxford a Shrewsbury es sencillo y mi amiga me ha asegurado la cooperación de su vecino, el señor Lloyd, al que le paga una pequeña suma para que mantenga la casa en buen estado. Él recogerá a las chicas y las acomodará.

Con cariño, etc.

Edith

LLEGAMOS A COBBLERS Dingle, la casita de campo, cuando el sol empezaba a ponerse y el día templado cedía paso al fresco. El señor Lloyd insistió en dejarnos los fogones encendidos antes de marcharse. Encorvado para llevar a cabo la tarea, nos informó de que pasaría por allí o nos enviaría a su hijo todas las tardes para ver cómo estaban los fogones y para encender la chimenea del dormitorio, aunque el cobertizo estaba lleno de leña cortada y de fajina por si la necesidad nos surgía antes de su llegada.

Lizzie se puso de pie cuando el hombre se despidió de nosotras. Él le dedicó una leve venia y, aunque me correspondía a mí hacerlo, se vio obligada a responderle ella:

—Gracias, señor Lloyd. Se lo agradecemos muchísimo.

—Si necesita cualquier cosa, señorita Lester, estoy a diez minutos camino arriba.

Cuando se marchó, Lizzie comenzó a afanarse. Yo me asomé a la puerta para ver que la calesa del señor Lloyd retrocedía por la larga vía de entrada hacia el camino; mientras tanto, oía a Lizzie abrir cajones y armarios para hacer un inventario mental de las provisiones y los utensilios de cocina disponibles. Encontró el hervidor de agua lleno y lo puso al fuego; a continuación preparó una tetera para el té.

—Debemos estar agradecidas por lo bien surtida que está la despensa —dijo, y entonces volvió a tapar la lata que contenía las hojas de té y vertió el agua hervida en la tetera antes de volverse hacia mí.

Yo seguía de pie junto a la puerta.

—Ven a sentarte, Esmi. —Lizzie me agarró del brazo y me guio hacia una de las sillas de la mesita de la cocina. Después de ponerme delante una taza humeante, me acarició la espalda y me buscó los ojos con la mirada—. Está caliente, ten cuidado —me dijo como si le hablara a una cría de cinco años. Tenía motivos para tales cautelas.

Lizzie parecía más alta, más recta. No era solo que Cobblers Dingle fuera pequeña. Sin la autoridad de la señora Murray ni las instrucciones de la señora Ballard, adquirió un aire de seguridad que rara vez le había visto. Exploró hasta el último recoveco de la vivienda y trató de entender sus muchas idiosincrasias. «Es la señora de esta casa», pensé en nuestra segunda mañana; la idea irrumpió en la niebla de mi mente como un rayo de luz, pero se retiró a toda prisa del esfuerzo de una reflexión más profunda.

Me sentaba donde ella me colocaba y observaba su movimiento perpetuo a mi alrededor. Si me levantaba, era porque ella me instaba a hacerlo. Nunca me resistía, pero era incapaz de iniciar nada por mí misma.

Unos días después de nuestra llegada, el señor Lloyd se presentó en la puerta de la cocina con un pastel de parte de su mujer y una cesta de huevos. Lizzie se vio obligada, una vez más, a hablar con él. Consiguió decir tres frases, una más que en la ocasión anterior.

Al día siguiente, el señor Lloyd envió a su hijo, Tommy, a ocuparse del fuego. Lizzie le insistió en que se quedara a tomar el té con nosotras y procedió a interrogarlo acerca de las distintas opciones de paseo por la zona.

—Hay un sendero que sube por la montaña hasta el bosquecillo de hayas —dijo el chico con la boca llena del pastel de su madre—. Es empinado, pero las vistas son buenas. Desde allí pueden ir adonde quieran, solo deben tener en cuenta que hay que cerrar las verjas después de pasarlas.

LIZZIE SE AGACHÓ para atarme los cordones de las botas. Era un gesto familiar que venía de hacía años. Llevaba la cabeza descubierta y los cabellos grises le crecían como alambres desde la coronilla. «Se está haciendo vieja», pensé. Pero solo me sacaba ocho años. Siempre había parecido más mayor. Me pregunté si desearía una vida diferente, si imaginaría que Cobblers Dingle era su casita. Me pregunté si suspiraría por un bebé que seguramente no tendría nunca.

El señor Lloyd se había quitado el sombrero y la había mirado a los ojos al hablar. «Si necesita cualquier cosa, señorita Lester.» Y ella se había sonrojado, como si fuera la primera vez que un hombre se esforzaba por complacerla. Pero ahora ya era demasiado mayor, pensé. Demasiado mayor para hacer nada que no fuera lo que llevaba haciendo desde los once años. Agacharse para atarme los cordones. Doblarse para hacer una tarea tras otra a petición de alguien. Un par de mis lágrimas cayeron en el nido de su pelo, pero ella no se percató.

Para cuando llegamos al camino, teníamos el dobladillo de la falda húmedo de haber cruzado el campo que había junto a la casa y yo ya estaba sin aliento. Lizzie se encargó de cerrar la verja a su espalda con gran cuidado, así que me dio tiempo a evaluar la ruta. Era tan empinada y escabrosa como Tommy nos había advertido y la cima de la montaña —que a saber a qué altura estaba— quedaba oculta tras una serpenteante línea de árboles. Las ramas retorcidas y cubiertas de musgo invadían el camino aquí y allá, y me di cuenta de que aquella ruta debía de haber sido utilizada muy pocas veces por algo más alto que una oveja. Deseé con todas mis fuerzas volver a la casa.

—Esto te ayudará —dijo Lizzie, que se colocó a mi lado y me tendió un palo robusto.

Intenté formular una frase que la convenciera de que me dejara darme la vuelta, pero negó con la cabeza. Me obligó a coger el palo con una mano y me fijé en que tenía las mejillas rojas por el esfuerzo y los ojos brillantes. Mantuvo el palo agarrado hasta que estuvo segura de que no se me caería, como si me estuviera pasando el testigo en una carrera de relevos. Yo lo cogí con más fuerza y ella lo soltó. Entonces se volvió y emprendió la marcha por el estrecho sendero.

Fue un alivio cuando el camino se apartó de los árboles. Ante nosotras se abría una pista irregular e insondable a través de la montaña, como si las ovejas que la habían creado hubieran intentado reducir la pendiente al máximo. Lizzie confió en que el sendero la guiara en la dirección correcta y yo me sorprendí avanzando a un paso que se adaptaba rítmicamente al suyo. Caminamos en silencio hasta que Lizzie vio unos escalones que salvaban una cerca.

—Por aquí —dijo.

Intentó subirse la falda para trepar por la estructura de madera, pero, cuando soltó una mano para estabilizarse, la tela cayó y se enganchó en los maderos astillados. No se me había ocurrido ponerme una falda abierta, y a ella tampoco. Tendría que haberlo pensado: había pasado un año en Escocia, donde salir a caminar era el único alivio de aquella espantosa escuela y las faldas más cortas y abiertas formaban parte del uniforme. Pero Lizzie nunca había salido de Oxford y era ella quien había preparado las maletas para las dos.

Se echó a reír.

—Mañana nos pondremos pantalones —dijo.

—No podemos ponernos pantalones.

—No tenemos más remedio. Toda la ropa del armario de la casa es de hombre —dijo ella—. Seguro que a nadie le importa que la cojamos *prestá*.

Al día siguiente, Lizzie dispuso dos pares de pantalones sobre la cama para que nos cambiáramos después del desayuno.

—¿Te has puesto alguna vez pantalones? —le pregunté cuando me reuní con ella en la cocina.

—Qué va, en mi vida —respondió sonriendo, como si supiera el placer que nos aguardaba.

Lizzie había dejado las gachas de avena cocinándose a fuego lento durante la noche. Las roció con nata fresca de los Lloyd y las recubrió con manzanas que había cocido antes de que yo me despertara.

—Me duele todo —dije, y me agarré a los bordes de la silla para poder sentarme en ella.

—Lo sé —dijo Lizzie—. Pero es un dolor saludable, no un dolor de estar *derrengá*.

—Todos los dolores son iguales.

—No recuerdo un solo día en el que no haya tenido algún dolor en alguna parte del cuerpo. Esta es la primera vez que pienso que a lo mejor es una señal de algo bueno, no de algo malo.

Cogí la cuchara y mezclé la manzana y la nata con las gachas. Había un dolor en el centro de mi ser que no era capaz de apartar, pero esa mañana lo sentí con un poco menos de urgencia.

Después de desayunar, Lizzie se puso unos pantalones grandes y una camisa enorme.

—Te quedan demasiado grandes.

—Nada que no pueda arreglar un cinturón —replicó ella, que se puso a buscar uno en el armario—. Además, ¿quién va a verme aquí?

—El señor Lloyd podría aparecer en cualquier momento.

Se puso un poco colorada, pero se encogió de hombros.

—No tiene pinta de ser de los que juzgan.

Mis pantalones eran de la talla de un hombre más pequeño, o quizá del mismo hombre cuando era joven. Me quedaban cortos, pero se me ajustaban mejor al talle. Lizzie insistió en que yo también me pusiera una camisa enorme para no tener que lavarme las blusas todos los días.

—Hay un par de calcetines gruesos en el cajón —me dijo—. Así no se te harán rozaduras en los tobillos.

Abajo, en la cocina, Lizzie se agachó para atarme las botas y luego se ató las suyas. Encontró unos sombreros en un gancho que había detrás de la puerta de la despensa y me puso uno antes de ponerse ella el otro. Luego tomó el bastón que había guardado del día anterior y me lo colocó en la mano.

Nos quedamos plantadas la una frente a la otra, ya totalmente ataviadas, y Lizzie me miró de arriba abajo.

—Pareces una vagabunda —dijo, y a continuación bajó la vista hacia su propio atuendo y se dio la vuelta para que pudiera admirarla sin perderme ni un detalle.

Se le escapó una risita que terminó convirtiéndose en carcajada, y al final la carcajada la arrolló hasta que se le saltaron las lágrimas y empezó a moquearle la nariz. Tenía razón. Me imaginé a los habitantes de Oxford lanzándonos cuscurros de pan y monedas de cobre al sombrero. No me reí, pero no pude contener una sonrisa.

Salíamos a caminar después de desayunar y también por las tardes. Conservé el bastón, pero, a medida que fui sintiéndome más fuerte, empecé a necesitarlo menos. En realidad no me había dado cuenta de que estaba débil, pero los paseos, las gachas de Lizzie y los pasteles de la señora Lloyd comenzaban a revivir algo en mi interior. Dormía menos y percibía más.

Lizzie ya no se sonrojaba cuando el señor Lloyd le hablaba. Lo miraba a los ojos y, si le preguntaba algo, ella le daba su opinión sin bajar la vista. Al cabo de una semana, la señora Lloyd empezó a llevarnos los pasteles en persona. Acompañaba al señor Lloyd o a Tommy por la tarde y se quedaba después de que hubieran encendido los fuegos. Lizzie tomó la costumbre de hornear galletas todas las mañanas y de poner la mesa de la cocina para el té todas las tardes. La ponía para cuatro, aunque el señor Lloyd siempre rechazaba la invitación.

—Solo les estorbaría para hablar de lo que ustedes quieran, señoras —dijo un día mientras salía de la cocina caminando de espaldas, con el sombrero apretado contra el vientre y una ligera inclinación de la espalda, como si se estuviese despidiendo del rey.

En cuanto se marchaba, Lizzie preparaba una bandeja con galletas y generosas porciones del pastel de la señora Lloyd. Después ponía el hervidor de agua al fuego y se ocupaba de las hojas de té y de la tetera. La señora Lloyd, ya sentada en la silla frente a los fogones, retomaba la conversación donde la hubieran dejado el día anterior. Su cháchara siempre iba y venía como en un partida de bádminton, como si se conocieran de toda la vida. Yo sentía que estaba viendo a la Lizzie que podría haber sido.

Me sorprendí preguntándome por qué la señora Lloyd nunca se levantaba a echarle una mano, y tuve mucho tiempo para reflexionar al respecto, puesto que mi reserva había impedido todo intento de inclusión. Rechacé todas las razones obvias: la mala educación, la pereza, el agotamiento por tener que encargarse de su propio hogar y sus cuatro hijos. Al final, llegué a la conclusión de que era por bondad. La actitud de la señora Lloyd no era para nada de exigencia y ni siquiera se fijaba en el té cuando se servía para juzgar sus cualidades. Se limitaba, sencillamente, a reconocer que aquella era la cocina de Lizzie, la casita de Lizzie, y que ella era su invitada. Yo llevaba toda la vida viéndola preparar el té, pero siempre era para los Murray, para la señora Ballard —que siempre se fijaba en el té cuando se servía— o para mí: para su señora, su jefa o su protegida. La idea me impactó. Jamás había visto a Lizzie con una amiga.

Empecé a excusarme a la hora del té. Sin apenas protestar, Lizzie empezó a poner la mesa solo para dos.

El viaje a Shropshire se había organizado como una especie de tratamiento para mi depresión. No había sido capaz de verlo con tanta claridad hasta entonces, pero, cuando el peso de vivir sin Niña empezó a aligerarse, me di cuenta de que podría haberme lanzado al río Cherwell si hubiera tenido la capacidad de pensarlo.

La montaña exigía su precio y yo sabía que jamás alcanzaría la cima sin sentir el dolor de la pendiente en los pulmones y las piernas, por muy en forma que me pusiera. Me había quejado de ello durante los primeros días, me había sentado a llorar por la falta de aliento y cosas así. No quería estar allí. Pero Lizzie nunca me había dejado darme media vuelta.

—Es un dolor de los que te hacen conseguir cosas —me dijo una vez.

—¿Qué cosas consigues? —gemí yo.

—El tiempo lo dirá —contestó mientras me ayudaba a ponerme en pie.

Entonces, una tarde, llegué a la cima sin lágrimas ni quejas. Me quedé de pie, con las manos apoyadas en las caderas, respirando el aire cada vez más fresco y mirando más allá del valle, hacia Gales. Hacía semanas que contemplaba aquella vista a diario, pero era la primera vez que me importaba de verdad.

—Me gustaría saber cómo se llama esa montaña —dije.

—Wenlock Edge, según el señor Lloyd —me informó Lizzie.

La miré sorprendida. ¿Qué más cosas sabía?

Después de aquello, dejó de vigilarme tan de cerca y, a veces, cuando la señora Lloyd y ella tenían más anécdotas de las que cabían en una tetera, me dejaba salir a pasear sola por las montañas.

—Soy una azacana del *Diccionario* —oí que le decía Lizzie a la señora Lloyd una tarde mientras me ponía las botas.

—¿Y dices que la joven Esme es una de las que encuentra las palabras? —preguntó la señora Lloyd.

Lizzie rompió a reír y yo le lancé una mirada.

—Podría decirse que sí —respondió, y me guiñó un ojo.

—No se me ocurre nada más aburrido —dijo la señora Lloyd—. ¿Recuerdas cuando nos hacían escribir la misma palabra una y otra vez hasta que todas las letras tenían justo la misma inclinación? Los números me parecían más lógicos. Nunca cambian de significado.

—Jamás llegué a conseguir que todas las letras tuvieran la misma inclinación —dijo Lizzie.

—Como la mayoría —dijo la señora Lloyd, que cogió otra galleta.

Agarré el bastón, que ya estaba apoyado junto a la puerta.

—¿Estarás bien? —me preguntó Lizzie. Lo hizo en tono ligero, pero con mirada vigilante.

—Sí —dije—. Disfruta de la merienda.

Mientras escalaba la montaña, sentí curiosidad por saber de qué estarían hablando Lizzie y la señora Lloyd. Era la primera vez que me paraba a pensar en ello y me sorprendió haber estado tan ensimismada. Las ovejas se apartaban del camino a mi paso, pero no se iban muy lejos. Se me quedaban mirando y me recordaban el escrutinio de los académicos la vez que entré en la sala de lectura de Cambridge. No fue un pensamiento molesto. Había experimentado cierta sensación de triunfo entonces, y experimenté cierta sensación de triunfo en ese momento. Quizá como si hubiera conseguido algo importante.

Lizzie bajó de la calesa y Tommy se apeó detrás de ella.

—Yo la cojo, señorita Lester —dijo el muchacho, que enseguida cargó con la cesta de provisiones que había en la parte trasera.

—Gracias, Tommy —respondió Lizzie. Lo observó mientras llevaba la cesta hasta la cocina y luego miró a la señora Lloyd—. Qué mañana tan buena hemos *pasao*, Natasha. Desde luego, voy a echar de menos nuestras salidas.

Natasha. Qué nombre tan exótico para la esposa de un granjero. Seguí observándolas a través de la ventana abierta del dormitorio. La señora Lloyd se deslizó por el asiento delantero de la calesa y se agachó para apoyarle una mano a Lizzie en la mejilla levantada. «Bostin», la oí decir. Yo no sabía lo que significaba, pero al parecer Lizzie sí. Le cubrió la mano a la señora Lloyd con la suya, como si agradeciera el comentario. Continuaron con su despedida en tonos más apacibles. Cuando vi que Tommy se dirigía de nuevo hacia el carruaje, bajé las escaleras a toda prisa para despedirme y decirles adiós con la mano desde la puerta.

En cuanto volvimos a la casa, le pregunté a Lizzie:

—¿Qué ha querido decir la señora Lloyd cuando te ha llamado *bostin*?

Ella se volvió hacia los fogones con la intención de poner el hervidor de agua al fuego.

—Ah, no es más que una palabra cariñosa.

—Pues no la había escuchado nunca.

—Ni yo —dijo Lizzie, que cogió las tazas de al lado de la pila, donde yo las había dejado por la mañana para que se secaran—. Natasha me la ha dicho un par de veces, y no ha sido la única. Pensé que era una palabra extranjera, así que pregunté de dónde era.

—¿Qué te dijo?

Me llevé una mano al bolsillo, pero lo tenía vacío. Lizzie vertió agua caliente en la tetera para calentarla. Abrió la lata de té para echar las hojas.

—Que la palabra es de aquí, no es extranjera.

Eché un vistazo en torno a la cocina, pero no había nada ni en lo que escribir ni con lo que escribir.

—Hay un cuaderno y lápices en el primer cajón, al *lao* de tu cama —dijo Lizzie, que cogió la tetera y la hizo girar para calentarla por los costados—. Ve a por ellos.

Lizzie estaba sentada a la mesa cuando volví a bajar; las tazas humeaban y había un plato de galletas y un par de tijeras junto a la tetera.

—*Pa* cortar la página a la medida —aclaró Lizzie.

Cuando estuve preparada, comenzó. Me acordé de la vieja Mabel y de la veneración que mostraba hacia aquel proceso. ¿Qué era lo que las hacía sentarse más erguidas y revisar sus ideas antes de hablar? ¿Por qué les importaba tanto?

—*Bostin* —dijo Lizzie, pronunciando la *n* con cuidado—. Significa «querida».

Se sonrojó.

—¿Puedes utilizarla en una frase?

—Sí, pero debajo tienes que escribir el nombre de Natasha.

—Claro.

—Lizzie Lester, mi *bostin mairt*.

Escribí la ficha y después recorté otra.

—¿Y *mairt*? ¿Qué significa eso?

—Amiga —dijo Lizzie—. Natasha es mi amiga, mi *mairt*.

Conjeturé la ortografía y me ilusioné con añadir aquellas palabras nuevas a mi baúl. Hacía tiempo que no pensaba en él.

Al día siguiente nos marcharíamos de Cobblers Dingle. Iba a echar de menos las olas de montañas verdes. Echaría de menos el silencio. El día en que llegamos a la casa, la había encontrado demasiado silenciosa, mis pensamientos demasiado atronadores. Pero el silencio había resultado no ser absoluto: el valle zumbaba, cantaba y balaba. Una vez que hube escuchado mis pensamientos y discutido con ellos, una vez que alcanzamos una especie de paz, empecé a escuchar el valle como algunas personas escucharían música o un canto sagrado. Su ritmo me reconfortaba y me ralentizaba los latidos del corazón.

Parecía estar mejor, según Ditte. Sus cartas habían sido regulares, pese a que las mías, al principio, no habían cumplido esa condición. Hacía poco que había recuperado la costumbre de escribirle y, por lo visto, esa era una de las señales de que mi salud estaba mejorando. Otra, me escribió Ditte, había sido una inesperada carta de Lizzie.

Se la escribió la señora Lloyd. Qué valiente por su parte pedírselo. Me dijo que «todo es alto o profundo o interminable: no faltan los lugares donde matarse. Sin embargo, Esmi siempre vuelve a casa sin ningún indicio de haberlo intentado». Ojalá todo el mundo fuera tan franco hablando como Lizzie.

¿Estaba mejor? Antes de Shropshire me sentía rota, como si fuera a caerme si me quitaran el andamiaje del trabajo. Ya no me sentía así, pero había una fina grieta que me atravesaba por la mitad y que sospechaba que tal vez no desaparecería jamás. Recordé a Lizzie disculpándose con la señora Lloyd, la primera vez que se quedó a charlar, por la desportilladura de la taza.

—Una desportilladura no le impide contener el té —había contestado la mujer.

CUANDO NUESTRO ÚLTIMO día estaba llegando a su fin, el cielo se tiñó de rosa. «Un regalo de despedida», pensé. Lizzie había preparado un pícnic: queso, pan y los pepinos dulces encurtidos de la señora Lloyd. Lo extendió en el césped, junto a la casa de campo.

—Dios está en este lugar —dijo, sin apartar la mirada de Wenlock Edge.

—¿Eso crees, Lizzie?

—Uy, sí. Lo siento más aquí de lo que lo he sentido nunca en la iglesia. Aquí es como si nos despojaran de nuestra ropa, de los callos de las manos que indican cuál es nuestra posición, de nuestro acento y de nuestras palabras. A Él no le importa nada de eso. Solo le importa quién eres en el fondo de tu corazón. Nunca lo he amado tanto como debería, pero aquí sí.

—¿Por qué? —pregunté.

—Creo que es la primera vez que se ha fijado en mí.

Ninguna de las dos hablamos durante mucho rato. El sol se abrió paso a través de una larga pincelada de nubes y se posó sobre Wenlock Edge y el Long Mynd, detrás de él: el uno era como la sombra del otro.

—¿Crees que me perdonará, Lizzie?

Apenas había sido un pensamiento, pero supe que había pronunciado las palabras en voz alta.

Lizzie permaneció callada y el Long Mynd por fin convirtió el sol poniente en un recuerdo que dejó atrás un paisaje de colinas azules. Cuando Lizzie se levantó y entró en la casa, me di cuenta de que no era el perdón de Dios el que me importaba, sino el de ella. Me imaginé su dilema. Quería tranquilizarme, pero no podía mentir justo cuando Dios había vuelto la cara hacia ella.

El rumor que me había aturdido los oídos desde el nacimiento de Niña, la sombra que se me había dibujado sobre los ojos, la sensación de embotamiento en los brazos y las piernas y los pechos... se desvanecieron todos a la vez. Oía, veía y sentía con una intensidad que me robaba el aliento y me asustaba. Me estremecí, noté un frío repentino. Capté un levísimo olor a humo de carbón y los sonidos de los pájaros que llamaban a los suyos para que regresaran al nido a dormir, sus cantos tan claros y nítidos como las campanas de una iglesia. Tenía la cara mojada de pérdida, de amor y de arrepentimiento. Y entretejido con todo ello había un hilo de alivio vergonzoso.

Lizzie salió con una manta tejida a ganchillo con todos los colores de un bosque otoñal. Me la echó por los hombros y le añadió peso con sus brazos sólidos.

—No le corresponde a Él perdonarte, Esmi —me susurró al oído—. No le corresponde a nadie más que a ti.

Nos tomamos dos teteras grandes en la cafetería. Cuando salimos a la calle, la lluvia había cesado y un sol débil se reflejaba sobre el pavimento húmedo. Parpadeé para defenderme del resplandor fulminante.

LIZZIE Y YO bajamos del tren. Soltamos las maletas y nos subimos el cuello del abrigo para protegernos del frío de noviembre. Shropshire había sido nuestro veranillo de san Martín y Oxford nos pareció el invierno. Mientras esperábamos un taxi que nos llevara a Sunnyside, tuve que recordarme que, detrás de la piedra dura de todos los edificios, corría un río.

En Sunnyside, las hojas de color escarlata todavía se aferraban al fresno que se erguía entre el *scriptorium* y la cocina. Lizzie y yo nos despedimos debajo de él. Aquel adiós estaba cargado de cierta melancolía, como si nos separáramos para viajar en diferentes direcciones, cuando, en realidad, habíamos regresado a un terreno compartido y familiar. Pero algo había cambiado. Lizzie estaba distinta, o tal vez solo fuera que ahora yo la veía de manera distinta, como a una mujer que existía más allá de mi necesidad de ella. Cuando salimos de Oxford, yo era su protegida, como siempre lo había sido. Ahora nos abrazábamos como amigas, con una comodidad que fluía en ambos sentidos. En Shropshire, cada una de nosotras había encontrado algo que anhelaba, pero, mientras la abrazaba, temí que la reciente seguridad de Lizzie fuese demasiado frágil para sobrevivir a lo que debía de ser en Oxford. Ella tenía sus propias preocupaciones respecto a mí y las expresó en el espacio silencioso de nuestro abrazo.

—No tiene *na* que ver con el perdón, Esmi. No siempre podemos tomar las decisiones que nos gustaría, pero sí intentar sacar lo mejor de aquello con lo que tenemos que conformarnos. Procura no mortificarte.

Me escudriñó el rostro, pero no pude ofrecerle la confianza que buscaba. La abracé un poco más fuerte, pero no le prometí nada.

La señora Ballard estaba apoyada en un bastón y le sujetaba la puerta de la cocina a Lizzie. Me volví hacia el *scriptorium*. Era hora de volver a nuestra vida.

Cada vez que volvía a casa, el *scriptorium* me parecía más pequeño. Lo había agradecido tras volver de casa de Ditte: se había envuelto en torno a mí y, siempre y cuando permaneciera encerrada entre sus paredes forradas de palabras, me sentía protegida. Esta vez fue distinto. Me quedé parada en el umbral, con la bolsa de viaje todavía pesándome en la mano, y me pregunté cómo iba a caber allí dentro.

Había tres ayudantes nuevos. Dos se habían incorporado a la mesa de clasificación y el otro se había instalado en un pupitre nuevo, demasiado cerca del mío. Mi padre me vio allí plantada y la cara se le iluminó con una sonrisa que amenazó con abrumarme. Empujó su silla hacia atrás con tanta prisa que la tiró al suelo. Cuando intentó cogerla, los papeles con los que estaba trabajando salieron volando. Dejé caer la bolsa y me acerqué a ayudarlo, me agaché para recuperar una ficha perdida bajo la mesa de clasificación. Se la entregué y él me cogió la mano y se la llevó a los labios. Luego me escudriñó el rostro, tal como acababa de hacer Lizzie.

Asentí con la cabeza y esbocé una ligera sonrisa. El gesto lo satisfizo, pero había mucho que decir y demasiada gente mirándonos. En torno a la mesa de clasificación, el trabajo había quedado interrumpido y me sentí una estúpida por haber acudido directamente al *scriptorium* en lugar de haberme ido a casa. Pero sabía que mi padre estaría trabajando y me daba miedo volver a un lugar vacío.

Papá me hizo agarrarlo del brazo y me volvió hacia los nuevos ayudantes.

—Señor Cushing, señor Pope, esta es mi hija, Esme.

El señor Cushing y el señor Pope se pusieron de pie. Uno era alto y rubio, el otro bajo y moreno, y ambos tendieron la mano para saludarme y luego la retiraron a la vez para permitir que el otro fuese el primero. Fue mi mano, entonces, la que quedó colgando con torpeza entre todos, sin que nadie la hubiese estrechado. Si no hubieran estado tan absortos el uno en el otro, podría haberme cuestionado si no estarían evitando el contacto con la piel derretida, pero se echaron a reír. Después, se instaron el uno al otro a proceder y la farsa continuó.

—Saluden a la joven con una reverencia e intenten no darse un cabezazo al hacerlo —intervino el señor Sweatman desde el otro lado de la mesa de clasificación—. ¿Ves lo que pasa cuando nos dejas solos, Esme? Tenemos que conformarnos con cómicos de *music hall*.

El señor Cushing, el más alto, me hizo una venia, y eso le ofreció al señor Pope la oportunidad de estrecharme la mano.

—Oye, eso es trampa —protestó el primero.

—Oportunista, amigo mío. La fortuna favorece a los audaces.

Empezaron a dirigirse a mí por turnos. Estaban encantados de conocerme, habían oído hablar mucho de mi trabajo en el *Diccionario*, se alegraron mucho cuando mi padre les habló de mi investigación para la señorita Thompson (habían estudiado su *Historia de Inglaterra* en el colegio). Esperaban que mis pulmones se hubieran beneficiado de mi estancia en Shropshire. Me sonrojé al pensar que me había convertido en el tema de conversación, me sonrojé por la verdad y por las mentiras.

—El doctor Murray se alegrará de verla, señorita Nicoll —dijo el señor Cushing—. Ayer mismo mencionó de pasada que ocupamos el doble de espacio, pero generamos la mitad de material que la joven que trabaja al fondo del *scriptorium*. Deduzco que es usted y es un placer.

De nuevo, me dedicó una venia.

—No nos ofendimos —se apresuró a añadir el señor Pope—. Somos unos novatos. Pasaremos aquí este semestre.

Nuestra recompensa por estudiar Filología. Creo que he aprendido más en este último mes que en un año en Balliol. También me quito el sombrero ante usted, señorita Nicoll.

Desde el fondo del *scriptorium*, nos llegó un fuerte suspiro.

—Está usted perturbando la paz, señor Pope —le dijo mi padre con una sonrisa.

—Cierto —contestó el señor Pope, y el señor Cushing y él asintieron mirando hacia mí y volvieron a sentarse cada uno en su silla.

Mi padre me agarró por el codo y me llevó a la parte trasera del *scriptorium*.

—Señor Dankworth, le presento a mi hija, Esme.

El hombre terminó la corrección que estaba haciendo, se levantó de la silla y esbozó una breve inclinación de cabeza.

—Señorita Nicoll.

Le devolví el gesto y el saludo, y el hombre volvió a sentarse. Ya había vuelto a centrar su atención en las páginas que tenía delante antes de que mi padre y yo nos hubiéramos dado la vuelta para marcharnos.

—Él no es novato —me dijo papá cuando el señor Dankworth ya no podía oírnos.

AL DÍA SIGUIENTE, el *scriptorium* estaba aún más abarrotado. El doctor Murray estaba sentado a su escritorio elevado, y Elsie y Rosfrith Murray se movían entre las estanterías como solían hacer cuando su padre estaba trabajando. Ambas me saludaron con un abrazo cuya calidez me resultó inédita, aunque no inoportuna.

—Espero que ya estés bien, Esme —me dijo Elsie en voz baja, y me pregunté qué historia le habrían contado.

Pero el doctor Murray nos interrumpió antes de que la conversación pudiera seguir adelante.

—Ah, qué bien —dijo cuando me vio con sus hijas. Se acercó con una hoja de papel en una mano y un montón de fichas en la otra—. La etimología de *profetizar* le ha causado ciertos desvelos al señor Cushing. Es obvio dónde se ha extraviado. —El señor Cushing me miró y asintió—. ¿Podrías revisar sus intentos y hacer las correcciones necesarias? Tendrán que estar listas para componerlas dentro de una semana. —El doctor Murray me entregó los materiales. Luego, como si acabara de ocurrírsele, me dijo—: Un buen paseo le hace a uno mucho bien, ¿no te parece?

—Sí, señor —respondí.

Me miró como si intentara calibrar la veracidad de mi respuesta, después se dio la vuelta y volvió a su trabajo.

Rodeé la mesa de clasificación, le dije «buenos días» al señor Sweatman y «bonan matenon» al señor Maling, y le posé una mano en el hombro a papá un instante. Él me dio unas palmaditas en los dedos y, cuando se volvió para mirar hacia el fondo del *scriptorium*, me di cuenta de que era un gesto conciliador. Apenas atisbaba mi preciado espacio de trabajo tras la silueta del señor Dankworth, cuyo escritorio se había colocado perpendicularmente al mío.

Cuando comencé a acercarme, vi que la superficie de mi escritorio estaba cubierta de montones de libros y papeles que sabía que yo no había dejado allí hacía un mes. Recordé las fichas dispersas con palabras de mujeres que descansaban en el interior del pupitre, a la espera de unirse a las demás en el baúl de debajo de la cama de Lizzie. La angustia me revoloteó en el pecho.

El señor Dankworth tenía que haberme oído llegar, pero no se volvió. Me quedé un momento a su lado, observándolo. Era corpulento, no gordo, y todo en él era pulcro. Llevaba el pelo oscuro corto y peinado con una perfecta raya en medio. No tenía barba ni bigote y lucía unas uñas tan bien cuidadas como las de una mujer. Debía de haber decidido sentarse de espaldas a todos.

—Buenos días, señor Dankworth —lo saludé.

Me miró.

—Buenos días, señorita Nicoll.

—Llámeme Esme, por favor.

Asintió y volvió a centrarse en su trabajo.

—Señor Dankworth, me gustaría saber si puedo recuperar mi escritorio. —No dio muestra alguna de haberme oído—. Señor Dankworth, me…

—Sí, señorita Nicoll, la he oído. Si me permite terminar esta entrada, después me encargaré de ello.

—Ah, desde luego.

Me quedé inmóvil, esperando su autorización para proceder. Con qué facilidad me había puesto en mi sitio.

Continuó encorvado sobre sus pruebas. Desde donde me encontraba, alcanzaba a distinguir las líneas, tan rectas como las de una regla, que tachaban el texto no deseado y las esmeradas correcciones anotadas en los márgenes. El señor Dankworth tenía el codo izquierdo apoyado en el escritorio y se masajeaba la sien con la mano como si estuviera persuadiendo a las palabras para que le salieran del cerebro. Reconocí algo de mi propia actitud en esa postura y mi primera impresión de él, en absoluto caritativa, se desplazó un poco hacia lo positivo.

Pasó un minuto. Luego otro.

—¿Señor Dankworth?

Dejó caer la mano sobre el escritorio dando un golpe y levantó la cabeza con brusquedad. Vi que una respiración profunda le alzaba los hombros y me imaginé que ponía los ojos en blanco. Empujó la silla hacia atrás y se colocó entre su escritorio y el mío. Apenas había espacio para él.

—Déjeme ayudarle —me ofrecí, y cogí un libro de mi escritorio mientras intentaba mirarlo a los ojos.

Me lo quitó de las manos, mirando hacia otro lado.

—No es necesario; siguen un orden. Yo lo hago.

Quitó el último libro y yo seguí esperando, amasándome la falda con las yemas de los dedos, para ver si se daba la vuelta y levantaba la tapa del escritorio. Durante un instante, volví al colegio, estaba formando una fila con todas las demás niñas, listas para la inspección. El interior de los pupitres, de las medias, de los cajones. Nunca entendí por qué importaban. El señor Dankworth volvió a su silla y el ruido de su protesta me devolvió al *scriptorium*. Había terminado. Mi mesa estaba vacía. Pero ahora había una muralla de libros a lo largo del borde delantero y de uno de los laterales del escritorio del señor Dankworth. Una pantalla eficaz.

Me senté y extendí el montón de fichas de *profetizar*. Las ordené por fecha y luego consulté las notas que había preparado el señor Cushing.

PASÓ UNA SEMANA y tenía la sensación de que el *scriptorium* era un viejo amigo con el que debía volver a familiarizarme. El señor Pope y el señor Cushing se levantaban de la silla cada vez que Elsie, Rosfrith o yo entrábamos, y competían por ayudarnos o dedicarnos los mejores cumplidos. Su locuacidad resultaba irritante para casi todos, salvo para papá, que recompensaba sus atenciones hacia mí con sonrisas y asentimientos disimulados. El doctor Murray no los favorecía tanto.

—Caballeros, cuantas más palabras empleen para halagar a las damas, menos definirán. Su constante uso de nuestro idioma le está haciendo a este un flaco favor, en realidad.

Ambos volvieron enseguida al trabajo.

El señor Dankworth era, sin lugar a dudas, harina de otro costal. Las únicas palabras que intercambiábamos versaban sobre la inevitable molestia de que yo tuviera que pasar junto a su escritorio para llegar al mío. «Perdone, señor Dankworth»; «Discúlpeme, señor Dankworth»; «Su cartera, señor Dankworth, ¿podría meterla debajo de su mesa para que no tenga que pasar continuamente por encima de ella?».

—Se le da muy bien lo que hace —me dijo mi padre una noche mientras yo preparaba la cena.

Ahora teníamos una asistenta que venía cuatro tardes a la semana, así que quedaban tres cenas que debíamos prepararnos solos. Mis intentos manchaban el *Libro de gestión doméstica de la señora Beeton*, pero no conseguía mejorar.

—Tiene ojo de lince para las incoherencias y las redundancias y rara vez comete errores.

—Pero es raro, ¿no crees?

Llevé el picadillo de bacalao a la mesa. Parecía un charco estancado en el interior de un borde de puré de patatas.

—Todos somos un poco raros, Esme, aunque quizá los lexicógrafos lo seamos más que los demás.

—No creo que le caiga muy bien.

Serví el plato de mi padre y luego el mío.

—Yo diría que no le cae muy bien la gente en general; no la entiende. No debes tomártelo como algo personal. —Papá bebió un sorbo de agua y carraspeó—. ¿Y qué me dices del señor Pope y del señor Cushing? ¿Qué te parecen?

—Ah, muy agradables. Y graciosos, aunque de una forma algo torpe.

El bacalao estaba demasiado cocido y poco salado. Mi padre no parecía notarlo.

—Sí. Son unos jóvenes simpáticos. ¿Tienes algún favorito? Me han dicho que son de buena familia, los dos. —Bebió otro sorbo de agua—. Tengo una duda, Esme. ¿Tú...? Es decir, ¿te plantearías...?

Solté el cuchillo y el tenedor y lo miré. Las gotas de sudor comenzaban a acumulársele en las sienes. Se aflojó la corbata.

—Papá, ¿qué estás intentando decirme?

Sacó su pañuelo y se enjugó la frente.

—Azucena habría sabido cómo llevarlo.

—¿Qué habría sabido llevar?

—Tu futuro. Tu seguridad. El matrimonio y tal.

—¿El matrimonio y tal?

—Ni siquiera se me había pasado por la cabeza que fuera algo que tuviera que concertar. Ditte suele... Pero a ella tampoco se le debe de haber pasado por la cabeza.

—¿Concertar?

—Bueno, no es concertar. Es facilitar. —Bajó la mirada hacia la comida y luego la levantó de nuevo hacia mí—. Te fallé, Esme. No puse atención; no tenía muy claro a qué debía poner atención y ahora…

—Y ahora ¿qué?

Dudó un instante.

—Y ahora tienes veinticinco años.

Le sostuve la mirada. Él la desvió hacia otro lado. Comimos en silencio durante un rato.

—¿Qué es una buena familia exactamente, papá?

Me di cuenta de que lo aliviaba que el tema hubiera cambiado un poco.

—Bueno, supongo que para algunos tiene que ver con la reputación. Para otros, con el dinero. Para otros, puede estar relacionado con la educación o las buenas obras.

—Pero ¿qué significa para ti?

Se limpió la boca con la servilleta y luego colocó el cuchillo y el tenedor en el plato vacío.

—¿Y bien?

Rodeó la mesa para acercarse y se sentó a mi lado.

—Amor, Esme. Una buena familia es aquella en la que hay amor.

Asentí con la cabeza.

—Menos mal, porque yo no tengo ni educación ni dinero, y mi reputación se apoya en secretos y mentiras. El pescado estaba incomible.

—Ay, mi niña, mi niña querida. Sé que te he decepcionado, pero no sé cómo arreglar las cosas.

—¿Sigues queriéndome, después de todo lo que ha pasado?

—Por supuesto que sí.

—Entonces no me has decepcionado. —Le agarré la mano y le acaricié la piel pecosa del dorso. La tenía seca; sin embargo, la palma y las yemas de los dedos estaban tan suaves como la seda. Siempre había sido así y siempre me había resultado curioso—. He cometido errores, papá, y he tomado decisiones. Una de esas decisiones fue no forzar el matrimonio.

—¿Habría sido posible?

—Sí, creo que sí. Pero no era lo que quería.

—Pero, Esme, la vida es complicada para las mujeres que no están casadas.

—Pues Ditte parece arreglárselas bien. Y yo diría que Eleanor Bradley es feliz; Rosfrith y Elsie no están prometidas, que yo sepa.

Me escrutó el rostro, intentando entender lo que le estaba diciendo, lo que significaba. Estaba introduciéndole correcciones al futuro que creía que su hija iba a tener, tachando la boda, el yerno, los nietos. Un velo de tristeza le nubló los ojos. Pensé en Niña.

—Ay, papá. —Las lágrimas cayeron y ninguno de los dos nos limpiamos las mejillas—. Tengo que pensar que he tomado las decisiones correctas. Por favor, por favor, sigue queriéndome. Es lo que mejor se te da.

Asintió.

—Y prométeme una cosa.

—Lo que quieras.

—No intentes arreglar las cosas. Eres un lexicógrafo brillante, pero no un buen casamentero.

Sonrió.

—Te lo prometo.

EL SCRIPTORIUM SE convirtió en un lugar incómodo durante un tiempo. Aunque yo me mostraba reticente y mi padre dejó de alentar sus esfuerzos para impresionarme, el señor Pope y el señor Cushing tardaron en comprenderlo.

—Son un poco lentos con todo —comentó papá con una sonrisa de disculpa.

Pero la fuente de la mayor parte de mi malestar era el señor Dankworth. Antes de que él llegara, mi escritorio disponía de la privacidad y la perspectiva perfectas. Podía hacer mi trabajo sin interferencias y, cuando hacía una pausa, solo tenía que inclinarme un poco hacia la derecha para ver la mesa de clasificación y al doctor Murray en las alturas. Si me inclinaba un poco más, veía quién entraba y salía por la puerta del *scriptorium*. Ahora, cuando miraba a mi derecha, mis vistas eran los hombros encorvados del señor Dankworth y la raya perfecta de su pelo. Me sentía presa.

Entonces empezó a escudriñar mi trabajo.

Yo era la ayudante menos cualificada del *scriptorium*; me superaba incluso Rosfrith, ya que había terminado sus estudios. Pero nadie me lo recordaba como el señor Dankworth. Tenía una forma particular de relacionarse con todas y cada una de las personas del *scriptorium* en función de la posición que consideraba que ocupaban en la jerarquía. Prácticamente se postraba ante el doctor Murray. Mostraba deferencia ante mi padre y el señor Sweatman, y hacía caso omiso del señor Cushing y el señor Pope aduciendo, supongo, que eran unos «novatos». Su reacción a Elsie y Rosfrith era extraña: no sé si era capaz de distinguirlas entre sí, puesto que nunca las había mirado a la cara, pero las esquivaba como si representaran una cornisa de la que pudiera caerse. En cualquier caso, nunca las corregía ni las cuestionaba, así que llegué a pensar que el apellido de su padre las protegía de su escrutinio y desprecio. Esos se los reservaba sobre todo para mí.

—Esto no está bien —me dijo un día cuando volví de comer.

Estaba de pie junto a mi escritorio y tenía un cuadradito de papel agarrado en la enorme mano. Lo reconocí como una variante de significado que había añadido a la prueba que estaba corrigiendo.

—¿Perdón?

—Su sintaxis no es clara. La he reescrito.

Maniobré para pasar a su lado y me senté a mi escritorio. En efecto, había un cuadrado de papel nuevo sujeto a la prueba, escrito con la precisa caligrafía del señor Dankworth. Decía lo que debía decir e intenté averiguar en qué se diferenciaba de lo que había escrito yo.

—Señor Dankworth, ¿me devuelve mi original, por favor?

No respondió y, cuando levanté la vista, me di cuenta de que ya era demasiado tarde. Estaba junto a la chimenea, viéndolo arder.

La Navidad aún colgaba de los árboles, dentro y fuera. Mientras caminábamos hacia Sunnyside, papá me señalaba todas las versiones decoradas que atisbaba a través de las ventanas de las salas de estar de St Margaret's Road. Hacía tiempo, lo habíamos convertido en un juego: espiábamos esos espacios privados en busca del árbol más grande o más bonito, tratábamos de adivinar qué regalos había debajo y el carácter de los niños que los desenvolverían a toda prisa. No era un juego al que ahora me apeteciera jugar. No había contado la Navidad entre mis pérdidas, pero se hizo evidente que había renunciado a ella cuando renuncié a Niña. Mientras mi padre intentaba sacarme del reflexivo estado de ánimo en el que me había sumido, me pregunté de qué más me habría privado.

El *scriptorium* estaba vacío cuando llegamos. Lo tendríamos solo para nosotros, me informó mi padre, hasta que el señor Sweatman, el señor Pope y el señor Cushing regresaran el miércoles. Los Murray estaban en Escocia hasta el año nuevo y los demás ayudantes irían llegando hacia el final de la semana.

—¿Y el señor Dankworth? —pregunté.

—El primer lunes del nuevo año —contestó papá—. Vas a pasar toda una semana sin que te aceche para criticarte.

El alivio debió de notárseme en la cara. Me sonrió.

—No todos los regalos esperan envueltos bajo el árbol.

Los siguientes días transcurrieron envueltos en una neblina de nostalgia. Todas las mañanas recogíamos el correo y yo lo clasificaba y revisaba antes de entregarlo en la mesa del destinatario. Si había fichas, se convertían en mi trabajo matutino.

Cuando el señor Sweatman regresó, dedicó unos minutos a pasearse por la sala lanzando ojeadas a la mesa de clasificación y a los escritorios más pequeños.

—Puede que parezca que Cushing y Pope acaban de salir a almorzar, pero sé de buena tinta que no volverán, de común acuerdo —dijo al fin—. Murray calculó que el balance de su contribución había sido negativo y les sugirió que hicieran carrera en la banca. «Un muy buen consejo», dijo Pope, y todos se estrecharon la mano.

La parte de la mesa de clasificación que habían ocupado estaba atestada de papeles y libros.

—Entonces me pongo a recoger, ¿no?

Abrí las tapas de uno o dos libros para identificar a sus propietarios.

—Una idea excelente —dijo el señor Sweatman—. Y, cuando ese espacio esté despejado, será perfecto para el señor Dankworth, ¿no crees?

Lo miré.

—¿Cree que lo preferirá?

—Murray siempre tuvo la intención de que Dankworth se sentara con todos nosotros, pero Cushing y Pope necesitaban supervisión y no había espacio. No me cabe duda de que, antes de que hayamos adquirido el hábito de escribir 1908 en lugar de 1907, tu paz se habrá visto restaurada.

Mi paz no se vio restaurada. El señor Dankworth dijo que había establecido métodos de trabajo que se verían alterados si se trasladaba a la mesa de clasificación. «Claro», pensé. Sería mucho más difícil revisar mis correcciones si se trasladaba.

El señor Sweatman le repetía la sugerencia con regularidad, pero el señor Dankworth se mantenía inamovible en su respuesta de que estaba cómodo con la organización actual, muchas gracias, breve inclinación de cabeza.

A MEDIDA QUE los días se alargaban hacia la primavera, mi estado de ánimo comenzó a aligerarse. Me apetecía hacer recados fuera del *scriptorium* y trillaba mi camino triangular entre Sunnyside, la editorial y la Biblioteca Bodleiana.

Cuando el doctor Murray se acercó a mí, estaba sacando los libros de la cesta que había junto a la puerta y metiéndolos en el cajón fijado a la parte trasera de la bicicleta.

—Pruebas corregidas para el señor Hart y las fichas de *romanidad*.

Me entregó tres páginas llenas de marcas de corrección por todas partes y un pequeño fajo de fichas, ordenadas, numeradas y atadas con un cordel. Mientras me las guardaba en la cartera, una de las correcciones me llamó la atención. Tendría que esperar. Salí a Banbury Road con la bicicleta y puse rumbo a Little Clarendon Street.

Little Clarendon se encontraba justo a la vuelta de la esquina de la editorial y siempre estaba llena de gente. Dejé la bicicleta cerca del escaparate de una tetería, ocupé una mesa del interior, esperé a que la camarera me sirviera una tetera y saqué las pruebas de la cartera. Había siete páginas dobles: tres de mi padre, tres del señor Dankworth y una de Ditte. La de Ditte estaba arrugada tras su confinamiento en un sobre ordinario, pero, como todas las demás, estaba repleta de comentarios y entradas nuevas redactadas con su familiar caligrafía. El doctor Murray había hecho anotaciones adicionales respecto a las de mi madrina, a favor o en contra; la opinión del doctor siempre sería la definitiva.

La corrección que buscaba era una de las de mi padre, una entrada adicional adherida al borde de la prueba. Había una línea, tan recta como la de una regla, que tachaba todas las palabras, y el señor Dankworth la había reescrito. «¿Cuándo?», me pregunté. ¿Y lo sabía papá? La desprendí de la prueba.

Me palpé los bolsillos de la falda y me alegré de encontrar una pequeña cantidad de fichas en blanco y un lápiz. Al igual que la falda, hacía mucho tiempo que no utilizaba ninguna de los dos cosas. Cogí una ficha y reescribí la entrada tal como la había redactado mi padre, y luego la sujeté donde había estado la original. Miré detenidamente el resto de las pruebas de papá y encontré otras dos, tres, cuatro ocasiones en las que el señor Dankworth había interferido.

Comencé a copiar las correcciones originales de mi padre y mi confianza aumentaba con cada palabra, pero, cuando llegué a la última, se me paralizó la mano. Era una entrada de *madre*. La prueba ya daba la primera acepción de «progenitora», pero el señor Dankworth había añadido: «Mujer que ha dado a luz a un bebé».

La dejé.

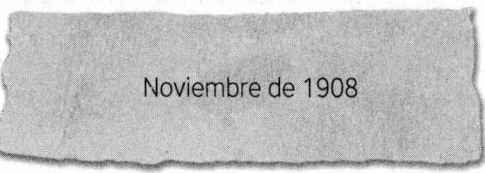

Noviembre de 1908

LIZZIE LEVANTÓ LA vista de la masa que estaba trabajando sobre la mesa de la cocina.

—¡Menuda cara de preocupación me traes! —exclamó.

—He cometido tres errores esta mañana —dije—. Me pone muy nerviosa.

Me dejé caer sobre una silla.

—A ver si lo adivino. ¿El señor Sweatman? ¿El señor Maling? ¿No te estarás refiriendo al señor Dankworth?

Lizzie llevaba un año escuchando distintas versiones de esa misma queja, desde que habíamos vuelto de Shropshire. Me escapaba a su cocina tan a menudo como podía. Por lo general, ella seguía trabajando a mi alrededor, pero, si había carta de la señora Lloyd, preparaba una tetera reciente y colocaba entre ambas un plato de galletas horneadas esa misma mañana mientras yo le leía en voz alta. Era la manera de recrear sus mañanas de Shropshire, y yo siempre tenía mucho cuidado de no interponerme entre su amiga y ella. Le leía con atención, sin hacer comentarios ni pausas, y, cuando terminaba, sacaba un bolígrafo y un papel del cajón de la cocina y esperaba a que Lizzie me dictara su respuesta. «Mi queridísima Natasha», comenzaba siempre.

Aquel día no había carta ni galletas. Cogí un sándwich de la bandeja que había en la mesa de la cocina.

—No me quita ojo —dije, y le di un bocado al sándwich.

Lizzie me miró con las cejas enarcadas.

—No en ese sentido. Claramente no en ese sentido. No sabe decir buenos días, pero no tiene ningún problema en remarcar dónde me he equivocado con la gramática o el estilo. Esta mañana me ha dicho que me había tomado libertades con una variante del significado de *psicótico*. En su opinión, las mujeres son propensas a exagerar y por eso no debe emplearse cuando se requiere precisión.

—¿Te habías *tomao* libertades? —me preguntó en tono burlón.

—No se me ocurriría jamás —respondí sonriendo.

Lizzie seguía amasando.

—Ayer, cuando volví de comer, el señor Dankworth me había dejado una copia de las *Normas de Hart* en el escritorio. Y le había añadido a mi trabajo notas con los números de página que debía consultar para mejorar mis correcciones.

—¿Son importantes las *Normas de Hart*?

—Son sobre todo para los cajistas y lectores de la editorial, pero ayudan a garantizar que todos los colaboradores del *Diccionario* escribimos de la misma manera, que utilizamos las mismas normas ortográficas.

—¿Eso quiere decir que hay diferentes formas de escribir la misma palabra?

—Sé que parece una chorrada, pero sí, las hay, y el detalle más diminuto puede provocar las discusiones más gigantescas.

Lizzie sonrió.

—¿Y qué dirían las *Reglas* de la palabra *chorrada*?

—Nada; no es una palabra válida.

—Pero tú la tienes anotada en una ficha. Recuerdo que la escribiste aquí mismo, en esta mesa.

—Eso es porque es una palabra excelente.

—¿Te ayudó que el señor Dankworth te diera las *Reglas*?

—No. Solo hace que me cuestione a todas horas. Las cosas que sabía con seguridad, ahora me resultan confusas de repente. Trabajo más despacio y cometo más errores que nunca.

Lizzie dio forma a la masa y la metió en un molde, luego la espolvoreó con harina. Llevó a cabo la tarea con seguridad, como todas las que debía hacer en la cocina. Desde su última caída, la señora Ballard solo entraba allí para preparar el asado de los domingos y para escribir las listas de los pedidos semanales. Lizzie se encargaba de todo lo demás, aunque ahora había menos Murray a los que alimentar, puesto que los hijos de la familia habían crecido y la mayoría se había marchado. Una asistenta iba casi todos los días para ayudar con la casa.

—¿Vendrás el sábado conmigo al *mercao*? —preguntó Lizzie con cautela—. La vieja Mabel me ha *preguntao* varias veces por ti.

Mabel. Llevaba sin verla desde… El pensamiento se negaba a configurarse. ¿Desde cuándo? ¿Desde que le había pedido ayuda? ¿Desde que me había marchado a casa de Ditte? Desde Niña. Eso era lo que ocurría cada vez que pensaba en la última vez que había ido a visitar a Mabel. Marcaba un hito temporal y pensar en ello me llevaba a pensar en Niña. Me pregunté cómo habrían celebrado Sarah y Philip su primer cumpleaños. Qué iban a regalarle por Navidad. La imaginé caminando y deseé con todas mis fuerzas haber oído su primera palabra.

—Tiene una palabra *pa* ti —continuó Lizzie, y yo levanté la vista, sobresaltada. Durante un instante, dudé de a quién se refería—. Dice que te la ha *estao* guardando. No me he atrevido a preguntarle, pero no creo que a Mabel le quede mucho tiempo en este mundo.

ME LEVANTÉ TEMPRANO y me vestí con un esmero innecesario. Me ponía nerviosa ir a ver a Mabel. Me avergonzaba haber tardado tanto. Cuando el correo de la mañana cayó por la ranura de la puerta, agradecí la distracción. Era una de las esporádicas postales de Tilda. La imagen de la parte delantera era de las Casas del Parlamento de Westminster.

Mi querida Esme:

Una vez me dijiste que querrías que nuestro eslogan fuera «palabras y no hechos» en lugar de «hechos y no palabras», y yo me reí de tu ingenuidad. Por eso, cuando me enteré de que Muriel Matters se había encadenado a la reja de la Galería de las Damas en la Cámara de los Comunes, no pude por menos que pensar en ti.

Fue un acto ingenioso que buscaba llamar la atención (estoy segura de que a la señora Pankhurst le gustaría que se le hubiera ocurrido a ella), pero serán sus palabras las que sacudirán las mentes. Es la primera mujer que habla en la Cámara de los Comunes, y sus palabras fueron inteligentes y elocuentes. Puede que Hansard no se hiciera eco de ellas, pero los periódicos sí. Por lo que se ve, es australiana. Tal vez sea el derecho a hablar en su Parlamento lo que le confiere la confianza necesaria para hacerlo en el nuestro.

«Llevamos demasiado tiempo sentadas detrás de esta reja insultante —dijo—. Ya es hora de que a las mujeres de Inglaterra se les conceda voz en una legislación que les afecta tanto como a los hombres. Exigimos el voto.»

«¡Bien dicho!», debemos gritar todas.

Con cariño,

Tilda

«Australia —pensé—. Niña podrá votar.» Me guardé la postal en el bolsillo y esperé que la idea de que fuera a tener una vida mejor en el otro lado del mundo me protegiese del arrepentimiento.

LIZZIE Y YO nos detuvimos entre la multitud matutina que se agolpaba ante el puesto de la fruta.

—Tengo una lista muy larga —me dijo Lizzie—. Luego te busco.

Se fue, pero, durante un instante, me quedé donde estaba. Desde allí veía el puesto de Mabel, patético en su pobreza, en su falta de clientela. Los cubos llenos de flores de la señora Stiles suponían un cruel contraste.

Me acerqué y Mabel me saludó con un gesto de la cabeza, como si me hubiera visto el día anterior. Parecía un esqueleto bajo los harapos que llevaba, y su voz era como un eco de sí misma. El poco aliento que le quedaba le borboteaba en el pecho, húmedo y peligroso. Cuando me agaché para oír lo que tenía que decirme, su putrefacción me resultó abrumadora.

Sobre la caja solo le quedaban unas cuantas cosas rotas y tres palos tallados. Uno de ellos lo reconocí de la última vez que la había visto, hacía casi un año. Era la cabeza de una anciana marchita, bellamente tallada.

Lo cogí.

—¿Eres tú, Mabel?

—En tiempos mejores —susurró.

Los otros dos palos eran intentos fracasados, hechos por unas manos que apenas podían sostener el cuchillo. Los cogí, les di la vuelta y sentí todo el dolor de saber que serían las últimas tallas de Mabel.

—¿Siguen costando un penique?

Una tos la sacudió de arriba abajo y escupió en un trapo.

—No valen ni eso —consiguió decir.

Saqué tres monedas de mi bolso y las dejé sobre la caja.

—Lizzie me ha dicho que tienes una palabra para mí.

Asintió. Mientras yo buscaba mis fichas y mi lápiz, ella rebuscó entre los pliegues de su ropa. Mabel sacó un puñado de trozos de papel y los dejó sobre la caja que nos separaba a la una de la otra. Luego levantó la cara hacia la mía y emitió un ruido que me hizo pensar que iba a escupir otra vez. Pero era una carcajada, y sus ojos reumáticos sonreían.

—Me ayudó esa —dijo Mabel mirando hacia la señora Stiles, que estaba ordenando sus cubos de flores—. Le dije que cerraría el pico cuando hubiera señoras husmeando entre sus flores. «Será bueno *pal* negocio», le dije. No le quedó otra que aceptar.

De nuevo, una risa que se ahogaba.

Cogí las fichas, aplastadas y mugrientas como el lugar donde las había tenido metidas. Tenían el tamaño adecuado y el contenido era más o menos como lo habría escrito yo.

—¿Cuándo? —pregunté.

—Cuando te fuiste. Pensé que necesitarías que te animaran cuando volvieras. Pasara lo que pasase. —Se metió la mano entre la ropa de nuevo—. También te he guardado esto.

Otra talla, exquisita en sus detalles. Conocida.

—Taliesin —dijo Mabel—. Merlín. Después ya dejaron de funcionarme las manos.

Saqué más monedas del bolso.

—*Na*, muchacha —dijo Mabel, que hizo un gesto con la mano para rechazar las monedas—. Es un regalo.

Llevaba tiempo evitando a Mabel, pero ahora su estado, aquella amabilidad y la razón que la motivaba me emboscaron. Me sentía paralizada, incapaz de levantar una defensa contra el recuerdo. Como una vasija, me llené de tristeza hasta que ya no pude contenerla y rebosó hasta empaparme la cara.

—Me han dicho que te han *dao* los morbos —dijo Mabel, que se negó a apartar la mirada—. Es lo más normal.

Y de pronto Lizzie estaba a mi lado, con un pañuelo de bolsillo en la mano y un brazo sobre mis hombros.

—Mabel se pondrá bien —dijo, pues había malinterpretado la situación—. ¿A que sí, Mabel?

La anciana me sostuvo la mirada un momento más, luego se llevó la mano a la barbilla y adoptó la postura del pensador. Al cabo de un instante, dijo:

—No, creo que no.

Y, como si quisiera enfatizar su respuesta, la última palabra se convirtió en una tos flemosa tan violenta que pensé que iba a desencajarle los huesos. Bastó para hacerme volver en mí.

—Déjate de bromas —dijo Lizzie, que le posó una mano suave en la espalda.

Cuando la mujer dejó de toser y a mí se me secaron las lágrimas, pregunté:

—¿«Dar los morbos», Mabel? ¿Qué significa eso?

—Es una tristeza que va y viene —dijo, y se interrumpió para respirar—. A mí me dan los morbos, a ti te dan los morbos, incluso a la señorita Lizzie le dan los morbos, aunque ella nunca diría ni pío. Es la suerte de las mujeres, supongo.

—Debe derivar de *mórbido* —dije casi para mí mientras empezaba a escribir la ficha.

—*Pos* yo diría que deriva de la pena —dijo Mabel—. De lo que hemos perdido y de lo que nunca hemos tenido ni tendremos. Lo dicho, la suerte de las mujeres. Tendría que salir en tu diccionario. Es demasiado común *pa* que no se entienda.

LIZZIE Y YO salimos del Mercado Cubierto, cada una sumida en sus pensamientos. El estado de Mabel me había impactado.

—¿Dónde vive?

Me avergonzaba no habérmelo preguntado nunca.

—En el asilo *pa* enfermos de Cowley Road —contestó Lizzie—. Un lugar miserable lleno de gente miserable.

—¿Has estado?

—Fui yo quien la llevó. La encontré durmiendo en la calle, con la caja tapada con un montón de harapos. Me pensé que estaba muerta.

—¿Qué puedo hacer?

—Seguir comprándole las tallas y anotando sus palabras. Hay cosas que no pueden cambiarse.

—¿De verdad piensas eso, Lizzie? —Me miró, recelosa de la pregunta—. Las cosas podrían cambiar si un número suficiente de gente deseara que así fuera —continué, y le conté que Muriel Matters había hablado en el Parlamento.

—No creo que, *pa* la gente como Mabel, vaya a cambiar *na*. Todo ese alboroto que montan las sufragistas no es *pa* las mujeres como ella y como yo. Es *pa* las señoras con medios, y esas señoras siempre querrán que otra persona les friegue el suelo y les vacíe el orinal. —Hablaba con un tono de crispación que rara vez le había oído—. Si consiguen el voto, yo seguiré siendo la azacana de la señora Murray.

Azacana. Si no hubiera encontrado esa palabra y le hubiese explicado lo que significaba, ¿se vería Lizzie de una forma distinta?

—Sin embargo, tengo la impresión de que tú cambiarías las cosas, si pudieras —dije.

Lizzie se encogió de hombros y se detuvo para soltar las bolsas. Se frotó las manos allá donde las asas le habían creado unos surcos rojos. Mi bolsa pesaba menos, pero hice lo mismo.

—Una cosa —me dijo, cuando nos pusimos de nuevo en camino—. Mabel cree que sus palabras acabarán en el *Diccionario*, con su nombre al *lao*. La oí presumir delante de la señora Stiles y no tuve valor *pa* corregirla.

—¿Por qué lo cree?

—¿Por qué no iba a creerlo? Nunca le has dicho lo contrario.

Caminábamos despacio y, a pesar de que el día era frío, a Lizzie le corría un hilillo de sudor por el costado de la cara. Pensé en todas las palabras que había recopilado de Mabel, de Lizzie y de otras mujeres: mujeres que destripaban pescado o que cortaban telas o que limpiaban los baños públicos de señoras de Magdalen Street. Decían lo que pensaban con las palabras que les convenían y se mostraban reverentes mientras yo anotaba sus palabras en fichas. Esas fichas eran muy valiosas para mí y las escondía en el baúl para mantenerlas a salvo. Pero ¿de qué? ¿Me daba miedo que las examinaran y las encontraran defectuosas? ¿O eran miedos que se aplicaban a mí?

Jamás se me había ocurrido pensar que las donantes albergaran alguna esperanza más allá de mis fichas para sus palabras, pero, de repente, se hizo obvio que nadie más que yo iba a leerlas. Los nombres de las mujeres, tan pulcramente escritos, nunca llegarían a imprimirse. Sus palabras y sus nombres se perderían en cuanto yo empezara a olvidarlos.

Mi *Diccionario de las palabras olvidadas* no era mejor que la reja de la Galería de las Damas de la Cámara de los Comunes: ocultaba lo que debía verse y silenciaba lo que debía oírse. Cuando Mabel ya no estuviera y yo tampoco, el baúl no sería más que un ataúd.

Más tarde, en la habitación de Lizzie, abrí el baúl y acomodé las palabras de Mabel entre las correcciones clandestinas del señor Dankworth. Me sorprendió la gran cantidad de ellas que había recopilado.

Desde que había descubierto las correcciones no autorizadas del señor Dankworth, había tomado la costumbre de revisar las pruebas antes de entregárselas al señor Hart, aunque solo eliminaba las que consideraba que no aportaban nada a la redacción original.

Empecé a observarlo. Lo observaba mientras registraba las estanterías en busca de fichas o libros, mientras consultaba con el doctor Murray o se sentaba a la mesa de clasificación para hacerle una pregunta a alguno de los ayudantes. Lo veía desviar la mirada hacia el trabajo de los otros, pero jamás lo vi marcarlo con su lápiz. Entonces, una mañana, el señor Dankworth llegó temprano al *scriptorium*, cuando yo estaba a punto de terminarme mi taza de té con Lizzie. Mi padre había acompañado al doctor Murray al Old Ashmolean, a una reunión temprana con el resto de los editores.

Vi que el señor Dankworth entraba en el *scriptorium* y empezaba a hojear las pruebas corregidas que esperaban en la cesta que había junto a la puerta.

—Mira, Lizzie —le dije, y ella se acercó a la ventana de la cocina.

No le quitamos ojo al señor Dankworth mientras extraía una prueba del montón y se sacaba un lápiz del bolsillo del pecho.

—O sea que no eres la única que tiene secretos de *scripi* —dijo Lizzie.

Había decidido guardarle el secreto al señor Dankworth; a mi pesar, me caía un poco mejor por tenerlo.

Ahora, miré hacia el interior del baúl y vi las palabras de Mabel apoyadas sobre la pulcra caligrafía del señor Dankworth. A ella le gustaría verlo, pensé. A él no. Leí varias fichas al azar, de él y de ella. «No exactamente», había escrito Dankworth en una ficha de portada que reconocí como una de las del señor Sweatman; al parecer, las del doctor Murray eran las únicas redacciones que escapaban a sus quisquillosas atenciones. El señor Dankworth había trazado una línea encima de la definición y la había reescrito, no con más precisión, en mi opinión, aunque sí con dos palabras menos. Yo había vuelto a escribir el original del señor Sweatman y me había guardado la corrección del señor Dankworth. El contraste con las fichas infantiles y con faltas de ortografía de Mabel era enorme. Estaba claro que a la señora Stiles le había supuesto un esfuerzo redactarlas, lo que hacía que el favor fuera aún más generoso.

Releí el significado que había escrito para *dar los morbos*. «No exactamente», pensé. A Mabel no le habían dado los morbos y a mí tampoco. Estaba triste, sí, pero no siempre. Me saqué un lápiz del bolsillo e hice la corrección.

DAR LOS MORBOS
Sufrir una tristeza temporal.
«A mí me dan los morbos, a ti te dan los morbos, incluso a la señorita Lizzie le dan los morbos… Es la suerte de las mujeres, supongo.»

Mabel O'Shaughnessy, 1908

Metí la ficha en el baúl y coloqué a Taliesin encima.

EL SÁBADO SIGUIENTE, volví a acompañar a Lizzie en su visita al Mercado Cubierto. Como siempre, estaba abarrotado de gente, pero conseguimos abrirnos paso.

—Muerta —nos dijo la señora Stiles desde su puesto cuando nos vio llegar—. Se la llevaron ayer.

La florista me miró un segundo a los ojos y luego se agachó para arreglar un cubo de claveles. Lizzie y yo nos volvimos para buscar a Mabel.

—Verán, había dejado de toser. «Bendito silencio», pensé yo. Pero entonces me pareció que el silencio era exagerado. —Dejó de reorganizar las flores y cogió una bocanada de aire que tensó la tela que le cubría la espalda encorvada. Se irguió para mirarnos—. Pobre mujer. Llevaba horas muerta. —Mientras se alisaba el delantal con las manos una y otra vez, la señora Stiles desvió la mirada de mí hacia a Lizzie y luego en sentido contrario. Un temblor mínimo le alteró la boca y apretó los labios—. Tendría que haberme dado cuenta antes.

El espacio que ocupaba Mabel ya había desaparecido, los puestos colindantes se habían expandido para llenarlo. Me quedé allí plantada un minuto o una hora, no lo sé bien, y me costó imaginar que Mabel y su caja de palos tallados hubieran cabido allí alguna vez. Ninguna persona de las que pasaban parecía notar su ausencia.

Mayo de 1909

C<small>UANDO EL SEÑOR</small> Dankworth se trasladó a la mesa de clasificación, fue como si al fin me hubieran desabrochado un corsé demasiado apretado. Fue Elsie quien lo hizo posible.

—A ver, Esme —me dijo una mañana cuando intenté insinuar que una palabra concreta requería de un ojo más cualificado que el mío—, todas las personas que contribuyen con textos al *Diccionario* dejarán una huella propia, pese a lo uniforme que a mi padre, o al señor Dankworth, les gustaría que fuera. Intenta tomarte los comentarios del señor Dankworth como una sugerencia, no como un decreto.

Una semana más tarde, la oí comentar que costaba acceder a algunas de las estanterías con el escritorio del señor Dankworth tan cerca de ellas. Esa tarde, el doctor Murray habló con el lexicógrafo y, cuando llegué al día siguiente, el señor Dankworth estaba sentado a la mesa de clasificación frente al señor Sweatman, con una frontera de libros apilados levantada entre ellos.

—Buenos días, señor Sweatman, señor Dankworth —saludé.

Una sonrisa de uno, un asentimiento del otro. El señor Dankworth seguía sin poder mirarme a los ojos. Ya habían retirado su escritorio y el mío apenas se advertía por detrás de una de las estanterías.

Me senté y levanté la tapa. El papel que forraba el interior comenzaba a despegarse por los bordes, pero las rosas seguían tan amarillas como siempre. Mientras pasaba los dedos por las flores, conté los años transcurridos desde la primera vez que me había sentado a aquel escritorio. ¿Eran nueve o diez? Habían ocurrido muchas cosas y, sin embargo, no me había movido ni un ápice.

—Vaya, eso me suena —dijo Elsie—. Me acuerdo de cuando lo pegué. Hace ya mucho tiempo.

Ambas nos quedamos calladas un instante, como si Elsie también acabara de cobrar conciencia repentinamente de que el tiempo pasaba de largo ante ella. Nunca me había parado a pensar mucho en su vida fuera del *scriptorium*, ni en la de Rosfrith. Habían dejado atrás las trenzas perfectas y se habían convertido en ayudantes de su padre. Las envidiaba, como siempre había hecho, pero en ese momento me pregunté si aquello era lo que habían esperado o si solo era lo que habían aceptado.

—¿Cómo te van los estudios, Elsie? —me interesé.

—Ya he terminado. Hice los exámenes el pasado mes de junio.

La cara le brillaba de orgullo.

—¡Vaya, enhorabuena! —dije. Y recordé que Niña había cumplido un año el pasado mes de junio—. No lo sabía.

—No tuve graduación, claro. Ni título. Pero es una satisfacción saber que habría conseguido ambas cosas si llevara pantalones.

—Pero sí te lo pueden reconocer oficialmente en otros sitios, ¿no?

—Ah, sí, pero no hay prisa. No voy a moverme de aquí. —Bajó la mirada hacia las pruebas que llevaba en la mano, como si intentase recordar lo que eran. Luego me las tendió—. De parte de mi padre. Una revisión rápida. Las quiere en la editorial mañana por la mañana.

Las cogí.

—Por supuesto. —Miré hacia el espacio donde había estado el escritorio del señor Dankworth—. Y gracias.

—Una nimiedad.

—Todo depende de la perspectiva.

Asintió y después pasó junto a la mesa de clasificación camino del escritorio del doctor Murray y de la pila de cartas que esperaban los borradores de sus respuestas.

La tapa de mi escritorio seguía abierta. Todo lo que necesitaba para hacer mi trabajo estaba allí: papel de carta, fichas en blanco, lápices, bolígrafos. Las *Normas de Hart*. Debajo de las *Normas* había cosas que no necesitaba para hacer mi trabajo: una carta de Ditte, postales de Tilda, fichas en blanco recortadas de papeles bonitos y una novela. Cuando la cogí, cayeron tres fichas de entre sus páginas. Ver el nombre de Mabel hizo que se me llenaran los ojos de lágrimas. Suficiente para que me dieran los morbos, pensé. Y entonces sonreí.

Todas las fichas tenían la misma palabra, pero con una variante de significado distinta. Recordé la conmoción que me produjo escucharla, luego el placer de Mabel y el ritmo acelerado de mi corazón cuando la escribí por primera vez. *Coño* era una palabra más vieja que Matusalén, me había dicho Mabel, pero no estaba en el *Diccionario*. Lo había comprobado.

Las fichas de *C* ya se habían guardado en cajas, pero había palabras para un suplemento almacenadas en las estanterías más cercanas a mi escritorio. El doctor Murray había empezado a recopilarlas en cuanto se publicó el fascículo de «A hasta Anta».

«El doctor Murray ya ha anticipado que nuestra lengua evolucionará más rápido de lo que la definimos —me dijo mi padre—. Cuando por fin se publique el *Diccionario*, volveremos a la A y completaremos lo que falte.»

Los casilleros estaban casi llenos de fichas con palabras suplementarias. Estaban ordenadas con meticulosidad, así que no tardé en encontrar el grueso fajo de fichas con citas de libros que se remontaban a 1325. La palabra era tan antigua como me había dicho Mabel. Si se hubiera aplicado la fórmula del doctor Murray, no cabía duda de que la habrían incluido en el grueso volumen que descansaba detrás de su escritorio. Miré la ficha de portada. En lugar de la información habitual, había una nota escrita con la caligrafía del doctor Murray que solo decía:

«Excluir. Obscena». Debajo, alguien había transcrito una serie de comentarios, presumiblemente de la correspondencia recibida. Parecía la letra de Elsie Murray, pero no lo tenía del todo claro:

«¡La cosa en sí no es obscena!»

James Dixon

«Una palabra realmente vieja con una historia muy antigua.»

Robinson Ellis

«El mero hecho de que se utilice de forma vulgar no la excluye de nuestra lengua.»

John Hamilton

Volví a mirar la ficha de portada; no había ninguna definición. Volví a meter las fichas en su casillero y regresé a mi escritorio. En una ficha en blanco, escribí:

COÑO
1. Vagina en argot.
2. Coñazo: Insulto basado en la premisa de que la vagina de una mujer es vulgar y latosa.

Formé un montoncito con las palabras de Mabel y lo uní a mis definiciones. Luego hurgué en mi escritorio en busca de más fichas. Había un puñado de ellas, todas destinadas al baúl de debajo de la cama de Lizzie, pero escondidas con premura en algún momento y luego medio olvidadas. Las junté y las metí entre las páginas de la novela para salvaguardarlas.

Dediqué el resto de la tarde a las pruebas que me había llevado Elsie, levantando la vista de vez en cuando para observarla. Se movía por el *scriptorium* con su diligencia habitual, siempre dispuesta a cumplir las órdenes de su padre.

¿Habrían discutido sobre la palabra? ¿O acaso Elsie había descubierto que faltaba y después había buscado los porqués? ¿Sabía siquiera el doctor Murray que su hija había transcrito los argumentos para la inclusión de la palabra en su ficha de portada, o que la había incluido entre las palabras suplementarias? No, por supuesto que no. Elsie vivía tanto como yo entre las líneas del *Diccionario*.

—¿Nos vamos ya? —me preguntó mi padre.

Me sorprendí al darme cuenta de lo tarde que era.

—Me gustaría terminar esta prueba —dije—. Y luego me pasaré a ver a Lizzie. Adelántate tú.

—¿Qué narices andas haciendo? —preguntó Lizzie cuando entró en su habitación y me vio en el suelo, encorvada sobre el baúl—. Ni que estuvieras jugando a morder la manzana.

—¿Notas ese olor, Lizzie?

—Claro que sí —contestó—. Me he *preguntao* muchas veces si no se habría *colao* algo ahí dentro y se hubiera muerto.

—No huele mal, huele a… Bueno, no sé muy bien cómo describirlo.

Me eché de nuevo hacia delante, con la esperanza de que el olor se identificara solo.

—Huele como si algo que tuviera que haberse *aireao* a menudo hubiera *estao* demasiado tiempo *encerrao* —dijo Lizzie.

Entonces me di cuenta. Mi baúl empezaba a oler como las fichas viejas del *scriptorium*.

Lizzie se quitó el delantal. Tenía manchas de los jugos del asado e iba a cambiárselo por uno limpio, tal como solía hacer la señora Ballard antes de servir un asado en la mesa. Como si las evidencias de su duro trabajo resultaran ofensivas. Antes de que le diera tiempo a ponerse el delantal limpio, la tenía envuelta en un abrazo.

—Tienes toda la razón.

Se desembarazó de mí e interpuso cierta distancia entre nosotras.

—Cualquiera diría que, después de tantos años, tuviera que entenderte, Esmi, pero no tengo ni idea de qué estás hablando.

—Estas palabras —dije tras meter la mano en el baúl y sacar un puñado—. No me las dieron para que las ocultara. Hay que airearlas. Tienen que leerse, que compartirse, que comprenderse. Que rechazarse, tal vez, pero hay que darles una oportunidad. Como a todas las palabras del *scriptorium*.

Lizzie se echó a reír y se puso el delantal limpio pasándoselo por la cabeza.

—¿Estás pensando en hacer otro diccionario, entonces?

—Eso es justo lo que estoy pensando, Lizzie. Un diccionario de palabras de mujeres. Palabras que usan y palabras que se refieren a ellas. Palabras que no se aceptarán en el diccionario del doctor Murray. ¿Qué te parece?

Puso cara de circunstancias.

—Ni se te ocurra. Algunas no son apropiadas.

No pude evitar que se me escapara una sonrisa. Lizzie estaría encantada de que *coño* desapareciera de nuestro idioma.

—Tienes más en común con el doctor Murray de lo que te imaginabas.

—Pero ¿*pa* qué iba a valer? —preguntó, y después sacó una ficha del baúl y la miró—. La mitad de la gente que dice estas palabras no podrá leerlas nunca.

—Quizá no. —Levanté el baúl y lo dejé sobre su cama—. Pero sus palabras son importantes.

Miramos el caos de fichas del interior del baúl. Recordé todas las veces que había examinado los volúmenes y los casilleros en busca del término exacto que explicase lo que estaba sintiendo, experimentando. En muchas ocasiones, las palabras elegidas por los hombres del *Diccionario* me habían resultado insuficientes.

—El diccionario del doctor Murray omite cosas, Lizzie. A veces una palabra, a veces un significado. Si no está escrita, ni siquicra se tiene en cuenta. —Coloqué las primeras fichas de Mabel en un montón sobre la cama—. ¿No sería bueno que las palabras que emplean estas mujeres recibieran el mismo trato que cualquier otra?

Empecé a revisar a conciencia las fichas y los papeles del baúl, a sacar las palabras de las mujeres y a dejarlas a un lado.

Algunas comenzaron a formar montones, con diferentes citas de diferentes mujeres. No tenía ni idea de que había recopilado tantas.

Lizzie metió la mano bajo la cama y sacó su costurero.

—Vas a necesitarlas si quieres mantener *to* eso en orden.

Me puso su acerico delante; estaba tan lleno de alfileres que parecía un erizo.

Cuando terminé de ordenar todas las palabras en el baúl, fuera ya había oscurecido. A las dos nos dolían los dedos de tanto clavar alfileres en las fichas.

—Quédatelo —me dijo Lizzie cuando le devolví el acerico—. Para las palabras nuevas.

HABÍA UN AGUJERO diminuto en la pared del *scriptorium*, justo encima de mi mesa. Lo había descubierto cuando el frío del invierno anterior me había picoteado el dorso de la mano como una aguja. Había intentado taparlo con una bola de papel, pero no paraba de caerse. Entonces me di cuenta de que era un agujero con vistas: captaba fragmentos de las personas que salían a fumarse un cigarrillo; de mi padre y el señor Balk mientras llenaban las pipas e intercambiaban chismorreos del *Diccionario*. «Chismorropedia», pensaba siempre, cuando los cotilleos llegaban a mis oídos. Se había redactado una entrada para esa palabra, pero la habían tachado en la prueba final. Reconocía a todos los ayudantes por lo que alcanzaba a distinguir de su ropa, y tenía la extraña sensación de que volvía a estar bajo la mesa de clasificación.

El leve rayo de luz había ido desplazándose sobre mi página como un reloj de sol, así que me di cuenta cuando desapareció. Se oyó el ruido metálico de una bicicleta que se apoyaba contra el *scriptorium* y alcé la vista hacia el agujero. Vi unos pantalones y una camisa desconocidos, con las mangas subidas hasta los codos. Unos dedos manchados de tinta que desabrochaban una cartera manchada de tinta. Los dedos eran largos, pero el pulgar se extendía de una forma extraña al final. El hombre estaba revisando el contenido de su cartera, como yo hacía con el de la mía justo antes de cruzar las puertas de la editorial. Traté de mirar hacia arriba a través del agujero, una maniobra ligeramente incómoda, en un intento de verle la cara. No fue posible.

Me aparté del agujero y me incliné un poco hacia la derecha para ver bien la puerta del *scriptorium*.

Se quedó parado en el umbral. Alto y delgado. Bien afeitado. Con el pelo oscuro, algo rizado. Me vio asomada por detrás de la estantería y sonrió. Estaba demasiado lejos para verle los ojos, pero supe que eran de color azul noche, casi violeta.

Me había olvidado de su nombre, aunque recordaba que me lo había dicho una vez, la primera que fui a entregar palabras a la editorial. Yo era poco más que una cría y él había sido amable.

Desde entonces, solo lo había visto de lejos cuando tenía que buscar al señor Hart por la editorial. El cajista siempre estaba en una mesa de trabajo al fondo de la sala de composición, prácticamente oculto tras el mueble que contenía todos los tipos. A veces levantaba la vista cuando yo entraba por la puerta. Siempre sonreía, pero nunca me hacía señas para que me acercara. Que yo supiera, nunca había acudido a Sunnyside.

Aparte de mí, solo había una persona más en el *scriptorium*, el señor Dankworth. Lo vi levantar la cabeza de golpe, atento a quién había entrado. Se tomó un segundo para formarse una opinión.

—¿Sí? —dijo, en el tono que reservaba para los hombres con las uñas sucias.

Sin darme cuenta, cerré el puño con fuerza alrededor del lápiz.

—Tengo las pruebas del doctor Murray. De *Si* a *Simple*.

—Entréguemelas a mí —dijo el señor Dankworth, que tendió la mano pero no se levantó.

—¿Y usted es? —preguntó el cajista.

—¿Cómo dice?

—Al interventor le gusta saber quién acusa recibo de las pruebas, si no es el propio doctor Murray.

El señor Dankworth se levantó de la mesa de clasificación y se acercó al cajista.

—Puede decirle al interventor que el señor Dankworth acusa recibo de las pruebas.

Desde mi escritorio, al fondo de la sala, contuve la respiración, cada vez más irritada y avergonzada. Quería intervenir, darle la bienvenida al cajista al *scriptorium*, pero no recordar su nombre me pondría en ridículo.

—Eso haré, señor Dankworth —respondió el cajista sin dejar de mirar a su interlocutor directamente a la cara—. Me llamo Gareth, por cierto. Encantado de conocerle.

Le tendió la mano manchada de tinta, pero el señor Dankworth se limitó a mirarla y a frotarse la suya de arriba abajo en el lateral del pantalón. Gareth bajó el brazo y, en su lugar, ofreció un ligero gesto de asentimiento. Lanzó una mirada rápida hacia donde me encontraba yo y luego se dio la vuelta y salió del *scriptorium*.

Saqué una ficha en blanco de mi pupitre y escribí:

GARETH
Cajista.

ESTABA DE PIE justo al lado de la puerta del *scriptorium*, leyendo un artículo de *The Oxford Chronicle* y esperando a que el doctor Murray terminase una carta que quería que le llevara al señor Bradley.

Era un artículo pequeño, enterrado en las páginas centrales.

Tres sufragistas, detenidas tras protestar contra el primer ministro Herbert Asquith desde un tejado, han sido alimentadas a la fuerza en la cárcel de Winson Green tras varios días en huelga de hambre. Las mujeres fueron encarceladas por desobediencia civil y un delito de daños tras lanzar tejas a la policía desde el tejado del Bingley Hall de Birmingham, donde el señor Asquith celebraba una reunión pública sobre los presupuestos. Las mujeres tenían la asistencia vetada.

Sentí que se me constreñía la garganta.

—¿Cómo se alimenta a la fuerza a una mujer adulta? —pregunté sin dirigirme a nadie en particular.

Releí la columna de palabras, pero ni se explicaba el procedimiento ni se mencionaba el nombre de las mujeres. Pensé en Tilda. Su última postal me había llegado desde Birmingham, donde, según había escrito, «las mujeres estaban dispuestas a hacer algo más que firmar peticiones».

—Esto es para que se lo lleves al señor Hart a la editorial —dijo el doctor Murray de repente, y me sobresalté—. Pero pasa antes por el Old Ashmolean. El señor Bradley está esperando esta carta.

Me entregó un sobre que llevaba «Bradley» escrito en la parte delantera y las primeras pruebas para la letra T.

El Old Ashmolean era tan grandioso como humilde era el *scriptorium*. Estaba hecho de piedra en lugar de estaño y su entrada estaba flanqueada por bustos de hombres que habían logrado algo, no sé exactamente qué. La primera vez que los vi, me sentí pequeña y fuera de lugar, pero, con el tiempo, habían alimentado en mí una ambición desafiante y me había imaginado entrando en aquel lugar y ocupando la mesa de la editora. Pero, si a las mujeres se les podía prohibir la asistencia a una reunión pública sobre los presupuestos, yo no tenía derecho a tener esa ambición. Pensé en Tilda, en su hambre de lucha. Y pensé en las mujeres que habían ido a la cárcel. ¿Sería capaz de matarme de hambre —me pregunté— si creyera que eso me ayudaría a convertirme en editora?

Subí las escaleras hasta llegar a la enorme puerta de doble hoja que daba paso a la sala del diccionario. Era espaciosa y luminosa, tenía las paredes de piedra y un techo alto sostenido por columnas griegas de piedra. El *Diccionario* se merecía aquel espacio y, cuando lo vi por primera vez, no entendí por qué se les había concedido al señor Bradley y al señor Craigie, y no al doctor Murray, el honor de ocuparlo.

—Es un mártir del *Diccionario* —me contestó mi padre cuando se lo pregunté—. El *scripi* le va como anillo al dedo.

Eché un vistazo en torno a la amplia sala para intentar averiguar qué ayudantes se hallaban detrás del caos de papeles que cubría todas las mesas. Eleanor Bradley se asomó por encima de su parapeto de libros y me saludó con la mano.

Quitó unos papeles de una silla y me senté.

—Tengo una carta para tu padre —dije.

—Ah, perfecto. Tiene la esperanza de que el doctor Murray le dé la razón en un asunto que el señor Craigie y él llevan discutiendo un tiempo.

—¿Discutiendo? —repetí con una ceja enarcada.

—Bueno, son educados, pero los dos esperan que el jefe incline la balanza en sus respectivas direcciones. —Miró el sobre que yo aún sujetaba en la mano—. Mi padre se alegrará de que se resuelva de una forma u otra.

—¿Es por una palabra en concreto?

—Por todo un idioma. —Eleanor se acercó más a mí, con los ojos rodeados por una montura de alambre abiertos como platos para contarme el chisme. Habló en voz baja—: El señor Craigie quiere hacer otro viaje a Escandinavia. Por lo que se ve, está apoyando una campaña para que se reconozca el frisón.

—No había oído hablar de ese idioma en mi vida.

—Es germánico.

—Cómo no —dije al recordar una conversación unidireccional que había mantenido con el señor Craigie en el pícnic organizado para celebrar la conclusión de *O y P*. El tema de la lengua islandesa lo había animado durante más de una hora.

—Mi padre cree que eso escapa al ámbito de las responsabilidades de un editor de nuestro diccionario. Teme que la R no se complete nunca si el señor Craigie no para de perseguir otros objetivos.

—Si ese es su argumento, estoy segura de que el doctor Murray lo apoyará —dije.

Me levanté para marcharme, luego vacilé.

—Eleanor, ¿has leído lo de las sufragistas encarceladas en Birmingham? Las están alimentando a la fuerza.

Se puso colorada y apretó la mandíbula.

—Sí, lo he leído —contestó—. Es una vergüenza. Como el *Diccionario*, el voto parece inevitable. No logro comprender por qué tenemos que sufrir tanto y durante tanto tiempo.

—¿Crees que viviremos para disfrutarlo? —le pregunté.

Ella sonrió.

—En ese tema soy más optimista que mi padre y sir James. Estoy segura de que sí.

Yo no lo tenía tan claro, pero, antes de que pudiera decir nada más, llegó el señor Bradley.

PEDALEÉ LO MÁS rápido que pude entre el Old Ashmolean y Walton Street. Lo que me espoleaba no era tanto el cielo, cada vez más negro como mis miedos por Tilda y las mujeres como ella... Y mis miedos por todas nosotras en caso de que sus esfuerzos fracasaran. Sin embargo, el agotamiento físico no acalló mis preocupaciones.

Cuando llegué a la editorial, embutí mi bicicleta entre otras dos, enfadada porque nunca había espacio suficiente para aparcarla con facilidad. Crucé el patio dando grandes zancadas, mirando a los hombres con el ceño fruncido y escudriñando los rostros de las mujeres; si sabían lo de la alimentación forzada, no se les notaba. Me pregunté cuántas de ellas se sentirían tan inútiles como yo.

En lugar de dirigirme al despacho del señor Hart, me encaminé hacia la sala de composición. Llevaba la ficha con el nombre del cajista en el bolsillo. La saqué y la repasé, aunque no necesitaba el recordatorio. Para cuando llegué a la sala, mis pasos se habían ralentizado.

Gareth estaba fijando tipos. No levantó la vista cuando entré, pero no me apetecía esperar a que me invitaran a pasar. Respiré hondo y comencé a caminar entre las mesas de trabajo de los cajistas.

Los hombres me saludaban con un gesto de la cabeza que yo les devolvía y mi rabia fue disipándose con cada ademán amistoso.

—Hola, señorita. ¿Está buscando al señor Hart? —me preguntó alguien que me sonaba y cuyo nombre no conocía.

—En realidad venía a saludar a Gareth —contesté. Apenas reconocí como mía aquella voz tan confiada.

A nadie parecía importarle que deambulara por la sala de composición, así que empecé a pensar que quizá el temor que siempre sentía fuese fruto de mi propia imaginación. Cuando llegué a la mesa de Gareth, la emoción que me había impulsado se había agotado, mi seguridad se había consumido.

Levantó la mirada, con el rostro aún dominado por una expresión de concentración. Entonces, una sonrisa se abrió paso en su rostro.

—Vaya, qué sorpresa tan agradable. Esme, ¿verdad?

Asentí, de pronto consciente de que no había preparado nada que decirle.

—¿Te importa que termine esta sección? Tengo el componedor casi lleno.

Gareth sostenía el componedor con la mano izquierda. Era una especie de bandeja que contenía líneas de tipos metálicos. El chico lo mantenía todo en su sitio apretando el pulgar con fuerza contra ellos.

La mano derecha de Gareth volaba por encima de la mesa de trabajo que tenía delante, cogía tipos y más tipos de unos pequeños compartimentos que me recordaban a los casilleros del doctor Murray, pero a una escala minúscula; cada uno estaba dedicado a una sola letra en lugar de a fajos de palabras. Antes de que me diera cuenta, tenía el componedor lleno.

Alzó la vista un instante y notó mi interés.

—El siguiente paso es volcarlo en la forma —dijo, y señaló un marco de madera junto a su mesa—. ¿Te suena?

Miré la forma. Salvo por el hueco en el que irían los nuevos tipos, tenía el tamaño y la forma de una página de palabras…, aunque no habría sabido decir de cuáles.

—Es como si fuera un idioma distinto.

—Está al revés, pero será una página del próximo fascículo del *Diccionario* en cuanto haya introducido esta corrección.

Soltó el componedor con mucho cuidado y se frotó el pulgar.

—El pulgar del cajista —dijo, y lo levantó para que pudiera verlo mejor.

—No tendría que haberme quedado mirándolo.

—Puedes mirarlo todo lo que quieras. Es una marca de mi oficio, nada más. —Se bajó del taburete—. Todos la tenemos. Pero estoy seguro de que no has venido hasta aquí para hablar de pulgares.

Había entrado en la sala de composición para desafiar una especie de prohibición que solo yo percibía. Ahora me sentía idiota.

—El señor Hart —balbuceé—. Pensé que a lo mejor lo encontraba aquí.

Miré a mi alrededor, como si el interventor fuera a estar escondido detrás de una de las mesas de trabajo.

—Voy a ver si averiguo dónde está. —Gareth limpió el polvo del asiento de su taburete con un paño blanco—. Si quieres, siéntate aquí.

Asentí y dejé que empujara el taburete hacia mí. Miré los tipos aún sujetos en el componedor. Me resultaba casi imposible descifrarlos, no solo porque las letras estuvieran del revés, sino porque se diferenciaban muy poco del fondo. Todo era de color gris plomo. Si los demás cajistas habían mostrado algún interés en la extraña mujer que hablaba con Gareth, ya no era así. Cogí un tipo de metal del compartimento más cercano.

Era como un sello diminuto, la letra levemente elevada en el extremo de un trozo de metal de unos dos centímetros y medio de largo y no mucho más ancho que un palillo. Me lo apreté contra la yema del dedo… y me dejó la huella de una «e» minúscula.

Volví a mirar el componedor. Gareth había dicho que lo introducirían en una página del *Diccionario*.

Me costó un rato, pero las palabras al fin comenzaron a tener sentido. Cuando las comprendí, sentí un pánico creciente.

b. Regañona: Mujer que perturba la paz del vecindario con sus constantes reprimendas.

¿Era eso lo que eran aquellas mujeres de Winson Green? Miré las pruebas que había junto a la forma. Parecía que no era la primera vez que se componían, sino que, más bien, Gareth se estaba ocupando de las correcciones.

Había una nota del doctor Murray sujeta al borde de una entrada.

No es necesario definir la BRIDA DE REGAÑONA; basta con hacer una referencia cruzada a la entrada correspondiente a MÁSCARA DE TORTURA.

Leí la entrada que iba a eliminarse:

c. Bocado, brida de regañona: Instrumento de castigo utilizado en el caso de las regañonas, etc., que consistía en una especie de armazón de hierro que rodeaba la cabeza y tenía una mordaza o bocado de metal afilado que entraba en la boca y refrenaba la lengua.

Me imaginé que las agarraban, que las obligaban a abrir la boca, que les introducían un tubo a la fuerza en ella y acallaban sus gritos. ¿Qué daños provocaría en la membrana sensible de los labios, la boca y la garganta? Cuando terminara el procedimiento,

¿conservarían siquiera la capacidad de hablar? Busqué en la mesa de trabajo y cogí cada letra de un compartimento diferente. Sostuve en la mano los ocho tipos de *regañona*. Pesaban. Los hice girar sobre la palma de mi mano. Sus bordes afilados me aguijonearon la piel y me dejaron marcas de tinta de páginas olvidadas. La puerta de la sala de composición se abrió y Gareth volvió a entrar, acompañado del señor Hart. Me guardé los tipos en el bolsillo y aparté el taburete.

—Las primeras correcciones de la letra T —dije al entregarle las pruebas al señor Hart.

Las cogió sin reparar en las manchas de tinta de mis dedos. Me metí la mano en el bolsillo enseguida. Gareth no estaba tan distraído y, por el rabillo del ojo, lo vi comprobar los tipos que acababa de componer. Vio que no faltaba nada y recorrió la bandeja con la mirada. Me aferré a los tipos, sentí sus bordes afilados y los apreté con tanta fuerza que me hicieron daño.

—Excelente —dijo el señor Hart mientras hojeaba las páginas—. Avanzamos, aunque sea poco. —Luego se volvió hacia Gareth—. Las revisaremos mañana. Ven a verme a las nueve.

—Sí, señor —respondió Gareth.

El señor Hart se encaminó hacia su despacho, aún hojeando las pruebas.

—Tengo que irme —dije, y comencé a alejarme de Gareth sin mirarlo.

—Espero que vuelvas a visitarme —lo oí decir.

CUANDO SAQUÉ MI bicicleta de la editorial, el cielo se había oscurecido aún más. Antes de alcanzar Banbury Road, se había encapotado por completo. Cuando llegué al *scriptorium*, estaba empapada y temblando.

—¡No entre! —gritó el señor Dankworth cuando abrí la puerta del *scriptorium*.

Me detuve y solo entonces caí en la cuenta de la pinta que debía de tener. Todo el mundo me miraba.

Rosfrith, que estaba sentada al escritorio de su padre, se levantó.

—Señor Dankworth, ¿está proponiendo que Esme se pase toda la tarde ahí fuera, bajo la lluvia?

—Nos mojará todos los papeles —respondió él en voz más baja, y luego se encorvó de nuevo sobre su trabajo como si no le interesara lo que sucediese a continuación.

Me quedé donde estaba. Empezaron a castañearme los dientes.

—Mi padre no tendría que haberte enviado a hacer recados. Estaba claro que iba a llover. —Rosfrith cogió un paraguas del perchero y luego me agarró del brazo—. Acompáñame; tu padre y el mío no tardarán en llegar y ambos se disgustarán si te ven en este estado.

Rosfrith sostuvo el paraguas sobre las cabezas de ambas mientras cruzábamos el jardín hacia la parte delantera de la casa. Casi nunca me invitaban a la parte principal del hogar de los Murray, y podía contar con los dedos de una mano el número de veces que había entrado por la puerta delantera. En ese momento, supuse que estaba sintiendo algo parecido a lo que Lizzie debía de sentir cada día de su vida.

—Espera aquí —me dijo Rosfrith cuando la puerta delantera se cerró a nuestras espaldas.

Se dirigió hacia la cocina y la oí llamar a Lizzie. Un minuto después, estaba delante de mí, secándome con una toalla del armario de la ropa blanca.

—¿Por qué no te has *esperao* en la editorial? —me preguntó mientras se arrodillaba para desabrocharme los zapatos y quitarme las medias empapadas.

—Gracias, Lizzie, ya me encargo yo.

Rosfrith cogió la toalla y me guio escaleras arriba hasta su dormitorio.

Le sacaba casi dos años y, sin embargo, siempre me había sentido más pequeña que ella. Mientras buscaba en su armario alguna prenda que pudiera valerme, atisbé en ella el pragmatismo y la seguridad de su madre. La señora Murray tenía tanto derecho a un título de dama como el doctor Murray a uno de caballero, me había dicho una vez mi padre. «Sin ella, el *Diccionario* se habría ido al traste hace tiempo.»

Qué reconfortante debe de ser saber cómo tienes que comportarte: igual que tener una definición de ti misma claramente escrita en letras negras.

—Eres más alta y más delgada que yo, pero creo que esto te valdrá.

Rosfrith extendió sobre su cama una falda, una blusa, una chaqueta de punto y ropa interior, y después me dejó sola para que me cambiara.

Antes de quitarme la falda mojada, rebusqué en los bolsillos. En uno había un pañuelo, un lápiz y un fajo de fichas en blanco empapadas. Me acerqué a la papelera a tirar el fajo y no pude evitar echarle un vistazo a los papeles que había en el escritorio de Rosfrith. Todo estaba muy ordenado. Había una fotografía de su padre tras recibir el título de caballero y otra de toda la familia en el jardín de Sunnyside. Había pruebas y cartas en distintas fases de elaboración. Reconocí el destinatario de la carta en la que había estado trabajando más recientemente. Era el alcaide de la Prisión de Winson Green. «Estimado señor —comenzaba—. Deseo objetar.» No había pasado de ahí. Junto a ella, había un ejemplar de *The Times of London*.

De mi otro bolsillo, saqué los tipos que le había robado a Gareth y la ficha que contenía su nombre. Estaba casi translúcida por la lluvia, pero su nombre seguía viéndose.

Cuando me puse la ropa de Rosfrith, envolví los tipos en mi pañuelo húmedo y me los guardé en uno de los bolsillos de la falda. Cogí la ficha con el nombre de Gareth. Él sabía que me había llevado los tipos. Me daría demasiada vergüenza volver a visitarlo. Dejé caer la ficha en la papelera.

Entonces me volví de nuevo hacia el escritorio de Rosfrith. *The Times of London* dedicaba más espacio a las mujeres de

Winson Green en su artículo. Tilda no era una de ellas; «esta vez no», pensé. Charlotte Marsh era la hija del artista Arthur Hardwick Marsh. El padre de Laura Ainsworth era un respetado inspector de educación. Mary Leigh era esposa de un constructor. Así se definía a las mujeres.

Azacana. Me volvió a la cabeza en ese momento y me di cuenta de que las palabras que más se utilizaban para definirnos eran aquellas que describían nuestra función con respecto a los demás. Incluso las más inofensivas —*doncella*, *esposa*, *madre*—, le decían al mundo si éramos vírgenes o no. ¿Cuál era el equivalente masculino de *doncella*? No se me ocurría ninguno. ¿Cuál era el equivalente masculino de *señora*, de *puta*, de *regañona*? Miré por la ventana hacia el *scriptorium*, el lugar en el que se estaban consolidando las definiciones de todas esas palabras. ¿Qué palabras me definirían a mí? ¿Cuáles se emplearían para juzgar o contener? No era *doncella*, pero tampoco era la *esposa* de un hombre. Y no tenía ninguna gana de serlo.

Mientras leía cómo se les administraba el «tratamiento», sentí el fantasma de una arcada y el dolor de un tubo que me raspaba la membrana desde la mejilla hasta la garganta y el estómago. Era una especie de violación. El peso de los cuerpos que te agarraban, que te inmovilizaban las manos que arañaban y los pies que pataleaban. Que te abrían a la fuerza. En ese momento, no supe qué humanidad estaba más en peligro: si la de las mujeres o la de las autoridades. Si era la de las autoridades, la vergüenza era toda nuestra. A fin de cuentas, ¿qué había hecho yo para contribuir a la causa desde que Tilda se había marchado de Oxford?

Rosfrith volvió y bajamos las escaleras juntas.

—¿Eres sufragista, Rosfrith? —le pregunté.

—No me escapo por la noche ni rompo ventanas, si es eso a lo que te refieres. Prefiero llamarme defensora del voto femenino.

—No creo que yo fuera capaz de hacer lo que hacen algunas mujeres.

—¿Matarte de hambre o ser una molestia pública?

—Ninguna de las dos.

Rosfrith se detuvo en la escalera y se volvió hacia mí.

—Yo tampoco creo que pudiera. Y no me imagino… Bueno, ya has leído los periódicos. Pero la militancia no es el único camino, Esme.

Rosfrith reanudó el descenso y yo la seguí, dos pasos por detrás. Quería preguntarle muchas cosas, pero, a pesar de que ambas nos habíamos criado a la sombra del *Diccionario*, sentía que estábamos a mundos de distancia.

Nos quedamos un rato junto a la puerta de la cocina, contemplando la lluvia.

—Lo mejor será que cruce de una carrera —dijo al final Rosfrith—. Pero tú ya te has mojado bastante por hoy, espera aquí calentita hasta que pare. Desde luego, no podemos permitir que te resfríes.

Abrió el paraguas y salvó al trote la distancia que separaba la cocina del *scriptorium*.

Lizzie estaba acuclillada ante los fogones.

—Vaya carita, Esmi. ¿Qué pasa ahora?

—Los periódicos, Lizzie. Te quedarías de piedra si supieras lo que está pasando.

—No me hace falta leer los periódicos; el *mercao* es igual de útil.

Echó una palada de carbón a las llamas cada vez más altas y cerró la pesada puerta de hierro forjado de un golpe. Se irguió con cierto esfuerzo y la noté rígida.

—¿En el mercado están hablando de lo que les están haciendo a las sufragistas de Birmingham? —pregunté.

—Sí. De eso hablan.

—¿Están enfadados por lo de las huelgas de hambre y la alimentación forzosa?

—Los hay que sí —dijo mientras empezaba a cortar verduras y a meterlas en una olla grande—. Otros piensan que están haciendo las cosas fatal. Que se consigue más con una gota de miel que con un barril de hiel.

—Pero ¿creen que se merecen lo que les está pasando? Es tortura.

—Hay gente que piensa que no se les puede permitir matarse de hambre.

—¿Y tú qué opinas, Lizzie?

Levantó la mirada, con los ojos enrojecidos y llorosos por culpa de las cebollas.

—Yo no sería tan valiente —dijo.

No era una respuesta, pero quizá yo habría dicho lo mismo si hubiera sido sincera conmigo misma.

11 de abril de 1910

Feliz cumpleaños, mi querida Esme:

Me parece increíble que ya tengas veintiocho años. Hace que me sienta muy vieja. Este año, en vista de tus constantes inquietudes, te he adjuntado un libro de Emily Davies. Emily era amiga de mi madre y lleva medio siglo involucrada en el movimiento sufragista. Posee un enfoque bastante distinto al de la señora Pankhurst y cree con firmeza en el efecto igualador de la educación de las mujeres; sus argumentos resultan muy convincentes. Espero que, si lees *Reflexiones sobre algunas cuestiones relativas a la mujer*, te plantees la posibilidad de cursar una carrera. Lo que me lleva a tu carta.

La he leído en voz alta durante el desayuno. Beth y yo compartimos tus preocupaciones, aunque no nos sentimos tan impotentes como da la impresión de que te sientes tú.

Esta lucha no es nueva y, aunque no cabe duda de que las acciones del ejército de mujeres de Emmeline Pankhurst llamarán la atención sobre la causa, puede que no aceleren una resolución satisfactoria. Conseguiremos el voto tarde o temprano, pero ese no será el final. La lucha continuará y no puede recaer únicamente sobre las mujeres dispuestas a matarse de hambre.

Mi abuelo se pronunció sobre el tema del derecho al voto de las mujeres cuando el «sufragio universal» era el debate político de la época. Tengo curiosidad por saber cómo definirá *universal* nuestro diccionario. En aquel entonces, significaba todos los adultos, con independencia de su raza, sus ingresos o propiedades. Pero no significaba las mujeres, y nuestro abuelo clamó contra ello. Sería una larga campaña, se le oyó decir; y también que, para ganarla, tendría que disputarse en muchos frentes.

No eres una cobarde, Esme. Me duele pensar que las jóvenes lleguen a creer algo así porque no se las está maltratando por sus convicciones. Si Tilda está haciendo campaña por la WSPU, le va como anillo al dedo. Es actriz y sabe cómo provocar al público. Si tú quieres ser útil, sigue haciendo lo que siempre has hecho. Una vez me hiciste la observación de que algunas palabras se consideraban más importantes que otras simplemente porque estaban fijadas por escrito. Argumentaste que, por defecto, las palabras de los hombres cultos eran más importantes que las de las clases incultas, entre ellas las mujeres. Haz lo que sabes hacer, mi querida Esme: sigue sopesando las palabras que usamos y registramos. Una vez que se haya resuelto la cuestión del sufragio político femenino, habrá que exponer desigualdades menos evidentes. Sin ser consciente de ello, tú ya estás trabajando por esta causa. Como dijo mi abuelo, será un partido largo. Juega en una posición que se te dé bien y deja que los demás jueguen en la suya.

Ahora, a otras noticias. He reflexionado mucho y con detenimiento acerca de si el silencio sería lo mejor, pero Beth me ha convencido de que en realidad es un vacío lleno de ansiedades. Sarah me ha escrito que se han adaptado sin problema a Adelaida y que la pequeña Megan no para de crecer. Podría compartir más detalles sobre este tema, pero esperaré a que me lo pidas.

Algo no ajeno a tus preguntas: ¡Sarah acaba de votar en sus primeras elecciones! ¿No es maravilloso? Las mujeres de Australia Meridional llevan ya quince años ejerciendo ese derecho. Por lo que he podido averiguar, ninguna ha tenido que romper ventanas ni pasar hambre a cambio de tal privilegio. Estarás, sin duda, informada de que algunas de esas buenas mujeres han viajado hasta Inglaterra para apoyar la causa. ¿Te acuerdas de la joven que se encadenó a la reja de la Galería de las Damas y habló en la Cámara de los Comunes? Pues bien, es de Adelaida. Según todos los indicios, la situación de Australia Meridional no ha empeorado por el sufragio femenino. Al contrario, Sarah me escribe que es un lugar bastante agradable una vez que te acostumbras al calor. La sociedad no parece haberse descompuesto de ningún modo. Es solo cuestión de tiempo que ocurra aquí.

Antes de despedirme, Beth quiere que te cuente que *La esposa del soldado del regimiento de dragones* acaba de reimprimirse. Parece que la lucha por el sufragio no es incompatible con el romanticismo de que alguien te haga perder la cabeza. Somos una especie complicada.

Con cariño,

Ditte

Megan. Meg. Megui.

Niña tenía nombre y no paraba de crecer. Eso era lo único que necesitaba saber. Lo único que podía contener en mi interior sin reventar.

Pasaron dos cumpleaños más. Megan cumplió tres y luego cuatro. Los informes sobre Niña se convirtieron en parte del regalo anual de Ditte, como antaño lo había sido la historia de Azucena. Me enviaba un libro, una carta, los primeros pasos de Niña, sus primeras palabras. El libro siempre se dejaba de lado y las noticias de Ditte no tardaban en olvidarse. Me costaba recordar la inercia de mis días.

Diciembre de 1912

EL TIEMPO MARCABA el *scriptorium* de maneras sutiles de un año para otro. Las pilas de libros se hacían más altas y se construían casilleros para contener más fichas; las estanterías formaban un recoveco para un viejo sillón que Rosfrith había llevado desde la casa, que se convirtió en el refugio favorito del señor Maling cuando tenía que estudiar un texto extranjero. Las barbas que rodeaban la mesa de clasificación eran más grises y la del doctor Murray cada vez más larga.

Nunca había sido un lugar ruidoso, pero el *scriptorium* tenía un conjunto de sonidos que se combinaban para crear un zumbido reconfortante. Estaba acostumbrada al roce de los papeles, al rasguear de los bolígrafos y a los resoplidos de frustración que identificaban a cada persona como una huella dactilar. Si una palabra le estaba dando problemas, el doctor Murray gruñía y se bajaba de su silla para acercarse a la puerta y tomar una bocanada de aire. El señor Dankworth convertía su lápiz en un metrónomo, un golpeteo lento que marcaba el ritmo de su pensamiento. Mi padre dejaba de emitir cualquier tipo de sonido. Se quitaba las gafas y se frotaba el puente de la nariz. Luego apoyaba la barbilla en una mano y levantaba la mirada hacia el techo, igual que si nuestra conversación de la cena lo hubiera dejado sin palabras.

Elsie y Rosfrith también tenían sus propios ruidos de acompañamiento y me encantaba oír los dobladillos de sus faldas barriendo el suelo, arrastrando fichas que se habían dejado caer en un descuido —menudo golpe de suerte, pensaba a veces, y miraba a ver dónde acababan para poder recogerlas si nadie lo hacía—. Las chicas Murray —todavía pensaba así en ellas, aunque todas habíamos superado la treintena— también alteraban la atmósfera con aroma de lavanda y rosa. Yo lo inhalaba como un tónico contra la higiene a veces negligente de los hombres.

De vez en cuando, el *scriptorium* se quedaba en calma, silencioso y todo para mí. Por lo general, ocurría justo antes de la publicación de un fascículo: los editores y sus ayudantes veteranos se reunían en el Old Ashmolean para zanjar las discusiones de última hora, y Elsie y Rosfrith aprovechaban para estar en algún otro sitio.

Normalmente, con el *scriptorium* para mí, serpenteaba entre las mesas y las estanterías en busca de pequeñas fichas del tesoro. Pero, ese día en concreto, tenía prisa. Había pasado la pausa del té de la mañana en la habitación de Lizzie, clasificando más fichas del baúl, y ahora quería catalogar un fajo no muy abultado de palabras de mujer.

Levanté la tapa de mi escritorio y saqué la caja de zapatos que utilizaba como casillero para mis palabras. Estaba medio llena de pequeños fajos de fichas, cada uno de los cuales representaba una palabra, con significados y citas de varias mujeres prendidos con alfileres. Extendí las fichas nuevas sobre el pupitre. Algunas pertenecían a palabras que ya había definido; otras eran nuevas y requerían una ficha de portada. Eso era lo que más me gustaba: considerar todas las variantes de una palabra, decidir cuál sería el lema y después elaborar una definición que se ajustara a él. Nunca me hallaba sola en aquel proceso; la voz de la mujer que la había utilizado me guiaba sin falta. Cuando se trataba de Mabel, me detenía un poco más, me aseguraba de que entendía bien el significado y me imaginaba su sonrisa llena de encías cuando lo conseguía.

El acerico de Lizzie vivía ahora en mi escritorio y cogí un alfiler para asegurar las citas de *baboso*. Tilda había sido la primera en ofrecerme una cita, pero a Mabel le gustaba usar esa palabra siempre que hablaba de un hombre que no le caía bien. Hasta Lizzie la utilizaba de vez en cuando. Así que era un insulto, pero no vulgar; y Mabel nunca lo había utilizado para referirse a la señora Stiles, así que solo podía referirse a los hombres. Clavé el alfiler en una esquina de las fichas y empecé a componer una de portada en mi cabeza.

—¿Qué es eso?

El alfiler me pinchó el pulgar y me hizo ahogar un grito. Levanté la mirada. El señor Dankworth estaba detrás de mí, escudriñando las fichas desordenadas y diseminadas sobre mi mesa. Estaban expuestas y vulnerables. Por descontado, no eran las palabras en las que tendría que estar trabajando.

—Nada que tenga importancia —respondí mientras trataba de formar un montón con ellas y le sonreía, consciente de lo tonta que debía de parecer: una mujer adulta embutida detrás de un pupitre escolar.

Se agachó un poco para ver mejor las palabras. Intenté echar la silla hacia atrás, pero me di cuenta de que no podía. De momento, me quedaría allí atascada mientras él continuaba con su examen.

—Si no tiene importancia, ¿por qué lo hace? —me preguntó, y estiró la mano por encima de mí, de modo que tuve que agacharme para esquivarlo.

Cogió el montón de fichas.

Un recuerdo repentino se impuso en mi interior, un recuerdo que creía enterrado bajo el tiempo y la bondad. Yo era más pequeña, el escritorio era similar, pero la sensación de que no poseía ningún control sobre lo que fuera a suceder a continuación era muy intensa. Me quedé sin aliento. Me había permitido imaginar que mi vida se desarrollaba de forma diferente a la de muchas de las mujeres que observaba. Pero, en aquel momento, me sentí tan constreñida e impotente como cualquiera de ellas.

Y después me sentí furiosa.

—No tendrá ninguna importancia para usted —repliqué—. Aunque es relevante.

Empujé la silla con más fuerza, hasta que el señor Dankworth se vio obligado a apartarse.

Me levanté y me planté a su lado, tan cerca como podríamos haberlo estado justo antes de un beso. Él tenía la frente arrugada, como en un gesto de concentración permanente, y del cabello negro alisado a ambos lados de su perfecta raya al medio surgían pelos blancos y ásperos. Eran rebeldes y me sorprendió que no se los hubiera arrancado. Dio un tambaleante paso atrás. Tendí la mano para que me devolviera las fichas, pero se aferró a ellas.

Se volvió hacia la mesa de clasificación y se llevó mis fichas. Las extendió como si fueran una baraja de naipes. Luego las toqueteó, las movió de un lado a otro. «Maltrato», pensé. Escribiría una ficha cuando terminara.

El señor Dankworth se detuvo a leer una o dos palabras, como si estuviera ponderando su valor. Me di cuenta de que el filólogo que tenía dentro estaba intrigado: se le suavizó la frente y se le relajaron los labios fruncidos. Me recordó a las raras ocasiones en las que pensaba que tal vez tuviésemos algo en común. Cuanto más tiempo pasaba él sopesando mis palabras, más me planteaba yo si mi reacción no había sido exagerada.

Se me aflojaron los hombros y dejé de apretar la mandíbula. Cuánto ansiaba hablar con alguien acerca de las palabras de las mujeres, de su lugar en el *Diccionario*, de los fallos metodológicos que podrían haber significado que las excluyeran. En ese momento, nos imaginé al señor Dankworth y a mí siendo aliados.

De repente, volvió a juntar todas las fichas, sin preocuparse por ordenarlas.

—Tenía usted razón y a la vez se equivocaba, señorita Nicoll —dijo—. Su proyecto no tiene ninguna importancia para mí, pero tampoco es relevante.

Me quedé demasiado aturdida para responder. Cuando me pasó el montón me temblaba tanto la mano que se me cayeron.

El señor Dankworth miró las fichas esparcidas por el suelo polvoriento y no hizo ningún amago de ayudarme a recogerlas. Al contrario, se dio la vuelta hacia la mesa de clasificación y buscó entre sus papeles, encontró lo que hubiera ido a buscar y se fue.

El temblor de la mano se me extendió hasta el último rincón del cuerpo. Me arrodillé para recoger las fichas, pero fui incapaz de colocarlas en ningún tipo de orden. No lograba concentrarme y me parecían insignificantes. Cuando oí que la puerta del *scriptorium* volvía a abrirse, cerré los ojos para protegerme del miedo a que fuera el señor Dankworth, a la humillación de que me viera de rodillas.

Alguien se agachó a mi lado y empezó a recoger fichas. Tenía unos dedos largos y bonitos, pero el pulgar de la mano izquierda estaba deformado. Gareth, el cajista. Tenía un vago recuerdo de que aquello ya había sucedido. Recogía una ficha tras otra y les quitaba el polvo a todas antes de pasármelas.

—Ya las ordenarás más tarde —me dijo—. Por ahora, es mejor apartarlas cuanto antes de este suelo frío, y a ti también.

—Ha sido culpa mía —me oí decir.

Gareth no respondió, se limitó a seguir pasándome fichas. Hacía años que le había robado los tipos y, a pesar de su simpatía, me las había arreglado para desalentar cualquier acercamiento que no fuera una relación cortés.

—No es más que un pasatiempo. En realidad este no es su sitio —dije.

Gareth se detuvo un instante, pero siguió sin decir nada. Luego recogió la última ficha, le puso el dedo por encima y leyó la palabra en voz alta:

—*Cenutrio.*

—Aquí hay un ejemplo de cómo se usa —dije, y me acerqué más para señalar la cita de la ficha.

—Yo diría que es correcto —dijo tras leerlo—. ¿Y quién es Tilda Taylor?

—La mujer que empleó la palabra.

—Entonces, ¿estas palabras no aparecen en el *Diccionario*?

Me puse rígida.

—No. Ninguna de ellas.

—Pues algunas son bastante comunes —dijo mientras las hojeaba.

—Sí, entre las personas que las usan. Pero que las palabras sean comunes no es uno de los requisitos del *Diccionario*.

—¿Quién las usa?

Ahora ya estaba lista para disputar la pelea de la que me había escudado hacía unos minutos.

—Los pobres. La gente que trabaja en el Mercado Cubierto. Las mujeres. Por eso no están fijadas por escrito y por eso las han excluido del *Diccionario*. Aunque a veces sí que están fijadas por escrito, pero aun así las excluyen porque no se emplean en compañía educada. —Me sentía agotada, pero desafiante. Seguían temblándome las manos, pero estaba dispuesta a seguir. Lo miré a los ojos—. Son importantes.

—Entonces más vale que las guardes bien —dijo Gareth, que se puso de pie al mismo tiempo que me tendía la última ficha. Luego me ofreció una mano y me ayudó a levantarme del suelo.

Me llevé las fichas a mi escritorio y las metí debajo de la tapa. Luego me volví hacia Gareth.

—¿A qué habías venido?

Abrió su cartera y sacó unas pruebas del último fascículo.

—De *Sopor* a *Sugestionar* —dijo mientras las sostenía en el aire—. Si no hay demasiadas correcciones, podríamos ir a imprenta antes de Navidad.

Sonrió, asintió y dejó las pruebas en el escritorio del doctor Murray antes de marcharse del *scriptorium*. Pensé que se volvería y me sonreiría de nuevo, pero no lo hizo. Si lo hubiera hecho, le habría dicho que seguramente habría muchas correcciones.

TODO EL MUNDO volvió al *scriptorium* después de comer y me quedé esperando a que el señor Dankworth me delatase. Ya era demasiado mayor para que me mandaran a un internado, pero tuve tiempo y silencio suficientes para imaginarme una decena de castigos distintos. Todos comenzaban con la humillación de que me hicieran vaciarme los bolsillos y terminaban con que jamás volvía a pisar el *scriptorium*.

Pero el señor Dankworth nunca le habló de mis palabras al doctor Murray. Lo observé durante días, conteniendo el aliento cada vez que tenía motivos para consultar al editor, pero en ningún momento desviaron la mirada hacia mí. Me di cuenta de que mis palabras no eran lo único que no tenía ninguna importancia para el señor Dankworth, sino que el hecho de que yo estuviera dedicando mi tiempo a ellas cuando tendría que haber estado trabajando para el *Diccionario* tampoco le preocupaba lo más mínimo.

ESTABA CONTESTANDO A una consulta ortográfica que se había vuelto demasiado frecuente desde la publicación de *Obsceno* a *Ostiario*. «¿Por qué —preguntaba el escritor—, el nuevo *Diccionario* prefiere *oscurecer* cuando *obscurecer* es tan omnipresente? La costumbre y el sentido común insisten en esta última grafía. ¿Se me va a considerar un analfabeto?» Era una tarea ingrata, ya que no había una respuesta razonable. El familiar rumor de la bicicleta de Gareth fue razón suficiente para dejarla inacabada. Solté la pluma y miré hacia la puerta.

Aquella era su tercera visita al *scriptorium* desde que me había ayudado a recoger mis palabras del suelo unas semanas antes.

—Un joven simpático —había dicho mi padre la primera vez que se había percatado de que Gareth me saludaba.

—¿Tan simpático como el señor Pope y el señor Cushing? —le pregunté.

—No tengo la menor idea de a qué te refieres —había sido su respuesta—. Es supervisor. Una de las pocas personas en las que el señor Hart confía para transmitir preocupaciones respecto al estilo. —Entonces me había mirado con las cejas arqueadas—. Pero esas conversaciones suelen tener lugar en la editorial.

Cuando la puerta se abrió, entró la pálida luz del día. Los ayudantes levantaron la vista y mi padre lo saludó con la cabeza antes de volverse para mirarme. El doctor Murray bajó de su banqueta.

Estaba demasiado lejos para oír lo que decían, pero Gareth estaba señalando una parte de unas pruebas y explicándole algo al doctor Murray. Vi que este se mostraba de acuerdo: hizo una pregunta, escuchó, asintió y después invitó a Gareth a acercarse a su escritorio. Juntos, examinaron varias páginas más. Me fijé en que el señor Dankworth ignoraba con esmero toda la interacción.

Gareth se quedó esperando mientras el doctor Murray le escribía una nota rápida al señor Hart. Cuando terminó y Gareth se la hubo guardado en la cartera, el joven y el anciano salieron juntos al jardín.

Los vi justo al otro lado de la puerta. El doctor Murray se estiró como lo hacía a veces, cuando llevaba toda la mañana encorvado sobre las pruebas. La actitud de ambos hombres cambió, se tornó más íntima. El señor Hart estaba enfermo de agotamiento, me había dicho mi padre, y adiviné una preocupación mutua.

El doctor Murray volvió al *scriptorium* solo. Me sorprendió la pesadez del suspiro que me brotó de los pulmones. Dejó la puerta abierta y el aire fresco de diciembre comenzó a circular entre las mesas. Dos de los ayudantes se pusieron la chaqueta; Rosfrith se echó un chal sobre los hombros. Yo no solía apoyar la idea que defendía el doctor Murray de que el aire fresco mantenía la mente alerta, pero me había entrado demasiado calor para poder pensar con claridad, así que, por una vez, lo agradecí. Volví a la tarea de justificar *oscurecer*.

—Esto es para ti.

Era Gareth.

Durante un momento, me resultó imposible levantar la vista. Todo el calor que me había invadido el cuerpo me había subido de repente a la cara.

—Es una palabra para tu colección. Es de mi madre. La usaba de esta forma a todas horas, pero no la he encontrado en las pruebas que guardamos en la editorial.

Me habló en voz baja, pero oí hasta la última palabra. Seguí sin levantar la vista; no estaba segura de si podría hablar. En lugar de eso, me concentré en la ficha que Gareth me había colocado delante. Debía de haberla cogido de la pila de fichas en blanco que había en la estantería más cercana a la puerta. Era una palabra muy común, pero el significado era diferente. Lo reconocí de cuando era una cría.

REPOLLO
«Ven aquí, repollito mío, y dame un abrazo.»

Deryth Owen

Deryth, qué nombre tan bonito. La frase era más o menos la misma que habría dicho Lizzie.

—Las madres tienen un vocabulario propio, ¿no crees? —me dijo.

—La verdad es que no lo sé. —Miré a mi padre—. No llegué a conocer a la mía.

El comentario pareció afectar a Gareth.

—Vaya, lo siento.

—No te preocupes. Como ya te habrás imaginado, mi padre también tiene cierta facilidad de palabra.

Se rio.

—Claro, sí, me lo imagino.

—¿Y tu padre? —pregunté—. ¿Trabaja en la editorial?

—Era mi madre la que trabajaba allí. Era encuadernadora. Me metió de aprendiz cuando tenía catorce años.

—Pero ¿y tu padre?

—Éramos solo mi madre y yo —respondió.

Miré la ficha que tenía en la mano e intenté imaginarme a la mujer que llamaba a aquel hombre repollito mío.

—Gracias por la ficha —dije.

—Espero que no te importe que haya venido en tu busca.

Miré hacia la mesa de clasificación. Noté un par de ojeadas furtivas a mi mesa y una sonrisa extraña en el rostro de mi padre, aunque mantenía la vista resueltamente clavada en su trabajo.

—Me alegro mucho de que lo hayas hecho.

Lo miré a la cara y luego, deprisa, bajé la vista hacia la ficha una vez más.

—Entonces me aseguraré de volver a hacerlo.

Cuando se fue, abrí la tapa de mi escritorio y busqué en mi caja de zapatos hasta encontrar el lugar donde encajaba la ficha de Gareth.

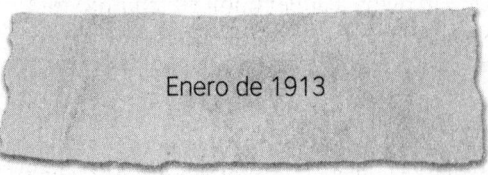

Enero de 1913

MIENTRAS ME DIRIGÍA hacia la Bodleiana, vi que se estaba congregando una multitud en torno al Memorial de los Mártires. Podría haberla evitado bajando por Parks Road, como solía hacer, pero preferí continuar por Banbury Road hasta que la multitud me desvió.

Se habían colocado avisos por todo Oxford. Las calles estaban atestadas de panfletos y todos los periódicos habían publicado artículos a favor y en contra. Las sociedades sufragistas de Oxford iban a reunirse para llevar a cabo una marcha pacífica desde St Clement's hasta el Memorial de los Mártires. Faltaban horas para que comenzaran, pero estaban preparándolo todo y ya reinaba cierta expectación, cierto entusiasmo. Podría haber sido una feria, pero con el crepitar de una tormenta inminente en el aire.

En la Bodleiana había menos gente que de costumbre. Me tomé mi tiempo para buscar en las estanterías de la primera extensión del edificio medieval, conocida como Arts End. Los libros que el doctor Murray quería que revisara eran antiguos, las citas casi foráneas sobre la página y fáciles de malinterpretar. Me senté en un banco desgastado por generaciones de eruditos muertos hace tiempo y me pregunté cuántos habrían sido mujeres.

Regresé por donde había venido. La marcha había llegado y la multitud se había incrementado. Las mujeres triplicaban en número a los hombres, pero me sorprendió que los hombres que había fueran de todo tipo: hombres con corbata y sin ella. Hombres del brazo de mujeres. Hombres solos. Hombres apiñados en pequeños grupos, con gorra y sin cuello en la camisa, con los brazos cruzados ante el pecho y las piernas bien abiertas.

Apoyé la bicicleta contra la verja del diminuto cementerio que había junto a Santa María Magdalena y luego me acerqué al margen de la multitud.

Al leer sobre la marcha, había albergado la esperanza de que Tilda volviera a Oxford para participar en ella. Le escribí y adjunté un folleto: «Te esperaré en la pequeña iglesia que hay cerca del Memorial de los Mártires».

Ella me había contestado con una postal.

Ya veremos. No han invitado a la WSPU (muchas de las damas cultas de Oxford no comparten los métodos de la señora Pankhurst). Pero me alegro de que te hayas unido a la sororidad y de que sumes tu voz al clamor. Ya era hora.

Una mujer hablaba desde un estrado instalado al lado del Memorial de los Mártires, aunque desde mi posición era difícil ver quién era y apenas alcanzaba a oír lo que decía por encima de los abucheos. En los folletos se nos pedía NO PRESTAR ATENCIÓN a los que quisieran molestar, y la mayoría de las mujeres y los hombres que apoyaban a la oradora estaban obedeciendo a pies juntillas. Pero los detractores eran muchos y gritaban desde todos los puntos de la multitud. Desde un gramófono colocado en una ventana abierta del St John's College, empezó a sonar música a todo volumen. Una nube de humo de pipa se alzaba desde un grupo de hombres junto a la tribuna de oradores. Otro grupo comenzó a cantar tan alto que era imposible oír otra cosa. En los márgenes de la multitud, me sentí extrañamente vulnerable.

Se produjo un alboroto entre la gente que rodeaba el Memorial de los Mártires. Me puse de puntillas para observar lo que ocurría y vi que el altercado avanzaba hacia el exterior por el mar de gente. Cada vez estaba más cerca, pero solo entendí lo que significaba cuando dos hombres emergieron ante mí, rodeándose el uno al otro con los brazos, ambos lanzándose puñetazos. El hombre que llevaba una camisa con cuello y corbata era más corpulento, pero no paraba de sacudir los brazos y casi nunca daba en el blanco con los puños. El otro hombre era más preciso. No llevaba chaqueta, a pesar del frío, y tenía la camisa remangada por encima de los codos. Retrocedí, pero Magdalen Street seguía congestionada y me empujaron contra las bicicletas apoyadas en la verja del cementerio de la iglesia.

Vi que la policía a caballo se abría paso entre el gentío. Los caballos asustaron a la multitud, que se dispersó. La gente empezó a correr, la mitad hacia Broad Street, la otra mitad hacia St Giles. Di un paso y me tiraron al suelo. Zapatos de mujer y de hombre; dobladillos de vestidos manchados de tierra. Me levantaron y me tiraron de nuevo. Dos mujeres que no conocía me pusieron en pie con brusquedad y me dijeron que me fuera a casa, pero me quedé allí plantada, paralizada.

—¡Zorra!

Una cara roja y áspera, casi rozando la mía; la nariz rota hacía años y nunca enderezada. Luego, un salivazo. Apenas podía respirar. Levanté los dos brazos para protegerme, pero el golpe que esperaba no llegó.

—¡Oye! Déjala.

Una voz de mujer. Alta. Feroz… Luego suave.

—Son unos cobardes —dijo. Las palabras y el tono me resultaban familiares. Dejé caer los brazos, abrí los ojos. Era Tilda. Me apartó y me limpió la saliva de la mejilla—. Les da miedo que sus esposas dejen de hacer lo que les mandan. —Tiró el pañuelo al suelo y luego dio un paso atrás—. Esme. Más guapa que nunca.

Tilda se echó a reír al ver mi cara.

A nuestro lado comenzó otra refriega y, durante un instante, agradecí la distracción. Entonces vi quién participaba en ella.

311

—¿Gareth?

Se volvió y el otro hombre aprovechó la oportunidad. Un puño violento impactó contra el labio del cajista y una sonrisa de satisfacción conquistó el rostro del desconocido. Reconocí la nariz rota del agresor. Gareth consiguió mantenerse en pie, pero el hombre salió corriendo antes de que le diera tiempo a contraatacar.

—Te está sangrando el labio —dije cuando Gareth se acercó.

Se lo tocó y esbozó una mueca de dolor, luego sonrió al percatarse de mi preocupación y volvió a esbozar la misma mueca.

—Sobreviviré —dijo—. ¿Qué has hecho para enfadar tanto a ese tipo? Iba directo a por vosotras.

—Qué cabrón —soltó Tilda. Gareth volvió la cabeza de golpe hacia ella—. Uy, tú no. Tú eres nuestro príncipe valiente.

Entonces le dedicó una reverencia teatral acompañada de una sonrisa burlona. Gareth entendió la intención del gesto y pareció sentirse incómodo.

—Tilda —dije, y la agarré del brazo—. Este es Gareth. Trabaja en la editorial. Es amigo mío.

—¿Amigo? —preguntó ella con las cejas enarcadas.

No le hice caso, pero fui incapaz de mirar a Gareth a los ojos.

—Gareth, esta es Tilda. Nos conocimos hace años, cuando su compañía teatral vino a Oxford.

—Encantado de conocerte, Tilda —dijo él—. ¿Has venido por alguna obra de teatro o por esto?

Contempló la confusión que nos rodeaba.

—Esme me invitó y a la señora Pankhurst le pareció una buena oportunidad para concienciar, así que aquí estoy.

Se oían muchísimos gritos y una sirena. Habían empezado a perseguir a las mujeres por Broad Street.

—Creo que deberíamos marcharnos —dije.

Tilda me abrazó.

—Vete… Creo que estás en buenas manos —dijo—. Pero ven al Old Tom el viernes por la noche. Tenemos que ponernos al día de muchas cosas. —Luego se volvió hacia Gareth—. Y tú también tienes que venir. Prométemelo.

El chico me miró en busca de orientación. Tilda no me quitaba ojo, a la espera de mi reacción. Era como si no hubiera pasado el tiempo desde la última vez que nos vimos.

La audacia y el miedo se debatían en mi interior. No quería que el miedo ganara.

—Por supuesto —dije, y le devolví la mirada a Gareth—. ¿Quieres que vayamos juntos?

La sonrisa que esbozó rompió la frágil película que le sellaba el labio cortado y empezó a sangrar de nuevo. Me llevé una mano al bolsillo del vestido, pero descubrí que no tenía pañuelo.

—Me apañaría con un trozo de papel —dijo mientras trataba de evitar que la sonrisa de los ojos se le extendiera a los labios—. No es mucho peor que cuando me corto afeitándome.

Saqué una ficha en blanco y le arranqué una esquina. Se limpió el labio dándole unos golpecitos ligeros con la manga de la camisa y luego le puse el trozo de papel sobre el corte. Se manchó de rojo enseguida, pero aguantó.

—Os veo a los dos el viernes —dijo Tilda, y me guiñó un ojo.

Luego echó a andar hacia Broad Street, donde parecía concentrarse el alboroto.

Gareth y yo echamos a andar en dirección contraria.

—¡ESME! MADRE MÍA, ¿qué te ha pasado?

Rosfrith nos vio cuando cruzamos las verjas de Sunnyside. Miró a Gareth en busca de una explicación.

—La marcha del Memorial de los Mártires se ha descontrolado —dijo él.

Gareth y yo apenas habíamos hablado durante el camino de vuelta por Banbury Road. Tilda nos había puesto nerviosos, nos había vuelto tímidos.

—¿Esto ha ocurrido en la marcha? —preguntó Rosfrith. Me miró de arriba abajo. Tenía la falda rota y sucia, se me había soltado el pelo, la mejilla me ardía en el punto en el que no paraba de frotármela para librarme de la inmundicia del odio de aquel hombre—. Dios mío —continuó—. Mi madre también ha ido, con Hilda y Gwyneth. Ha sido un acierto por vuestra parte asistir juntos, aunque no os haya servido de mucho —dijo.

Recuperé el habla.

—No, qué va, nos hemos encontrado por accidente. No sé qué hacía Gareth allí.

Ella nos miró primero a Gareth y después a mí, escéptica.

Fui incapaz de sostenerle la mirada y me volví hacia el cajista.

—¿Qué hacías allí?

—Lo mismo que tú —respondió.

—No sé muy bien lo que hacía —dije, tanto para mí como para él.

En ese momento, la señora Murray cruzó la verja en compañía de sus hijas, la mayor y la menor. Las tres estaban ilesas y emocionadas. Rosfrith salió corriendo hacia ellas.

Gareth me acompañó a la cocina y se lo presenté a Lizzie. Él me ayudó a explicarle lo que había ocurrido.

—Deja que te dé algo *pa* ese labio.

Lizzie humedeció un paño limpio y se lo pasó. Gareth se quitó el trozo de papel y lo levantó para que ambas lo viéramos.

—Esto ha impedido que muera desangrado.

—¿Qué narices es? —preguntó Lizzie mientras lo escudriñaba.

—El borde de una ficha —dijo Gareth, que me miró sonriendo.

—Oye, te lo agradezco mucho, de verdad —dije—. Ese hombre era aterrador. Ha sido injusto que Tilda se burlara de ti.

—Solo me estaba poniendo a prueba.

—¿Qué quieres decir?

—Se estaba asegurando de que estaba en el bando correcto.

Sonreí.

—¿Y estás en el bando correcto?

Me devolvió la sonrisa.

—Sí, claro.

Parecía más seguro que yo, y una parte de mí se sintió avergonzada.

—A veces pienso que a lo mejor hay más de dos bandos —dije.

—Harías bien en no ponerte del *lao* de las sufragistas —continuó Lizzie—. Están retrasándolo todo con tanta fechoría.

Le tendió un vaso de agua a Gareth.

—Gracias, señorita Lester —dijo él.

—Llámame Lizzie. No respondo a otro nombre.

Lo observamos mientras se lo bebía entero. Cuando terminó, llevó el vaso al fregadero y lo lavó. Lizzie me miró con cara de asombro.

—La gente siempre ha tomado diferentes caminos para llegar al mismo sitio —dijo Gareth cuando se volvió para mirarnos—. El sufragio femenino no será una excepción.

Cuando Gareth se marchó, Lizzie me sentó y me lavó la cara. Me cepilló el pelo y me lo recogió en un moño.

—No había conocido nunca a un hombre así —me dijo—. Excepto tu padre, quizá. Él también lava su taza.

Lizzie tenía la misma cara que ponía mi padre cada vez que Gareth visitaba el *scriptorium*. No le hice caso.

—Al final no has dicho qué hacías allí —insistió.

No podía contarle lo de Tilda. Era el único tema que evitábamos, y los acontecimientos del día no ayudarían a elevar la opinión que Lizzie tenía de ella.

—Volvía a casa desde la Bodleiana —dije.

—Habría sido más rápido venir por Parks Road.

—Había muchísima ira, Lizzie.

—Bueno, me alegro de que no te hayan hecho daño de verdad ni te hayan *arrestao*.

—¿De qué tienen tanto miedo?

315

Lizzie suspiró.

—Todos tienen miedo de perder algo, pero los que son como el que te ha escupido en la cara no quieren que su esposa piense que merece más de lo que tiene. Cuando pienso que la alternativa podría ser un hombre así, me alegra dedicarme al servicio.

La jornada casi había terminado cuando volví al *scriptorium*. La postal de Tilda estaba encima de mi mesa. La releí y luego escribí una ficha nueva, por duplicado.

SORORIDAD

«Me alegro de que te hayas unido a la sororidad y de que sumes tu voz al clamor.»

Tilda Taylor, 1912

Busqué en los fascículos. *Sororidad* ya estaba publicada. El sentido principal se refería, de un modo u otro, a la sororidad que experimentan las monjas. La cita de Tilda pertenecía a la segunda acepción: «Usada liberalmente para denotar un conjunto de mujeres que tienen algún objetivo, característica o vocación común. A menudo en un sentido peyorativo».

Acudí a los casilleros y encontré las fichas originales. La mayoría de las citas provenían de recortes de periódico. En un artículo sobre mujeres que promueven debates en torno a cuestiones de las que no saben nada, un voluntario había subrayado «la sororidad chillona». El recorte más reciente, de un artículo escrito en 1909, describía a las mujeres sufragistas como una «sororidad muy culta, chillona, sin hijos y sin marido».

Todas eran insultantes y me animó pensar que el doctor Murray las había rechazado. Aun así, reescribí en una ficha nueva la definición ya publicada, dejando fuera el «en un sentido peyorativo», y le sujeté una copia de la cita de Tilda delante. Luego las metí en los casilleros reservados para las palabras suplementarias.

Cuando me aparté de las estanterías, mi padre me estaba mirando.

—¿Qué opinas de los periódicos como fuente de significado? —me preguntó.

—¿Qué más has visto?

Sonrió, pero me dio la sensación de que le costaba.

—No me importa lo que añadas a los casilleros, Esme. Aunque tus citas no provengan de un texto, podrían alentar la búsqueda de algo similar. Los artículos de los periódicos son lo que más nos acerca a entender las palabras nuevas. En estos momentos, James dedica una parte importante de su tiempo a defender su validez.

Pensé en los recortes que acababa de leer.

—No lo tengo claro —dije—. Muchas veces no son más que una opinión y, si quieres que la opinión defina el significado de algo, entonces, como mínimo, tendrías que tener en cuenta las opiniones de todas las partes. No todas las partes tienen un periódico que hable por ellas.

—Entonces menos mal que algunas te tienen a ti.

PAPÁ Y YO estábamos sentados en la sala de estar, los dos intentando entablar conversación y fracasando; los dos intentando que el otro no se percatara de nuestras ansias de que llegara el golpeteo de los nudillos en la puerta. Ya eran las seis. Mi padre estaba de cara a la ventana que daba a la calle. Cada vez que él veía pasar a alguien, yo contenía el aliento, a la espera del ruido de la verja, y lo soltaba cuando esta no cantaba.

Papá parecía más animado de lo que lo había estado en los últimos tiempos. Cuando le dije que Gareth se había ofrecido a acompañarme al Old Tom, me había sonreído como si fuese un alivio, pero no fui capaz de interpretarlo del todo. ¿Se alegraba de que tuviera una carabina para mi encuentro con Tilda o de que tuviera una visita masculina? Debía de pensar que esto último no ocurriría nunca. Fuera como fuese, era la primera vez desde hacía semanas que las arrugas de la frente se le relajaban.

—Últimamente tienes cara de cansado, papá.

—Es la letra S. Cuatro años y todavía nos queda muchísimo. Es sedante, sofocante, soporífero…

Se quedó callado mientras pensaba otra palabra.

—Soñoliento, somnoliento, somnífero —ofrecí.

—Excelente —dijo con una sonrisa que me retrotrajo a nuestros juegos de palabras de hacía años.

Luego miró hacia algún punto situado detrás de mí, más allá de la ventana. Su sonrisa se ensanchó. La verja cantó. Sentí el cosquilleo de la transpiración bajo los brazos y agradecí que mi padre se levantara para responder al golpeteo de los nudillos. Gareth y él se quedaron unos minutos hablando en el vestíbulo. Me puse de pie y me miré la cara en el espejo que había encima de la chimenea. Me pellizqué las mejillas.

No había vuelto a entrar en el Old Tom desde que Tilda se había marchado de Oxford. Cuando Gareth y yo nos acercamos, los recuerdos de Bill me tendieron una emboscada. Y luego los recuerdos de Niña.

—¿Te encuentras bien, Esme?

Levanté la mirada hacia el cartel que colgaba por encima de la puerta del pequeño pub; un dibujo del campanario de la Christ Church.

—Sí, muy bien —respondí.

Gareth me abrió la puerta para que entrara.

El Old Tom estaba tan lleno como siempre y al principio pensé que Tilda no había llegado. Entonces la vi, sentada a una mesa con otras tres mujeres, justo al fondo. Debía de haber causado el habitual alboroto al entrar, pero ya no lo incentivaba como hacía siete años: tuvimos que abrirnos paso a empujones entre los pequeños grupos de hombres para llegar hasta ella, pero ninguno parecía estar lanzándole halagos. No me sentí tan bien recibida como antes.

Tilda se levantó y me abrazó.

—Señoras, esta es Esme. Nos hicimos muy amigas la última vez que estuve en Oxford.

—¿Vives aquí? —me preguntó una de ellas.

—Sí —contestó Tilda, que tiró de mí hacia ella rodeándome con un brazo—. Aunque se esconde en un cobertizo.

La mujer frunció el ceño. Tilda se volvió para mirarme.

—¿Cómo avanza tu diccionario, Esme?

—Estamos por la S.

—Madre mía, ¿en serio? ¿Cómo soportas que vaya tan despacio?

Me soltó y volvió a sentarse.

Todas las demás mujeres seguían mirándome, a la espera de una respuesta. No había sillas libres.

—Recopilamos palabras para varias letras a la vez; no es tan tedioso como parece.

Nadie dijo nada durante un instante. Sentí que Gareth se acercaba un poco más y me alegré de que me hubiera acompañado.

—Y este es… —Tilda vaciló y adoptó una expresión que dejó muy claro que tenía que esforzarse por recordar—. Gareth, ¿verdad?

—Me alegro de verla otra vez, señorita Taylor —dijo él.

—Tilda, por favor. Y estas encantadoras damas son Shona, Betty y Gert.

Shona era la más joven de las tres, no debía de tener más de veinte años. Las otras dos tenían por lo menos diez más que yo.

—Ahora te reconozco —dijo Gert—. Eras la ayudante de Tilda aquella noche en el Eagle and Child. ¿Te acuerdas, Tilds? Esa fue mi primera «salida» de verdad.

—La primera de muchas —dijo Tilda.

—Y aún habrá muchas más, al paso que vamos. —Gert me miró—. No estamos más cerca de conseguir el voto que hace una década.

Varias personas se volvieron hacia nosotros. Tilda las intimidó con la mirada.

—¿Y qué opinas tú de todo esto, Gareth? —preguntó Tilda.

—¿Del sufragio femenino?

—No, del precio del cerdo. Pues claro que del sufragio femenino.

—Nos afecta a todos —dijo.

—Un partidario, entonces —dijo Betty.

Su voz delataba sus orígenes septentrionales y me pregunté si habría bajado desde Manchester con Tilda.

—Por supuesto.

—Pero ¿hasta dónde llegarías? —preguntó Betty.

—¿A qué te refieres?

—Bueno, decir lo que toca es fácil —dijo mirándome a mí—, pero las palabras sin acción no significan nada.

—Y a veces la acción puede convertir en mentira las buenas palabras —replicó Gareth.

—¿Y qué sabes tú de nuestra lucha, Gareth?

Tilda se recostó contra el respaldo de su silla y bebió un sorbo de wiski.

Yo los miraba, primero a uno y después a otro.

—Mi madre tuvo que criarme sola mientras trabajaba en la editorial —contestó Gareth—. Sé bastante.

Gert resopló con desdén. Tilda le lanzó una mirada que la hizo callar. Gert se llevó una copa de jerez a los labios y me fijé en que llevaba una alianza de oro y un enorme anillo de diamantes. Estaba una o dos clases por encima de Betty. Shona había permanecido en silencio durante toda la conversación, con la cabeza gacha en señal de respeto, y de repente se me ocurrió que tal vez fuera la criada de Gert. Se me empezó a desbocar el corazón.

—¿Y qué sabes tú de nuestra lucha, Gert? —pregunté.

Shona hizo cuanto pudo por ocultar una sonrisa.

—¿Cómo dices?

—Bueno, me parece que la lucha no es la misma para todas. ¿No es cierto que la señora Pankhurst estaba dispuesta a negociar que solo las mujeres con propiedades y educación obtuvieran el voto y que las mujeres como la madre de Gareth, por ejemplo, se quedaran fuera?

Tilda se quedó boquiabierta, con una sonrisa en los ojos. Gert y Betty estaban horrorizadas, pero sin palabras. Shona levantó la mirada un momento y luego volvió a bajarla hacia su regazo. Los hombres que estaban justo a nuestro lado se habían quedado completamente callados.

—Excelente, Esme —dijo Tilda, que levantó hacia mí su vaso ya vacío—. Me preguntaba cuándo te unirías de una vez.

LA NOCHE DE enero era fría y Gareth me ofreció su abrigo para el paseo de vuelta hasta Jericho por las calles de Oxford.

—Estoy bien —le dije—. Y tú te helarás si te lo quitas.

No insistió.

—¿A qué se refería Tilda con lo de que te unieras?

—Siempre ha pensado que no tenía las ideas claras en lo relativo al sufragio femenino.

—A mí me ha parecido que las tienes clarísimas.

—Bueno, puede que sea la vez que más me he pronunciado al respecto, pero es que esa tal Gert era tan horrible que me ha resultado imposible mostrarme simpática.

—No me ha gustado lo que insinuaban —comentó Gareth.

—¿Qué quieres decir?

—«Hechos, no palabras.» —Se quedó pensativo un segundo—. Esmi, ¿sabes por qué está Tilda en Oxford?

Esmi. Gareth nunca me había llamado de otra forma que no fuera señorita Nicoll o Esme. Un escalofrío me recorrió de arriba abajo.

—Sí tienes frío —dijo, y se quitó el abrigo y me lo echó sobre los hombros.

Me rozó el cuello con la mano mientras lo colocaba bien. Intenté recordar lo que acababa de preguntarme.

—Ha venido por la marcha —dije, y me arrebujé en el abrigo. Todavía conservaba el calor de su cuerpo—. Y por mí. Fuimos muy buenas amigas durante un tiempo.

Redujimos el paso en Walton Street, dejamos atrás la parte trasera del Somerville College y nos detuvimos al llegar a la editorial. Estaba totalmente a oscuras, salvo por el resplandor anaranjado de un despacho situado encima del arco.

—Hart —dijo Gareth.

—¿Nunca se va a casa?

—La editorial es su casa. Vive aquí con su mujer.

—¿Y dónde vives tú?

—Cerca del canal. En la misma casa en la que me crié con mi madre. Cuando ella murió, me dejaron quedarme. Es demasiado pequeña y húmeda para una familia.

—¿Te gusta trabajar en la editorial? —pregunté.

Gareth se apoyó contra la barandilla de hierro.

—No conozco otra cosa, así que no tiene mucho que ver con el gusto, en realidad.

—¿Alguna vez te imaginas una vida diferente?

Me miró y ladeó un poco la cabeza.

—No haces las preguntas habituales, ¿verdad?

No supe qué decir.

—Las preguntas habituales suelen ser muy poco interesantes —continuó—. A veces me imagino viajando a Francia o a Alemania. He aprendido a leer los dos idiomas.

—¿Solo a leer?

—Es lo único que requiere mi trabajo. Llevo aprendiéndolos desde que entré de aprendiz. Gracias a Hart. Creó el Instituto Clarendon para educar a su mano de obra ignorante. Y para proporcionarle a la banda un lugar donde ensayar.

—¿Hay una banda?

—Por supuesto. Y un coro.

Cuando echamos a andar de nuevo, había menos distancia entre los dos, pero al girar hacia Observatory Street nos sumimos en el silencio. Me preguntaba si Gareth me pediría que volviera a salir con él. Esperaba que se lo estuviera pensando y preguntándose si le diría que sí. Cuando llegamos a la casa, vi que mi padre estaba en el salón. Estaba de cara a la ventana, como hacía unas horas. Abrió la puerta antes de que me diera tiempo a llamar. Gareth y yo solo pudimos darnos las buenas noches.

TILDA SE QUEDÓ en Oxford.

—Me alojo con una amiga —me dijo—. Tiene un barco de canal en Castle Mill Stream. Veo el campanario de San Bernabé desde la ventana que tengo junto a la cama.

—¿Es cómodo?

—Lo suficiente. Y no paso frío. Vive con su hermana, así que estamos un poco justas de espacio. Tenemos que vestirnos por turnos.

Sonrió con ganas.

Le anoté mi dirección en una ficha y se la di.

—Por si acaso —dije.

EL INVIERNO PASÓ y la primavera avanzaba hacia el verano. Cuando le pregunté a Tilda que por qué seguía en Oxford, me contestó que estaba captando miembros para la WSPU. Cuando insistí, cambió de tema.

—Pensé que te vería más durante mi estancia aquí —me dijo una tarde mientras recorríamos el camino de sirga de Castle Mill Stream—, pero parece que pasas todo tu tiempo libre con Gareth.

—Eso no es cierto. Solo comemos juntos en Jericho de vez en cuando. Y me ha llevado al teatro un par veces.

—Siempre te ha encantado el teatro —dijo Tilda—. Ay, Esme, te sonrojas como una colegiala. —Me agarró del brazo—. Seguro que todavía eres virgen.

Me sonrojé más y agaché la cabeza. Si se dio cuenta, prefirió no decir nada y seguimos caminando un rato sin hablar. La superficie del riachuelo estaba viva y sentí la picadura de un mosquito en la nuca.

—¿Qué tal en el barco, Till, ahora que el tiempo es más cálido?

—Uf, madre mía. Es como vivir en una lata de sardinas al sol. Estamos todas un poco cansadas.

—Puedes venirte a nuestra casa, ya lo sabes. Estoy segura de que a mi padre no le importará tener más compañía —le ofrecí, sabiendo que me rechazaría de nuevo.

—No será mucho más tiempo —dijo—. Mi misión está a punto de terminar.

—Lo dices como si estuvieras en el ejército.

—Y lo estoy, Esme. En el ejército de la señora Pankhurst. —Imitó un saludo militar—. La WSPU.

—He empezado a asistir a algunas de las reuniones sobre el sufragio a las que van la señora Murray y sus hijas —dije—. Y hay varios hombres, aunque las mujeres son las que más hablan.

—Es lo único que hacen, hablar.

—No creo que eso sea cierto —dije—. Publican un periódico y organizan todo tipo de eventos.

—Y todo eso es hablar, ¿no? Repiten las mismas palabras una y otra vez y ¿qué ha cambiado?

Me acordé de cuando Gareth me había preguntado por qué estaba Tilda en Oxford. Hacía tiempo que había deducido que no era por mí, pero pensé que a lo mejor era por su amiga, la del barco de canal. Entonces me di cuenta de que era por algo totalmente distinto. Pero no quería saber de qué se trataba.

—¿Cómo está Bill? —pregunté sin mirarla.

Tilda había mencionado a Bill alguna que otra vez. Siempre había sido de pasada y yo se lo agradecía. Sin embargo, no tardaría en irse de Oxford y de repente necesité saber cómo estaba.

—¿Bill? Menudo sinvergüenza. Me rompió el corazón. Le hizo un bombo a una pobre idiota y dejó de estar a mi entera disposición. Me puse furiosa.

—¿Un bombo?

Sonrió.

—Conozco esa cara. ¿Sigues llevando esos trozos de papel en los bolsillos?

Asentí.

—Pues saca uno.

Dejamos de caminar y Tilda extendió su chal sobre la hierba de al lado del camino. Nos sentamos.

—Qué a gusto —dijo mientras yo preparaba la ficha y el lápiz—. Me siento como en los viejos tiempos.

Yo también me sentía así, pero sabía que nada volvería a ser como en los viejos tiempos.

—*Hacer un bombo* —dije mientras lo escribía en la ficha—. Utiliza la expresión en una frase.

Se recostó apoyándose en los codos y levantó el rostro hacia el primer día de verano. Se tomó su tiempo, como siempre había hecho, pues quería dar con la cita perfecta.

—Bill le hizo un bombo a una pobre idiota y ahora es papá y se pasa todo el día y la mitad de la noche trabajando para alimentar a un bebé llorón.

Tendría que haberme resultado obvio lo que significaba *hacer un bombo* la primera vez que lo había dicho, pero la novedad de la expresión me había hecho sorda a las palabras que la acompañaban. Me tembló un poco la mano al terminar de anotar la frase.

—¿Es padre? —pregunté mientras escudriñaba el rostro de Tilda.

Seguía teniendo los ojos cerrados para protegerse de la luz del sol, la mandíbula no se le tensó.

—Del pequeño Billy Bunting, como lo llamo yo. Tiene cinco años. Es guapísimo y adora a su tía Tiddy. —Entonces me miró—. Aún me llama así, aunque ya habla perfectamente. Es igual de listo que su padre a esa edad.

Miré la ficha.

HACER UN BOMBO
Dejar embarazada.

«Bill le hizo un bombo a una pobre idiota y ahora es papá y se pasa todo el día y la mitad de la noche trabajando para alimentar a un bebé llorón.»

Tilda Taylor, 1913

Bill no le había contado lo nuestro. No había ni presumido ni confesado.

No fue la primera vez desde que había entregado a Niña que deseaba haber sido capaz de amarlo.

EL DOCTOR MURRAY me llamó a su mesa.

—Esme, anticipo que tu carga de trabajo y tus obligaciones aumentarán a lo largo de los próximos meses —dijo.

Asentí, como si no fuera nada, pero ansiaba tener más responsabilidades.

—El señor Dankworth nos dejará hoy mismo y empezará mañana con el equipo del señor Craigie —prosiguió el doctor Murray—. Creo que será un gran activo para nuestro tercer editor. Tú sabes mejor que nadie lo exigente que es. —Un ligero movimiento de bigotes y unas cejas levemente enarcadas—. Tales cualidades contribuirán sobremanera a agilizar las secciones de Craigie.

Dos buenas noticias en una sola conversación; no sabía ni qué responder.

—Bueno, ¿tienes algo que decir? ¿Te parece aceptable?

—Sí, doctor Murray. Por supuesto. Me esforzaré cuanto pueda por estar a la altura.

—Tus esfuerzos siempre están más que a la altura, Esme.

Volvió a centrarse en los papeles de su escritorio.

Eso quería decir que podía marcharme, pero no me fui. Me mordí el labio y me retorcí las manos. Hablé deprisa, antes de que me diese tiempo a censurarme.

—¿Doctor Murray?

—Sí.

No levantó la vista.

—Si voy a hacer más, ¿se reflejará en mi salario?

—Sí, sí. Por supuesto. A partir del próximo mes.

Estaba claro que el señor Dankworth hubiera preferido marcharse sin ningún tipo de ceremonia, pero el señor Sweatman no iba a permitírselo. Al final de la jornada, se levantó de la silla y empezó a despedirse de todos. Los demás ayudantes lo imitaron, todos repitiendo cumplidos y comentarios generales sobre el ojo de lince del señor Dankworth. En verdad nadie sabía tanto acerca de él como para poder decir algo concreto. El lexicógrafo sufrió nuestros buenos deseos y apretones de manos sin dejar de limpiarse la mano una y otra vez en la pernera del pantalón.

—Gracias, señor Dankworth —dije. Le evité la molestia de estrechar otra mano y le dediqué una ligera inclinación de cabeza. Pareció aliviado—. He aprendido mucho de usted. —Ahora estaba confuso—. Siento no haberme mostrado siempre agradecida.

El señor Sweatman intentó ocultar una sonrisa. Tosió y volvió a su silla junto a la mesa de clasificación. Los demás se desentendieron. Intenté sostenerle la mirada al señor Dankworth, pero él se centró en algo que había más allá de mi hombro derecho.

—De nada, señorita Nicoll.

Después se dio la vuelta y salió del *scriptorium*.

Poco después llegó Gareth. Le entregó al doctor Murray las pruebas que estaba esperando, saludó a mi padre y al señor Sweatman y luego se encaminó hacia mí.

—Siento llegar tarde —dijo—. El señor Hart ha tenido que elegir justo esta tarde para recordarnos las normas a todos.

—¿Las normas de su librito?

Gareth se echó a reír.

—Esas son solo la punta del iceberg, Es. Todas las salas de la editorial tienen sus propias normas. ¿No las has visto en la pared al entrar?

Me encogí de hombros, como disculpándome.

—Bueno, el interventor opina que hemos estado ciegos a ellas y se ha asegurado de que todos y cada uno de nosotros las leyéramos en voz alta antes de salir esta tarde. —Sonrió—. Como nuevo encargado, he tenido que hacerlo el último.

—¿Encargado? Vaya, Gareth, ¡enhorabuena!

Sin pensarlo, me levanté de un salto y lo abracé.

—Si hubiera sabido que ibas a reaccionar así, habría pedido el ascenso antes —dijo Gareth.

Mi padre y el señor Sweatman se dieron la vuelta para ver a qué se debía tanta alegría y me aparté antes de que Gareth pudiera rodearme con los brazos.

Aturullada, cogí mi bolso y me abroché el sombrero. Me acerqué a papá y le di un beso en la cabeza.

—Puede que esta noche llegue tarde, papá. La señora Murray me ha dicho que podría ser una reunión larga.

—Si no te importa, Esmi, no te esperaré despierto —dijo—. Pero confío en que Gareth te devuelva a casa sana y salva.

Su sonrisa difuminó el cansancio.

MIENTRAS CAMINÁBAMOS POR Banbury Road, le conté a Gareth lo de mi propio ascenso.

—Bueno, en realidad no es un ascenso, sigo siendo el último mono junto con Rosfrith…, pero es un reconocimiento

—Y bien merecido —dijo él.

—¿Por qué crees que asisten los hombres a estas reuniones? —pregunté.

—Porque las organizadoras de la Sociedad para el Sufragio de la Mujer de Oxford los han invitado.

—Además de por eso.

—Por distintos motivos, supongo. Algunos quieren lo mismo que su esposa y sus hermanas. A otros les han dicho que o son solidarios o se enteran.

—¿Y cuál es tu motivo?

Sonrió.

—El primero, por supuesto. —Luego su expresión se tornó seria—. Mi madre tuvo una vida difícil, Es. Demasiado difícil. Y jamás tuvo ni voz ni voto en ella. Voy a estas reuniones por ella.

ERA MÁS DE medianoche cuando terminó la reunión. Volvimos a Observatory Street envueltos en un silencio cansado y cómodo.

Intenté que la verja no hiciera ruido al abrirla; aun así, dejó escapar una nota dulce que agitó a una figura que hasta entonces no había distinguido, oculta en la oscuridad.

—Tilda, ¿qué narices haces ahí?

Gareth me quitó la llave de la mano y abrió la puerta. Guiamos a Tilda hasta la cocina y encendimos la luz. Estaba hecha un desastre.

—¿Qué ha pasado? —dijo Gareth.

—No quieres saberlo y no voy a contártelo. Pero necesito ayuda. Lo siento mucho, Esme. No habría venido, pero estoy herida.

Tenía la manga del vestido muy sucia; no, no era solo que estuviera sucia, estaba quemada. Colgaba en jirones carbonizados. Tilda se sostenía una mano contra el pecho.

—Enséñamela —dije.

Tenía la piel de la mano llena de manchas rojas y negras. No supe diferenciar si era suciedad o piel quemada. Sentí el hormigueo de una especie de recuerdo en los dedos raros.

—¿Por qué no has ido directamente a un médico? —preguntó Gareth.

—No podía correr ese riesgo.

Busqué pomadas y vendas en los armarios, pero solo encontré tiritas y medicamentos para la tos. «Azucena habría abastecido mejor los armarios», pensé. Y ella hubiera sabido qué hacer.

—Gareth, tienes que ir a buscar a Lizzie. Dile que traiga su botiquín, algo para las quemaduras.

—Es mucho más de medianoche, Es. Estará dormida.

—A lo mejor. La puerta de la cocina siempre está abierta. Llámala desde el pie de la escalera; no la asustes. Vendrá.

Cuando Gareth se marchó, llené un cuenco de agua fría y lo dejé en la mesa de la cocina, delante de Tilda.

—¿Vas a contarme qué ha pasado?

—No.

—¿Por qué? ¿Crees que no estaría de acuerdo?

—Sé que no estarías de acuerdo.

Hice la pregunta a la que apenas quería una respuesta.

—¿Hay alguien más herido, Till?

Me miró. Una sombra de duda, de miedo, le oscureció el rostro.

—Sinceramente, no lo sé.

Sentí que la compasión me invadía el pecho, pero la ira fue más fuerte. Me di la vuelta y abrí un cajón, saqué un paño de cocina limpio y volví a cerrarlo con brusquedad.

—Hayas hecho lo que hayas hecho, ¿qué crees que vas a ganar con ello?

Cuando miré de nuevo a Tilda, la duda y el miedo la habían abandonado.

—El Gobierno no escucha todas esas palabras elocuentes y sensatas de tus sufragistas. Pero no puede ignorar nuestras acciones.

Respiré hondo e intenté concentrarme en su mano.

—¿Te duele?

—Un poco.

—A mí no me dolió, así que debe de ser buena señal.

Le levanté el brazo para que sumergiera la mano en el cuenco de agua. Cuando se resistió, acerqué el cuenco. No se quejó. Unas ampollas gigantes le habían deformado los dedos. Se le había empezado a hinchar toda la mano. Bajo la lupa del agua, la piel carbonizada e inflamada aumentaba de tamaño y el contraste con la pálida esbeltez de su muñeca resultaba impactante.

—Quiero las mismas cosas que tú, Till, pero este no es el buen camino. No puede serlo.

—No hay camino bueno, Esme. Si lo hubiera, habríamos votado en las últimas elecciones.

—¿Estás segura de que lo que buscas es el voto y no llamar la atención?

Sonrió débilmente.

—No te equivocas. Pero, si llamo la atención de la gente, tal vez también les haga pensar.

—Tal vez les haga pensar que estáis locas y sois peligrosas. No negociarán con personas así.

Tilda me miró.

—Bueno, puede que sea ahí cuando entren en juego las palabras sensatas de tus sufragistas.

La verja cantó. Me levanté de un salto para abrir la puerta. Lizzie estaba al otro lado del umbral, desconcertada. Miró a mi espalda, hacia el vestíbulo, y me di cuenta de que era la primera vez que estaba en mi casa.

—Ay, Lizzie, menos mal.

Cerré la puerta tras ellos y los conduje hacia la cocina.

Lizzie apenas le dirigió la palabra a Tilda, pero le agarró el brazo con delicadeza y le sacó la mano del cuenco de agua. Se la puso sobre el paño de cocina y le sopló la piel quemada hasta secársela.

—Puede que no esté tan mal como parece —dijo al final—. Que haya ampollas suele querer decir que la piel de debajo está sana. Intenta no reventártelas demasiado pronto.

Sacó un frasquito de pomada de su bolsa de cuero y le quitó el tapón. Gareth sostuvo el frasco mientras Lizzie aplicaba el ungüento sobre la piel despegada de Tilda, evitando las ampollas con cuidado. Tilda ahogó un jadeo en una única ocasión. En ese momento, Lizzie la miró a los ojos por primera vez. Tenía el rostro ensombrecido por una preocupación que reconocí de inmediato. Le envolvió la mano a Tilda en una gasa.

—No puedo prometer que no vaya a dejarte cicatriz.

—Si me la deja, estaré en buena compañía —contestó Tilda mirándome a mí.

—Y tendría que verte un médico.

Tilda asintió.

—Bueno —dijo Lizzie—, si no me necesitáis *pa na* más, me vuelvo a mi cama.

Tilda le posó la mano buena en un brazo.

—Sé que no tienes buena opinión de mí, Lizzie, y entiendo tus motivos. Pero te lo agradezco muchísimo.

—Eres amiga de Esme.

—Podrías haberte negado —dijo Tilda.

—No, no podría haberme negado.

Sin más, Lizzie se puso en pie y dejó que Gareth la guiase hacia la puerta de entrada. Cuando intenté captar su atención, desvió la mirada.

Eran las tres de la mañana cuando Gareth volvió de acompañar a Lizzie a casa.

—¿Me perdonará? —pregunté.

—Qué curioso, ella me ha preguntado lo mismo de ti. —Luego se volvió hacia Tilda—. Hay un tren a Londres a las seis de la mañana. ¿Crees que deberías cogerlo?

—Sí. Creo que sí.

Gareth se dirigió a mí:

—¿Le importará a tu padre que Tilda se quede aquí hasta entonces?

—No se enterará. No suele despertarse antes de las siete.

—¿Tienes muchas cosas que recoger en el barco del canal? —le preguntó a Tilda.

—Nada que no se me pueda enviar por correo, si a Esme no le importa prestarme algo de ropa limpia.

Gareth se puso la chaqueta.

—Volveré dentro de un par de horas para acompañarte a la estación.

—No necesito carabina.

—Yo diría que sí.

Gareth se marchó. Subí las escaleras de puntillas y encontré un vestido que pensé que Tilda podría tolerar. Era un poco largo y no precisamente moderno para una mujer como ella, pero las circunstancias lo requerían. Cuando volví al salón, Tilda se había quedado dormida.

La tapé con una manta y me pregunté cuándo volveríamos a vernos. La quería y tenía miedo por ella. Me pregunté si sería eso lo que se sentía siendo hermana. No camarada —sabía que yo no era su camarada—, sino hermana de sangre. Como Rosfrith y Elsie. Como Ditte y Beth. Observé el ritmo de sus inhalaciones y exhalaciones, me fijé en cómo se le crispaban los ojos. Intenté imaginar lo que estaba soñando.

Cuando el día comenzaba a brillar con palidez a través de las ventanas de la fachada, oí cantar la verja.

THE OXFORD TIMES publicó la historia del Rough's Boathouse. La brigada de bomberos no pudo hacer nada para evitar que ardiera hasta los cimientos y calculaba que los daños causados ascendían a más de tres mil libras. No hubo heridos, decía, pero se había visto huir de la escena a cuatro mujeres: tres en una batea y una a pie. No habían detenido a ninguna, pero, basándose en la anterior distribución de panfletos contra los clubes de remo por su objeción a que las mujeres participaran en el deporte, se sospechaba que eran sufragistas. El incendio provocado suponía una escalada en su campaña. En una muestra de preocupación y oposición a la militancia, las organizaciones sufragistas establecidas en Oxford ya habían condenado el acto y estaban recogiendo dinero para los trabajadores que habían perdido el empleo por su causa.

Cuando la señora Murray entró en el *scriptorium* al día siguiente con una hucha para la colecta, doné todo el cambio que tenía.

—Muy generoso por tu parte, Esme —dijo mientras agitaba la hucha—. Todo un ejemplo para los caballeros de la mesa de clasificación.

Mi padre me miró y sonrió, orgulloso y ajeno.

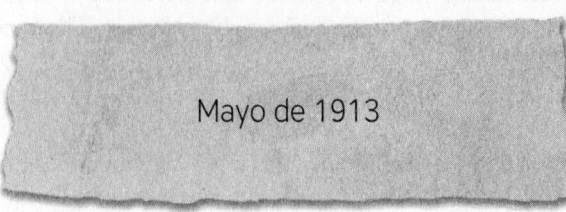

Mayo de 1913

No me despedí de papá. Cuando se lo llevaron de nuestra casa, se le había paralizado un lado de la cara y no podía hablar. Le di un beso y le dije que llegaría enseguida con su pijama y el libro que tenía junto a la cama. Sus ojos transmitían desesperación mientras yo balbuceaba sin parar.

Cambié las sábanas y puse en su mesilla de noche el jarrón de rosas amarillas que había preparado para mi habitación. Cogí su libro, *El principio de la sabiduría**. «Una novela australiana que trata de una joven brillante —me había dicho él—. Cuesta creer que la haya escrito un hombre. Creo que te gustaría mucho.» Podríamos haber hablado más, pero no fui capaz. «Australiana.» Me excusé y me levanté de la mesa.

Cuando llegué al Hospital Radcliffe, me dijeron que ya se había ido.

«Ido», pensé. No podía ser más inadecuado.

Gareth cargó con un colchón escaleras arriba hasta la habitación de Lizzie y dormí allí hasta el funeral. Lizzie fue a casa

---

* *El principio de la sabiduría* es una novela escrita por Henry Handel Richardson, seudónimo de la autora Ethel Florence Lindsay Richardson. Traducción de Elena Bernardo Gil. Alba Editorial, Barcelona, 2014.

a buscar todo lo que necesitaba para que no tuviera que enfrentarme al vacío, pero no pude evitar pensar en ella yendo de habitación en habitación, comprobando que todo estaba bien. En mi mente, la seguí desde la puerta delantera, la vi recoger el correo y detenerse mientras se preguntaba qué hacer con él. Sospeché que me protegería de todo lo que pudieran contener las cartas si las dejaba en la mesa del vestíbulo.

Yo no quería seguir, pero sabía que Lizzie asomaría la cabeza al salón y luego al comedor, que nunca utilizábamos. Pasaría por la cocina y lavaría los platos sucios. Comprobaría que las ventanas estaban bien cerradas y revisaría las cerraduras de todas las puertas. Luego pondría la mano en la barandilla a los pies de la escalera y miraría hacia arriba. Haría una pausa, respiraría hondo y comenzaría a subir. Cada año se volvía un poco más gruesa y ese proceso se había convertido en una costumbre. Lo había visto mil veces cuando la seguía por la escalera de su habitación.

Quería parar, pero tenía tanto control sobre mis pensamientos como sobre el clima. La imaginé registrando mi armario en busca de un vestido negro y comencé a llorar. Luego recordé las rosas junto a la cama de papá. Lizzie las encontraría marchitas. Cogería el jarrón para llevárselo abajo y se preguntaría si mi padre habría tenido el placer de verlas en su mejor momento antes de que se lo llevaran a Radcliffe.

Yo quería que las flores se quedaran. No que se pudrieran, sino que se quedaran, ligeramente marchitas, para el resto de la eternidad.

5 de mayo de 1913

Mi querida Esme:

Llegaré a Oxford pasado mañana y no me separaré de ti durante todo el tiempo que esté allí. Nos sostendremos la una a la otra. Por supuesto, tendrás que estrecharle la mano a un montón de gente bienintencionada y escuchar anécdotas sobre la bondad de tu padre (habrá muchas), pero, en el momento adecuado, te apartaré de los sándwiches y de los asistentes al funeral y pasearemos por Castle Mill Stream hasta llegar a Walton Bridge. A Harry le encantaba ese lugar; es donde le propuso matrimonio a Azucena.

No es momento de ser fuerte, mi querida niña. Harry era un padre y una madre para ti y su fallecimiento hará que te sientas perdida. Mi padre también era una persona muy querida para mí y me hago una idea de cómo debe de dolerte el corazón. Deja que te duela.

La voz de mi padre sigue resonándome en la cabeza cada vez que necesito un buen consejo; sospecho que el tuyo hará lo mismo con el tiempo. Mientras tanto, aprovecha al máximo a ese joven del que tanto te has encariñado. «A Azucena le caería muy bien», me dijo Harry en su última carta. ¿Te lo había dicho también a ti? No podría existir mayor bendición.

Me figuro que estás acampando en la habitación de Lizzie. Iré directamente a Sunnyside desde el tren.

Con todo mi amor,

Ditte

TAL COMO HABÍA prometido, Ditte me apartó de los asistentes al funeral. No nos despedimos; nos limitamos a salir al jardín, dejar atrás el *scriptorium* y enfilar Banbury Road. En St Margaret's Road, me di cuenta de que Gareth iba con nosotras, solo unos pasos por detrás. Caminamos en silencio hasta que llegamos al camino de sirga que bordea Castle Mill Stream.

—Harry daba este paseo todos los domingos por la tarde, Gareth —le dijo Ditte.

Él nos alcanzó y se colocó a mi lado.

—Venía aquí a comentar la semana con Azucena. ¿Lo sabías, Esme?

No lo sabía.

—Digo a comentar, pero en realidad era una meditación. Recorría este sendero con la cabeza llena de las preocupaciones de la semana y, para cuando llegaba a Walton Bridge, la más apremiante se había impuesto. Me dijo que se sentaba y la consideraba desde la perspectiva de su mujer. —Me miró para ver si debía continuar. Yo quería que siguiera, pero estaba muda—. Desde luego, tú eras el principal tema de conversación, pero me sorprendió enterarme de que se lo consultaba todo a Azucena, desde qué ropa ponerse para alguna función hasta si debía comprar cordero o ternera para la comida del domingo en las pocas ocasiones en que se decidía a enfrentarse a un asado con todas las guarniciones.

Sentí la más mínima de las sonrisas al recordar la carne de ternera, o cruda o quemada, y nuestros paseos dominicales por Jericho.

—De verdad —dijo Ditte, que me apretó el brazo.

Aquella historia fue un regalo. Mientras escuchaba a Ditte, mis recuerdos de la vida con papá recibían sutiles retoques, como los de un pintor que añade una mancha de color para transmitir la impresión de luz matutina. Azucena, siempre tan ausente, de repente no lo estaba.

—Ahí es —dijo Ditte cuando nos acercamos al puente—. Este era su lugar especial.

Había pasado por allí debajo muchas veces, pero ahora me parecía completamente diferente. Gareth me cogió de la mano, luego me llevó al banco que había al borde del camino y se sentó lo bastante cerca como para sentirme temblar.

«No era así como tenía que suceder», pensé. Pero ¿estaba pensando en mi padre o en Gareth? Gareth nunca me había cogido de la mano hasta entonces. Yo pensaba que tendría a papá para siempre.

Nos sentamos. El riachuelo apenas se movía bajo el puente, pero de vez en cuando se producían pequeñas perturbaciones que rompían la superficie. No me costaba imaginarme a mi padre allí sentado, dejando fluir sus pensamientos.

—Alguien ha dejado flores —señaló Gareth.

Miré hacia donde señalaba, igual que hizo Ditte, y vi un ramo colocado con mucho cuidado junto al arco del puente. No estaban frescas, pero no se habían marchitado del todo. Dos o tres flores todavía conservaban algo de forma y color.

—Madre mía —oí decir a Ditte con la voz algo quebrada—. Son para Azucena.

Estaba confusa. Gareth se arrimó más a mí.

Las lágrimas rodaban silenciosamente por las arrugas que le rodeaban los ojos a Ditte.

—Vine aquí con él la primera vez, después del funeral de Azucena. No tenía ni idea de que siguiera trayéndole flores.

Miré a mi alrededor, medio esperando ver a papá. Solo habían pasado unos días, pero ya empezaba a acostumbrarme a ese truco de la pena y, por primera vez, no me venció. El aire que me llenaba los pulmones parecía más ligero. Antes de exhalarlo, capté el aroma de los narcisos mustios. A mi padre nunca le habían gustado, pero me había dicho que eran las flores favoritas de Azucena.

No PODÍA ESCAPAR de la ausencia de papá. La sentía cuando giraba hacia Observatory Street y, cuando abría la puerta de nuestra casa, tenía que obligarme a cruzar el umbral. Lizzie se quedó unas semanas conmigo y el olor de la pipa de mi padre se desvaneció bajo los olores de sus guisos. Por la mañana, me levantaba cuando ella se levantaba y caminábamos juntas hasta Sunnyside. La ayudaba en la cocina durante una hora para compensar parte del tiempo que perdía al dormir en mi casa y, cuando llegaba la primera persona al *scriptorium*, cruzaba el jardín y entraba.

En la mesa de clasificación había un hueco que no ocupaba nadie. Tal vez fuera por respeto hacia mí, pero, desde mi sitio, veía que el señor Sweatman arrimaba bien la silla de papá a la mesa y la cantidad de veces que el señor Maling levantaba la vista hacia ella con una pregunta en los labios. El doctor Murray envejeció durante las semanas y meses posteriores a la muerte de mi padre. Se quedaba con la mirada perdida en la mesa de clasificación y no hacía ningún esfuerzo por buscar a un nuevo ayudante. Yo odiaba el espacio que había dejado papá y evitaba mirarlo siempre que entraba en el *scriptorium*.

Solo podía sentir pena. Me asediaba el pensamiento, me llenaba el corazón y no dejaba espacio para nada más. De vez en cuando salía a pasear con Gareth. Si llovía, almorzábamos en Jericho, pero, si hacía buen tiempo, paseábamos por el Cherwell. Los espinos marcaban los meses transcurridos desde la muerte de mi padre: las bayas maduraron, luego cayeron las hojas. Nos preguntamos si el invierno traería nieve. Daba por sentada la amistad de Gareth. La necesitaba para llenar el vacío y no podía plantearme nada más ni nada menos de lo que era. Cuando él intentaba agarrarme del brazo, no me daba cuenta hasta que se retractaba del gesto.

Se acercaba la Navidad y mi tía insistía en que fuera a Escocia a visitarlos, a mis primos y a ella. Sin mi padre, eran casi extraños. Rechacé la invitación y viajé a Bath, donde Ditte y Beth me administraron generosas cantidades de buen humor, pragmatismo y pastel de Madeira. Volví a Oxford sintiéndome más ligera que cuando me marché.

ENTRÉ EN EL *scriptorium* el tercer día de 1914 y había un nuevo lexicógrafo sentado en el lugar que antes ocupaba mi padre. El señor Rawlings no era ni joven ni viejo. Era un hombre corriente y ajeno a quien se había sentado en aquella silla de la mesa de clasificación antes que él.

Supuso un enorme alivio para todos.

PARTE V

1914 - 1915

Soflama - Sombrío

Había un zumbido nuevo en el *scriptorium*. Lo percibía como un animal distinguiría la bajada de la presión atmosférica anterior a una tormenta. La perspectiva de la guerra nos había aguzado los sentidos. Los hombres jóvenes se movían con más brío por todo Oxford. Caminaban con zancadas más largas y hablaban más alto, o al menos eso parecía. Los estudiantes siempre habían alzado la voz más de lo necesario con la intención de impresionar a las chicas guapas o de intimidar a algún lugareño, pero antes los temas de conversación variaban. Ahora ya no. Ni los estudiantes ni los lugareños hablaban de otra cosa que no fuera la guerra, y daba la sensación de que la mayoría se moría de impaciencia por que llegase.

En el *scriptorium*, dos de los ayudantes más nuevos empezaron a dedicar los descansos a hablar de enfrentarse al káiser cara a cara y de ganar la guerra antes de que empezase. Eran jóvenes, pálidos y delgados. Llevaban gafas y, si se habían metido en alguna pelea en su vida, habría sido en alguna refriega torpe por unos libros de la biblioteca o por el empleo correcto de la gramática. Ninguno de los dos era capaz de acercarse al doctor Murray sin dar pasos vacilantes y tartamudear, por lo que me parecía improbable que fueran a persuadir al káiser de que renunciase a Bélgica. Los ayudantes de mayor edad mantenían conversaciones más sobrias, la expresión se les ensombrecía de un modo que rara vez les había visto durante sus discrepancias acerca de las palabras. El señor Rawlings había perdido a un hermano en la guerra de los Boéres y les decía a los más jóvenes que no había ninguna gloria en matar. Ellos asentían con educación. No captaban el temblor de su voz y, antes de que se hubiese siquiera alejado, ya estaban hablando otra vez de los detalles del alistamiento, preguntándose cuánto tiempo de instrucción tendrían que hacer antes de que los mandaran a la batalla. El señor Rawlings se encorvaba bajo el peso de aquellas palabras.

—Esta guerra va a retrasar el *Diccionario* —oí que le decía el señor Maling al doctor Murray—. Lo que quieren tener en la mano es un arma, no un lápiz.

A partir de ese momento, me desperté todas las mañanas con un miedo atroz.

NADIE DURMIÓ LA noche del tres de agosto, ni siquiera los que se metieron en la cama y lo intentaron. Nuestros dos jóvenes ayudantes se desplazaron hasta Londres y se pasaron la cálida noche de juerga en Pall Mall, esperando la noticia de que Alemania se había retirado de Bélgica. La noticia no llegó. Cuando el Big Ben dio la primera hora del nuevo día, cantaron el «Dios salve al rey».

Al día siguiente, volvieron al *scriptorium* con unos aires de bravuconería que no les pegaban nada. Se acercaron al doctor Murray, los dos juntos, y le dijeron que se habían alistado como voluntarios. «Ambos son miopes y están en baja forma —oí que les decía el editor—. Le harían un mejor servicio a su país si se quedaran aquí.»

Me resultaba imposible concentrarme, así que cogí la bicicleta y me fui a la editorial. Nunca la había visto tan vacía. En la sala de composición, solo la mitad de las mesas de trabajo tenían a un hombre delante.

—¿Solo dos? —me preguntó Gareth cuando le conté lo que había ocurrido en el *scriptorium*—. Sesenta y tres hombres se han marchado de la editorial esta mañana, la mayoría como voluntarios de la Fuerza Territorial, aunque no todos. Habrían sido sesenta y cinco si el señor Hart no hubiese agarrado por el cuello de la camisa a dos que sabía que eran menores de edad. Les ha dicho que les daría una azotaina después de que lo hicieran sus respectivas madres.

El señor Maling estaba en lo cierto: la guerra ralentizó el *Diccionario*. Unos meses más tarde, en el *scriptorium* solo quedaban mujeres y ancianos. El señor Rawlings, que no era tan viejo, se había marchado a causa de una dolencia nerviosa, así que volvía a haber un vacío al final de la mesa de clasificación. Nadie lo llenó.

En el Old Ashmolean, tanto el equipo del señor Bradley como el del señor Craigie se habían visto igualmente mermados, y al señor Hart le quedaba solo la mitad del personal de impresión y composición.

No había trabajado tanto en mi vida.

—Cómo estás disfrutando con esto —me dijo Gareth un día mientras esperaba junto a mi escritorio a que terminara una entrada.

Me habían asignado más responsabilidades y no podía negar que estaba encantada. Gareth sacó un sobre de su cartera.

—¿No traes pruebas? —le pregunté.

—No, solo una nota para el doctor Murray.

—¿Ahora eres el chico de los recados?

—Mis obligaciones se han multiplicado. Todos los auxiliares se han alistado.

—Entonces me alegro de que no seas auxiliar —dije.

—He tenido que pelearme para poder hacer este recado en concreto —continuó Gareth—. También nos faltan cajistas e impresores, y el señor Hart nos ha pedido a los supervisores y encargados que echemos una mano en todo lo que podamos. Si por él fuera, me encadenaría a mi antigua mesa de trabajo, pero quería verte.

—Deduzco que el señor Hart no se está tomando las nuevas circunstancias precisamente con calma.

Me miró como si mi expresión se hubiera quedado muy corta.

—Si no se anda con ojo, los demás también nos alistaremos.

—No digas eso —dije.

Le había puesto palabras al miedo con el que me despertaba a diario.

EL CALOR Y el entusiasmo exacerbado de agosto habían dado paso a un otoño húmedo. El doctor Murray contrajo un catarro y la señora Murray le insistió en que evitara el *scriptorium*.

—Ese sitio es tan frío como una nevera —le dijo, y en realidad apenas exageraba, hacía frío incluso cuando la chimenea estaba encendida.

—Tonterías —respondió él, pero debieron de llegar a un acuerdo, porque, desde aquel momento, el doctor Murray empezó a llegar todas las mañanas a las diez y a marcharse a las dos excepto cuando la señora Murray no estaba en casa, en cuyo caso se quedaba hasta las cinco y su respiración irregular y entrecortada se convertía en un incentivo para que todos trabajáramos más y más tiempo.

Él apenas hablaba de la guerra, salvo para refunfuñar por lo inconveniente que resultaba para el *Diccionario*. A pesar de nuestros esfuerzos, la producción se había ralentizado y la impresión se estaba retrasando. Se sumaron años a la fecha de finalización prevista. Seguro que yo no era la única que se preguntaba si el doctor Murray viviría para verla.

Presionaron a Ditte y a otros voluntarios de confianza para que prestaran un mayor servicio, así que cada día nos traían pruebas y nuevos textos procedentes de toda Gran Bretaña. El doctor Murray incluso había empezado a enviarle pruebas al personal del *Diccionario* que luchaba en Francia. «Agradecerán la distracción», decía.

Cuando abrí el primer sobre llegado del otro lado del Canal, me costaba respirar. Estaba manchado de tierra tras el viaje. Me imaginé la ruta que debía de haber seguido y las manos por las que debía de haber pasado. Me pregunté si todos los hombres que lo habían tocado seguían con vida. No reconocí la caligrafía, pero sí el nombre que figuraba en el reverso del sobre. Intenté recordarlo, pero solo logré evocar la imagen de un joven, bajo y de rostro pálido, encorvado sobre un escritorio situado en un rincón de la sala del diccionario del Old Ashmolean. Trabajaba para el señor Bradley, y Eleanor Bradley lo había descrito como una persona brillante pero socialmente aterrorizada. Sus correcciones eran minuciosas y no me requirieron mucho trabajo. «El doctor Murray tenía razón —pensé—. Debe de haber agradecido la distracción.»

A la semana siguiente, quedé con Gareth para comer en un pub de Jericho.

—Es una pena que el señor Hart no pueda enviar los textos a Francia para imprimirlos —dije. Gareth estaba muy callado y yo llenaba el silencio con mi historia—. Me gusta imaginar que cargan con unas prensas gigantes hasta el frente y arman a los soldados con tipos de metal en lugar de con balas.

Gareth tenía la mirada clavada en su pastel y hacía agujeros en el hojaldre con el tenedor. Levantó la vista y frunció el ceño.

—No puedes tomarte esto a broma, Es.

Sentí que se me calentaba la cara y fue entonces cuando me di cuenta de que Gareth estaba al borde de las lágrimas. Estiré un brazo por encima de la mesa y le agarré la mano libre.

—¿Qué ha pasado? —le pregunté.

Tardó en responder, sin dejar de mirarme a los ojos.

—No tiene ningún sentido.

Bajó la vista de nuevo hacia la comida.

—Cuéntamelo.

—Estaba introduciendo correcciones en *sinsabor*.

Cogió una breve bocanada de aire y miró al techo. Le solté la mano para que pudiera limpiarse la cara.

—¿Quién? —pregunté.

—Eran aprendices. Llevaban menos de dos años en la editorial. Empezaron juntos, se marcharon juntos. Eran uña y carne.

Apartó el pastel y puso los codos encima de la mesa, apoyó la cabeza en las manos. Se quedó mirando el mantel y terminó la historia:

—La madre de Jed ha venido a la sala de composición a buscar al señor Hart. Jed era el más joven de los dos, no tenía ni diecisiete años. Ha venido a decirle al señor Hart que su hijo no volverá. —Entonces me miró de nuevo—. Estaba destrozada, Esmi. Desquiciada. Jed era su único hijo y la mujer no podía parar de repetir que la semana que viene habría cumplido solo diecisiete años. Una y otra vez, como si decirlo fuese a traerlo de vuelta porque, para empezar, ni siquiera debería haber ido. —Gareth respiró hondo. Yo parpadeé para contener las lágrimas—. Alguien encontró al señor Hart, que se la llevó a su despacho. La oíamos gritar de dolor mientras él la guiaba por el pasillo.

Yo también aparté mi plato. Gareth se bebió la mitad de su vaso de cerveza.

—No he sido capaz de volver a esa palabra —prosiguió—. Se me revolvía el estómago solo de mirar los tipos. La guerra empezó hace solo un par de meses y creen que durará años. ¿Cuántos Jeds habrá?

No supe responderle.

Suspiró.

—De repente, dejé de encontrarle el sentido —continuó.

—Tenemos que seguir haciendo lo que hacemos, Gareth. Sea lo que sea. Si no, viviremos solo para esperar.

—Me gustaría sentir que hago algo útil. Componer *sinsabor* no acabará con los sinsabores. La madre de Jed seguirá sintiendo lo que siente con independencia de lo que se escriba en un diccionario.

—Pero quizá ayude a otros a entender lo que siente esa mujer.

Lo dije sin convencimiento. De ciertas experiencias, el *Diccionario* solo ofrecería una aproximación. Y ya sabía que el *sinsabor* —que el pesar, la desazón, la pesadumbre— sería una de ellas.

APENAS PASABA UNA semana sin que una madre apareciera en la puerta del interventor con la noticia de que su hijo no volvería. La carga de los editores del *scriptorium* y del Old Ashmolean no era tan pesada, pero tampoco eran inmunes. Gracias a su educación o a sus contactos, los lexicógrafos se convertían en oficiales, aunque su formación a duras penas los capacitaba para liderar a otros hombres. Los empleados de la editorial procedían de un espectro más amplio de la sociedad, de las clases «carne de cañón», decía Gareth. Dejó de informarme cada vez que moría algún compañero de la editorial.

LA PUERTA DEL despacho del señor Hart estaba entreabierta. Llamé y la abrí un poco más.

—Sí —contestó, sin levantar la vista de sus papeles.

Me acerqué a su mesa, pero siguió sin mirarme. Carraspeé.

—Correcciones de última hora, señor Hart. De *soflama* a *solar*.

Entonces levantó la mirada y las arrugas del entrecejo se le hicieron aún más profundas cuando cogió las pruebas y la nota del doctor Murray. Leyó la nota y vi que se le tensaba la mandíbula. El doctor Murray quería otra corrección, la tercera o la cuarta, no estaba segura. Sentí curiosidad por saber si las planchas estarían ya fundidas. No me atreví a preguntárselo.

—La enfermedad no lo hace menos pedante —dijo el señor Hart.

No me estaba hablando a mí, así que permanecí callada. Se levantó y se dirigió hacia la puerta. No me pidió que esperara, así que lo seguí.

En la sala de composición no se oían conversaciones, pero sí el chasquido percutor de los tipos que se colocaban en los componedores y que luego se convertirían en formas que contendrían toda una página de palabras. Esperé junto a la puerta mientras el señor Hart se acercaba a la mesa de trabajo más cercana. El cajista era joven, ya no un aprendiz, pero no tenía la edad necesaria para ir a la guerra. Me pareció que se ponía nervioso mientras el señor Hart le echaba un vistazo a su forma. Me pregunté si sería fácil detectar los errores teniendo en cuenta que todo estaba al revés. El señor Hart quedó satisfecho y le dio una palmadita en la espalda al auxiliar; después pasó a la siguiente mesa. Las correcciones del doctor Murray tendrían que esperar.

Me quedé inmóvil nada más franquear la puerta y paseé la mirada por la estancia. Gareth estaba en su antigua mesa: a pesar de que ya era encargado, necesitaban que compusiera durante unas cuantas horas al día. Lo observé como lo habría hecho una extraña. Le noté algo raro. Nunca le había visto una expresión tan resuelta, su cuerpo mostraba más seguridad que de costumbre. Me di cuenta de que nunca estamos del todo tranquilos cuando somos conscientes de la mirada del otro. Puede que nunca seamos nosotros mismos al cien por cien. En el deseo de agradar o impresionar, de persuadir o dominar, nuestros movimientos se tornan conscientes, nuestros rasgos, rígidos.

Siempre lo había considerado delgado, pero, al verlo trabajar con la camisa remangada y los músculos de los antebrazos tensos, me percaté de la elegancia de su fuerza. Su concentración y la fluidez de sus movimientos me recordaron a un pintor o a un compositor musical: la colocación de sus tipos era tan deliberada como la de las notas de una partitura.

Sentí una punzada de culpabilidad. Sabía muy poco de su trabajo. Siempre había dado por hecho que era una simple monotonía mecánica. Al fin y al cabo, las palabras las elegían los editores, los significados los sugerían los autores. Él solo tenía que transcribirlos. Pero eso no era lo que estaba viendo. Gareth estudió una ficha y luego seleccionó varios tipos. Los colocó, los sopesó, se sacó un lápiz de detrás de la oreja e hizo anotaciones en la ficha. ¿Estaba corrigiendo? Con la seguridad de haber resuelto un problema, retiró los tipos y los recolocó en una disposición mejor.

Solo dormido lo veía con la guardia así de baja. Me sorprendió darme cuenta de que anhelaba verlo dormir. Aquel pensamiento me atravesó el corazón.

Gareth enderezó la espalda y movió la cabeza de un lado a otro para estirar el cuello. Aquellos movimientos debieron de llamar la atención del señor Hart, porque el interventor sugirió una corrección en la forma que estaba inspeccionando y luego se encaminó hacia su gerente. Gareth lo vio y tensó ligeramente los músculos de los hombros y la cara: una adaptación al sentirse observado. Yo también eché a andar hacia Gareth. Cuando me vio, se le dibujó una sonrisa en el rostro y volvió a resultarme tan familiar como siempre.

—Esme —dijo.

Su alegría me calentó hasta el último recodo del cuerpo.

Fue en ese momento cuando el señor Hart se dio cuenta de que yo también estaba allí.

—Ah, sí, claro. —Se produjo un silencio incómodo mientras tanto el señor Hart como yo nos planteábamos si estaríamos estorbando la conversación del otro con Gareth.

—Perdone —dije—. ¿Preferiría que esperase en el pasillo?

—Para nada, señorita Nicoll —contestó el señor Hart.

—Señor Hart —dijo Gareth, que nos devolvió a todos al asunto que nos había llevado hasta allí—, ¿correcciones de sir James?

—Sí. —El señor Hart se acercó a la mesa de Gareth—. Es lo que esperabas. Estoy tentado de dejar que a partir de ahora introduzcas el cambio cuando te des cuenta de que es necesario; te ahorraría la leche de tiempo.

Luego, al acordarse de mi presencia, se disculpó de mala gana por su lenguaje. Gareth reprimió una sonrisa.

Cuando terminaron de comentar las correcciones, el cajista le preguntó si podía tomarse el descanso antes.

—Sí, sí. Cógete un cuarto de hora más —contestó el interventor.

—Lo has puesto nervioso —me dijo Gareth mientras el señor Hart se alejaba—. Solo tengo que terminar de componer esta línea.

Lo observé mientras seleccionaba pequeños tipos de metal de la bandeja que tenía delante. Movía la mano con rapidez y el componedor no tardó en llenarse. Lo volcó en la forma y se frotó el pulgar.

—¿Crees que el señor Hart hablaba en serio cuando te ha dicho que te dejaría introducir cambios en el texto antes de componerlo?

Gareth se echó a reír.

—Madre mía, qué va.

—Pero debes de sentirte tentado —dije con cautela.

—¿Por qué lo dices?

—Bueno, nunca había pensado mucho en ello, pero, al verte aquí, me he dado cuenta de que te pasas la vida entre palabras, colocándolas en su sitio. Seguro que has desarrollado opiniones sobre lo que suena bien y lo que no.

—Mi trabajo no consiste en opinar, Es.

No me estaba mirando, pero atisbé una sonrisa que le rondaba las comisuras de la boca.

—No sé si un hombre sin opiniones me caería bien —dije.

Entonces sonrió sin tapujos.

—Bueno, en ese caso, digamos que tengo más opiniones sobre los textos que vienen del Old Ashmolean que sobre los que vienen del *scriptorium*. —Se puso de pie y se quitó el delantal—. ¿Te importa si pasamos un momento por la sala de impresión?

La sala de impresión estaba en pleno funcionamiento, enormes hojas de papel descendían como las alas de un pájaro gigante o salían rodando de unos rodillos inmensos en rápida sucesión; la forma antigua y la nueva, me dijo Gareth. Cada una tenía un ritmo distinto para el oído y la vista, y me resultó extrañamente relajante ver cómo se iban apilando las páginas.

Gareth me guio hacia una de las antiguas prensas. Sentí que el aire se desplazaba cuando el ala gigante descendía.

—Harold, tengo la pieza que me pediste. —Gareth se sacó del bolsillo una piececita en forma de rueda y se la dio al anciano—. Si no consigues ponerla, esta tarde vuelvo y lo hago yo.

Harold cogió la pieza y me di cuenta de que le temblaban un poco las manos.

—Esme, te presento a Harold Fairweather. Harold es un maestro impresor que acaba de reincorporarse a pesar de que estaba jubilado, ¿verdad, Harold?

—Intento aportar mi granito de arena —dijo el hombre.

—Y esta es la señorita Esme Nicoll —prosiguió Gareth—. Esme trabaja con el doctor Murray en el *Diccionario*.

Harold sonrió.

—¿Dónde estaría la lengua inglesa sin nosotros?

Me fijé en las páginas que salían de la prensa.

—¿Está imprimiendo el *Diccionario*?

—Así es.

Señaló una pila de hojas impresas con la cabeza.

Agarré el borde de una, lo sujeté entre el pulgar y el resto de los dedos y froté el papel. Me preocupé de no tocar las palabras por si la tinta aún estaba húmeda.

Me imaginé que manchaba una y que esa palabra se borraba del vocabulario de quienquiera que comprase el fascículo al que pertenecía aquella página.

—Las prensas viejas tienen personalidad propia —me decía Harold mientras tanto—. Y, a esta, Gareth la conoce mejor que nadie.

Lo miré.

—¿Ah, sí?

—Empecé en las prensas —respondió—. Fui aprendiz de Harold cuando tenía catorce años.

—Cuando la máquina se pone rebelde, es el único capaz de hacer que se comporte, y ya era así incluso antes de que perdiéramos a la mitad de los mecánicos —dijo Harold—. No sé cómo voy a arreglármelas sin él.

—No sé por qué iba a tener que arreglárselas sin él —dije.

—En un caso hipotético, señorita —respondió enseguida.

—TENDRÍAS QUE VENIR a visitarme más a menudo —me dijo Gareth mientras caminábamos por Walton Street—. Últimamente, más que a añadirlo, Hart tiende a descontarnos un cuarto de hora del descanso para comer.

—El doctor Murray igual. Es como si el *scriptorium* y la editorial fueran sus respectivos campos de batalla. Es la única contribución que pueden hacer.

En cuanto lo dije, me arrepentí.

—Hart siempre ha sido muy exigente —dijo Gareth—. Pero, si no se anda con cuidado, perderá más hombres por sus demandas poco razonables que por la guerra.

Paseamos hasta el centro de Jericho. Estaba rebosante de actividad, como siempre a la hora de comer, y Gareth iba saludando a más o menos una de cada dos personas. Todas las familias estaban relacionadas con la editorial de alguna forma.

—¿Te perderá a ti? —dije.

Gareth guardó silencio unos instantes.

—Es un hombre peculiar, a veces temperamental, y ejerce más presión de la necesaria tanto sobre sus trabajadores como sobre sí mismo. Pero, a estas alturas, ya hemos desarrollado una forma de trabajar que nos conviene a ambos. Le he cogido cariño con los años, Es. Y creo que es mutuo.

Lo había visto con mis propios ojos en muchas ocasiones. Gareth poseía una calma y una confianza que ablandaban tanto al señor Hart como al doctor Murray.

Giramos en Little Clarendon Street y nos encaminamos hacia la tetería.

—Pero ¿te perderá? —pregunté otra vez.

Gareth abrió la puerta y la campanilla que había encima tintineó. Me quedé parada en el umbral, esperando a que me contestara.

—Ya has oído a Harold —respondió—. En un caso hipotético.

Me acompañó hasta una de las mesas del fondo y me apartó la silla para que me sentara.

—He visto cómo te miraba —dije mientras él ocupaba la otra—. Se estaba disculpando.

—Sabe que los cumplidos me incomodan.

Gareth era incapaz de mirarme, así que empezó a mirar a su alrededor en busca de la camarera. Le hizo un gesto para que se acercara y se volvió para examinar la carta.

—¿Qué te apetece? —me preguntó sin levantar la vista.

Estiré la mano por encima de la mesa y le cogí la suya.

—Me apetece la verdad, Gareth. ¿Qué planes tienes?

Levantó la mirada.

—Esme…

Pero no añadió nada más.

—Me estás asustando.

Se llevó una mano al bolsillo del pantalón y sacó algo. Lo sostuvo en el puño entre los dos y vi que se sonrojaba y apretaba los dientes.

—¿Qué es? —pregunté.

Abrió los dedos y dejó al descubierto los restos aplastados de una pluma blanca.

—Guárdala —dije.

—Estaba atada a la puerta trasera de la editorial —dijo Gareth.

—Bueno, podría ser para cualquiera. Allí hay cientos de trabajadores.

—Ya lo sé. No creo que fuera para mí concretamente. Pero te hace pensar.

La camarera nos interrumpió y Gareth pidió.

—Eres demasiado mayor —dije.

—Tengo treinta y seis años, no soy demasiado mayor. Y es mejor que tener veintiséis ¡o dieciséis, por el amor de Dios! Esos chicos apenas han vivido.

La camarera posó la tetera entre nosotros. Apenas respiré mientras colocaba las tazas de té y la jarra de leche con mucho cuidado.

En cuanto la joven se alejó, le dije:

—Tengo la impresión de que quieres ir.

—Solo los jóvenes o los tontos quieren ir a la guerra, Es. No, no quiero ir.

—Pero te lo estás pensando.

—Es imposible no hacerlo.

—Bueno, pues piensa en mí en lugar de en eso.

Oí a la niña pequeña en mi voz, la súplica desesperada. Nunca le había pedido algo así, siempre había evitado cualquier sentimiento que pudiera fomentar algo más que una amistad.

—Ay, Es. Nunca dejo de pensar en ti.

Cuando llegaron los sándwiches, la camarera no se esmeró tanto en servirlos, pero nuestra conversación se interrumpió de todos modos. Ninguno de los dos nos atrevimos a reanudarla y dedicamos los siguientes quince minutos a comer sin decir una sola palabra.

Después paseamos por el camino de sirga de Castle Mill Stream. Las campanillas de nieve alfombraban la orilla, como si desafiaran al invierno a esforzarse más.

—Tengo una palabra para ti —dijo Gareth—. Ya existe, pero el *Diccionario* no incluye este uso. Creo que deberías añadirla a tu colección.

Se sacó una ficha del bolsillo, un cuadrado de papel blanco y brillante que enseguida supe que había recortado de una de las gigantescas hojas que se usaban en las prensas. La leyó en silencio para sí y empecé a dudar si no habría cambiado de opinión y querría quedársela.

Nos sentamos en el siguiente banco.

—Compuse esta palabra hace ya un tiempo. —Continuó aferrado a ella—. Significa muchas cosas, pero hubo una mujer que la usó de una manera que me llevó a pensar que quizá faltara algo en el *Diccionario*.

—¿Quién era la mujer?

Lo supe antes de que contestara.

—Una madre.

—¿Y la palabra?

—*Pérdida* —dijo.

Los periódicos estaban llenos de ella. Desde el inicio de la guerra, podríamos haber llenado todo un volumen de citas que contuviesen la palabra *pérdida*. Las listas de bajas de *The Times of London* llevaban un recuento de todas las que se producían, y la batalla de Ypres había anegado sus páginas. Entre los muertos había hombres originarios de Oxford. Hombres de la editorial. Chicos de Jericho que Gareth conocía desde que eran pequeños. *Pérdida* era una palabra útil y terrible en su alcance.

—¿Puedo verla?

Él volvió a mirar la ficha y luego me la pasó.

PÉRDIDA

«Lamento tu pérdida, dicen. Y me gustaría saber a qué se refieren, porque no he perdido solo a mis hijos. He perdido la maternidad, la oportunidad de ser abuela. He perdido la conversación relajada de los vecinos y el consuelo de la familia en la vejez. Todos los días me despierto con alguna pérdida nueva en la que antes ni siquiera había pensado y sé que pronto será la cabeza lo que pierda.»

Vivienne Blackman, 1915

Gareth me puso una mano en el hombro. Me resultó reconfortante. Sentí el apretón suave, la caricia del pulgar. Algo más que una amistad y que no podía desalentar. Pero él no tenía ni idea.

«He perdido la maternidad.» Las palabras me habían impuesto un recuerdo: unos ojos amables en un rostro pecoso, un asidero durante el dolor. Sarah, la madre de mi bebé. Su madre. Intenté recordar algo de Niña, pero su olor solo perduraba en la forma de las palabras que una vez había escrito y guardado en el baúl. Cuando cerré los ojos, no vi el rostro de Niña, aunque sí recordé haber anotado que su piel era *translúcida* y que sus pestañas eran *casi inexistentes*. Aquella mujer, Vivienne Blackman, sabía algo de mí. Algo que Gareth ni siquiera podía imaginar.

—¿Quién es? —le pregunté.

—Sus tres hijos trabajaban en la editorial. Todos se alistaron en el Segundo Batallón de Oxfordshire y Buckinghamshire en agosto. Y dos de ellos no eran más que unos críos, demasiado jóvenes para tener algo de sentido común. Aunque, a veces, el sentido común convierte en cobardes a los más mayores. —Vio el efecto que sus palabras provocaban en mi rostro y continuó a toda prisa—: El señor Hart estaba enfermo, así que la mujer tuvo que informarme a mí.

—¿Tiene más hijos? —quise saber.

Negó con la cabeza. No dijimos nada más.

… rezaré por el regreso seguro de tus hijos.

Tu queridísima amiga,

Lizzie

Le entregué a Lizzie las páginas que había manuscrito. Las dobló con cuidado y las metió en un sobre; luego cogió su cuarta galleta.

—Tommy debe de sentirse muy solo sin sus hermanos —dijo.

—¿Crees que se alistará?

—Si lo hace, le romperá el corazón a Natasha.

—Lizzie, ¿alguna vez has deseado poder contarle a Natasha tus secretos más íntimos sin tener que dictármelos a mí?

—Yo no tengo secretos íntimos, Esmi.

—Si los tuvieras, ¿querrías que ella los supiera, aunque quizá cambiasen la imagen que tiene de ti?

Lizzie se llevó la mano al crucifijo y bajó la mirada hacia la mesa. Ella siempre le había concedido a Dios el mérito de cualquier consejo que pudiera darme; yo hacía tiempo que había dejado de creer que él tuviese algo que ver.

Levantó la cabeza.

—Supongo que sí, que querría que los supiera si fueran importantes *pa* mí o si fuesen algo que me explicara de alguna forma.

Su respuesta hizo que se me encogiese el estómago.

—Y, al contrario, ¿importaría que te guardaras el secreto?

Lizzie se levantó para verter más agua caliente en la tetera.

—No creo que él te juzgue —dijo.

Me volví de golpe hacia ella, pero estaba de espaldas a mí. No tenía manera de interpretar su expresión. Quizá se estuviese refiriendo a Dios o quizá a Gareth. Mi esperanza era que se refiriera a los dos.

UNA NOCHE DESPEJADA dio paso a un día de cielo azul y escarcha reluciente. Pero el frío de la mañana no duró y el abrigo me estorbaba mientras pedaleaba hacia la editorial con las pruebas corregidas del doctor Murray.

La puerta del despacho del señor Hart estaba medio abierta. Llamé golpeándola con los nudillos, pero no obtuve respuesta. Me asomé y vi que estaba sentado a su escritorio, con la cabeza entre las manos. «Otra madre», pensé. En *The Oxford Times* había aparecido un breve artículo acerca del número de hombres de la editorial que se habían alistado, el número de los que habían muerto. La pérdida de tanto personal retrasaría la publicación de algunos libros importantes, decía. Entre ellos, *Shakespeare's England*, de Walter Raleigh, sir Sidney Lee y Charles T. Onions.

No creía que fueran ni Shakespeare ni Inglaterra quienes tuvieran al interventor con la cabeza gacha y, de repente, el artículo me pareció insensible. Mencionaba un libro, pero ni a un solo hombre. Di un paso atrás y llamé con más fuerza. Esta vez el señor Hart sí levantó la vista, un poco aturdido, un poco asustado. Le entregué las pruebas corregidas.

Después me fui a buscar a Gareth, pero no estaba en su despacho. Lo encontré en la sala de composición, encorvado sobre su antigua mesa de trabajo.

—¿No puedes mantenerte alejado de ella? —le pregunté.

Gareth apartó la mirada de los tipos. Su sonrisa fue poco convincente.

—Demasiadas mesas vacías —dijo—. La sala de impresión está igual. Ahora mismo, la única que está a pleno rendimiento es la de encuadernación, aunque varias de las empleadas se han alistado en el Destacamento de Ayuda Voluntaria.

Se limpió las manos en el delantal.

—Creo que el señor Hart debería plantearse emplear a mujeres como impresoras y cajistas —dije.

—Se ha barajado esa opción, pero no es una idea muy popular. Sin embargo, yo opino que es inevitable.

—El señor Hart tiene un aspecto horrible.

Gareth se quitó el delantal y caminamos juntos hacia donde otros delantales idénticos colgaban de ganchos individuales.

—Creo que está cayendo en una de sus depresiones —dijo—. Es comprensible. Este lugar es como un pueblo: todo el mundo está emparentado con alguien y toda muerte provoca una reacción en cadena.

Cuando cruzamos el patio, fue la primera vez que me llamó la atención por lo silencioso que estaba. En lugar de poner rumbo hacia Jericho, hice girar a Gareth hacia Great Clarendon Street.

—No hace demasiado frío —dije—. He pensado que podríamos ir a pasear por Castle Mill Stream. He traído sándwiches.

No se me ocurría nada normal que decir mientras caminábamos, aunque Gareth ni siquiera parecía darse cuenta. Doblamos hacia Canal Street y pasamos por la iglesia de San Bernabé. Hasta que llegamos al camino de sirga, no me preguntó si todo iba bien. Intenté sonreír, pero fue un fracaso absoluto.

—Me estás poniendo nervioso —dijo.

Escogí un lugar tranquilo, moteado por la débil luz del sol. Gareth se quitó el abrigo y lo extendió en el suelo; yo coloqué el mío junto al suyo. Nos sentamos, demasiado cerca para la acritud que creía que surgiría a continuación. Saqué los sándwiches de la cartera y le pasé uno.

—Suéltalo —me dijo.

—¿El qué?

—Eso a lo que le estás dando vueltas.

Le escudriñé el rostro. No quería que nada cambiara la forma en que me miraba, pero, por otro lado, quería que me entendiese por completo. Mi mente era un remolino de imágenes y emociones, y no recordaba ni una sola palabra de lo que había ensayado previamente. Me quedé sin aliento. Me puse de pie. Eché a andar junto al arroyo tragando grandes bocanadas de aire, pero seguía sin poder respirar. Gareth gritaba mi nombre, pero el zumbido que me invadía los oídos hacía que lo oyera muy alejado.

Le hablaría de Niña, lo tenía claro. Aunque tal vez no me perdonara. Se me había revuelto el estómago, pero volví.

ESTÁBAMOS SENTADOS EL uno frente al otro, cada uno en su abrigo. Gareth tenía la mirada clavada en el suelo, estaba aturdido y callado. Se lo había contado todo. Había pronunciado las palabras que tanto había temido —*virgen*, *embarazada*, *parto*, *nacimiento*, *bebé*, *adopción*— y me sentía más tranquila. Las náuseas habían desaparecido.

Observé a Gareth, distante. Quizá lo hubiera perdido, pero a Niña la había perdido con certeza. Puede que él se hubiera llevado una decepción conmigo, pero yo estaba desencantada conmigo misma.

Me levanté y empecé a alejarme. Cuando me volví para mirarlo, seguía sentado donde lo había dejado, acariciando con la mano el abrigo que tenía al lado.

Al pasar por Canal Street, vi que las puertas de San Bernabé estaban abiertas. Me senté en la Morning Chapel. No sé cuánto tiempo pasé allí antes de que Gareth me encontrara y me echase el abrigo por los hombros. Se sentó a mi lado. Cuando me cogió del brazo un rato después, dejé que me guiara de nuevo hacia el sol invernal.

Una vez de vuelta en la editorial, recogí mi bicicleta e insistí en que podía volver sola al *scriptorium*.

Gareth me miró: no había acritud, pero sí tristeza.

—Esto no cambia nada —dijo.

—¿Cómo no va a cambiar nada?

—No lo sé. Pero es así.

—A lo mejor termina cambiándolo, con el tiempo.

Negó con la cabeza.

—No lo creo. La guerra ha hecho que el presente sea más importante que el pasado y mucho más cierto que el futuro. De lo único de lo que puedo fiarme es de lo que siento en este momento. Y, después de todo lo que me has contado, creo que te quiero más.

Pocas palabras tienen tantas acepciones como *querer*. La sentí resonar en lo más profundo de mi pecho y supe que significaba algo distinto a cualquier otra variante que hubiera oído o pronunciado. Pero la tristeza de la expresión de Gareth no desapareció. Me cogió la mano y me besó las cicatrices; luego se dio la vuelta y entró en la editorial.

CUANDO ME DESPERTÉ a la mañana siguiente, la casa estaba helada. Apenas pude levantarme de la cama. Las palabras de Gareth tendrían que haberme supuesto un alivio, pero su tristeza las atenuaba. Me estaba ocultando algo, igual que yo se lo había ocultado a él. Me estremecí y deseé que Lizzie estuviera conmigo.

Me vestí a toda prisa y me encaminé hacia Sunnyside sumida casi por completo en la oscuridad.

Lizzie estaba llena de espuma de jabón hasta los codos cuando entré en la cocina. La encimera estaba atestada de utensilios de desayuno: tazas y cuencos sucios; platos con migas de pan tostado.

—Los fogones están encendidos —me dijo—. Ve a calentarte mientras termino de lavar los platos.

—¿Dónde está la chica que viene por las mañanas? —le pregunté.

Habían sido varias, así que se me había olvidado el nombre de la última.

—Lo ha *dejao*. Al menos alguien le saca provecho a la guerra: las fábricas pagan más de lo que los Murray podrían pagar jamás.

Me quité el abrigo y cogí un paño de cocina.

—¿Hay alguna posibilidad de que la señora Ballard vuelva de su retiro?

—Ya le cuesta hasta levantarse de la silla —dijo Lizzie.

Corté una gruesa rebanada de pan y la unté con mermelada.

—He hecho una hogaza de más —me informó Lizzie—. Llévatela esta noche cuando te vayas.

—No hace falta que hagas esas cosas —dije mientras me lamía la mermelada de los dedos.

—Trabajas en el *scripi* de sol a sol y no tienes criada… De *verdá* que no sé por qué despediste a la que tenías. Alguien tiene que cuidar de ti.

Una vez que me quité el frío de los huesos y sentí el estómago lleno, crucé el jardín hasta el *scriptorium*. Agradecí encontrarlo vacío. Nadie llegaría hasta al menos dentro de una hora.

La sala apenas había cambiado desde que me escondía debajo de la mesa de clasificación y, durante un segundo, logré imaginarme el mundo con mi padre y sin guerra. Acaricié las estanterías con los dedos; era una forma de recordar.

Me senté a mi escritorio y escuché el silencio. Se oía un susurro procedente del agujero de la pared y levanté la mano para notar la corriente de aire frío. Era cortante, casi dolorosa, y pensé en esos pueblos nativos que se marcan la piel en los momentos definitorios de la vida. A mí se me inscribirían palabras. Pero ¿cuáles?

Oí un ruido metálico contra la pared del *scriptorium* y el susurro cesó. Aparté la mano del agujero y miré a través de él. Era Gareth.

Apoyó la bicicleta y se enderezó, le echó un vistazo al interior de su cartera y la cerró con cuidado. Lo había espiado así cientos de veces y había llegado a adorar cómo transportaba las palabras de un lado a otro, como si fueran frágiles y preciosas.

Pero estaba nerviosa. Repasé mi aspecto. Se me habían salido varios rizos del moño y volví a recogérmelos. Me pellizqué las mejillas y me mordí los labios. Me senté con la espalda muy erguida a la espera de que Gareth cruzara la puerta del *scriptorium*. Me daba miedo lo que pudiera decir.

No entró. Me encorvé sobre mi trabajo y dejé que los rizos se me soltaran.

Pasó un cuarto de hora antes de que oyera el crujido de la puerta al abrirse.

—¿Sabe el doctor Murray que estás aquí desde que canta el gallo? —preguntó.

—Me gusta la soledad —respondí mientras le estudiaba el rostro en busca de alguna pista sobre su estado de ánimo—. Pero agradezco la interrupción. Te he oído llegar, ¿cómo es que has tardado tanto en entrar?

—Pensé que te encontraría en la cocina, con Lizzie. No pude negarme cuando me ofreció un té.

—Le caes bien.

—Y ella me cae bien a mí.

Miré la cartera que Gareth llevaba en la mano.

—Es un poco temprano para venir a entregar pruebas.

No respondió de inmediato. Más bien me miró como si acabara de recordar mi confesión. Bajé la vista.

—No traigo pruebas, solo una invitación para hacer un pícnic a la hora de comer —dijo—. Va a hacer buen día otra vez.

Asentí, no fui capaz de hacer nada más.

—Volveré al mediodía, entonces.

Sonrió.

—Vale.

En cuanto se marchó, inhalé una bocanada de aire temblorosa y apoyé la cabeza contra la pared. La luz del agujero me iluminó las viejas cicatrices de la mano. Cuando Gareth volvió a la parte trasera del *scriptorium* para coger la bicicleta, la luz se atenuó y luego se intensificó. Volvió a atenuarse. «Código morse», pensé, pero no sabía leerlo. Sentí el peso de su cuerpo cuando se apoyó contra la pared de hierro y el sonido del metal me retumbó en el cráneo. ¿Sabía Gareth lo cerca que estaba de mí? Permaneció allí un buen rato.

JUSTO ANTES DEL mediodía, estaba sentada a la mesa de la cocina con Lizzie.

—Deja que te arregle esos pelos —me dijo.

—No sirve de nada. Siempre terminan escapándose.

—Se te escapan cuando te peinas tú.

Se colocó detrás de mí y me recolocó las horquillas. Cuando terminó, sacudí la cabeza. Los rizos se quedaron en su sitio.

A través de la ventana de la cocina, vimos a Gareth. Iba cruzando el jardín hacia nosotras, con la cartera colgada del hombro y una cesta de pícnic en una mano. Lizzie se acercó corriendo a abrirle la puerta y lo hizo pasar.

Gareth saludó a Lizzie con un gesto de la cabeza y una gran sonrisa.

—Lizzie —dijo.

—Gareth —respondió ella, y su sonrisa fue como una imagen reflejada en un espejo.

Detrás de aquel saludo había frases enteras que yo no comprendía. Gareth dejó la cesta encima de la mesa de la cocina y Lizzie se agachó ante el horno para sacar el flan que tenía calentándose. Lo metió en el fondo de la cesta y lo cubrió con un paño. Luego llenó un termo de té y se lo entregó a Gareth junto con un pequeño bote de leche.

—¿Tienes una manta? —le preguntó.

—Sí —contestó él.

Lizzie cogió su chal de lana del respaldo de una silla.

—Puede que haga calor *pa* ser diciembre, pero aun así tendrás que ponerte esto encima del abrigo —me dijo al dármelo.

Lo cogí, desconcertada por el goce que aquel pícnic le estaba produciendo a Lizzie.

—¿Quieres venirte con nosotros? —pregunté.

Se echó a reír.

—No, qué va. Tengo mucho que hacer.

Gareth levantó la cesta de la mesa.

—¿Nos vamos?

Le di la mano y me guio hacia el exterior de la cocina.

Caminamos hasta Castle Mill Stream y continuamos por el camino de sirga hasta Walton Bridge.

—Cuesta creer que ya haya empezado el invierno —comentó Gareth mientras extendía la manta y colocaba el flan en el centro. Aún desprendía vapor.

Alisó la zona donde quería que me sentara, luego sacó el termo de la cesta y sirvió el té en una taza. Vertió la cantidad justa de leche y le añadió un terrón de azúcar. La rodeé con las manos y bebí un sorbo. Estaba justo como me gustaba. No dijimos nada.

Gareth se terminó el té y se sirvió otra taza. Inconscientemente, movió la mano hacia la cartera que tenía al lado. Cuando volvió a vaciar la taza, la metió en la cesta con mucho cuidado, como si fuera de cristal y no de hojalata. Le temblaban las manos, aunque de un modo muy sutil.

Una vez que la consideró a salvo en la cesta, respiró hondo y se volvió hacia mí. Una sonrisa le invadió poco a poco el rostro. Sin dejar de mirarme, me quitó la taza de entre las manos y la dejó con menos cautela sobre la hierba. Luego me las tomó entre las suyas.

Se llevó mis dedos a los labios y el calor de su aliento me provocó un escalofrío. Todo mi cuerpo quería apretarse contra él, pero mi mente se conformaba con contemplarle los rasgos de la cara; con memorizar hasta la última arruga de su frente, las cejas oscuras y las pestañas largas, los ojos azules como un cielo de verano al atardecer. Tenía canas en las sienes y ansiaba verlas extenderse, con los años, por la oscura mata de pelo.

No sé cuánto tiempo permanecimos así, inmóviles, pero me di cuenta de que su mirada me recorría el rostro como la mía recorría el suyo. Nada nos ocultaba, no había gestos de cortesía. Estábamos desnudos.

Al fin, cuando nuestras miradas se cruzaron, fue como si hubiéramos viajado juntos y hubiéramos vuelto a casa conociéndonos mejor. Me soltó y cogió la cartera. Un temblor tenue lo hizo manipular las hebillas con torpeza. Aunque antes albergaba dudas, entonces supe con certeza lo que contenía la cartera.

Pero no era lo que esperaba.

Sacó un paquete. Estaba envuelto en papel marrón y atado con un cordel: el envoltorio típico de la editorial. Tenía las dimensiones de una resma de papel, aunque más fina.

—Para ti —dijo, y me tendió el paquete.

—No son pruebas, imagino.

—Es algo parecido a unas pruebas, sí —dijo.

Desaté el cordel y el papel grueso cayó hacia los lados.

Era un objeto precioso, encuadernado en cuero y con letras doradas. Debía de haberle costado el sueldo de todo un mes. Sobre el cuero verde, con el mismo tipo de letra que se empleaba en los volúmenes del *Diccionario*, habían repujado el título *Palabras de mujeres y su significado*. Lo abrí por la portada, donde se repetía el rótulo. Y debajo: *Editado por Esme Nicoll*.

Era un volumen delgado y la fuente era más grande que la del *Diccionario* del doctor Murray: dos columnas en cada página en lugar de tres. Avancé hasta la letra *C* y tracé con el dedo las formas familiares de las palabras, cada una la voz de una mujer. Algunas eran suaves y refinadas; otras, como la de Mabel, cavernosas y envueltas en flemas. Entonces llegué a ella, a una de las primeras palabras que había escrito en una ficha. Verla impresa me llenó de alegría. La cita me revoloteó por los labios.

¿Era más obsceno decirla, escribirla o componerla para la prensa? El aliento expulsado al pronunciarla podía llevárselo la brisa, podía ahogarlo una charla; podía oírse mal o pasarse por alto. En la página era algo real. La habían cogido y sujetado a un tablero, sus letras se disponían de una manera concreta para que cualquiera que la viera supiese lo que era.

—¡Qué habrás pensado de mí! —exclamé.

—Me alegré de enterarme al fin de su significado —dijo, y una sonrisa le transformó el rostro serio.

Seguí pasando las páginas.

—He tardado un año, Es. Y cada día que sujetaba entre las manos una ficha con tu caligrafía, te conocía un poco mejor. Me he enamorado de ti palabra por palabra. Siempre me ha gustado la forma y el tacto de las palabras, sus infinitos emparejamientos. Pero tú me has mostrado sus limitaciones y su potencial.

—Pero ¿cómo lo has hecho?

—Cogiendo unas cuantas fichas cada vez y poniendo mucho esmero en volver a dejarlas justo donde las había encontrado. Al final, la mitad de la editorial estaba metida en el ajo. He querido participar en todo el proceso, no solo en la composición, así que he elegido el papel y operado la prensa, he cortado las páginas y las mujeres de la sala de encuadernación se han desvivido por enseñarme a montarlo todo.

—¿Cómo no iban a desvivirse?

Sonreí.

—Fred Sweatman era mi vigía en el *scripi*, pero nada de todo esto habría sido posible sin Lizzie. Conoce todos tus movimientos y todos tus escondites. No te enfades con ella por habérmelos desvelado.

Pensé en la caja de zapatos de mi escritorio y en el baúl de debajo de la cama de Lizzie. Mi *Diccionario de las palabras olvidadas*. Me di cuenta de que ella era su guardiana y quería que las palabras fueran encontradas.

—Jamás podría enfadarme con Lizzie —afirmé.

Gareth volvió a agarrarme las manos. Las suyas ya no temblaban.

—He tenido que elegir —dijo—. Entre un anillo y las palabras.

Miré mi diccionario, acaricié el título con los dedos y escuché las palabras en mi voz. Imaginé un anillo en mi mano y me alegré de su ausencia. Me pregunté cómo era posible sentir tanto. No tenía capacidad para más.

No dijimos nada en absoluto. Él no me lo pidió y yo no contesté, pero sentí aquellos momentos como el ritmo de un poema. Eran el prefacio de todo lo que vendría después y yo ya estaba trazando el argumento. Le agarré la cara, noté un tacto distinto en cada mano y luego la atraje hacia mí. Sentí el calor de sus labios contra los míos, el sabor del té aún agradable en su lengua. En la parte baja de mi espalda, su mano no pedía nada, pero aun así me acerqué a él, deseosa de que sintiera la forma de mi cuerpo. El flan se enfrió y quedó intacto.

—A VER, ¿DÓNDE está? —preguntó Lizzie en cuanto entré en la cocina.

Las dos miramos mi mano, que seguía tan poco adornada como siempre.

—¿Hay algo que no sepas, Lizzie Lester?

—Un montón de cosas, pero sí sé que él te quiere y que tú lo quieres, y pensé que vería un anillo en ese dedo cuando volvieras del pícnic.

Saqué el delgado volumen de mi cartera y lo puse en la mesa de la cocina, delante de ella.

—Me ha regalado algo mucho más valioso que un anillo.

Sonriendo, se limpió las manos en el delantal y luego se las miró antes de tocar el cuero.

—Sabía que las palabras te ganarían, tan encuadernadas y bonitas. Se lo dije cuando me lo enseñó. Luego me mostró dónde estaba impreso mi nombre y me preparó una taza de té mientras yo lloraba a moco tendido. —Volvieron a saltársele las lágrimas y se apresuró a enjugárselas—. Pero no me dijo que no habría anillo.

Empujó el volumen hacia mí. Lo envolví en el papel de estraza y até el cordel.

—¿Puedo subir un momento, Lizzie?

—¡No me digas que vas a esconderlo!

—No para siempre. Pero todavía no estoy preparada para compartirlo.

—Eres muy rara, Esmi.

Si Gareth hubiera cabido en mi baúl, lo habría encerrado allí y escondido la llave. Pero ya era demasiado tarde para eso. El señor Hart y el doctor Murray llevaban meses escribiendo cartas para que entrara en la formación de oficiales.

LA FORMACIÓN DE oficiales terminó el cuatro de mayo. Íbamos a casarnos el cinco, un miércoles. El doctor Murray les dio a todos los trabajadores del *scriptorium* dos horas libres pagadas para que nos acompañaran.

La noche anterior dormí en la habitación de Lizzie y, por la mañana, me vistió con un sencillo vestido color crema con sobrefalda y cuello alto de encaje. Me había bordado hojas alrededor de los puños y de los dobladillos y también había añadido pequeñas cuentas de cristal aquí y allá «*pa* que cuando te dé el sol parezcan gotas de rocío».

El doctor Murray no se encontraba bien, pero se ofreció a acompañarme a San Bernabé en un taxi. En el último momento, rehusé su invitación. El sol brillaba y sabía que Gareth llegaría caminando desde la editorial con el señor Hart y el señor Sweatman. Llevaba sin ver a Gareth los tres meses que había durado su formación como oficial y me agradaba la idea de toparme con él cuando nuestras rutas convergieran en Canal Street.

La señora Murray me sacó tres fotografías rápidas debajo del fresno: una con el doctor Murray, otra con Ditte y otra con Elsie y Rosfrith. Cuando ya estaba guardando la cámara, le pregunté si me podía sacar otra.

Lizzie revoloteaba junto a la puerta de la cocina, incómoda con su vestido nuevo. Le hice un gesto con la mano para que se acercara. Negó con la cabeza.

—Lizzie —la llamé—. Tienes que venir. Es el día de mi boda.

Se acercó, con la cabeza ligeramente gacha para protegerse de todas las miradas que se habían vuelto hacia ella. Cuando se colocó a mi lado, vi el alfiler de su madre, brillante sobre el verde desvaído de su sombrero de fieltro.

—Vuélvete un poco hacia aquí, Lizzie —le dije.

Quería que la cámara captara el alfiler. Iba a regalarle la fotografía.

Gareth se puso su uniforme de oficial para la boda. Me pareció más alto de lo que recordaba y me pregunté si sería una ilusión o una de las ventajas de haberse liberado del trabajo de cajista. Él estaba muy apuesto y yo estaba más guapa que nunca. Esas fueron nuestras primeras impresiones mientras nos acercábamos a San Bernabé desde extremos opuestos de la calle.

Dentro, Gareth y yo nos colocamos de pie frente al vicario. El señor Hart estaba a la izquierda de Gareth; Ditte, a mi derecha. Había cuatro filas de bancos ocupadas por el personal del *Diccionario* y de la editorial, con el doctor y la señora Murray, el señor Sweatman, Beth y Lizzie en la primera. Podrían haber sido más, pero los amigos más cercanos que Gareth tenía en la editorial estaban en Francia, y Tilda se había sumado al Destacamento de Ayuda Voluntaria. Su matrona del Hospital de San Bartolomé en Londres no le había dado permiso para marcharse.

No recuerdo lo que se dijo. No me acuerdo de la cara del vicario. Debí de pasar mucho tiempo mirando el ramo que Lizzie me había preparado, porque sus delicadas flores blancas y su fuerte aroma se quedaron conmigo. Azucenas. Cuando Ditte me tendió la mano para cogerlas y que Gareth pudiera ponerme el anillo en el dedo, me negué a soltarlas.

Salimos de la iglesia y nos vimos sorprendidos por el chaparrón de arroz que nos lanzó un pequeño grupo de mujeres de la sala de encuadernación de la editorial. Entonces vi el coro de impresores y cajistas, todos con su delantal. Gareth y yo nos quedamos allí plantados, felices, agarrados del brazo mientras nos cantaban *By the Light of the Silvery Moon*.

Rosfrith nos sacó una fotografía. Durante un momento terrible, nos imaginé congelados sobre la repisa de una chimenea: Gareth joven para siempre, yo vieja y envuelta en chales, sentada a solas junto al fuego.

Caminamos en procesión por las calles de Jericho. Cuando llegamos a Walton Street, las encuadernadoras y el coro de impresores volvieron a la editorial y algunos de los empleados del señor Bradley y del señor Craigie regresaron al Old Ashmolean. El resto continuamos hasta Sunnyside, donde comimos sándwiches y tarta bajo el fresno. Me recordó a todas las meriendas vespertinas que habíamos disfrutado a lo largo de los años para celebrar la finalización de una letra o la publicación de un volumen. Cuando la señora Murray ayudó al doctor Murray a entrar en la casa, lo tomamos como una señal de que se nos habían acabado las dos horas libres. El señor Bradley y Eleanor volvieron al Old Ashmolean; el señor Hart encabezó el camino de regreso a la editorial. Ditte y Beth acompañaron a la señora Ballard a la cocina y Rosfrith y Elsie insistieron en ayudar a Lizzie a recoger. De los hombres del *scriptorium*, el señor Sweatman fue el último en volver al trabajo. Le estrechó la mano a Gareth y cogió la mía para besármela.

—Qué orgulloso y feliz habría estado tu padre —dijo, y le sostuve la mirada, a sabiendas de que el recuerdo de papá era más intenso cuando se compartía.

Nos detuvimos ante la puerta de la casa de mi padre. De mi casa. Como si esperáramos a que nos invitaran a entrar. Hubo cierta confusión sobre quién debía abrirla.

—Ahora es nuestra casa, Gareth —dije.

Sonrió.

—Puede que sí, pero yo no tengo llave.

—Ay, claro. —Me acuclillé y saqué la llave de debajo de una maceta. Se la tendí—. Aquí tienes.

La miró.

—Bueno, no me parece que tengas que renunciar a ella tan fácilmente. No es una dote.

Antes de que me diera tiempo a responder, se agachó y me cogió en brazos.

—Vale —dijo—, tú abres la puerta y los dos cruzamos el umbral juntos. Pero hazlo rápido, Es. Si no te importa.

La casa estaba llena de azucenas blancas y todas las habitaciones estaban impecables. La estufa calentaba la cocina en una noche fría y nuestra cena ya se estaba cocinando a fuego lento.

—Tienes suerte de tener a Lizzie, ¿sabes? —dijo Gareth cuando me dejó en el suelo.

—Lo sé. Y también sé que tengo suerte de tenerte a ti.

Sin más debate, tomé a Gareth de la mano y lo guie escaleras arriba.

Abrí la puerta de la antigua habitación de papá. La cama tenía una colcha nueva, guateada y adornada con las delicadas puntadas de Lizzie. Nunca había dormido en ella y en aquel momento me alegré de que fuera así. Era nuestro lecho nupcial.

No nos mostramos tímidos respecto a nuestro cuerpo, pero disimulamos lo que sabíamos y lo que no. Cuando un recuerdo de Bill me asaltó sin avisar, me sentí horrorizada. Me acordé de su dedo recorriéndome la raya del pelo y continuando por la cara y el resto del cuerpo, tomando desvíos por el camino. «Nariz —me había susurrado cerca del oído—. Labios, cuello, pecho, ombligo…»

Me estremecí y Gareth se apartó un poco. Le cogí la mano y le besé la palma. Luego le guie los dedos por el resto de mi cuerpo, tomando desvíos por el camino.

—Monte de Venus —dije cuando llegamos a la suave maraña de pelo.

A GARETH LO habían destinado al Segundo Batallón de Oxfordshire y Buckinghamshire, pero le dieron un mes antes de tener que personarse en el cuartel de Cowley. Aunque el doctor Murray apenas podía prescindir de mí, aceptó reducirme la jornada. Por las tardes, iba caminando desde el *scriptorium* hasta la editorial, donde me encontraba a Gareth enseñando a los hombres que eran demasiado jóvenes, demasiado viejos o demasiado miopes cómo se agarraba un rifle. La editorial estaba formando a una guardia interna.

Lo observé como lo había observado otras veces. Estaba enseñándole a un crío de no más de quince años a sujetar un rifle. Le colocó la mano izquierda al chaval bajo el cañón; la otra se la puso en la culata y le movió el dedo índice hacia atrás para que solo apoyara la yema en el gatillo. Estaba tan concentrado como si estuviera escogiendo tipos y colocándolos en su componedor para formar una palabra. Lo vi dar un paso atrás para valorar la postura del chico. Dio una orden y el muchacho desplazó el rifle desde el hombro hacia un punto más cercano a su pecho.

Cuando el chaval fingió disparar, como si estuviera jugando a los vaqueros, Gareth bajó el cañón para que apuntase al suelo y le habló. No oí lo que le dijo, pero en la cara del chico vi algo que me recordó a lo que Lizzie me había dicho cuando se enteró de que Gareth iba a ser oficial: «Al ejército no le iría mal que un hombre adulto mandara a los muchachos. Según he oído, los de los acentos de señoritingo no están a la altura de la tarea.» Tenía razón. Gareth tenía la autoridad necesaria para ser un líder. Lo había visto con los cajistas más jóvenes y también en la sala de impresión. Traté de imaginármelo en Francia, pero no fui capaz.

Paseamos por Castle Mill Stream. Gareth llevaba puesto el uniforme y, aunque se quejaba de que parecía demasiado nuevo, todas las personas con las que nos cruzábamos lo saludaban con un gesto de la cabeza, con una sonrisa o con un vigoroso apretón de manos. Solo una apartó la mirada cuando nos acercamos: un hombre joven vestido con ropa de civil llamativa.

Había dejado de desear que Gareth no se hubiese alistado, pero no podía parar de pensar que se encaminaba hacia la muerte. Esa idea me hacía pasarme las noches en vela, así que lo observaba dormir. Me hacía tocarlo innecesariamente y en momentos extraños. Quería saber sus opiniones sobre todo y lo agotaba con preguntas sobre el bien y el mal, y sobre si los ingleses éramos el uno y los alemanes el otro. Intentaba descubrirle más capas para que, si moría, me quedara algo más.

A Gareth le retiraron el permiso después de la batalla de Festubert. La lista «In Memoriam» de *The Times of London* incluía a cuatrocientos hombres de su batallón. Llevábamos menos de un mes casados.

—No van a mandarme a Francia, Es.

—Terminarán haciéndolo.

—Es probable. Pero hay un centenar de reclutas nuevos que necesitan instrucción antes de que puedan enviarlos a algún sitio, así que pasaré una buena temporada en Cowley. Estaré tan cerca que podré coger los nuevos autobuses hasta Oxford. Quedaremos para comer. Y, en mis días libres, vendré a casa.

—Pero es que ya me he acostumbrado a tu puré de patatas lleno de grumos… Y creo que se me ha olvidado cómo se lavan los platos —dije, intentando sonar desenfadada. Pero había pasado demasiadas noches en soledad durante los últimos años como para no saber lo sola que iba a sentirme—. ¿Qué voy a hacer?

—Los hospitales están pidiendo voluntarios —respondió, feliz de pensar que había encontrado una solución—. No todos los chicos son de por aquí y algunos nunca reciben visitas.

Asentí, pero no era una solución.

CUANDO GARETH SE marchó a los cuarteles de Cowley, dejó atrás ciertas partes de sí mismo. Su ropa de civil colgada en nuestro armario, lista para usarse. En el lavamanos del baño, un peine aún con pelos —negros y grises— entre los dientes. Junto a la cama, una recopilación de poemas de Rupert Brooke abierta bocabajo, con el lomo doblado por la mitad. La abrí para ver el último poema que había leído Gareth. «Los muertos.» Volví a dejarlo.

ME REFUGIÉ EN el *scriptorium*. ¿Cuánto tiempo pasaría, me pregunté, antes de que las fichas comenzaran a mencionar esta guerra?

Ditte me había enviado *Back of the Front*, de Phyllis Campbell. Lo guardaba en mi escritorio y lo leía cuando todos los demás se marchaban a casa al finalizar la jornada. Su guerra era muy diferente a la de los periódicos.

«Es el contexto lo que aporta el significado», había dicho siempre mi padre.

Los soldados alemanes habían espetado a los bebés de las mujeres belgas, escribía, y luego las habían violado y les habían cortado los pechos.

Pensé en todos los académicos alemanes a los que el doctor Murray consultaba sobre la etimología germánica de muchas palabras inglesas. Habían guardado silencio desde el comienzo de la guerra. O los habían silenciado. ¿Serían capaces de hacer algo así esos amables hombres de letras? Y, si un alemán podía cometer tales actos, ¿por qué no iba a hacerlo un francés o un inglés?

Phyllis Campbell y otras voluntarias como ella atendían a esas mujeres belgas, a las que aún estaban vivas. Llegaban en los remolques de los camiones, con retales de tela envueltos alrededor del pecho para absorber la sangre en lugar de la leche, con los bebés muertos a sus pies.

Me temblaban las manos mientras transcribía citas en una ficha tras otra, todas bajo el encabezado de la palabra *guerra*. Añadían algo terrible a las fichas ya clasificadas, a la espera de ser publicadas en un suplemento. Cuando terminé, estaba agotada. Me levanté y busqué en las estanterías el casillero adecuado. Saqué las fichas que ya estaban allí y las hojeé. Las que acababa de escribir aportarían algo nuevo, algo horrible, al significado de *guerra*. Pero no fui capaz de añadirlas. Devolví las originales al casillero del que acababa de sacarlas y me acerqué a la chimenea. Arrojé las citas de Phyllis Campbell al fuego y observé cómo se convertían en sombras de sí mismas.

Me acordé de *azucena*. En aquel entonces, pensé que, si conservaba la palabra, se recordaría algo de mi madre. No me correspondía a mí borrar lo que *guerra* significaba para Phyllis Campbell; lo que era para aquellas mujeres belgas. Entre la propaganda que hablaba de la gloria y las experiencias de los hombres con las trincheras y la muerte, era necesario que se supiera algo de lo que les ocurría a las mujeres. Volví a mi escritorio, abrí *Back of the Front* y empecé de nuevo. Una vez más, me forcé a extraer todas aquellas frases terribles de mi pluma temblorosa.

Si la guerra podía cambiar la naturaleza de los hombres, seguro que también cambiaría la esencia de las palabras, pensé. Pero gran parte de la lengua inglesa ya se había compuesto e impreso. Nos acercábamos al final.

—Supongo que aparecerá en las actualizaciones —dijo el señor Sweatman cuando lo discutimos—. Los poetas se encargarán de ello. Tienen facilidad para matizar el significado de las cosas.

5 de junio de 1915

Mi querida señora Owen:

No soy capaz de imaginarme dirigiéndome a ti de otra manera que no sea Esme, pero, por una vez, quería que mi pluma reconociera a la mujer en la que te has convertido. No le doy mucho crédito al matrimonio, pero el tuyo con Gareth es un acierto en todos los sentidos y, si todas las uniones fueran igual de buenas, quizá cambiara mi opinión respecto a tal institución.

Tal vez pienses que mi pluma ha estado ociosa este último mes. Te aseguro que no ha sido así. Todos los días desde que te casaste, he sentido ganas de escribir a tu padre para contarle lo preciosa que estabas y lo perfectamente cómoda que se te veía de pie junto a Gareth, con San Bernabé a tu espalda y el ramo de azucenas blancas en la mano.

Llevo cuatro décadas escribiéndole y me resulta difícil romper con ese hábito. Lo intenté, pero caí en la cuenta de que era incapaz de pensar como es debido sin la perspectiva de recibir sus atentas reflexiones. No me avergüenza admitir, espero que no te ofenda en modo alguno, que he decidido reanudar mi correspondencia con Harry. Tu boda ha sido el catalizador de todo ello: ¿a quién si no iba a informar del día a día y de todas sus maravillosas pequeñeces? Así pues, cuando digo que tenía ganas de escribir a tu padre, lo que quiero decir en realidad es que le he escrito. Él no guarda silencio en mi mente, Esme.

Le habría gustado sobre todo tu decisión de lanzar el ramo, a pesar de que la mayoría de tus invitadas estaban casadas o eran solteronas consolidadas. Qué sorpresa cuando le diste la espalda a la pequeña multitud. Te vi apartar un ramito para ti y supe lo que se avecinaba. Esperaba que las chicas de la sala de encuadernación dieran un paso al frente, pero, cuando el ramo abandonó tu mano, estaba claro hacia dónde se dirigía. Lizzie y yo debimos de quedarnos de piedra: ninguna de las dos se atrevía a ser quien lo cogiera, pero tampoco queríamos que las flores cayeran al suelo. Vi que Lizzie dudaba y me correspondió a mí ponerle fin a su sufrimiento. Debo admitir que experimenté unos instantes de aturdimiento (aunque no de arrepentimiento); las flores fueron mis dulces compañeras durante todo el trayecto de regreso a Bath.

Y ahora te las devuelvo, prensadas y listas para que las conserves de la forma que consideres oportuna. Imagino que las utilizarás como marcapáginas y no se me ocurre nada mejor que abrir un libro que has dejado languidecer durante meses, o incluso años, y que el recuerdo de ese día caiga de él. Por supuesto, puedes optar por enmarcarlas tras un cristal para colgarlas junto a la foto de tu boda, pero te atribuyo más gusto.

Las cartas a tu padre no han sido mi único pasatiempo desde el día de tu boda. La salud de James Murray no es buena, como bien sabes, y me han enviado tantas pruebas que casi no sé qué hacer con ellas. Aprecio la confianza que James deposita en mí, pero tengo intención de escribir a los responsables del presupuesto y solicitar un pequeño estipendio por mi contribución. Ha aumentado año tras año y el hecho de que mi nombre aparezca en los agradecimientos no me compensa como antes. Beth está muy animada con este tema y me ha ayudado a redactar una carta de reclamación. Pero no voy a enviarla todavía. Lo considero mercenario, dadas las circunstancias. Seguiré adelante, como debemos hacer todos.

No quiero terminar esta carta sin mencionar la inminente movilización de Gareth. Esto será una enorme prueba para ti, querida, como la guerra lo está siendo para tantos. Por favor, cuenta conmigo. Escríbeme, visítame, apóyate en mí tanto como sea necesario. Mantente ocupada: no puedo hacer suficiente hincapié en los beneficios de una jornada ajetreada para una mente ansiosa o un corazón solitario.

Con cariño,
Ditte

LIZZIE ASOMÓ LA cabeza por la puerta del *scriptorium*.

—¿Por qué sigues aquí? —preguntó—. Son más de las siete.

—Estoy revisando la entrada de *tardecer*. El doctor Murray quiere que tengamos la T terminada a finales de mes. Es imposible, pero lo estamos intentando.

—No creo que sigas aquí por eso —dijo Lizzie.

—¿Sabes lo que hago cuando llego a casa, Lizzie? Tejo. Calcetines para los soldados. Tardé tres semanas en acabar el primer par y, cuando Gareth se los probó, me dijo que le apretaban tanto que lo mandarían a casa con gangrena en menos una semana. Me acusó de hacerlo a propósito.

—¿Y no lo fue?

—Qué graciosa. No, es solo que odio tejer y que tejer me odia a mí. Ya he hecho cinco pares y creo que van a peor. Pero, si no me entretengo con algo, empiezo a angustiarme por si mandan a Gareth al extranjero. Cómo me gustaría caer redonda en la cama todas las noches, agotada, y dormir sin pensar en nada.

—No te conviene que ese deseo se haga realidad, Esmi. ¿Has vuelto a pensar en lo del *voluntariao*?

—Sí, pero no me atrevo a meterme entre los heridos. Cuando me los imagino, todos tienen la cara de Gareth.

—Siempre necesitan mujeres que enrollen vendas y cosas así. Y tengo entendido que a los hombres les gusta charlar cuando la compañía tiene una cara bonita. Si estás atenta, lo mismo te haces con un par de palabras.

—Me lo pensaré —dije.

—¿Has hablado con Lizzie? —le pregunté a Gareth.

Le habían dado la tarde libre en Cowley y estábamos comiendo sándwiches junto al Walton Bridge. Evitó mi pregunta.

—Sam es de la editorial —dijo—. Pero proviene del norte. No le iría mal recibir alguna visita.

—¿No tiene amigos en la editorial?

—Me tiene a mí, pero apenas me da tiempo a visitarte a ti. Y los demás… Bueno, siguen en Francia.

«Siguen en Francia —pensé—. ¿Vivos o muertos?»

—Se acuerda de ti —continuó Gareth—. Dice que soy un hombre con suerte. Le dije que te lo preguntaría.

El Hospital Radcliffe había cambiado muy poco desde que mi padre estuvo allí, aunque ahora las salas estaban llenas de jóvenes en lugar de viejos. Eran hombres alistados. Algunos conservaban todas las extremidades y el ánimo; a otros les faltaban las dos cosas. Los que podían sonreían y coqueteaban a mi paso. Ninguno de ellos tenía la cara de Gareth. Me sentí aliviada y avergonzada de haberme mantenido al margen.

Una enfermera me indicó la cama de Sam, al fondo de la sala. Mientras me dirigía hacia ella, hojeé los historiales de veinticinco jóvenes. Su nombre y rango estaban escritos en letra grande y clara; sus lesiones, encubiertas entre términos médicos y sábanas blancas. Era una sala en un hospital. Ya había diez en Oxfordshire.

Sam estaba sentado, cenando. Me sonaba su cara, pero solo como la de alguien con quien podría haberme cruzado unas cuantas veces por la calle. Me presenté y me sonrió con ganas. Tenía la pierna derecha en alto, oculta bajo las sábanas.

—He perdido el pie —me dijo sin más emoción que si me estuviera dando la hora—. No es nada, en comparación con lo que he visto.

Ninguno de los dos queríamos hablar de lo que había visto. Sin solución de continuidad, empezó a hablar de la editorial y a preguntarme por cualquier conocido que ambos pudiéramos tener en común. Yo nunca había prestado mucha atención a los muchachos con delantal que se movían entre el almacén de papel, la sala de impresión, la de encuadernación y la de envíos, así que no podía decirle quiénes quedaban y quiénes se habían ido.

—Yo sí sabría decirle quiénes se han ido —dijo, con el mismo tono desapasionado que había utilizado para contarme lo del pie.

Luego me recitó el nombre y el puesto de todos los chicos que sabía que habían muerto. Habló en tono monótono sin olvidar ningún detalle y apenas cogió aire. Pero necesitaba recordarlos y, mientras lo hacía, me imaginé los caminos que una vez habían recorrido cn un solo día como puntadas de hilo que mantenían unidas las diferentes partes de la editorial. ¿Cómo iba a funcionar sin ellos?

—Esos son todos —concluyó, como si hubiera hecho un inventario de mercancías o equipos y no de hombres. Me miró entonces y sonrió—. Gareth..., es decir, el teniente Owen, dice que a usted le gusta coleccionar palabras. —Captó mi expresión de sorpresa—. Creo que tengo una que el *Diccionario* no conoce.

Saqué un papel y un lápiz.

—*Palcu* —dijo Sam.

—¿Me dices una frase con ella? —pregunté.

Alguien nos interrumpió desde el otro lado de la sala:

—Sabes lo que es una frase, ¿no, Trasto?

—¿Por qué te llaman Trasto?

—Se disparó en el pie trasteando con su rifle —dijo el hombre de la cama contigua a la de Sam—. Algunos lo hacen a propósito.

Sam no respondió, pero se volvió y me dijo en voz baja:

—Páseme esos folletos; necesito *palcu* para la letrina.

Tardé unos instantes en darme cuenta de que me estaba dando la frase que le había pedido. La anoté en la ficha y añadí su nombre.

—¿Por qué *palcu*? ¿De dónde viene? —pregunté.

—Creo que no debería decirlo, señora Owen.

—Llámame Esme. Y no tengas miedo de ofenderme, Sam. Conozco más palabras vulgares de las que puedas imaginar.

Sonrió y dijo:

—Papeles *pal* culo. Muchos vienen del cuartel general. No merece la pena leerlos, pero valen su peso en oro cuando tienes cagalera. Con perdón, señora.

—Yo tengo una palabra, señorita —gritó otro hombre.

—Y yo.

—Si quiere algo vulgar —dijo un hombre al que le faltaba un brazo—, venga a sentarse un rato en mi cama.

Con la única mano que le quedaba, dio unas palmaditas en el borde de la cama y luego frunció los labios finos para lanzarme un beso.

La hermana Morley, que estaba a cargo de la sala, se acercó a mí. Las bromas cesaron.

—¿Puedo hablar un momento con usted, por favor, señora Owen?

—Si se queda sin palabras, ella tiene muchas, hermana —dijo mi pretendiente manco—. Solo tiene que vaciarle los bolsillos.

Le puse una mano en el hombro a Sam.

—¿Puedo venir a visitarte mañana?

—Me encantaría, señora.

—Esme a secas, ¿recuerdas?

—Ayer llegó un paciente nuevo —me dijo la hermana Morley cuando salimos de la sala—. Quería preguntarle si le importaría sentarse con él. Le daré una cesta de vendas para que las enrolle; así tendrá las manos ocupadas.

—Por supuesto —dije, agradecida de que no me hubiera pedido que me vaciase los bolsillos.

Recorrimos varios pasillos largos hasta llegar a otra sala. Todas se parecían muchísimo: dos hileras de camas y los hombres bien tapados en ellas, como niños. Algunos estaban incorporados, casi listos para volver a levantarse y salir a jugar; otros estaban tumbados bocarriba y apenas se movían.

El soldado Albert Northrop estaba sentado en su cama, pero el vacío de su expresión me hizo pensar que no iba a ir a ningún sitio durante una temporada.

—¿Te llaman Bert? ¿O Bertie? —le pregunté.

—Lo llamamos Bertie —contestó la hermana Morley—. No sabemos si es lo que prefiere, porque no habla. Oye muy bien, al parecer, pero es incapaz de comprender el significado de las palabras… salvo el de una.

—¿Cuál es? —pregunté

La hermana Morley le puso una mano en el hombro a Bertie y se despidió de él con un gesto de la cabeza. El soldado se limitó a seguir mirando al frente. Luego la monja me guio de nuevo hacia el otro lado de la sala. Solo respondió a mi pregunta una vez que estuvimos fuera del alcance del oído de Bertie.

—La palabra es *bomba*, señora Owen. Si la oye, reacciona con un terror absoluto. Una respuesta aprendida, según el psiquiatra: una forma de neurosis de guerra poco habitual. Estuvo en la batalla de Festubert, pero no recuerda nada al respecto. Cuando le enseñan fotografías de los hombres con los que sirvió, no muestra ningún indicio de reconocimiento. Ni siquiera sus posesiones le resultan familiares. Los daños físicos que sufrió fueron relativamente leves; sin embargo, me temo que los daños mentales tardarán más en sanar. —Se volvió para mirar a Bertie—. Si hay motivo para que saque una de sus fichas mientras está sentada junto a su cama, señora Owen, habrá que celebrarlo.

La hermana Morley me dio las buenas noches y me dijo que esperaba verme a las seis de la tarde del día siguiente.

—Y, por cierto —dijo—, todos los pacientes de esta sala han recibido instrucciones de no pronunciar esa palabra, aunque tampoco es que a ellos les guste demasiado. Todos le estaríamos muy agradecidos si usted también pudiera evitarla.

Ese día no me quedé mucho tiempo junto a la cama de Bertie. Enrollé vendas y parloteé sobre mi día. Al principio, le miraba la cara de soslayo para ver si entendía algo de lo que le decía. Cuando quedó claro que no era así, me tomé la libertad de examinar sus rasgos con detenimiento. Me pareció que era un crío. Tenía más granos que pelos en la cara.

Seguí visitando a Sam y a otros dos chicos de la editorial que no tardaron en pasar por Radcliffe, pero Bertie se convirtió en mi distracción. Hablando con él, era capaz de entrar en una burbuja en la que la guerra no existía. Le hablaba sobre todo del *Diccionario*, de los lexicógrafos y de sus peculiares costumbres. Le describía mi infancia bajo la mesa de clasificación y la felicidad de sentarme en el regazo de mi padre y aprender a leer con las fichas. Él no parecía enterarse de nada.

—No te estarás enamorando de él, ¿verdad? —se burló Gareth un día que vino a casa de permiso.

—¿De qué iba a enamorarme? No sé lo que opina de nada. Además, solo tiene dieciocho años.

A medida que fueron pasando los días, empecé a llevarle libros del *scriptorium* y a leerle pasajes que creía que podrían gustarle. Los elegía por el ritmo más que por las palabras, aunque siempre comprobaba con gran cuidado que todas ellas fueran inocuas. La poesía daba la sensación de estabilizarle la mirada y, a veces, me miraba con tal decisión que me hacía pensar que debía de haber captado una parte del significado. Durante el resto de junio y hasta bien entrado julio, dormí profundamente.

A PRINCIPIOS DE julio, el doctor Murray ya apenas pasaba tiempo en el *scriptorium*. Rosfrith decía que le estaba costando reponerse de un resfriado, pero yo no recordaba ningún momento en que el editor hubiera permitido que un resfriado tuviera prioridad sobre el *Diccionario*: siempre los ahuyentaba con la misma impaciencia con la que ahuyentaba las críticas no deseadas. Pero el trabajo seguía adelante, el personal del *Diccionario* lo visitaba en la casa y las pruebas iban y venían. La sección del *Diccionario* que contenía las palabras comprendidas entre «trinca» y «tutía» lo celebramos alrededor de la mesa de clasificación con nuestra habitual merienda vespertina. El doctor Murray se unió a nosotros, más pálido y delgado de lo que le había visto en mi vida.

Fue una celebración tranquila. Hablamos de palabras, no de guerra, y el doctor Murray propuso un calendario actualizado para la finalización de la T. Seguía pareciendo demasiado optimista, pero nadie lo contradijo.

Mientras nos comíamos la tarta, Rosfrith se acercó a mí.

—*The Periodical* va a hacer un reportaje fotográfico sobre el *Diccionario* para su próxima publicación. Quieren sacarles unas cuantas fotos a los tres editores y a su personal.

—Qué emocionante —dije.

Se volvió hacia su padre, que no había tocado la tarta.

—Sí, pero el fotógrafo no vendrá hasta finales de julio y me preocupa… —No pudo terminar la frase—. ¿Te importaría hacernos una foto con la Brownie de mi madre? Por si acaso.

El *Diccionario* sin el doctor Murray. Expulsé ese pensamiento de mi mente.

—Será un placer —contesté.

Me puso una mano en la rodilla y esbozó una sonrisa triste.

—Por desgracia, eso significa que tú no podrás salir.

—Me aseguraré de no faltar cuando venga el fotógrafo de verdad —dije.

—Sí, por supuesto. No me gustaría nada que te excluyeran del reportaje oficial. Formas parte del proyecto desde que tengo memoria.

Rosfrith fue a la casa a buscar la Brownie. Yo ya la había utilizado en una o dos ocasiones para sacarle fotografías a la familia Murray en el jardín, pero volvió a explicarme el mecanismo. Cuando Lizzie recogió los platos de la merienda de la mesa de clasificación, Elsie colocó a todo el mundo en la posición que creía que debía ocupar.

Solo quedábamos siete personas. Ayudaron al doctor Murray a sentarse en una silla delante de una de las estanterías y Elsie y Rosfrith se sentaron cada una a un lado. El señor Maling, el señor Sweatman y el señor Yockney se pusieron detrás, de pie.

Miré a través de la lente y enfoqué al doctor Murray. Era el mismo rostro que solía buscarme bajo la mesa de clasificación y guiñarme el ojo con complicidad. El mismo rostro que adoptaba una expresión grave cuando leía las cartas de los delegados de la editorial o agitada cuando leía los textos de alguno de los otros dos editores. Era el rostro que antes se deleitaba al permitirse recuperar el acento escocés cuando hablaba con mi padre y el que daba paso a una sonrisa contenida cuando Gareth le entregaba pruebas. Estaba sentado en el centro del fotograma, con todos los elementos del *Diccionario* a su alrededor: libros y fascículos, casilleros repletos de fichas, sus hijas y sus ayudantes. ¿Cómo podría no ser así?

—Falta algo —dije.

Me dirigí a la estantería situada detrás del escritorio elevado del doctor Murray. Había ocho volúmenes de palabras y espacio para cuatro o cinco más. En el hueco vacío estaba el birrete que el doctor Murray llevaba cuando yo era pequeña. Lo cogí y le sacudí el polvo. Dejé que la borla se deslizara lentamente entre mis dedos y me regalé un brevísimo instante de recuerdo. Me lo había puesto una vez que mi padre y yo estábamos solos en el *scriptorium*. Me lo puso en la cabeza y me sentó en el taburete del doctor Murray. Con la cara muy seria, me preguntó si aprobaba las correcciones que le había hecho a la palabra *gato*. «Son adecuadas», le contesté, y una sonrisa le iluminó el rostro.

—Creo que tendría que ponérselo, doctor Murray.

Me dio las gracias, pero apenas lo oí.

Rosfrith le ayudó a colocarse bien el birrete y yo volví a coger la cámara.

—Lista —dije.

Todos se volvieron hacia mí, con expresión seria. «Hasta el fin de los tiempos», pensé. Parpadeé para contener las lágrimas y saqué la fotografía.

Me vestí para el funeral mientras Gareth metía las últimas cosas en el macuto. Descolgó el sobretodo del armario, aunque el día era cálido y el invierno apenas se imaginaba.

Se acercó a mí y me dio un beso en la frente, me pasó los pulgares por debajo de los ojos y me besó los dos párpados salados. Me levantó una mano y luego la otra para abotonarme los puños de la blusa.

Me puse el sombrero, me acomodé mejor los rizos y me coloqué frente al espejo. Gareth pasó detrás de mí y salió al pasillo. Cuando volvió, llevaba el cepillo de dientes y el peine en la mano. Observé su reflejo mientras los guardaba en el macuto y me pregunté si podría sacarlos sin que me viera y volver a dejarlos en el lavamanos del baño.

Estábamos preparados.

Nos detuvimos a los pies de la cama que habíamos compartido durante apenas un mes de noches. Nuestros labios se unieron y recordé la primera vez: el sabor del té endulzado con azúcar. Este beso sabía a océanos. Fue suave, tranquilo y largo. Cada uno lo impregnó de lo que necesitaba que fuera. El recuerdo tendría que sustentarnos.

Vislumbré nuestro reflejo. Podríamos haber sido cualquier pareja antes de que sonara el silbato para subir al tren. Pero yo no iría a la estación. No sería capaz de soportarlo.

Gareth se marcharía después del funeral. Ató el macuto y se lo echó al hombro. Cogí mi bolso de mano y metí un pañuelo limpio. Seguí a Gareth hasta el exterior de la habitación, pero, en el último momento, me di la vuelta para asegurarme de que no se había olvidado nada. Los poemas de Rupert Brooke seguían junto a la cama. Volví corriendo hasta la mesilla y me los guardé en el bolso; luego bajé las escaleras a toda prisa.

En el funeral, Gareth y yo nos quedamos al final de la multitud de dolientes —doscientos por lo menos, a pesar de la poca anticipación—. Lloré más de lo que el decoro permitía: más que la señora Murray; más que Elsie y Rosfrith y todos los hijos y nietos de los Murray juntos. Cuando se pronunció la última palabra y la familia se adelantó, yo me di la vuelta para alejarme.

Gareth me buscó la mano con la suya y le supliqué, lo más silenciosamente que pude, que me dejara marchar.

—Vuelve con Lizzie cuando haya terminado todo —le dije—. Nos vemos en Sunnyside.

Cuando crucé las verjas, reinaba un silencio extraño. La casa no era más que la piedra que la formaba, todo su pulso y su aliento estaban concentrados en el cementerio. Por primera vez en mi vida, el *scriptorium* me pareció algo provisional, un viejo cobertizo de hierro que no era digno de su propósito.

Abrí la puerta de la cocina. El olor del pan matutino se había intensificado con el calor del día. Me ancló de nuevo a la tierra.

Subí las escaleras de dos en dos y saqué el baúl de debajo de la cama de Lizzie. Sentí su peso y calculé los años. El envoltorio del regalo de Gareth estaba medio suelto, tenía un puñado de fichas nuevas esparcidas por encima. «Son *palcu* —pensé— para cualquiera que no sea yo.»

Tiré del cordel y el papel cayó hacia los lados, como lo había hecho la primera vez. *Palabras de mujeres y su significado.* El mismo latido rápido de entusiasmo. Pero esta vez había un sedimento de pena. Y de miedo. Examiné mi regalo con más atención, busqué en todas las páginas. Quería encontrar algo que sustituyera su peine, su sobretodo, su libro de poemas. Era una esperanza ilógica, y era irracional pensar que cambiaría las cosas. Tras las últimas palabras, no había más que páginas en blanco.

Luego, en el interior de la contracubierta:

Este *Diccionario* está impreso con la tipografía Baskerville. Concebida para libros de importancia y mérito intrínseco, ha sido elegida por su claridad y belleza.

Gareth Owen
Cajista, impresor, encuadernador

Bajé corriendo las escaleras y salí al jardín. La puerta se abrió y el *scriptorium* me acogió. Las palabras que necesitaba ya estaban impresas, pero quería elegir el significado por mí misma.

Busqué en los casilleros, encontré una palabra y luego la otra. Cogí una ficha en blanco y transcribí.

AMOR
Afecto apasionado.

Le di la vuelta a la ficha.

ETERNO
Perpetuo, interminable, imperecedero.

De nuevo en la habitación de Lizzie, metí la ficha entre las páginas de los poemas de Rupert Brooke.

—Estará arriba —oí decir a Lizzie en la cocina—. Te apuesto lo que quieras a que tiene el baúl abierto y la cama y el suelo *atiborraos* de palabras.

Luego, las pesadas botas de Gareth en los escalones.

—Ah, Rupert Brooke —dijo al ver el libro de poesía que tenía en la mano.

—Te lo habías dejado en la mesilla. —Me puse de pie y se lo di, y él se lo metió en el bolsillo del pecho sin siquiera mirarlo.

—¿Has encontrado lo que buscabas? —preguntó al mismo tiempo que señalaba con un solo gesto el baúl que había en el suelo y *Palabras de mujeres y su significado*, aún abierto por la última página sobre la cama.

Cogí su regalo y lo estreché contra mi pecho.

—¿Sabías que aceptaría?

—Sentía que me querías, igual que yo a ti. Pero nunca tuve claro si dirías que sí. —Me rodeó con los brazos, el volumen de palabras interpuesto entre ambos. Luego me sentó en la cama de Lizzie y se arrodilló ante mí. El diccionario descansaba sobre mi regazo—. Estoy en todas las páginas, Es, como tú. —Entrelazó sus dedos con los míos—. Esto somos nosotros. Y seguirá aquí mucho después de que nos hayamos ido.

Cuando se marchó, oí las botas pesadas que bajaban las escaleras. Conté todos sus pasos. Se despidió de Lizzie y debió de abrazarla mientras sollozaba, porque, durante unos minutos, todo quedó amortiguado. Después se abrió la puerta de la cocina y oí a Lizzie gritar:

—Más te vale volver a casa, Gareth. No puedo tenerla viviendo en mi habitación *pa* siempre.

—Te doy mi palabra, Lizzie —le respondió.

Continué sentada en la cama de Lizzie hasta que supe que el tren había salido y que Gareth se había marchado. Tenía los dedos raros agarrotados de sujetar su regalo. Los estiré, me los froté, miré el baúl que seguía abierto en el suelo de la habitación y me agaché para devolver mi volumen de palabras a su nido de fichas y letras.

Entonces me detuve. Él había tardado un año. Yo había tardado varios más. Todas aquellas mujeres; sus palabras. La alegría de que sus nombres quedaran fijados por escrito. La esperanza de que algo suyo perdurase mucho después de que las hubieran olvidado.

Lizzie ya estaba preparando sándwiches cuando bajé a la cocina.

—A estas alturas ya habrán salido del cementerio —dijo—. Nadie te echará en cara que no te quedes.

Se limpió las manos en el delantal y me abrazó. Podría haberme quedado allí una eternidad, pero tenía que ir a la editorial.

EL SEÑOR HART estaba en la sala de impresión. Ya había imaginado que evitaría los sándwiches y la cháchara posterior al funeral; el traqueteo de las prensas y el olor a aceite eran un bálsamo para su melancolía. La guerra se prolongaba y él pasaba cada vez más tiempo allí, me había dicho Gareth. Cuando franqueé la puerta, comprendí por qué. Me vio y, durante un instante, pareció no saber quién era. Cuando se dio cuenta, respiró hondo y se encaminó hacia mí.

—Señora Owen.

—Esme, por favor.

—Esme.

Nos quedamos allí plantados, en silencio. Pensé en lo que debía de significar para él perder al doctor Murray y a Gareth en la misma semana. Tal vez él pensara lo mismo sobre mí.

Alcé *Palabras de mujeres y su significado*.

—Por favor, no piense mal de él, señor Hart, pero Gareth me hizo esto. Son palabras. Palabras que recopilé yo misma. Las compuso en lugar de comprarme un anillo. —Titubeé. El señor Hart se limitó a mirar el volumen que sostenía en las manos—. Tengo la esperanza de que fundiera las planchas. Quiero imprimir más ejemplares.

Cogió el volumen que le tendía y se dirigió a un escritorio pequeño situado en un rincón de la habitación. Se sentó. Las prensas continuaron con su coro.

Lo seguí y me situé detrás de él mientras pasaba las páginas y rozaba las palabras con la yema de los dedos, como si fueran braille.

Lo cerró con extraordinario cuidado y apoyó la mano en la cubierta.

—No hay planchas, señora Owen. Es demasiado costoso producir planchas para tiradas pequeñas, y aún más para ejemplares únicos.

Hasta ese momento había sentido una especie de fuerza, una determinación pura que sabía que me sostendría. Hice además de sentarme en la otra silla y por poco no llego a tiempo.

—Si el cajista espera cambios, correcciones, enmiendas, conserva las formas que contienen los tipos. Porque los tipos están sueltos, claro. Es fácil modificarlos.

—Gareth no debía de esperar correcciones —dije.

—Era mi mejor… es mi mejor cajista. Tenemos la regla de conservar las formas durante un determinado período.

La idea nos animó a los dos. Nos pusimos de pie a la vez y caminamos en silencio hasta la sala de composición. Estaba medio vacía, pero la antigua mesa de trabajo de Gareth estaba ocupada por un aprendiz. El señor Hart abrió uno de los amplios cajones que contenían las formas aún en uso. Abrió otro, luego otro. Dejé de seguirlo como una sombra y comencé a imaginar nuestra casa vacía.

—Aquí están.

El señor Hart se acuclilló ante el cajón más bajo y yo me acuclillé con él. Juntos, acariciamos los tipos con los dedos. Cerré los ojos y sentí la diferencia bajo la yema de mis dedos raros.

Las palabras, para mí, siempre eran tangibles, pero nunca de ese modo. Así era como Gareth las conocía y de repente quise aprender a leerlas a ciegas.

—Quizá tenía previsto que se imprimieran más ejemplares —dijo el viejo interventor.

Quizá fuese así.

FUI LA PRIMERA en volver al *scriptorium* unos días después del funeral. El birrete del doctor Murray estaba justo donde lo había dejado después de sacarle la fotografía hacía menos de dos semanas. El polvo había vuelto a asentarse sobre él. No me atreví a sacudírselo. La fotografía, me dijo Rosfrith después del funeral, aparecería en el número de septiembre de *The Periodical*. A pesar de su dolor, pensó en disculparse por mi exclusión.

Pero esa no era la peor noticia que tenía que darme.

—Nos mudaremos —dijo, y los ojos se le volvieron a llenar de lágrimas—. En septiembre. Al Old Ashmolean. Todos. Todo.

Me quedé pasmada. Como si no hubiera entendido ni una sola palabra de lo que me había dicho. Solo faltaba un mes para septiembre.

—¿Qué pasará con el *scriptorium*? —pregunté al fin.

Se encogió de hombros con tristeza.

—Se convertirá en una caseta de jardín.

Mientras me dirigía hacia mi escritorio, pasando los dedos por los estantes de fichas, recordé a mi padre leyéndome la historia de Aladino. En aquella época, el *scriptorium* era mi cueva. Pero, a diferencia de Aladino, yo no tenía ningún deseo de ser liberada. El *scriptorium* era mi sitio; era su prisionera entusiasta. Mi único deseo era servir al *Diccionario* y eso se había hecho realidad. Sin embargo, mi servicio estaba contenido dentro de aquellas paredes. Estaba sometida a aquel lugar con la misma seguridad que Lizzie lo estaba a la cocina y a su habitación al final de la escalera.

Me senté a mi escritorio y apoyé la cabeza un momento en los brazos.

EL PESO DE una mano en el hombro. Pensé que era Gareth y me desperté sobresaltada. Era el señor Sweatman. Me había sumido en un sueño exhausto.

—¿Por qué no te vas a casa, Esme? —dijo.

—No puedo.

Debió de entenderlo, porque asintió y dejó un montón de fichas sobre mi mesa.

—Palabras nuevas de la A a la S —dijo—. Hay que clasificarlas para la publicación de los suplementos, cuando quiera que sea.

Era la más simple de las tareas, pero me llevaría tiempo.

—Gracias, señor Sweatman.

—¿No crees que ya va siendo hora de que me llames Fred?

—Gracias, Fred.

—Qué raro suena viniendo de ti. Estoy seguro de que nos acostumbraremos —dijo—. Como debemos acostumbrarnos a cualquier cambio.

10 de agosto de 1915

Mi querida Es:

Hace diez días que me fui y siento que llevo fuera una eternidad. Oxford podría haber sido un lugar que visité una vez y tú, un sueño. Pero entonces abrí mi Rupert Brooke y tu ficha cayó. Las palabras, tu caligrafía, la textura familiar del papel: serán mi recordatorio diario de que eres real.

He decidido llevar a Brooke en el bolsillo en todo momento. Si me hieren y tengo que esperar una camilla, quiero tener algo que leer y a tus palabras para calmarme. Pero no hay posibilidad de que eso ocurra durante un tiempo. Estamos apostados en Hébuterne, un pueblecito agrícola no muy lejos de Arras. Nos han dicho que hay tiempo para que nos acomodemos, así que llenamos nuestras jornadas con ejercicios de instrucción y holgazanerías. Algunos muchachos han confundido toda esta aventura con unas vacaciones, ya que nunca las han tenido, de modo que paso bastante tiempo disculpándome con las madres de las chicas guapas. Mi francés está mejorando.

Hay una tropa ciclista de indios apostada aquí cerca. ¿Has conocido alguna vez a un indio? Yo, hasta ahora, no. Recorren el pueblo en parejas y son todo un espectáculo, con su turbante y su elaborado bigote. Al menos, los más mayores llevan bigote: al igual que los ingleses, hay muchos jóvenes indios que se alistan antes de alcanzar la edad de tener vello facial. Me han dicho que los aceptan desde los diez años, pero no he visto a ninguno tan pequeño. Espero que los mantengan bien alejados del frente.

Ayer por la noche, en un gesto de camaradería, invitamos a los oficiales indios a compartir nuestra cena. Apenas tocaron la comida y bebieron muy poco, pero fue una noche larga y de muchas risas. Yo era uno de los oficiales más novatos presentes y resultó que tenía mucho que aprender. Aquí hay todo un vocabulario que desconocía, Es. La mayor parte se refiere a las trincheras de un modo u otro y hay muchas palabras que estarían a la altura de algunas de las mejores de Mabel. Pero la palabra que te envío de regalo es mi favorita hasta el momento.

He elaborado la ficha a partir de unas instrucciones para cocinar arroz. Uno de los oficiales indios las tenía metidas en el bolsillo y me las ofreció cuando empecé a buscar un trozo de papel. Me encantó, pues sabía lo mucho que apreciarías la escritura hindi del reverso. El oficial se llama Ajit y fue él quien me dio el origen de la palabra. También quería que te dijera que su nombre significa «invencible», insistió en que lo escribiera en la ficha. Cuando le dije que no tenía ni idea de lo que significaba el mío, meneó la cabeza y me dijo: «Eso no es bueno. El nombre de un hombre es su destino». Según esa lógica, él está muy preparado para la guerra.

Por el momento, vivo como un rajá (fíjate en lo rápido que he absorbido la nueva lengua vernácula), pero ansío tener noticias tuyas, Es. Me han dicho que mañana empezaremos a recibir correo, ya que la Oficina de Guerra por fin se ha enterado de nuestro paradero. Espero con ilusión un relato de tus días y cualquier noticia de la editorial y del *scriptorium*. Y de Bertie, por supuesto. No tengas miedo de incluir los detalles aburridos: me deleitaré en ellos. Por favor, dale recuerdos a Lizzie y visita al señor Hart de mi parte. Le escribiré por separado, pero me temo que su depresión no terminará hasta que lo haga esta guerra. Tu compañía lo animará.

Amor eterno,

Gareth

RAJÁ

Del sánscrito *rājā*, que significa «rey» (Ajit «invencible» Khatri). «No se acostumbre a vivir como un rajá en este acuartelamiento tan cómodo, teniente; pronto estará en las trincheras y hasta el culo de barro.»

Teniente Gerald Ainsworth, 1915

En las semanas posteriores a la partida de Gareth, lo había imaginado muriendo de un centenar de formas distintas. Dormía un sueño inquieto y me despertaba atemorizada. Así que su primera carta fue como un bálsamo.

—Lizzie. ¡Una carta!

—¿De quién? ¿Del rey?

Sonrió y se sentó a la mesa, dispuesta a escucharla.

—Sí que parecen un poco unas vacaciones, ¿no? —dije, cuando se la hube leído hasta el final.

—Sí. Y ha hecho un amigo interesante, según parece.

—Sí. El señor Invencible. Lo cual me recuerda… —Saqué la ficha del sobre y leí lo que Gareth había anotado en ella—. ¿No es una palabra maravillosa? He decidido usarla siempre que pueda.

—Tú tendrás más motivos que yo.

Llegaron más cartas, una cada pocos días, y agosto dio paso a septiembre. Los indicios de que el trabajo se hubiera ralentizado desde la muerte del doctor Murray eran escasos y, como nadie empaquetaba una caja ni limpiaba una estantería, pensé que a lo mejor el *scriptorium* se quedaba como estaba. Cuando el señor Sweatman («Fred» nunca me salía con facilidad) empezó a asignarme la investigación de algunas palabras, sentí que mis días recuperaban cierto equilibrio. Retomé los recados que me llevaban al Old Ashmolean y a la editorial. El señor Hart estaba, en efecto, deprimido, pero, al contrario de lo que Gareth esperaba, mis visitas no lo animaban de ningún modo.

Todos los días de diario, a las cinco, me iba directamente del *scriptorium* al Hospital Radcliffe. Los sábados pasaba allí casi toda la tarde. Casi siempre había algún chico de la editorial en una de las camas. Si acababan de llegar, las hermanas se aseguraban de avisarme para que el muchacho pasase a formar parte de mi ronda, pero a la mayoría no le faltaban visitas. El Radcliffe estaba a un tiro de piedra de la editorial y las mujeres de Jericho lo habían reclamado para sí. Las salas estaban llenas de madres, hermanas y novias que se preocupaban por los heridos desconocidos de la misma manera en que se preocuparían por los suyos si pudieran. Cuando llegaba un muchacho de la zona, se arremolinaban a su alrededor y le daban galletas y caramelos a cambio de migajas de noticias que las convencieran de que sus propios chicos seguían vivos.

Siempre cenaba con Bertie.

—Sigue sin entender nada —me dijo la hermana Morley—. Pero parece que come más cuando usted está a su lado.

El Radcliffe me suministraba la cena en la misma bandeja que la de Bertie. Siempre estaba insulsa y era repetitiva. La hermana Morley se disculpaba y le echaba la culpa al racionamiento, pero a mí no me importaba: significaba que no tenía que irme a casa y cocinar solo para mí.

—Bertie —le dije. No me contestó—. Hoy me he topado con una palabra que creo que va a gustarte.

—A ese no le gusta ninguna palabra, señora Owen —dijo su vecino.

—Ya lo sé, Angus, pero los médicos solo usan palabras que le resultan conocidas. Esta será desconocida.

—Y ¿cómo va a saber lo que significa?

—No lo sabrá, pero yo se lo explicaré.

—Pero tendrá que usar palabras conocidas para explicársela.

—No necesariamente.

Angus se echó a reír.

—Menuda trabajera. Las va a pasar canutas, señora.

—Bueno, si sigues con las orejas tan largas, al menos saldrás de aquí con un vocabulario más amplio.

—Creo que ya me sé todas las palabras que necesito —dijo.

Bertie cenó como todos los demás hombres y, mientras lo hacía, pude imaginármelo eructando al final y diciendo: «Perdón, señora», como hacían muchos de ellos. Pero, cuando ya no quiso más, volvió a clavar la mirada en el frente y se quedó tan callado como de costumbre.

—*Finita* —dije.

Los ojos de Bertie no transmitieron nada.

—¿Qué significa eso? —preguntó Angus.

—Significa «terminado».

—¿Qué idioma es?

—Esperanto.

—No lo había oído en mi vida.

—Es inventado, en cierto modo —dije—. Pretende ser tan fácil como para que pueda aprenderlo cualquiera; se creó para fomentar la paz entre las naciones.

—¿Y cuándo se va a conseguir, señora?

Sonreí sin ganas mientras posaba la mirada en el borde inferior de la cama de Angus: no había pies bajo la sábana.

—Aun así —continuó—, si ayuda a nuestro amigo Bertie, puede que su invención no fuera una pérdida de tiempo. —Señaló la bandeja de Bertie—. ¿Puedo comerme las sobras si él ya ha terminado?

Cogí el plato de comida y se lo llevé a Angus.

—¿Cómo se dice gracias en esperanto? —preguntó.

Llevaba una lista de palabras en el bolsillo, pero esa me la sabía de memoria:

—*Dankon*.

—Pues *dankon*, señora Owen.

—*Ne dankinde*, Angus.

LA SEÑORA MURRAY llamó y después abrió la puerta del *scriptorium*. Todos levantamos la vista de nuestra mesa.

—Empieza —anunció y, con una expresión sombría, hizo entrar a un muchacho que llevaba el típico delantal de la editorial y empujaba un carrito lleno de cajas de cartón aplastadas.

—La editorial se ha ofrecido a ayudar con la mudanza y todas las tardes mandará a un chico con un carrito. Se encargarán de trasladar al Old Ashmolean todas las cajas que hayáis preparado.

Dio la impresión de que iba a decir algo más, pero no le salieron las palabras. La observamos mientras contemplaba la sala, mientras se fijaba en las estanterías de casilleros, en los libros y las montañas de papel. Tendría que haber sido un momento privado. Al final posó la mirada en el escritorio del doctor Murray, en el birrete que descansaba en el estante junto a *Q a Sh*. Se dio la vuelta y se fue.

Rosfrith y Elsie se pusieron en pie y siguieron a su madre.

—Puedes dejar las cajas en el suelo —dijo la primera de ellas al pasar junto al chico del carrito—. Estoy segura de que nos las arreglaremos para montarlas.

El trabajo no podía parar, pero montar cajas se convirtió en nuestra actividad durante el descanso matutino. A la hora de comer, las llenábamos de diccionarios viejos y de todos los libros y periódicos de los que podíamos prescindir. Un chico aparecía todas las tardes a las tres para llevárselas.

El *scriptorium* se desprendía cada día un poco más de sí mismo. La última semana de septiembre, llenamos las últimas cajas con la parafernalia que cada ayudante necesitaba para hacer su trabajo. El ambiente era sombrío y, cuando llegó su último día, los ayudantes se marcharon sin ceremonia alguna: quedaba muy poco del *scriptorium* de lo que despedirse.

No estaba preparada para marcharme. Me ofrecí voluntaria para quedarme y empaquetar todas las fichas que luego se almacenarían o realojarían en el Old Ashmolean. Aparte de mí, el señor Sweatman fue el último en terminar de recoger. Cerró su caja y la dejó encima de la mesa de clasificación para que el chico de la editorial se la llevara. Luego vino a despedirse.

—¿Piensas quedarte? —dijo, y miró mi escritorio y su contenido, que estaban justo donde siempre habían estado.

—Puede que sí —contesté—. Erais un grupito muy revoltoso; ahora que os habéis marchado, sacaré más trabajo adelante.

Suspiró, despojado de toda jovialidad. Me levanté y lo abracé.

A solas, por fin me atreví a mirar a mi alrededor. La mesa de clasificación se alzaba en el centro, sólida y familiar; los casilleros seguían llenos de fichas, pero las estanterías estaban vacías y los escritorios limpios. El susurro de los papeles y el rasgueo de las plumas habían cesado. El *scriptorium* había perdido casi toda su carne y los huesos parecían poco más que un cobertizo.

Pasé las siguientes semanas yendo y viniendo entre el *scriptorium* y el Hospital Radcliffe.

LE TOQUÉ LA mano a Bertie.

—*Mano* —dije. Luego señalé la mía—. *Mano*.

—NO TE CONVIENE hacerlo sola, Esmi —me dijo Lizzie.

Debía de haberme visto llegar y ya iba cruzando el jardín hacia el *scriptorium*.

—Tú ya tienes bastante que hacer —le contesté.

—La señora Murray ha podido contratar a una chica extra *pa* unas semanas. Mis mañanas son tuyas.

La besé en la mejilla y luego abrí la puerta del *scriptorium*.

La mesa de clasificación estaba cubierta de cajas de zapatos vacías.

—*Akvo* —dije, y Bertie cogió el vaso de agua.

Tenía los dedos largos y los callos propios de la vida militar casi se habían desvanecido. Debajo, la piel era suave. «No es obrero —pensé—. Tal vez oficinista.»

Era el trabajo de quien ha perdido a un ser querido. Conocía las fichas, pero las tenía medio olvidadas. Me paraba una y otra vez para recordar.

Levanté mi cena de la bandeja de Bertie.

—*Vespermanĝo* —dije. Bebí un sorbo de té—. *Teon*.

Amontonaba las fichas en pequeños fajos junto a las cajas de zapatos. Si estaban sueltas, Lizzie las ataba con un cordel e iba colocando un fajo tras otro hasta llenar la caja. Entonces yo anotaba en la parte frontal lo que contenía cada una de ellas y añadía almacén Old Ashmolean. Me parecía extraordinario que las fichas encajaran tan bien, como si el doctor Murray hubiese diseñado también las cajas de zapatos.

—¿Por qué siempre le dan el *vespermanĝo* a él primero? —preguntó Angus.

—No monta un escándalo, como otros —respondí.

Lizzie cerró la tapa de otra caja y la colocó en un extremo de la mesa de clasificación.

—Ya vamos por la mitad —dijo.

—*Amico*. —Me señalé a mí misma—. *Amico*. —Señalé a Angus.

—¿Qué le hace pensar que soy su amigo? —replicó Angus.

—Te he visto hablar con él usando palabras en esperanto. Eso es amistad, creo yo.

FORMÉ UN FAJO con las últimas fichas y se las di a Lizzie para que las atase. Los casilleros estaban completamente vacíos. Me sentí como si toda mi vida hasta aquel momento hubiera desaparecido.

—Esto debe de ser lo que se siente cuando te tachan de una prueba —dije.

—¿Qué quieres decir? —preguntó Lizzie.

—Cuando te eliminan, te suprimen, te borran.

—ESTA ES IMPORTANTE, Angus —dije, con mi lista de palabras en esperanto entre las manos—, pero no tengo idea de cómo definírsela.

—¿Cuál es?

—*Sekura*.

—¿Qué significa?

—Seguro.

Permanecimos en silencio durante un rato, Angus con un dedo en la barbilla en un gesto de reflexión fingida, yo mirando la palabra y con la mente en blanco, y Bertie entre los dos, insensible.

—Abrácelo, señora —dijo Angus.

—¿Que lo abrace?

—Sí. Creo que el único momento en el que cualquiera nos sentimos seguros de verdad es cuando nuestra madre nos abraza.

LA MESA DE clasificación estaba cubierta de cajas de zapatos, todas etiquetadas y llenas de fichas.

—La señora Murray está organizando el traslado de los casilleros al Old Ashmolean —le dije a Lizzie.

—*Pos* entonces los limpiaremos bien y nuestro trabajo aquí habrá *acabao*.

—*Sekura* —dije mientras abrazaba a Bertie.

Llevaba un tiempo abrazándolo al llegar y al marcharme y una o dos veces durante mi visita. Pero él seguía rígido. Esa vez sentí que su cuerpo cedía.

—¿Bertie? —dije cuando por fin me aparté y pude mirarlo a los ojos. Pero allí no había nada. Lo abracé de nuevo—. *Sekura*.

Una vez más, cedió, bajó la cabeza hacia mi pecho.

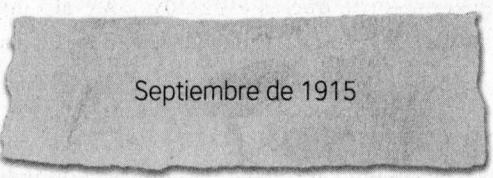

Septiembre de 1915

28 de septiembre de 1915, Loos

Mi querida Es:

Mi palabra de la semana es «chalado». La utilizaron para referirse a un chico al que le enviaron un rollo de papel higiénico desde casa y lo utilizó entero para vendarse los ojos. Cuando sus amigos al fin se lo quitaron, el pobre desgraciado estaba ciego. Lo ridiculizaron por fingir, pero era cierto que no veía nada. Neurosis de guerra, según el médico. Chalado, según sus amigos. Supongo que es más fácil identificarse con esta palabra: deja algún espacio para la risa.

Empiezo a sentir que la lengua inglesa está abrumada por esta guerra, Es. Todas las personas que conozco emplean palabras nuevas para referirse al papel higiénico y ni una sola de las que he oído hasta ahora deja de transmitir con precisión su origen o la experiencia de usarlo. Sin embargo, solo existe un puñado de palabras para transmitir mil horrores.

Horror. Es una palabra cansada de la guerra. Es la palabra que usamos cuando no tenemos palabras. Es posible que algunas cosas no deban describirse, al menos no si lo hacen personas como yo. Un poeta quizá sea capaz de disponer las palabras de tal manera que creen el escozor del miedo o la pesadez del temor. Que fabriquen un enemigo de barro y botas húmedas y te aceleren el pulso con su mera mención. Un poeta tal vez sea capaz de forzar esta o aquella palabra para que signifique algo más de lo que han ordenado nuestros hombres del *Diccionario*.

Yo no soy poeta, mi amor. Las palabras que tengo son pálidas y livianas frente a la fuerza descomunal de esta experiencia. Puedo decirte que es espantosa, que el fango es más fangoso, la humedad más húmeda, el sonido de una flauta tocada por un soldado alemán más hermoso y melancólico que cualquier otro que haya oído en mi vida. Pero no lo entenderás. En el *Diccionario* del doctor Murray no hay ninguna palabra que esté a la altura del hedor de este lugar. Podría compararlo con los puestos de pescado del mercado en una tarde calurosa, con una curtiduría, un depósito de cadáveres, una cloaca. Es todas esas cosas, pero es el cómo se te mete dentro, se convierte en un sabor y en un calambre en la garganta y el vientre. Te imaginarás algo horrible, pero es peor. Y luego están las matanzas. Te llegan en *The Times*. El «cuadro de honor». Columna tras columna de nombres en Monotype Modern. No tengo manera de describir el dolor desgarrador que siento en el alma cuando el ascua de un pitillo sigue brillando en el barro, aunque los labios que la sostenían hayan salido volando. Yo encendí ese pitillo, Es. Sabía que sería el último. Así lo hacemos. Les encendemos pitillos, los saludamos con un gesto de la cabeza, les sostenemos la mirada. Luego los enviamos a una muerte segura. No hay palabras.

Y ahora tenemos tiempo para descansar, pero no podemos. Nuestra mente no se calla nunca. Se reactiva y por eso todo el mundo escribe a casa. Yo soy quien escribe las cartas para las esposas de tres hombres y las madres de otros cuatro. Nos han dicho que no describamos la guerra, como si eso fuera posible, pero algunos lo han intentado. Esta noche mi trabajo consiste en censurarlos y he tachado tanto las palabras de chicos que apenas saben leer y escribir como las de muchachos que podrían llegar a ser poetas, todo para que sus respectivas madres sigan pensando que la guerra es gloriosa y una lucha justa. Lo hago con gusto por las madres, pero desde el principio he pensado en ti, Es, y en cómo intentarías rescatar lo que esos chicos han dicho para poder comprenderlos mejor. Sus palabras son ordinarias, pero se ensamblan en frases que resultan grotescas. Las he transcrito todas e incluyo las páginas con esta carta. No he corregido ni abreviado nada y todas las frases llevan el nombre de su dueño al lado. No se me ocurre nadie mejor que tú para honrarlas.

Amor eterno,

Gareth

P.D. Ajit no era invencible.

Nuestra casa estaba a oscuras salvo por la luz del vestíbulo, pero no necesitaba más. Me senté en el último escalón, con el abrigo aún puesto, y volví a leer la carta de Gareth. Después leí todas las palabras que había tachado de las cartas de los demás y transcrito para mí. Pasaron las horas y el frío se me metió en el cuerpo. Miré la fecha de la carta de Gareth. Ya tenía cinco días.

Volví caminando hasta Sunnyside, me colé en la cocina y subí las escaleras. Lizzie estaba roncando. Abrí la puerta lo más silenciosamente que pude, cogí la colcha que tenía a los pies de la cama y me hice un nido con ella en el suelo.

Por la mañana, me desperté con el ruido de los movimientos silenciosos de Lizzie alrededor de la habitación. Cuando se dio cuenta de que la estaba observando, me regañó por no haberla despertado por la noche. Le conté lo de la carta de Gareth y me ayudó a meterme en su cama. El calor de su cuerpo aún perduraba en las sábanas.

—Empezaré a limpiar el *scripi*. Tú duerme —dijo mientras me arropaba como hacía cuando era pequeña.

Pero no pude dormir. Cuando se marchó, me arrodillé junto a la cama y saqué el baúl. *Palabras de mujeres y su significado*: Gareth me había dicho que él estaba en todas las páginas. Lo subí a la cama conmigo, olí el cuero y lo abrí por la primera página. Leí todas y cada una de las palabras. Un año, le había llevado.

Cuando terminamos nuestro trabajo en el *scriptorium*, agradecí seguir teniendo el Radcliffe como lugar al que ir. Quizá Gareth acabara allí, pensé mientras me dirigía hacia el hospital. ¿Qué perdería? ¿Un brazo, una pierna? ¿La cabeza, como Bertie?

—Buenas noches, señora —me saludó Angus—. El *vespermango* ya vino y se fue. Bertie y yo hemos mantenido una entretenidísima charla sobre las patatas. Creo que estaban machacadas con un *akvo*. Él me ha dado la razón en silencio.

—Estoy bien, Angus. Gracias.

—Vaya, eso no tiene mucho sentido. No le he preguntado cómo está, pero creo que podría hacerlo. ¿Está bien?

—Sí, solo cansada.

—Pues hay uno nuevo en la sala. Un bocazas. No sabe lo que es el respeto. Se lo está haciendo pasar fatal a las enfermeras. He oído que lo llaman el «francotirador manco», por su puntería en Francia y por su mordacidad aquí. Dicen que lleva un tiempo en Radcliffe. Los de la otra sala ya deben de haberse hartado de él.

Seguí la mirada de Angus.

El nuevo paciente me sonaba de mi primer día en el hospital. Cuando me vio mirarlo, frunció los labios finos y me lanzó un beso. No le hice caso y me volví hacia Bertie.

—¿Sigue coleccionando palabras? —Era el francotirador manco—. Ese cobarde no le dará ninguna. Se cosió la boca a las primeras de cambio, eso hizo.

—No le haga ni caso, señora.

—Buen consejo, Angus.

Pero ignorarlo no funcionó.

—Tengo una palabra que la dejará boquiabierta.

Hay hombres que son muy buenos y otros que no. Con independencia del uniforme que lleven. La palabra que gritó fue inconfundible, precisa y certera, y se repitió una y otra vez, incluso después de haber dado en el blanco.

—BOMBA. BOMBA. BOMBA. BOMBA. BOMBA.

Bertie se aplastó contra el colchón y luego se levantó de la cama con tal violencia que me tiró al suelo. Sus gritos rebotaban contra las paredes, así que me llegaban desde todas las direcciones.

Me puse de rodillas y miré hacia el otro lado de la sala. Durante un momento de desorientación, pensé que quizá hubiera sido un ataque con zepelín, en lugar de simple malicia.

El pabellón estaba casi igual que cuando había llegado, pero todo el mundo se había girado hacia detrás de ella, con las rodillas pegadas al pecho y tapándose las orejas con las manos. Temblaba como si estuviera desnudo en plena tormenta de nieve. Se había orinado encima.

Angus cayó al suelo a su espalda y pensé que lo habían tirado de la cama. Tenía vendas donde tendrían que haber estado los pies. Pie de trinchera, me había dicho. Se arrastró hasta llegar al lado de Bertie.

—*Amico* —le dijo en tono cantarín, como un niño que juega al escondite—. *Amico, amico.*

Los gritos se convirtieron en terribles gemidos y Bertie empezó a balancearse hacia delante y hacia atrás. Gateé hacia ellos y me postré junto a Bertie, le rodeé el cuerpo oscilante con los brazos. Era pequeño y frágil, apenas había madurado.

—*Sekura* —le dije al oído.

Pensé en todas las veces que Lizzie me había sentado en su regazo y me había acunado hasta alejar todas mis preocupaciones, en su voz como un metrónomo de calma.

—*Sekura* —dije mientras me mecía con Bertie—. *Sekura.*

Entonces Angus nos abrazó a los dos y sentí que nos iba frenando. Los gemidos de Bertie se convirtieron en un murmullo y yo continué susurrando mi salmodia. El balanceo se detuvo por completo y Bertie se derrumbó sobre mi pecho y lloró.

LA HERMANA MORLEY me sentó al escritorio de las enfermeras y me llevó una taza de té.

—Hay muchos chicos como Bertie —dijo—. No con su neurosis de guerra concreta, que creo que es única, pero sí hay muchos que no hablan cuando los médicos dicen que son perfectamente capaces de hacerlo.

—¿Qué pasa con ellos? —pregunté.

—La mayoría acaba en el Hospital Netley de Southampton —contestó—. Allí están abiertos a probar todo tipo de tratamientos. El doctor Ostler cree que su terapia con el esperanto podría tener cierto valor y ha escrito a un colega de allí al respecto. Está al tanto de su trabajo en el *Diccionario* y cree que su experiencia particular podría contribuir a su programa de terapia lingüística. Espera que pueda hacerles una visita y hablar con el personal sobre lo que ha estado haciendo con Bertie.

—Pero Bertie no ha pronunciado ni una palabra —dije—. Y no hay indicios de que nada de lo que he hecho haya valido de nada.

—Es la primera vez que se calma con palabras en vez de con cloroformo, señora Owen. Es un comienzo.

SOÑÉ QUE ESTABA en Francia. Gareth llevaba un turbante y Bertie hablaba. Angus me mecía mientras decía: «Sekura, sekura». Bajé la mirada y mis pies eran muñones ensangrentados.

CUANDO LLEGUÉ A la mañana siguiente, Lizzie ya estaba en el *scriptorium* limpiando los casilleros con un paño húmedo. Noté el olor a vinagre.

—¿Te has quedado dormida? —preguntó.

—He pasado mala noche.

Asintió.

—Se llevarán los casilleros esta misma mañana. Si metes las cosas de tu escritorio en cajas también se las llevarán.

Mi escritorio. No había recogido nada. Incluso había unas cuantas fichas y una página de pruebas encima. Era como una habitación en una de esas casas museo. Monté una caja y comencé a llenarla.

Mi ejemplar del diccionario de Samuel Johnson fue lo primero que guardé, luego los libros de mi padre —lo que él llamaba su «biblioteca del *scripi*»—. Cogí un volumen manido de *Las mil y una noches* y busqué la historia de Aladino. El pasado comenzó a acercarse a mí y cerré el libro. Lo metí en la caja con el resto.

Despejé el tablero de la mesa y luego abrí la tapa. Había una novela que nunca terminaría de leer. Una ficha cayó de entre sus páginas: una palabra aburrida, un duplicado, probablemente. Volví a guardarla en el libro y guardé el libro en la caja. Lápices y una pluma. Papel de carta. Las *Normas de Hart* con las notas del señor Dankworth aún pegadas. Todo acabó dentro.

Luego la caja de zapatos llena de fichas. Mis fichas. Las fichas que Gareth había obtenido a través de Lizzie o que había tomado prestadas a hurtadillas del *scriptorium*. También las guardé en la caja. Luego doblé las solapas hacia abajo y las sujeté la una bajo la otra.

—Creo que ya hemos terminado, Lizzie —dije.

—Casi. —Sumergió el paño en el cubo y escurrió el exceso de agua. Luego se puso de rodillas para limpiar la última fila de casilleros—. Ahora ya está —dijo, y se sentó sobre sus piernas.

La ayudé a levantarse.

Un hombre mayor y un chico llegaron mientras Lizzie vaciaba el cubo de agua bajo el fresno.

—Ya están todos listos para que se los lleven —les dije.

El hombre mayor señaló los casilleros más cercanos a la puerta y el chico se agachó para levantar un extremo. Ambos tenían la misma complexión fornida, el mismo pelo rubio. Albergué la esperanza de que la guerra terminara antes de que el chico alcanzase la mayoría de edad. Cargaron con las estanterías hasta un camión pequeño aparcado en el camino de entrada.

Lizzie volvió con un recogedor y una escoba.

—Justo cuando crees que ya no hay na más que hacer…

Barrió las décadas de polvo y suciedad que se habían acumulado detrás de los casilleros.

Estantería a estantería, el hombre y su hijo eliminaron toda evidencia de que las fichas hubieran estado allí en algún momento.

—La última —dijo el hombre—. ¿Quiere que vuelva a por esa caja? Es para el Old Ash, ¿no?

«¿Es ahí donde iré después?», pensé. No había sido una pregunta hasta entonces y ahora lo era.

—Déjela de momento —respondí.

El chico caminaba hacia delante y el hombre hacia atrás, este último girando la cabeza de vez en cuando hacia los lados para asegurarse de que no estaba a punto de chocarse con nada. Los seguí hacia el exterior del *scriptorium* y los observé mientras cargaban los últimos casilleros en el camión. Cerraron las puertas, se encaramaron a la cabina y salieron por las verjas hacia Banbury Road.

—Se acabó —le dije a Lizzie cuando volví a entrar.

—No del todo. —Todavía arrodillada, sostenía el recogedor en una mano y un montoncito de fichas en la otra—. Están asquerosas, ojo —dijo al tendérmelas.

Estaban sujetas con un alfiler oxidado y telarañas. Salí afuera con ellas y las soplé para limpiarles el polvo; luego volví a la mesa de clasificación. Extendí las fichas. Eran cuatro, cada una escrita con una caligrafía diferente, con una cita de un libro diferente, de un momento de la historia diferente.

—Léemelas —dijo Lizzie desde donde continuaba arrodillada—. A ver si las he oído antes.

—Sí las has oído —dije.

—Venga.

—*Azacana*. —Lizzie dejó de barrer—. *Azacanarse, azacanear, azacaneo.*

Las citas eran casi inocuas, pero en la primera ficha mi padre había escrito una posible definición: «Mujer que se ocupa en cosas de poco provecho y mucho trabajo».

Las palabras «mucho trabajo» estaban rodeada con un círculo.

Recordé la ficha de portada que me encontró debajo de la mesa de clasificación.

Lizzie se sentó a mi lado.

—¿Qué te ha disgustado?

—Estas palabras.

Movió las fichas de un lado a otro, como si estuviera completando un rompecabezas.

—¿Vas a quedártelas o vas a dárselas al señor Bradley?

Azacana había venido a mí —ya dos veces— y me resistía a devolverla al *Diccionario*. «Es una palabra vulgar —pensé—. Para mí más ofensiva que *coño*.» ¿Me daría eso derecho a excluirla si fuera editora?

—Es casi sinónimo de «esclava», Lizzie. ¿Nunca te ha molestado?

Reflexionó unos instantes.

—No soy una esclava, Esmi, pero, en mi cabeza, no puedo evitar pensar que soy una azacana.

Se llevó la mano al crucifijo y supe que estaba pensando en la manera apropiada de decir algo.

Cuando por fin lo soltó, estaba sonriendo.

—Siempre has dicho que una palabra puede cambiar de significado dependiendo de quién la use. Así que a lo mejor *azacana* significa algo más que lo que dicen esas fichas. He sido tu azacana desde que eras chica, Esmi, y me he *alegrao* de ello todos y cada uno de los días.

CERRÉ LA PUERTA del *scriptorium* y Lizzie me acompañó hasta Observatory Street en pleno crepúsculo. Comimos pan y mantequilla sentadas a la mesa de mi cocina y, cuando se me empezaron a cerrar los ojos, le pregunté si podía quedarse.

—Seguramente estarías más cómoda en mi antigua habitación —le dije—, pero ¿te importaría dormir conmigo?

Arriba, Lizzie se tapó con las mantas y se arrebujó junto a mí. Le hablé de Bertie. De su miedo y del mío.

—Creo que ahora alcanzo a imaginarme un poco cómo es para ellos —le susurré a la oscuridad.

No pronuncié el nombre de Gareth. No hablamos de su carta. Los rumores y las habladurías sobre la batalla de Loos bullían por todo Oxford.

ME DESPERTÉ SOLA, pero con los ruidos de Lizzie en nuestra cocina. Tenía unas gachas de avena en el fuego y, cuando me vio, las sirvió en cuencos y añadió nata, miel y una pizca de canela. Me di cuenta de que ya debía de haber ido al mercado.

Comimos en silencio. Cuando vaciamos los cuencos, Lizzie preparó tostadas y té. Se movía por la cocina con una comodidad de la que yo era incapaz. Me acordé de nuestra época en Shropshire.

—Me alegra verte sonreír —me dijo.

—Me alegra tenerte aquí.

La puerta del jardín cantó sobre sus goznes.

—El correo de la mañana —dije—. Llega temprano.

Esperé el susurro de las cartas que atravesaban la ranura de la puerta principal. Cuando no llegó, Lizzie se acercó al vestíbulo para ver si había alguien fuera. La seguí.

—¿Qué está haciendo? —pregunté.

—Trae un…

Lizzie se tapó la boca con la mano y movió la cabeza de un lado a otro, muy sutilmente. Llamaron a la puerta, un golpeteo casi demasiado sigiloso para que se oyera. Lizzie dio un paso hacia él.

—Para. —Me salió como un susurro—. Será para mí.

Pero fui incapaz de moverme.

Llamaron otra vez. Cuando Lizzie se volvió para mirarme, las lágrimas le rodaban en silencio por las mejillas ásperas. Me ofreció su brazo y lo acepté.

El hombre era viejo, demasiado viejo para la guerra, y por eso le habían encomendado el reparto de su dolor. Cogí el telegrama y lo vi alejarse de nuevo por Observatory Street. Con los hombros hundidos bajo el peso de la cartera.

LIZZIE SE QUEDÓ conmigo. Me dio de comer y me bañó, me cogió del brazo para caminar hasta el final de la calle y luego dar la vuelta a la manzana y llegar a San Bernabé. Ella rezaba; yo no podía.

Al cabo de dos semanas, insistí en volver al Hospital Radcliffe. A Angus lo habían mandado a un centro de rehabilitación cercano a su ciudad natal. A Bertie lo habían trasladado al Hospital Netley de Southampton. Todavía quedaban otros tres chicos a los que la experiencia de la guerra había silenciado. Me senté con ellos hasta que la hermana me envió a casa.

Un mes después del telegrama, llegó un paquete. Lizzie me lo llevó al salón.

—Hay una nota —dijo, y la sacó de debajo del cordel que mantenía unido el envoltorio de papel marrón.

Querida señora Owen:

Le ruego que acepte estos dos ejemplares de *Palabras de mujeres y su significado* a modo de obsequio. Me disculpo por no haber podido imprimir más y porque la encuadernación no está a la altura de la del original. El papel escasea, como ya sabe. Me he tomado la libertad de conservar un tercer ejemplar para la biblioteca de la Oxford University Press. Si alguna vez necesita acceder a él, lo encontrará en la misma estantería que los fascículos del *Diccionario*.

Con mis más cordiales saludos,
Horace Hart

Lizzie avivó las brasas y luego se sentó a mi lado. Desaté el cordel y el papel cayó hacia los lados.

—Es bueno —dijo Lizzie.

—¿El qué?

—Tener más ejemplares.

Cogió uno y pasó las páginas mientras las contaba en voz baja. Se detuvo en la página quince y buscó su nombre.

—Lizzie Lester —dijo.

—¿Recuerdas la palabra?

—Derrengada. —Pasó el dedo por debajo de la palabra y luego, mirándome, recitó de memoria—: «Me levanto antes del amanecer para asegurarme de que todos los de la casa grande estén *calientitos* y tengan de comer cuando se despierten, y no me voy a dormir hasta que ellos están roncando. Estoy *derrengá* la mitad del tiempo, como un caballo *agotao*, que no vale *pa na*».

—Perfecto, Lizzie. ¿Cómo es posible que la recuerdes tan bien?

—Hice que Gareth me la leyera tres veces hasta que me quedé con ella. Pero no es perfecta. Tendría haber dicho «calentitos». ¿Por qué no lo corregiste?

—No me correspondía juzgar lo que decías o cómo lo decías. Solo quería registrar y, tal vez, comprender.

Asintió.

—Gareth me enseñó todas las palabras con mi nombre al *lao*. Memoricé dónde estaban y qué decían.

—¿Por qué es bueno tener más ejemplares? —pregunté.

—Porque ahora se airearán —contestó—. Puedes darle uno al señor Bradley y otro a la Bodleiana. Guardan cualquier cosa importante que se haya escrito. Me lo dijiste tú. Todos los libros, todos los manuscritos, todas las cartas que lord Fulanito le envió al profesor Menganito.

—¿Y crees que esto es importante?

Esbocé una sonrisa por primera vez desde hacía semanas.

—Sí.

Lizzie se levantó y devolvió el ejemplar de *Palabras de mujeres* al paquete abierto que descansaba en mi regazo. Le dio unas palmaditas, me acarició la mejilla con la mano y se fue a la cocina.

LIZZIE ME ACOMPAÑÓ a la Bodleiana.

Desde que me había permitido ser lectora, el señor Nicholson se había relajado ante la presencia de mujeres en su biblioteca, pero no tenía tan clara la postura de su sucesor. El señor Madan miró la portada.

—Creo que no, señora Owen.

Se quitó las gafas y las limpió con un pañuelo, como para eliminar la imagen de mi nombre.

—Pero ¿por qué?

Volvió a colocarse las gafas sobre el puente de la nariz y pasó unas cuantas páginas.

—Es un proyecto interesante, pero sin ninguna relevancia académica.

—¿Y qué le otorgaría relevancia académica?

—Para empezar, que lo hubiera compilado un académico. Y, aparte de eso, tendría que tratar un tema importante.

Eran las diez de la mañana. Los estudiosos se paseaban de un lado a otro con las túnicas, largas y cortas, ondeando a la espalda, aunque había menos hombres y más mujeres que la primera vez que me había acercado a aquel escritorio. Me volví hacia donde Lizzie esperaba sentada. Era el mismo banco que había ocupado yo hacía años mientras el doctor Murray abogaba en favor de que me convirtiera en lectora. Parecía sentirse tan fuera de lugar como me había sentido yo en aquel entonces. Me puse en pie y me volví hacia el señor Madan.

—Es un tema importante, señor. Llena un vacío en el saber y, sin duda, ese es el propósito de la academia.

Tuvo que alzar un poco la cabeza para mirarme a los ojos. Noté que Lizzie cambiaba de postura, vi que la mirada del señor Madan se desviaba un instante hacia ella y luego volvía a mí.

Me quedaría allí hasta que aceptaran *Palabras de mujeres*, pensé. Si hubiera tenido una cadena, me habría amarrado con gusto a la reja que había ante el escritorio.

El señor Madan dejó de pasar páginas. Se le sonrojaron las mejillas y disimuló su incomodidad con una tos. Había hojeado la página seis. Las palabras con la C.

—Una palabra muy antigua, señor Madan. Con una larga historia en nuestro idioma. Chaucer era muy aficionado a usarla y, sin embargo, no aparece en nuestro *Diccionario*. Un vacío, desde luego.

El hombre se secó la frente con el pañuelo y miró a su alrededor en busca de un aliado. Yo también miré a mi alrededor.

Había tres hombres mayores atentos a nuestra conversación, además de Eleanor Bradley, que, sin duda, había ido a verificar citas. Sonrió cuando nuestras miradas se cruzaron y asintió para darme ánimos. Volví a plantarle cara al señor Madan.

—Usted no es el árbitro del saber, señor. Es su bibliotecario. —Deslicé *Palabras de mujer* por encima de su escritorio—. No le corresponde juzgar la importancia de estas palabras, solo permitir que otros lo hagan.

LIZZIE Y YO caminamos agarradas del brazo por Banbury Road hasta Sunnyside. Atravesamos la verja cuando Elsie y Rosfrith salían. Me abrazaron por turnos.

—¿Te veremos hoy en el Old Ashmolean, Esme? —me preguntó Elsie, que me había posado una mano en la manga con suavidad—. Los casilleros ya están en su sitio, así que lo único que nos falta ahora eres tú. No nos sobra el espacio, pero el señor Sweatman te ha hecho un hueco en su mesa.

Mis ojos pasaron de una hermana Murray a la otra y luego a Lizzie. Fuimos niñas juntas, una vez. ¿Envejeceríamos juntas?

—¿Me esperáis un momento, Elsie y Rosfrith? Vuelvo enseguida.

Crucé el jardín. El fresno estaba perdiendo las hojas y los vientos otoñales ya las habían arrastrado hacia el *scriptorium*. Tuve que apartarlas de la puerta antes de entrar.

Estaba frío, casi vacío salvo por la mesa de clasificación. Las fichas de *azacana* estaban justo donde Lizzie y yo las habíamos dejado. Me senté donde ella se había sentado para mover las palabras de un lado a otro. Lizzie no sabía leerlas, pero las había entendido mejor que yo. Me palpé los bolsillos buscando el cabo de un lápiz y una ficha en blanco.

AZACANA

Sometida de por vida por amor, devoción u obligación.

«He sido tu azacana desde que eras chica, Esmi, y me he alegrado de ello todos y cada uno de los días.»

Lizzie Lester, 1915

Cerré la puerta del *scriptorium* y oí que el ruido retumbaba en el espacio casi vacío del interior. «Poco más que un cobertizo», pensé, y volví hasta donde me esperaban las tres mujeres.

—Son para el señor Bradley —dije cuando le pasé a Elsie el pequeño fardo—. Lizzie las encontró mientras limpiábamos. Son las fichas de *azacana* que faltaban.

Durante un instante, Elsie no supo de qué le estaba hablando. Luego, su ceño fruncido dio paso a unos ojos abiertos como platos.

—¡Madre mía! —exclamó mientras examinaba las fichas con detenimiento, sin acabar de creérselo.

Rosfrith se acercó para echarles un vistazo.

—Menudo misterio fue —dijo.

—Parece que la ficha de portada ha desaparecido, por desgracia. —Le lancé una mirada rápida a Lizzie—. Pero hay varias sugerencias de cómo podría definirse. Pensamos que al señor Bradley le gustaría tenerlas, después de tanto tiempo.

—Estoy convencida de ello —dijo Elsie—. Pero ¿no crees que podrías dárselas tú misma?

—No iré al Old Ashmolean, Elsie. Me han ofrecido un puesto de trabajo en el Hospital Netley de Southampton. Creo que voy a aceptarlo.

EL BAÚL ESTABA encima de la mesa de la cocina. Lizzie y yo nos habíamos sentado una a cada lado, con sendas tazas de té en la mano.

—Creo que debería dejarlo aquí —dije—. Mi alojamiento es temporal y no sé cuándo encontraré algo permanente.

—Seguro que recoges más palabras.

Bebí un sorbo de té y sonreí.

—A lo mejor no. Trabajaré con hombres que no hablan.

—Pero ¡es tu *Diccionario de las palabras olvidadas*!

Pensé en lo que contenía el baúl.

—Me define, Lizzie. Sin él no sabría quién soy. Pero, como hubiera dicho mi padre, he seguido todas las vías de investigación y estoy satisfecha con lo que tengo para redactar una entrada precisa.

—No eres una palabra, Esmi.

—Para ti no. Pero, para Niña, es lo único que soy. Y puede que ni eso. Cuando llegue el momento oportuno, quiero que sea Niña quien lo tenga. —Estiré el brazo y le agarré a Lizzie la mano que se había llevado al pecho—. Quiero que sepa quién soy. Lo que ella significó. Está todo ahí.

Miramos el baúl, desgastado por el uso, como un libro muy leído.

—Siempre has sido su guardiana, Lizzie, desde la primera palabra. Por favor, cuida de él hasta que me haya instalado.

YA TENÍA LAS maletas hechas cuando llegó el macuto de Gareth.

Lo vacié con cuidado sobre la mesa de la cocina. Los calcetines que le había tejido todavía tenían barro; había mugre y sangre en la guerrera y en los pantalones de repuesto. No supe si era suya o de otro hombre. Todas mis cartas seguían allí, junto con los poemas de Rupert Brooke. Hojeé las páginas y encontré mi ficha: *amor, eterno*.

Abrí la cremallera de su kit de afeitado, vacié su caja de papel de carta; les di la vuelta a todos los bolsillos y acaricié las pelusas y el barro seco con los dedos. Quería que todo lo que él había dejado me tocase la piel. Abrí las cartas que le había enviado. Las más antiguas estaban tan desgastadas en los pliegues que resultaba difícil leer mis palabras. Cuando abrí la última, sus páginas estaban metidas entre las mías. La escritura era temblorosa, apresurada, pero era la caligrafía de Gareth.

1 de octubre de 1915, Loos

Mi querida Es:

Han pasado tres días. ¿Es posible? Parecen más. Han sido interminables. Íbamos a quedarnos un día en la retaguardia para descansar, pero luego no fue así. Ya estábamos agotados, pero tuvimos que seguir luchando. ¿Era eso lo que hacíamos?

Más que nada, moríamos.

No he dormido. No puedo pensar con claridad, pero sé que debo escribirte, Es. Es. Es. Es. Es. Es. Esmi. Esme. Siempre me ha encantado que Lizzie te llame Esmi. Yo también he querido llamarte así; lo he tenido ahí, en la punta de la lengua. Pero es de ella. Es todo lo que eras antes de que te conociese. ¿Será esa la razón de que me encante?

Perdóname. Estoy desesperado por tumbarme, por descansar la cabeza en tu vientre. Quiero oír los latidos de tu corazón. Descansé la cabeza en el pecho de mi ordenanza y no oí nada. ¿Cómo iba a oír algo? Le habían volado las piernas. Las piernas que habían hecho todo lo que yo les pedía ya no estaban unidas a su cuerpo.

He perdido a siete de mis hombres, Es. Para algunos, las semanas anteriores a esta batalla habían sido las mejores de su vida. Puede que, para cuando se les haya caído la carne de los huesos, tres ya sean padres.

Te escribo esto, mi amada Es, porque dices que tu imaginación evoca imágenes a las que las palabras no pueden ni aproximarse, y que prefieres saber la verdad. Me resulta un gran

420

alivio escribir sin filtro, es lo más parecido a apoyarme en tu pecho y llorar que puedo hacer. Te lo agradezco mucho. Pero no has imaginado la angustia que sentirás. Mi relato se filtrará en tus sueños y seré yo quien yazga en el barro, con los ojos como cristales, con pedazos del cuerpo volados. Todas las mañanas te despertarás con miedo a lo que podría ser y ese miedo te seguirá como una sombra durante todo el día.

Estoy exhausto, mi amada Es. Tengo un zumbido en los oídos y, en la cabeza, imágenes que se vuelven más nítidas y grotescas cada vez que cierro los ojos. Es la pena que debo padecer si quiero dormir en algún momento. Sería un cobarde si compartiera esto contigo.

Cuando termine la batalla, romperé esta carta y empezaré de nuevo con una disposición de las palabras más tolerable. Pero, ahora mismo, tras haberlas dispuesto tal como lo necesito, me siento desahogado. Cuando se me cierren los párpados, me habré ahorrado lo peor y será tu imagen la que me guie hacia el sueño.

Amor eterno,

Gareth

Doblé la carta y metí mi ficha dentro. Pasé las páginas del libro de Brooke hasta que encontré «Los muertos». Leí los primeros versos en silencio.

—«Todo esto ha terminado» —le dije a la casa vacía.

No pude seguir leyendo.

Cerré el poema en torno a nuestras últimas palabras. Me puse de pie. Subí las escaleras hasta el baño. Volví a dejar el peine de Gareth en el lavamanos. Me iba; no tenía ningún sentido. Pero nada lo tenía.

ABRÍ EL CIERRE, y la tapa que tenía *Diccionario de las palabras olvidadas* grabado en su interior saltó hacia atrás. El baúl comenzaba a llenarse, pero aún había espacio suficiente.

Encima de todo lo demás, estaba nuestro diccionario. Lo abrí por la portada.

Palabras de mujeres y su significado
Editado por Esme Nicoll

Coloqué el Rupert Brooke de Gareth al lado.

Sostuve en la mano las grotescas frases de los soldados, escritas con la caligrafía de Gareth. No las metí en el baúl. Él no quería que las encerrara.

No me llegaba ningún ruido de la cocina y sabía que Lizzie estaría esperando, sin querer apurarme, pero preocupada por la hora. El tren a Southampton salía a mediodía.

Me saqué el telegrama del bolsillo y lo puse encima de *Palabras de mujeres*. El papel era de carnicero, de un marrón enfermizo que contrastaba con el precioso verde del cuero. La mitad del mensaje estaba mecanografiado: «Lamento informarle de que…». Eficaz cuando el mensaje se repetía tan a menudo. El resto estaba manuscrito. El empleado de telégrafos que había transcrito el mensaje había añadido «Profundamente» antes de «Lamento».

Cerré el baúl.

PARTE VI

1928

Versada - Vetustez

15 de agosto de 1928

Querida señorita Megan Brooks:

Me llamo Edith Thompson. Es posible que tus padres te hayan hablado de mí. Sarah, tu difunta madre, era una de mis más queridas amigas y una de las pocas personas dispuestas a acompañarme en lo que ella denominaba en tono jocoso mis «odiseas históricas» (nunca tuve claro si con «odisea» se refería a que eran largas o a que eran desagradables; le divertía mantenerme en vilo al respecto). Cuando os embarcasteis hacia Australia, me resultó difícil sustituirla, pero disfrutaba sobremanera de sus cartas, en las que compartía con regularidad noticias sobre ti, sobre su huerto y sobre la política local, tres cosas de las que se sentía justamente orgullosa. Cómo echo de menos su ingenio y sus consejos prácticos.

Te envío esta carta y el baúl que la acompaña a través de tu padre por razones que pronto se harán evidentes. Quería asegurarme de que te preparaban de alguna manera para recibir el contenido de ambos. No tengo muy claro cómo puede prepararse a alguien para algo así, pero quizá un padre lo sepa y, de todos los padres, el tuyo es sin duda de los más sabios.

El baúl pertenecía a otra querida amiga mía. Se llamaba Esme Owen, Nicoll de soltera. Soy consciente de que siempre has sabido que eras adoptada, pero tal vez no conozcas todos los detalles. Creo que la historia que tengo que contarte te provocará emociones intensas. Lo lamento. Pero lamentaría aún más no compartirla nunca.

Mi querida Megan. Hace veintiún años, Esme te dio la vida, pero no estaba en condiciones de mantenerte. Esas circunstancias son siempre delicadas, pero tus padres pasaron mucho tiempo con Esme en los meses anteriores a tu nacimiento. Me resultó obvio que llegaron a quererla y admirarla, tal como yo la he querido y admirado. Cuando llegó el momento, tu madre la apoyó de una manera en la que yo no fui capaz. Para ella, estar presente en el parto fue lo más natural del mundo y, durante un mes, no se apartó de la cama de Esme. Y tú, preciosa niña, te convertiste en el vínculo entre ambas.

Me duele escribir las siguientes palabras. Su verdad será una tristeza de la que no creo que me recupere jamás. Esme falleció la mañana del dos de julio de este año, 1928. Tenía solo cuarenta y seis años.

Los detalles parecen ordinarios: la atropelló un camión en Westminster Bridge. Pero en Esme nada era ordinario. Había viajado a Londres para la aprobación de la Ley de Igualdad de Sufragio, pero no para unirse a las que gritaban consignas y portaban pancartas, sino para dejar constancia de lo que aquello significaba para la gente que se movía al margen de la multitud. Verás, a eso se dedicaba: se daba cuenta de quiénes no aparecían en los registros oficiales y les daba la oportunidad de hablar. Escribía una columna semanal en un periódico local —«Palabras olvidadas», se llamaba— y todas las semanas hablaba con la gente de a pie, los analfabetos, los olvidados, con la intención de entender qué significaban para ellos los grandes acontecimientos. El dos de julio, Esme estaba hablando con una mujer que vendía flores en Westminster Bridge cuando la multitud la expulsó hacia la calzada.

Siento que debo contarte algo más de ella, aparte de los detalles de su muerte. Nuestro último encuentro, creo, es una anécdota tan buena como cualquier otra.

Me habían invitado al palco del Goldsmith's Hall, donde iba a celebrarse una cena con motivo de la publicación final del *Diccionario de inglés Oxford*. Me acompañaban Rosfrith Murray y Eleanor Bradley, hijas de los editores, que habían dedicado su vida a la obra de sus respectivos padres. Nuestra presencia causó cierto escándalo, debido a nuestro sexo, pero se consideró justo que, aunque no pudiéramos cenar con los hombres, al menos se nos permitiera presenciar los discursos. El primer ministro, Stanley Baldwin, habló maravillosamente y agradeció su trabajo a los editores y al personal, pero no miró hacia el palco. El *Diccionario* era una empresa en la que yo había estado involucrada desde la publicación de las primeras palabras, en 1884, hasta la de las últimas. Me han dicho que en esa sala había pocas personas que pudieran alegar una lealtad tan larga. Rosfrith y Eleanor también habían entregado décadas de su vida al *Diccionario*. Como Esme.

Esta me dijo, hace no mucho, que siempre había sido una azacana del *Diccionario*. El *Diccionario* era su dueño, aseguraba. Incluso después de marcharse, siguió definiéndola. Sin embargo, a pesar de esos grilletes, no se le permitió ni siquiera acceder al palco.

Los hombres comieron *saumon souilli* con salsa holandesa y, de postre, *mousse glassée*. Bebieron un Chateau Margaux de 1907. Nos habían entregado el programa del acto y el menú estaba incluido, una crueldad involuntaria, sin duda.

Cuando todo terminó, estábamos famélicas, pero Esme había viajado desde Southampton para reunirse con nosotras y, cuando salimos de Goldsmith's Hall, allí estaba ella, con una cesta llena de comida. Hacía calor, así que cogimos un taxi hasta el Támesis y nos sentamos bajo una farola con nuestro pícnic, a disfrutar de nuestra propia celebración. «Por las mujeres del *Diccionario*», dijo Esme, y todas levantamos nuestra copa.

No supe de la existencia del baúl hasta después del funeral, cuando su amiga, Lizzie Lester, me informó de que debía enviártelo. Lo sacó, maltrecho y viejo, de debajo de su cama y me explicó lo que me encontraría si lo abría. La pobre estaba desolada. Pero, cuando le aseguré que te enviaría el baúl lo antes posible, se tranquilizó.

Tuve el baúl una semana a los pies de mi cama, sin abrir. Cuando se me acabaron las lágrimas por Esme, no sentí la necesidad de explorar su contenido. Para mí, Esme es como una palabra favorita que comprendo de una manera particular y no albergo ningún deseo de entenderla de otro modo.

El baúl es tuyo, Megan. Para que lo abras o para que lo dejes cerrado. Sea cual sea tu decisión, debes saber que será un placer para mí contestar a tus preguntas sobre Esme, en caso de que las tengas. Ella me llamaba Ditte, por cierto. Echaré de menos responder a ese apodo y me encantaría que volvieran a llamarme así, si te apetece escribir.

Con cariño y gran simpatía,

Ditte Thompson

Meg estuvo sentada junto al baúl tanto tiempo que la luz de la habitación se desvaneció por completo. La carta de Ditte estaba a su lado. Leída y releída. Una de las páginas estaba doblada de cuando Meg la había arrugado en un arrebato. Momentos después, había vuelto a alisarla.

Su padre llamó a la puerta, un golpeteo ligero y tímido. Le ofreció un té y ella lo rechazó. Volvió a llamar y le preguntó por su estado de ánimo. «Estoy bien», contestó ella, aunque sabía de sobra que no era así. Cuando el reloj del vestíbulo dio las ocho, se rompió una especie de hechizo. Meg se levantó del sillón en el que se había pasado sentada las últimas cuatro horas y encendió una lámpara. Abrió la puerta que daba al salón y le dijo a su padre:

—Ahora sí te aceptaré ese té, papá. Con un par de galletas, si no te importa.

Tras dejar la bandeja junto a ella, su padre le sirvió el té en la taza de porcelana favorita de su madre. Añadió una rodaja de limón, le dio un beso en la frente y salió de la habitación. No mencionó que la cena se había enfriado.

Hacía tres años que el té no calentaba aquella taza. Meg la levantó como lo habría hecho su madre: agarrándola con las dos manos y con el asa apuntando hacia delante, todo ello en un intento de evitar la pequeña desportilladura que había en el borde, justo por donde una bebería normalmente. El gesto desdibujó los contornos del ser de Meg, que se imaginó sus dedos elegantes como los carnosos de su madre, con los callos reblandecidos por el calor y una pizca de tierra bajo las uñas. Las piernas cortas y pesadas de Sarah se adaptaban mejor a aquel sillón que las extremidades largas de Meg, pero la joven había tomado la costumbre de sentarse en él. Aunque el día había sido caluroso, se estremeció, como le ocurría a menudo a su madre cuando volvía del huerto para tomar el té.

«¿Qué habría hecho ella con el baúl?», pensó Meg. ¿Le habría dicho que lo abriera o que lo dejase cerrado? El baúl seguía encima de la *chaise longue*, donde había estado toda la tarde. Meg volvió a mirarlo y pensó que se había convertido en un objeto extrañamente familiar. «Cuando estés preparada», le habría dicho su madre.

Meg se terminó el té y se levantó del viejo sillón. Fue a sentarse en la *chaise longue*, junto al baúl. El cierre se abrió sin ningún esfuerzo y la tapa saltó hacia atrás.

Habían tallado la inscripción *Diccionario de las palabras olvidadas* con torpeza en el interior de la tapa. Era obra de una cría y, de repente, Meg se dio cuenta de que el contenido no pertenecía solo a una mujer que había renunciado a su bebé, sino también a una niña que jamás imaginó que un día tendría que hacerlo.

Un telegrama, un delgado volumen encuadernado en cuero y con el título *Palabras de mujeres y su significado* repujado en la cubierta, cartas y otros elementos deslavazados: unos cuantos panfletos sobre el sufragio femenino, programas de teatro y recortes de periódico. Había tres bocetos de una mujer, desnuda. En el primero miraba por una ventana, la hinchazón de su vientre apenas visible. En el tercero, sus manos y su mirada abrazaban al bebé, que debía de estar moviéndose.

Pero lo que más abundaba eran unos trocitos de papel, no más grandes que tarjetas postales. Algunos estaban unidos con alfileres, otros sueltos. Había una caja de zapatos llena de ellos, clasificados por orden alfabético y con unas tarjetas pequeñas entre cada letra, como el cajón del catálogo de una biblioteca. Cada ficha de papel tenía una palabra escrita en la parte de arriba y una frase debajo. A veces se incluía el nombre de un libro, pero la mayoría solo tenía el nombre de una mujer, a veces el de un hombre.

LA LUZ DE la mañana entraba a raudales por la ventana mirador y le calentaba la mejilla a Meg. Se despertó sobresaltada. Le dolía la espalda por las horas que había dormido en la *chaise longue*. «Otro día abrasador», pensó, y el baúl y su contenido permanecieron sumergidos como en un sueño. Pero tenía *Palabras de mujeres* abierto sobre el regazo y notaba la piel tirante donde se le habían secado las lágrimas. Bajo el resplandor del sol de Adelaida, las palabras de Esme, en todas sus formas, yacían esparcidas por el suelo, expuestas y reales.

Meg empezó a ordenarlas. Reunió las cartas de Ditte y las colocó en un montón, las postales de Tilda en otro. Los panfletos sobre el sufragio femenino y los recortes de prensa formaron su propia pila. Había un programa de *Mucho ruido y pocas nueces* y un puñado de resguardos de entradas que colocó junto con otros elementos sueltos en la pila de miscelánea.

Casi todas las fichas de la caja de zapatos estaban escritas por la misma mano. Cuando lo comprobó, vio que todas tenían una entrada en *Palabras de mujeres*. Las dejó como estaban y pasó al resto. Había muchísimas, cien o más, todas ellas únicas en cuanto a la escritura y el contenido. Había palabras comunes y palabras que no conocía de nada. Algunas de las citas eran tan antiguas que no lograba entenderlas. Aun así, las leyó todas.

Tenían un tamaño uniforme, más o menos, y casi todas parecían elaboradas con aquel único propósito. Sin embargo, otras se habían confeccionado a partir de cualquier material que hubiera a mano: había fichas recortadas de libros de cuentas y de cuadernos de ejercicios; de páginas de novelas o de panfletos, con una palabra rodeada por un círculo y la frase subrayada. Una palabra se había escrito en el reverso de una lista de la compra cuya remitente ya debía de haber comprado dos litros de leche, una caja de bicarbonato, manteca de cerdo, un kilo de harina, colorante rojo y galletas digestivas McVitie. ¿Habría hecho una tarta antes de sentarse a escribir la frase que representaba a la perfección un sentido de la palabra *batir*? La cita procedía de las páginas femeninas del boletín de una parroquia, fechado en 1874. La lista de la compra, ya innecesaria, tenía el tamaño y la forma perfectos. Meg se imaginó a una mujer, ni rica ni pobre, sentada a la mesa de su cocina, con el boletín delante, una tetera al lado; la espera hasta que la tarta estuviera horneada, una pausa agradable en su día. Y luego a un niño que entraba a toda prisa, con las fosas nasales llenas del manjar que lo esperaba, y que se quedaba merodeando por allí hasta que llegaba el momento de soplar las velas.

Se oyó una ovación en el parque que había al otro lado de la calle y Meg salió de su trance, regresó a sí misma y a Esme. El familiar estruendo del bate contra la pelota, los frecuentes aplausos de cortesía y el esporádico entusiasmo tras la eliminación de un bateador le recordaron que era sábado por la mañana, que se encontraba en el caluroso verano de Adelaida, y ni por asomo cerca del clima húmedo y frío de aquellas palabras y sus defensoras. Se notaba entumecida, desaliñada. Se levantó y se asomó para ver a los jugadores. Era un sábado como cualquier otro y, sin embargo, no lo era.

Le llegó el ruido de otro aplauso, pero Meg le dio la espalda a la ventana y se dirigió a la librería. Contenía los doce volúmenes del *Diccionario de inglés Oxford*. Estaban en un estante bajo, para que se pudiera acceder a ellos con facilidad, aunque, cuando era pequeña, Meg apenas era capaz de levantarlos. Sus padres llevaban coleccionándolos desde que ella tenía uso de razón y el último había llegado solo una semana antes.

Sacó *V a Z* de su sitio al final de la estantería y lo abrió por la primera página. Captó el olor a nuevo, sintió que el lomo se resistía a ser abierto. Publicado en 1928.

Hacía solo unos meses, no existía. Hacía solo unos meses, Esme sí.

Meg se acercó al otro extremo del estante y pasó el dedo por las letras doradas del Volumen I, *A y B*. El lomo estaba arrugado de abrirse, el borde superior dañado por el efecto de sus manos infantiles al sacarlo de su sitio. Esa vez, Meg tuvo cuidado al cogerlo de la estantería. Su peso siempre la sorprendía. Se lo llevó al sillón de su madre y se lo posó en el regazo. Luego lo abrió por la portada.

Un nuevo diccionario de inglés
basado en principios históricos
Editado por James A. H. Murray
Volumen I. A y B
Oxford:
En Clarendon Press
1888

Cuarenta años antes. Esme tendría seis años.

Meg cogió la ficha para *batir* y leyó la cita.

«Batir hasta que el azúcar esté bien incorporado y la mezcla se aclare.»

Pasó las páginas del *Diccionario* hasta que encontró la palabra. *Batir* tenía cincuenta y nueve sentidos diferentes organizados en diez columnas. Muchos de ellos estaban caracterizados por la violencia. Recorrió las columnas con el dedo hasta que llegó a una definición que encajaba con la de la ficha. Cuatro citas sobre batir huevos. La cita de la ficha no aparecía en el *Diccionario*.

Meg dejó *A y B* en el suelo junto al baúl. Abrió la caja de zapatos y rebuscó en ella.

CRIATURA NATURAL

«Quedarse con esta criatura natural las condenaría a ambas. Traeré una nodriza.»

Señora Mead, comadrona, 1907

La caligrafía de Esme ya le resultaba familiar. Meg fue a por el Volumen II del *Diccionario* y encontró la página correspondiente. No había ni una sola entrada que definiera *criatura natural*, pero entendía lo que significaba. Volvió al Volumen I y buscó *bastardo*.

Engendrado y nacido fuera del matrimonio.
Ilegítimo, no reconocido, no autorizado.
No genuino; falso, espurio; envilecido, adulterado, corrupto.

Meg cerró el volumen de golpe. Se levantó del suelo, pero le temblaban las piernas. Se sentía frágil, de repente una desconocida para sí misma. Se desplomó en el sillón y rompió a llorar. *Bastardo* tenía dos columnas; sin embargo, ni una sola cita reflejaba lo que significaba para ella.

Meg echaba de menos a su madre, echaba de menos todas sus palabras y gestos, que sabía que habrían conferido sentido al caos que cubría el suelo de la sala de estar. Enterró la cara en la tela del sillón y olió el pelo de su madre, el conocido aroma del jabón Pears que siempre había utilizado para lavárselo. Y que Meg seguía usando. Sollozos más intensos. ¿Era eso lo que significaba ser hija? ¿Qué tu pelo oliera al de tu madre? ¿Utilizar el mismo jabón? ¿O era una pasión compartida, una frustración compartida? Meg nunca había querido arrodillarse en la tierra y plantar bulbos como su madre; anhelaba que la tuvieran en cuenta, no con amabilidad, sino con curiosidad, con consideración por sus ideas, con respeto por sus palabras.

¿Sería una muestra de aquello el caos que había esparcido por el suelo? ¿Las señales de una mente curiosa? ¿Fragmentos de frustración? ¿Un esfuerzo por entender y explicar? ¿Serían los

432

anhelos de Meg similares a los de Esme y era eso, entonces, lo que significaba ser hija?

Para cuando su padre llamó a la puerta, Meg ya había dejado de llorar. Algo intentaba emerger de su dolor, no sabía si para complicarlo o para simplificarlo.

—¿Meg, cariño?

Los ademanes de Philip fueron tan dulces como los de la noche anterior; entró en la habitación como un observador de aves que teme asustar a un reyezuelo.

Meg no dijo nada; su mente tropezaba una y otra vez con algo incómodo.

—¿Quieres desayunar? —preguntó él.

—¿Me traes papel, por favor, papá?

—¿Papel de carta?

—Sí, el de mamá, el papel azul pálido que hay en su escritorio.

Escudriñó el rostro de su padre en busca de indicios de resistencia, pero no los hubo.

Adelaida, 12 de noviembre de 1928

Mientras escribo todo esto, dudo. Referirme a Esme como mi madre me parece traicionar a mamá, pero ¿negarle ese título? Aun así, dudo. Llevo toda la noche contemplando el significado de palabras que, en su mayoría, no he utilizado jamás, de las que ni siquiera he oído hablar. He aceptado su importancia en el contexto en el que se pronunciaron y, por primera vez, he cuestionado la autoridad de los numerosos volúmenes que llenan un estante de la librería frente a la que estoy sentada ahora mismo.

«Madre» figurará en ellos. Por supuesto que sí, aunque nunca he tenido motivo para comprobarlo. Hasta este momento, pensaba que cualquier angloparlante, con independencia de la educación recibida, conocía el significado de esa palabra, que sabía cómo usarla. Que sabía a quién aplicarla. Pero, ahora, dudo. El significado se ha vuelto relativo.

Quiero levantarme y sacar ese volumen de la estantería, pero me angustia leer una definición que no sea aplicable a mamá. Así que me quedó sentada un rato más y mis recuerdos de ella acaban con cualquier desazón. Pero, ahora, tengo miedo de que «madre» no se aplique a Esme.

Meg dobló la página y la añadió al baúl.

Más tarde, Philip Brooks dejó una bandeja de desayuno sobre la mesita auxiliar que su hija tenía al lado. Una tetera, dos rodajas de limón en un platito, cuatro tostadas y un tarro recién abierto de mermelada de naranja y lima. Suficiente para dos.

—Desayuna conmigo, papá —le dijo.

—¿Estás segura?

—Sí.

Meg cogió la taza de porcelana de su madre de donde la había dejado la noche anterior y se la tendió a su padre para que se la llenara. Philip le sirvió el té primero a ella y luego hizo lo propio con el suyo.

Agregó una rodaja de limón a cada taza.

—¿Cambia algo? —le preguntó.

—Lo cambia todo —contestó Meg.

Philip bajó la cabeza para beber un sorbo de té; le temblaban un poco las manos. Cuando Meg lo miró a la cara, vio que había tensado hasta el último de sus músculos para reprimir la emoción que quería ahorrarle a su hija.

—Casi todo —matizó.

Su padre levantó la vista.

—No cambia lo que siento por ti, papá. Y no cambia lo que siento por mamá ni cómo la recordaré. Creo que incluso la quiero un poco más. Ahora mismo, la echo terriblemente de menos.

Permanecieron sentados en silencio entre las cosas de Esme y, desde el parque, la relajante repetición del golpe del bate contra la pelota marcaba el paso del tiempo.

EPÍLOGO

Adelaida, 1989

EL HOMBRE QUE hay detrás del atril se aclara la garganta, pero no sirve de nada; el auditorio continúa zumbando como una colmena. Reorganiza los papeles que tiene delante, le echa un vistazo a su reloj de pulsera, mira por encima del borde de las gafas de lectura a los académicos congregados en la sala. Luego vuelve a carraspear, esta vez un poco más fuerte y junto al micrófono.

El clamor se atenúa; unos cuantos rezagados buscan su asiento. El hombre de detrás del atril comienza a hablar.

—Bienvenidos a la décima Convención Anual de la Sociedad Australiana de Lexicografía —dice con un leve temblor en la voz suave. Luego, tras una pausa un poco más larga de lo debido, continúa—: *Naa Manni.* —Habla con algo más de fuerza mientras pasea la mirada por el público—. Es la forma kaurna de decir hola a más de una persona, y me alegra ver que hoy hay aquí más de una persona. —Se oye un murmullo de risas moderadas—. Para aquellos que están de visita en nuestra ciudad, y quizá para algunos de los que lleváis viviendo aquí toda la vida: los kaurna son el pueblo aborigen que llamaba hogar a esta tierra antes de que se construyera este gran auditorio y antes de que se dijera una sola palabra en inglés en este país. Estamos en su tierra, pero no hablamos su lengua.

»Esta mañana empleo palabras kaurna para subrayar un argumento. En las décadas de 1830 y 1840, las utilizaron Mullawirraburka, Kadlitpinna e Ityamaiitpinna, tres ancianos kaurna más comúnmente conocidos por los colonos blancos como rey John, capitán Jack y rey Rodney. Estos hombres aborígenes se sentaron con dos alemanes interesados en aprender la lengua indígena. Los alemanes anotaban lo que oían y elaboraban significados que otros pudieran entender. Hicieron el trabajo de los lingüistas y los lexicógrafos, aunque ellos no habrían utilizado tales términos. Eran misioneros, pero cualquiera de nosotros reconocería su pasión por la lengua, su deseo de fijar y comprender la palabra hablada, no solo para que conformase el uso contemporáneo, sino también para que se conservara y para que se comprendiese su contexto histórico. Si no hubiera sido por sus esfuerzos, el mundo lingüístico del pueblo kaurna se habría perdido para nosotros, al igual que nuestra comprensión de lo que era significativo para ellos, de lo que sigue siendo significativo para ellos. Hoy en día, pocos kaurna hablan su lengua, pero, como se fijó por escrito y el significado de las palabras quedó registrado, cabe la posibilidad de que los kaurna y, me atrevo a sugerir, los blancos como yo, vuelvan a hablarla.

El entusiasmo le ha hecho alzar la voz y le brilla la frente bajo las intensas luces del escenario. Guarda silencio un instante para recuperar el aliento.

—Mil novecientos ochenta y nueve es un año importante para la lengua inglesa, aunque no creo faltar a la verdad cuando digo que poca gente fuera de esta sala será consciente de ello.

Se oyen unas cuantas carcajadas y el hombre levanta la mirada, claramente complacido.

—Este año se ha publicado la segunda edición del *Diccionario de inglés Oxford*, sesenta y un años después de la finalización de la primera. En ella se combinan la primera edición y todos los suplementos, así como cinco mil palabras y acepciones adicionales. Este trabajo, esta documentación del idioma, ha sido llevado a cabo por lexicógrafos, algunos de los cuales sé que están hoy presentes en el auditorio. Les felicitamos por este gran esfuerzo. —Aplaude y el público lo sigue, algunos con silbidos y vítores—. Cálmense, que tenemos una reputación de seriedad y formalidad que mantener.

Más risas. El hombre espera, ahora ya relajado.

—El gran James Murray dijo una vez: «No soy un hombre de letras. Soy un hombre de ciencia y me interesa la rama de la antropología que se ocupa de la historia del habla humana».

»Las palabras nos definen, nos explican y, en ocasiones, sirven para controlarnos o aislarnos. Pero ¿qué ocurre cuando las palabras que se expresan de forma oral no se registran? ¿Qué consecuencias tiene eso sobre la persona que pronuncia dichas palabras? Una lexicógrafa a la que todos podemos agradecer que haya leído entre las líneas de los grandes diccionarios de la lengua inglesa, incluido el *Diccionario de inglés Oxford* del doctor Murray, es la profesora Megan Brooks, catedrática emérita de la Universidad de Adelaida, presidenta de la Sociedad Filológica de Australasia y galardonada con la Orden del Mérito de Australia por sus servicios a la lengua.

»Sin más preámbulos, invito a la profesora Megan Brooks a subir al estrado, donde pronunciará el discurso de apertura. Su conferencia se titula "El diccionario de las palabras olvidadas".

Los aplausos acompañan a una mujer alta y de postura erguida hasta el escenario. Cuando se acerca al atril, se coloca un mechón de pelo rebelde, de un color rojo apagado, detrás de la oreja. El hombre le tiende la mano y ella se la estrecha con una sonrisa en el rostro surcado de arrugas. Él le dedica una ligera venia y se aparta.

Megan Brooks se saca un sobre blanco del bolsillo de la chaqueta y de él extrae, con mucho cuidado, una ficha de papel frágil, amarilleada por el paso del tiempo. Es lo único que coloca sobre el atril, y lo alisa delicadamente con las manos enguantadas.

Levanta la vista hacia el auditorio. Ha hecho eso mil veces, pero esta será la última. Le ha llevado toda una vida entender lo que está a punto de decir y sabe que es importante.

Clava la mirada en la fila del medio y escudriña los rostros individuales deprisa, sin detenerse. La mayoría son hombres, pero hay bastantes mujeres. Todos tienen largas carreras profesionales a sus espaldas. Percibe que el amplio espacio comienza a cargarse de una especie de inquietud, pero la ignora y escudriña la fila anterior, y luego la anterior a esta. Nota que los asistentes comienzan a volverse hacia sus vecinos, que susurran. Sin embargo, continúa con su búsqueda.

En la segunda fila empezando por delante, se detiene. Hay una mujer joven, sin duda aún una simple estudiante universitaria. Está al inicio de su viaje con las palabras y su rostro transmite una curiosidad que satisface a la anciana. Sonríe. Es una razón para empezar. Megan Brooks levanta la ficha.

—*Azacana* —dice—. Durante un tiempo, esta palabra, hermosa y turbadora, perteneció a mi madre.

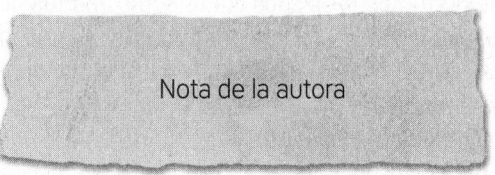

ESTE LIBRO COMENZÓ como dos sencillas preguntas: ¿las palabras significan cosas distintas para los hombres y para las mujeres? Y, si es así, ¿es posible que hayamos perdido algo en el proceso de definirlas?

Durante toda mi vida, he manteniendo una relación de amor-odio con las palabras y los diccionarios. Me cuesta seguir las normas ortográficas y a menudo utilizo las palabras de forma incorrecta (al fin y al cabo, *afluente* se parece tanto a *efluente* que es fácil cometer ese error). De pequeña, cuando les pedía ayuda a los adultos de mi vida, me decían «búscalo en el diccionario». Pero, cuando no sabes cómo se escribe una palabra, el diccionario puede convertirse en algo impenetrable. A pesar de mi torpe manejo de la lengua inglesa, siempre me ha fascinado que escribir las palabras de una manera determinada cree un ritmo, o evoque una imagen, o exprese una emoción. Haber elegido las palabras para explorar mi mundo interior y exterior ha sido la mayor ironía de mi vida.

Hace unos años, un buen amigo me sugirió que leyera *El profesor y el loco*, de Simon Winchester. Se trata de un relato de no ficción acerca de la relación entre el editor del *Diccionario de inglés Oxford*, James Murray, y uno de los voluntarios más prolíficos, y notorios, del mismo, el doctor William Chester Minor. Lo disfruté muchísimo, pero me quedé con la impresión de que el *Diccionario* era una empresa sobre todo masculina. Por lo que pude inferir, todos los editores eran hombres, la mayoría de los ayudantes eran hombres, la mayoría de los voluntarios eran hombres y la mayoría de la bibliografía, de los manuales y de los artículos de periódico utilizados como demostración del uso de las palabras habían sido escritos por hombres. Incluso los delegados de la Oxford University Press —los que manejaban el dinero— eran hombres.

«¿Dónde están las mujeres en esta historia? —me pregunté—. ¿Es relevante su ausencia?»

Tardé un tiempo en encontrar a las mujeres y, cuando di con ellas, vi que desempeñaban papeles menores y secundarios. Estaba Ada Murray, que criaba a once hijos y llevaba la casa al mismo tiempo que apoyaba a su marido en su papel de editor. Estaban Edith Thompson y su hermana, Elizabeth Thompson, que aportaron quince mil citas entre las dos solo para el volumen de *A y B*, y que continuaron proporcionando citas y asistencia editorial hasta que se publicó la última palabra del *Diccionario*. Estaban Hilda, Elsie y Rosfrith Murray, que trabajaron en el *scriptorium* para ayudar a su padre. Y estaba Eleanor Bradley, que desempeñó su labor en el Old Ashmolean como parte del equipo de ayudantes del suyo. También hubo innumerables mujeres que enviaron citas para las palabras. Por último, hubo mujeres que escribieron novelas, biografías y versos que se consideraron demostraciones del uso de una u otra palabra. Pero, en todos los casos, siempre quedaban superadas en número por sus homólogos masculinos y la historia apenas las recuerda.

Decidí que la ausencia de mujeres sí era relevante. Esa falta de representación podría significar que la primera edición del *Diccionario de inglés Oxford* estaba sesgada a favor de las experiencias y sensibilidades de los hombres. Y de unos hombres mayores, blancos y de la época victoriana, además.

Esta novela es mi intento de entender de qué manera podría definirnos a nosotros la forma en la que definimos el lenguaje. A lo largo del texto, he tratado de evocar imágenes y expresar emociones que pongan en tela de juicio nuestra comprensión de las palabras. Al rodear a Esme de palabras, he podido imaginar qué efecto podrían haber ejercido estas sobre ella y, al mismo tiempo, el efecto que Esme podría haber ejercido sobre esos vocablos.

Desde el principio, era importante que entretejiera la historia ficticia de Esme con la historia del *Diccionario de inglés Oxford* tal como la conocemos. No tardé en darme cuenta de que esa historia también incluía tanto la del movimiento a favor del sufragio femenino en Inglaterra como la de la Primera Guerra Mundial. Cualquier error es involuntario.

Puede que el mayor reto a la hora de escribir esta novela haya sido mostrarme fiel a la vida de las personas reales que habitaron su contexto histórico. No soy la única que siente fascinación por el *Diccionario de inglés Oxford*, así que devoré el trabajo de los estudiosos y de los biógrafos. El libro de Lynda Mugglestone *Lost for Words* me confirió la seguridad necesaria para aceptar que, en efecto, las palabras de las mujeres recibieron un trato distinto a las de los hombres, al menos en algunas ocasiones. El libro de Peter Gilliver *The Making of the Oxford English Dictionary* le aportó a mi historia hechos y anécdotas que espero que la anclen en la verdad. En dos momentos tuve el privilegio de visitar la Oxford University Press, donde se conservan los archivos del *Diccionario de inglés Oxford*. Busqué entre las pruebas del *Diccionario* evidencias de que tal o cual palabra se había eliminado en el último momento y me concedieron acceso a las fichas originales, muchas de ellas aún atadas en fajos con el mismo cordel que las unió a principios del siglo xx. Encontré las fichas de *azacana*, esa hermosa y perturbadora palabra que es tan protagonista de esta historia como Esme. Pero no había ni rastro de la ficha de portada que podría haber contenido la definición, se había perdido de verdad. Cuando las cajas y más cajas de papeles me resultaron abrumadoras, recurrí a las personas que las custodiaban. Beverley McColloch, Peter Gilliver y Martin Maw compartieron historias y conocimientos que solo podrían provenir de la fascinación y el respeto más profundos por el *Diccionario* y la editorial que lo produjo. Nuestras conversaciones animaron el relato.

La mayoría de los hombres del *Diccionario de inglés Oxford* se encuentran con facilidad en los registros históricos. Con la excepción del señor Crane, el señor Dankworth y uno o dos personajes fugaces, los editores y ayudantes masculinos están basados en personas reales. Por supuesto, he novelizado sus interacciones con los demás personajes de la historia, pero he intentado captar parte de sus respectivos intereses y personalidades. El discurso pronunciado por el doctor Murray durante la fiesta para *A y B* en su jardín se ha extraído literalmente del prólogo a ese volumen.

El señor Nicholson y el señor Madan eran los bibliotecarios de la Bodleiana en la época retratada en este libro. Aunque tienen pocas líneas, espero haber reflejado algo de su actitud.

He tratado de representar lo mejor posible los personajes de Rosfrith Murray, Elsie Murray y Eleanor Bradley, pero la información biográfica disponible escasea y no puedo garantizar que sus familiares más cercanos estén de acuerdo con los rasgos de personalidad que les he atribuido.

Puede que el personaje real más importante de esta novela sea Edith Thompson. Su hermana, Elizabeth, y ella fueron voluntarias dedicadas y muy valoradas. Edith estuvo implicada en el *Diccionario* desde la publicación de las primeras palabras hasta la de las últimas. Murió en 1929, solo un año después de que se completara la primera edición. He podido conocerla un poco gracias a los materiales que se conservan en los archivos del *Diccionario de inglés Oxford*. Es una sensación extraordinaria toparse con una nota manuscrita por Edith y enganchada al margen de una prueba. Sus cartas originales a James Murray revelan inteligencia, humor y un ingenio irónico. Cuando quería explicar mejor una palabra, tenía la costumbre de adjuntar dibujos anotados.

Me he tomado la libertad de convertir a Edith Thompson en un personaje clave de esta historia. Como ocurre con otras mujeres, es complicado encontrar un relato exhaustivo de su vida, pero lo que sé lo he entreverado en este libro. Por ejemplo, escribió una historia de Inglaterra que se convirtió en un popular libro de texto. También vivió en Bath con su hermana. Su nota a James Murray sobre la palabra *perfilador de labios* es real, pero el resto es ficción. Para mí, era importante que a la mujer de carne y hueso que hay detrás de este personaje se le pusiera nombre y se le reconociese su contribución. Pero, para hacer patente mi novelización de su vida, Esme le pone el apodo cariñoso de Ditte. En cuanto a Elizabeth Thompson, conocida como EP Thompson, es cierto que escribió *A Dragoon's Wife*, traducido en la novela como *La esposa del soldado del regimiento de dragones*. De hecho, tengo una edición original de 1907 sobre mi escritorio, pero no encontré nada más que me orientara en cuanto a su carácter. La he convertido en una mujer a la que me gustaría conocer y le he puesto el apodo de Beth para dejar clara su novelización.

Por último, en cuanto a las palabras. Todos los libros a los que se hace referencia en esta historia son reales, al igual que la cronología de las publicaciones de los fascículos del *Diccionario de inglés Oxford*, las entradas de este y las palabras y citas eliminadas o rechazadas. Las palabras recogidas por Esme también son reales*, aunque las citas son tan ficticias como los personajes que las pronuncian.

Al final del libro, me refiero a los ancianos aborígenes kaurna que compartieron su lengua con unos misioneros alemanes. Cabe señalar que la ortografía de los nombres y las palabras kaurna no es un asunto sencillo. La lengua kaurna pasó mucho tiempo a la espera de ser hablada y comprendida tras el asentamiento europeo. Ahora es algo que ya está ocurriendo y, cuantas más personas aprenden a hablarla, más preguntas respecto

---

* Algunas de las palabras del original en inglés de *El Diccionario de palabras olvidadas* de Esme no existen en lengua castellana, por lo que se ha buscado una palabra equivalente.

a la ortografía, la pronunciación y el significado de sus palabras surgen y se convierten en objeto de consideración. He seguido los consejos de Kaurna Warra Karrpanthi («Creación de la lengua kaurna»), un comité fundado para ayudar con la nomenclatura y las traducciones del kaurna. Su trabajo sigue dando vida a dicha lengua y contribuye a la Reconciliación.

Para cuando terminé el primer borrador de esta novela, ya era plenamente consciente de que la primera edición del *Diccionario de inglés Oxford* era un texto defectuoso y sexista. Pero también de que era extraordinario y mucho menos defectuoso y sexista de lo que podría haberlo sido en manos de una persona que no fuera James Murray. He llegado a la conclusión de que, aunque el *Diccionario* fue una iniciativa de la época victoriana, todas las publicaciones, desde «A a Anta*» en 1884, fueron reflejando algún pequeño avance hacia una mayor representación de todos los que hablan la lengua inglesa.

Durante mis visitas a Oxford, hablé con lexicógrafos, archiveros y estudiosos de los diccionarios, mujeres y hombres. Me impresionó su apasionado embeleso por las palabras y por cómo se han utilizado a lo largo de la historia. En la actualidad, el *Diccionario de inglés Oxford* está siendo sometido a un importante proceso de revisión. Esta revisión no solo añadirá las palabras y los significados más recientes, sino que también actualizará cómo se utilizaban las palabras en el pasado gracias a las mejoras en la comprensión de la historia y de los textos históricos.

El *Diccionario*, como la lengua, es una obra en continua evolución.

** En el original *A-Ant*; *A-Anta* en la traducción porque *anta* es la primera palabra en lengua castellana que empieza por *ant-*.

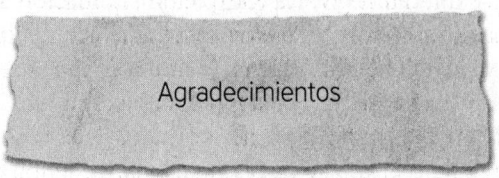

Agradecimientos

RECONOCIMIENTO
Acción y efecto de reconocer, confesar, admitir o aceptar; confesión, admisión.

Esto es solo una historia. Narrarla me ha ayudado a entender cosas que considero importantes. Me la he inventado, pero está repleta de verdad. Me gustaría brindar reconocimiento a las mujeres y los hombres del *Diccionario de inglés Oxford*, pasados y presentes, conocidos y desconocidos.

EDITAR
Publicar, dar al mundo (una obra literaria de un autor anterior, previamente existente en manuscrito).

Este libro no sería más que una idea si no fuera por las siguientes personas. Gracias a todos los empleados de Affirm Press por haber trabajado tanto para hacer posible este hermoso libro que no dice nada más ni nada menos que lo que debe decir. En especial, quiero darle las gracias a Martin Hughes, por su extraordinaria confianza en esta historia, y a Ruby Ashby-Orr, por sus consumadas habilidades como correctora. En pocas palabras, este libro es mejor gracias a ella. También les doy las gracias a Kieran Rogers, Grace Breen, Stephanie BishopHall, Cosima McGrath y al resto del equipo.

Por su magnífico apoyo a este libro y sus valiosas críticas editoriales, les doy las gracias a Clara Farmer y Charlotte

Humphery, de la editorial Chatto & Windus en el Reino Unido, y a Susanna Porter, de Ballantine Books en Estados Unidos. Por la hermosa cubierta, le doy las gracias a Lisa White. Y a Claire Kelly le estaré eternamente agradecida por su ojo de lince y su amor por la historia.

MENTORA
Una consejera experimentada y de confianza.

Siempre me ha gustado viajar con personas más sabias que yo. Gracias, Toni Jordan, por caminar a mi lado en esta aventura y transformarla en una experiencia más rica y mejor articulada.

MOTIVAR
Inspirar con valor suficiente para cualquier empresa; envalentonar, dar confianza.

A lo largo del proceso de escritura de este libro he tenido la suerte de contar con la motivación de otros autores. Por sus ideas y entusiasmo, les doy las gracias a Suzanne Verrall, Rebekah Clarkson, Neel Mukherjee, Amanda Smyth y Carol Major. También les estoy agradecida a todos los escritores con los que compartí residencias en The Hurst —en Arvon, en el Reino Unido, y en Varuna, la Casa Nacional de Escritores, en Katoomba, Nueva Gales del Sur. También aprecio mucho a la comunidad de escritores que forman parte de Writers SA y agradezco la continua motivación de Sarah Tooth. Quiero dedicarles un agradecimiento especial a Peter Gross, por su generosidad y sus oportunos consejos, y a Thomas Keneally y Melissa Ashley, por reaccionar con tanta generosidad cuando se les pidió que leyeran el manuscrito.

APOYAR
Reforzar la posición de una persona o comunidad mediante la ayuda, el apoyo o la adhesión de uno; secundar, respaldar.

Esta historia está entretejida con la historia temprana del *Diccionario de inglés Oxford* y he intentado mostrarme fiel a las personas y los acontecimientos de esa época. Estoy en deuda con la generosidad de tres personas en concreto: sin ellas, este libro no podría haber existido. Beverly McCulloch, archivera del *Diccionario de inglés Oxford*, me dio acceso a las fichas, las pruebas, las cartas y las fotografías que alimentan este libro. También leyó el manuscrito y me señalo dónde me había equivocado. Le estoy muy agradecida y cualquier error que perdure en el relato es tan solo mío. Peter Gilliver, lexicógrafo de la Oxford University Press (OUP), me facilitó un texto que se convirtió en mi biblia. También me dedicó generosamente su tiempo y me proporcionó maravillosas anécdotas que volvieron un poco más de carne y hueso a los lexicógrafos del pasado. El doctor Martin Maw, archivero de la University Press, también me permitió acceder a textos y excepcionales grabaciones de los procesos de composición e impresión del *Diccionario de inglés Oxford*. Le estoy muy agradecida por el tiempo que dedicó a hablarme de la prensa durante la Primera Guerra Mundial y a pasear conmigo por el Museo de la OUP.

También les agradezco su erudición, ayuda y tiempo a Lynda Mugglestone; a K.M. Elisabeth Murray, autora de *Caught in the Web of Words*; a Amanda Capern, por su ensayo sobre Edith Thompson; a Katherine Bradley, por su librito «Women on the March»; al Oxford History Centre; y a la buena gente de la State Library of South Australia, especialmente a Neil Charter, Suzy Russell y a quienquiera que cargara con los doce volúmenes de la primera edición del *Diccionario de inglés Oxford* por la escalera de caracol desde la Symon Library hasta la sala de lectura.

Me gustaría dar las gracias a Kaurna Warra Karrpanthi (KWK), por sus consejos sobre los nombres y la ortografía kaurna, y a la tía Lynette, por compartir su lengua y sus historias.

Por último, gracias a la cafetería de mi barrio, Sazón, por el sustento y el buen ánimo. He sobrepasado los límites del tiempo que se compra con dos o tres tazas de café y os agradezco que me permitieseis languidecer en la mesa del rincón durante todo el tiempo que requiriera una escena.

COMPAÑERISMO
Unirse en comunidad; conectar o asociarse con otro; entrar en compañía.

Muchísimos amigos me han escuchado hablar sobre esta historia y me han dado la seguridad necesaria para contarla. Gracias por creer que soy capaz de lograrlo. Gwenda Jarred, Nicola Williams, Matt Turner, Ali Turner, Arlo Turner, Lisa Harrison, Ali Elder, Suzanne Verrall, Andrea Brydges, Krista Brydges, Anne Beath, Ross Balharrie, Lou-Belle Barrett, Vanessa Iles, Jane Lawson, Rebekah Clarkson, David Washington, Jolie Thomas, Mark Thomas, Margie Sarre, Greg Sarre, Suzie Riley, Christine McCabe, Evan Jones, Anji Hill.

ACOMODAR
Adaptar, encajar, adecuar o ajustar.

Escribir puede ser un crimen pasional si no se pagan las facturas y los hijos se mueren de hambre. Les debo un agradecimiento enorme a Angela Hazebroek y Marcus Rolfe por entender que este libro era mi prioridad número uno y, aun así, ofrecerme un trabajo. Y a mis maravillosos colegas de URPS por garantizar que mi labor diaria no solo sea posible, sino también gratificante y significativa.

ASISTENCIA
Cualquier cosa que sirva de apoyo para llevar a cabo una operación; cualquier cosa útil, un medio o fuente material de ayuda.

Le estoy muy agradecida a Arts South Australia por concederme la beca Makers and Presenters en 2019. También estoy en deuda con Varuna, la Casa Nacional de Escritores, por la Beca Varuna y las dos residencias para exalumnos que disfruté en 2019. La oportunidad de escribir en paz, de que te alimenten y de contar con el estímulo de otros escritores es un enorme privilegio.

AMOR

La disposición o el estado de los sentimientos con respecto a una persona que, con origen en el reconocimiento de las cualidades atractivas, los instintos de relación natural o la simpatía, se manifiesta en la preocupación por el bienestar del objeto y, por lo general, también en el gozo de su presencia y el deseo de su aprobación; afecto cordial, apego.

A mis padres, que me regalaron un diccionario cuando era pequeña e insistieron en que lo utilizara. Gracias por fomentar mi curiosidad y proporcionarme los medios para satisfacerla. A Mary McCune, mi maravillosa exsuegra, por escuchar siempre mis historias mientras se desarrollan. Y a mi hermana Nicola, por ser todo lo que una hermana debe ser.

Gracias a Aidan y Riley por escucharme cuando les explico el mundo y luego desafiarme a repensarlo todo. Si pudiera incluiros en el diccionario, seríais una variante sencilla y sin complicaciones de *amor*.

Y a Shannon, cuya atención a los detalles y afición a los dichos jocosos marcó una gran diferencia. No hay una sola palabra que explique lo que significas para mí, ni un solo significado del diccionario que defina lo que siento. Gracias por acoger mi vida de escritora en tu día a día y por hacer generosos ajustes cada vez que esta necesita un poco más de espacio. Este libro, como todo, es nuestro.

RESPETAR

Tratar o considerar con deferencia, estima u honor; sentir o mostrar respeto.

Por último, quiero dejar constancia de que este libro se ha escrito en los territorios kaurna y peramangk. Durante milenios, las lenguas de estos primeros pueblos se transmitieron a través de la narración oral y las palabras que utilizaban daban sentido a su paisaje, su cultura y sus creencias. Aunque muchas de estas palabras se han perdido con el tiempo, se han hallado otras. Y se están compartiendo de nuevo.

Presento mis respetos a los ancianos de los pueblos kaurna y peramangk, pasados, presentes y emergentes. Agradezco sus historias y su lengua, y siento el más profundo respeto por el significado de lo que se ha perdido.

Cronología del Diccionario de inglés Oxford

1857   El Unregistered Words Committee («Comité de palabras no registradas») de la Sociedad Filológica de Londres solicita un nuevo diccionario de inglés que suceda a *A Dictionary of the English Language* de Samuel Johnson (1755).

1879   Se nombra editor a James Murray.

1881   Edith Thompson publica *History of England (Pictorial Course for Schools)* («Historia de Inglaterra, curso pictórico para escuelas»). Se siguen múltiples ediciones y adaptaciones para los mercados estadounidense y canadiense.

1884   Se publica «*A to Ant*». Es el primero de alrededor de ciento veinticinco fascículos.

1885   James y Ada Murray se trasladan de Londres a Oxford y construyen un gran cobertizo de chapa ondulada en el jardín de su casa. La casa se conoce como Sunnyside. El cobertizo se conoce como el *scriptorium*.

1885   Se coloca un buzón de columna en el exterior de Sunnyside debido al gran volumen de correo generado por el *scriptorium*.

1887   Se nombra segundo editor a Henry Bradley.

1888 Se publica *A y B*. Es el primero de doce volúmenes originalmente titulados *A New English Dictionary on Historical Principles* («Un nuevo diccionario de inglés basado en principios históricos»).

1901 Se nombra tercer editor a William Craigie.

1901 Bradley y Craigie se trasladan a la sala del diccionario del Old Ashmolean.

1901 Se descubre la ausencia de una ficha de *bondmaid* (*azacana* en la traducción) a raíz de una carta de un miembro del público.

1914 Se nombra cuarto editor a Charles Onions.

1915 Muere sir James Murray.

1915 El personal y todo el contenido del *scriptorium* se trasladan al Old Ashmolean.

1928 Se publica «*V a Z*» como *Volumen 12*.

1928 Ciento cincuenta hombres se reúnen en el Goldsmith's Hall de Londres para celebrar la publicación del *Diccionario de inglés Oxford* setenta y un años después de que se propusiera. Preside el primer ministro Stanley Baldwin. Las mujeres no están invitadas, aunque a tres se les permite sentarse en el palco y ver comer a los hombres. Edith Thompson es una de ellas.

1929 Edith Thompson muere a los ochenta y un años.

1989 Publicación de la segunda edición del *Diccionario de inglés Oxford*.

Personal del scriptorium, *Oxford. Fotografiado para* The Periodical *el 10 de julio de 1915. (Fila de atrás) Arthur Maling, Frederick Sweatman, F.A. Yockney. (Sentados) Elsie Murray, sir James Murray, Rosfrith Murray. Imagen reproducida con permiso de Oxford University Press.*

Cronología de los principales acontecimientos históricos que aparecen en la novela

1894   El Parlamento de Australia Meridional aprueba la Constitutional Amendment (Adult Suffrage) Act («Ley de Enmienda Constitucional, Sufragio de Adultos»). Esta ley concede a todas las mujeres adultas, incluidas las aborígenes, el derecho al voto y el derecho a presentarse como candidatas al Parlamento. Es el primer parlamento del mundo que lo hace.

1897   Se crea la Union of Women's Suffrage Societies (NUWSS) («Unión Nacional de Sociedades de Sufragio Femenino»), dirigida por Millicent Fawcett.

1901   Muere la reina Victoria. Eduardo VII se convierte en rey.

1902   El recién creado Parlamento australiano aprueba la Commonwealth Franchise Act 1902 («Ley de Sufragio de la Commonwealth 1902»), que permite a todas las mujeres adultas votar en las elecciones federales y presentarse como candidatas al Parlamento Federal (excepto a las «nativas aborígenes» de Australia, África, Asia y las Islas del Pacífico).

1903   Se crea la Women's Social and Political Union (WSPU) («Unión Social y Política de Mujeres»), dirigida por Emmeline Pankhurst.

1905   La WSPU inicia una campaña de militancia que incluye acciones de desobediencia civil, destrucción de propiedades, incendios provocados y atentados.

1906   El término inglés *suffragette* se aplica a las sufragistas militantes.

1907   Elizabeth Perronet Thompson publica *La esposa del soldado del Regimiento de Dragones*.

1908   Muriel Matters, originaria de Adelaida, se encadena a la reja de la Galería de las Damas en la Cámara de los Comunes como parte de una protesta organizada por la Woman's Freedom League (WFL) («Liga de la Libertad de la Mujer»), una organización sufragista no militante.

1909   Marion Wallace Dunlop es la primera sufragista encarcelada que lleva a cabo una huelga de hambre; muchas la seguirán.

1909   Alimentan a la fuerza a Charlotte Marsh, Laura Ainsworth y Mary Leigh (de soltera Brown) en la Prisión de Winson Green, Birmingham.

1913   El 8 de enero, «Batalla de las sufragistas». Una multitud antisufragista perturba una marcha pacífica de sociedades sufragistas en Oxford.

1913   El 3 de junio, queman el Rough's Boathouse de Oxford. Ven huir a cuatro mujeres, tres en una batea y una a pie. Las sufragistas no militantes condenan la acción y recolectan dinero para los trabajadores despedidos.

1914   Se declara la guerra con Alemania.

1914   Sesenta y tres hombres de la Oxford University Press salen del recinto de la editorial para presentarse al servicio.

1914   Primera batalla de Ypres.

1915   Batalla de Festubert.

1915   Batalla de Loos.

1918   Fin de la Primera Guerra Mundial.

1918   El Gobierno de coalición del Reino Unido aprueba la
        Representation of the People Act, «Ley de Representa-
        ción del Pueblo», que otorga el derecho a voto a todos
        los hombres mayores de veintiún años y a todas las
        mujeres mayores de treinta que reúnan unas condicio-
        nes mínimas de propiedad.

1928   El Gobierno conservador del Reino Unido aprueba la
        Representation of the People (Equal Franchise) Act
        («Ley de Representación del Pueblo, Igualdad de Su-
        fragio»), que otorga el voto a todas las mujeres mayo-
        res de veintiún años en igualdad de condiciones con los
        hombres.

La labor lexicográfica del
Diccionario de inglés Oxford

El diccionario de las palabras olvidadas muestra a los lectores cómo se realizó el primer Diccionario Oxford, además de relatar cómo un grupo de mujeres, invisibilizadas, contribuyeron durante la Primera Guerra Mundial a la impresión de libros en la Oxford University Press y da voz a todas esas mujeres de clase trabajadora que nunca la han tenido.

El *Diccionario de inglés Oxford* comenzó como un proyecto aparentemente irrealizable. En 1857 se presentó una propuesta de documento a la Sociedad Filológica de Londres, dedicada al estudio académico de la lengua. Sin embargo, la idea no fue aceptada pues era necesario que el diccionario se basara en evidencias reales de palabras en uso que dataran de todos los períodos de la lengua y de fuentes impresas.

Aun así, varios lexicógrafos decidieron asumir el reto y examinar el idioma a través de la literatura inglesa para extraer las citas como pruebas. Finalmente, Oxford University Press aceptó publicar la obra y se le asignó la tarea a James Murray, que calculó que la tarea llevaría diez años, pero la primera parte del fascículo se terminó en cinco. Gracias a un programa de lectura voluntaria se produjo un movimiento masivo de correspondencia y colaboración para la confección del diccionario que fue clave para la publicación de un primer fascículo en 1884.

Además, la labor lexicográfica se basó en la división de tareas para trabajar con diferentes secciones del alfabeto. De esta forma se creó fascículo tras fascículo hasta que, en 1928, se publicó la última parte obteniendo gran éxito de la crítica.

El diccionario culminó con doce volúmenes que contenían más de 250 mil entradas y casi 2 millones de citas, lo que representó un logro sin precedentes en la historia de la publicación y ocupó un lugar imprescindible y de gran valor para el idioma inglés. La primera edición se reeditó en doce partes y la obra recibió su título actual: *Diccionario de inglés Oxford*.

Este fenómeno superó todas las expectativas de la Sociedad Filológica y se convirtió en el proyecto más ambicioso. El Diccionario es un documento vivo que ha ido creciendo y cambiando durante más de un siglo y medio y se ha convertido en una parte irremplazable de la cultura inglesa.

No solo proporciona un registro importante de la evolución del idioma, sino que también documenta el desarrollo continuo de su sociedad. El Diccionario sigue siendo tan relevante hoy como lo fue en el pasado, una obra siempre en desarrollo que continuará actualizándose con el paso del tiempo y el propio uso de la lengua.

Guía de lectura

Preguntas para el debate

1. ¿Qué nos dice **El diccionario de las palabras olvidadas** sobre el poder?

2. ¿Cómo crees que el hecho de no tener madre influyó en la trayectoria vital de Esme y en su carácter?

3. Aunque este libro se basa en hechos reales relacionados con la publicación del primer **Diccionario Oxford,** Esme es un personaje ficticio. ¿Por qué crees que Pip Williams decidió que Esme creciera en esa época en concreto?

4. ¿Es justo el final del libro? ¿Los personajes obtienen lo que se merecen?

5. ¿Crees que es una historia esperanzadora? Expresa argumentos a favor y en contra.

6. Considera la relación entre Esme y Lizzie. ¿En qué son similares estas dos mujeres? ¿En qué son diferentes? Valora hasta qué punto su origen y su educación condicionan sus expectativas y comportamientos.

7. Pip Williams es una autora con una asombrosa capacidad para describir de forma convincente la época y el lugar. ¿Cómo influyen los diferentes escenarios en el tono de la narración?

8. ¿Por qué crees que el esperanto desempeña un papel tan importante en la vida de Esme?

9. **El diccionario de las palabras olvidadas** explora la desigualdad lingüística, la idea de que no todas las palabras son iguales. ¿Hasta qué punto crees que este fenómeno existe en la lengua moderna?

10. ¿Puede ser la evolución del lenguaje algo negativo?

11. Williams describe a los lexicógrafos del *scriptorium* como los guardianes de la lengua. ¿Necesita la lengua alguien que la custodie? ¿Deben los diccionarios que usamos hoy en día ayudarnos a definir nuestra lengua o deberían reflejarla?

Aquí puedes comenzar a leer el
siguiente libro de PIP WILLIAMS

La Artesana de Libros

Una mujer encuadernadora de libros
desafía los límites de su época para
labrarse un nuevo futuro.

PRIMERA PARTE

La Inglaterra de Shakespeare

De julio a octubre de 1914

1

PEDAZOS. ERA LO único que tenía. Fragmentos incomprensibles sin las palabras que los precedían ni las palabras que los seguían.

Estábamos plegando las *Obras completas de William Shakespeare* y había ojeado la primera página del prefacio del editor un centenar de veces. La última línea de esa página me retumbaba en la cabeza, incompleta y burlona. «Solo he osado desviarme donde me parecía que...»

«Osado desviarme.» Mi vista recaía sobre la frase cada vez que plegaba un cuadernillo.

«Donde me parecía que...»

«¿Que qué?», pensaba. Y luego empezaba con otro pliego.

Primer pliegue: *Obras completas de William Shakespeare*. Segundo pliegue: Editadas por W. J. Craig. Tercer pliegue: el puñetero «osado desviarme».

Detuve la mano mientras leía aquella última línea e intentaba deducir el resto.

«W. J. Craig cambió a Shakespeare —pensé—. Cuando le pareció que...»

Experimenté una necesidad acuciante de saberlo.

Eché un vistazo en torno al taller de encuadernación y a lo largo de la mesa de plegado, sobre la que se acumulaban montañas de manos de pliegos y de cuadernillos ya doblados. Miré a Maud.

No podrían darle más igual las palabras que contenía la página. La oí tararear una cancioncilla mientras marcaba el ritmo con cada pliegue, como un metrónomo. Plegar era su tarea favorita y la desempeñaba mejor que nadie, pero eso no evitaba los fallos. «Tangentes de plegado», solía llamarlos mamá. Pliegues cuyo diseño y propósito solo conocía mi hermana. De vez en cuando, por el rabillo del ojo, me llamaba la atención un cambio de ritmo. Era bastante sencillo estirar el brazo, sujetarle la mano. Ella lo entendía. No era tonta, a pesar de lo que la gente pensaba. ¿Y si se me pasaban por alto las señales? Bueno, un cuadernillo estropeado. Podía ocurrirnos a cualquiera, bastaba con que se nos resbalara la plegadera de hueso. Pero nosotras nos dábamos cuenta y apartábamos el cuadernillo echado a perder. Mi hermana nunca se percataba. Así que tenía que hacerlo yo.

Estar atenta.

Vigilar.

Respiración profunda.

«Querida Maude. Te quiero, de verdad que sí. Pero, a veces...» Así discurrían mis pensamientos.

Ya veía un cuadernillo plegado que no encajaba del todo en la pila que Maude tenía a la izquierda. A mi derecha. Lo quitaría más tarde. Ella no se daría cuenta y la señora Hogg tampoco.

No habría razón para que esta última chasqueara la lengua en señal de desaprobación.

La única que podía estropearlo todo en ese momento era yo.

Tenía la sensación de que, si no averiguaba por qué W. J. Craig había cambiado a Shakespeare, iba a ponerme a gritar.

Levanté la mano.

—¿Sí, señorita Jones?

—Baño, señora Hogg.

Asintió.

Terminé el pliegue que había empezado y esperé a que la señora Hogg se alejara. «Señora Hogg, la Cosa Pecosa.» Maude lo había dicho en voz alta una vez y no se me había perdonado jamás. En lo que a la señora Hogg se refería, Maude y yo éramos una única persona.

—Será solo un momento, Maudie.

—Será solo un momento —dijo ella.

Lou estaba plegando el segundo cuadernillo. Cuando pasé por detrás de su silla, me incliné sobre su hombro para atisbarlo.

—¿Puedes parar un momento? —le pregunté.

—Creía que te morías de ganas de ir al baño.

—Claro que no, solo necesito saber qué dice.

Lou se detuvo el tiempo justo para que leyera el final de la frase. Lo añadí a lo que ya sabía y lo susurré para mis adentros. «Solo he osado desviarme donde me parecía que la falta de atención, bien del copista, bien del impresor, privaba por completo de significado una palabra o una oración.»

—¿Puedo seguir ya, Peggy? —preguntó Lou.

—Sí, ya puedes —contestó la señora Hogg.

Lou se sonrojó y me lanzó una mirada.

—Señorita Jones...

La señora Hogg había sido compañera de colegio de nuestra madre y me conocía desde que Maude y yo éramos una recién nacidas. Aun así, señorita «Jones». Con el énfasis en el apellido de soltera de mamá, por si acaso en el taller de encuadernación había alguien que hubiese olvidado su deshonra.

—Su trabajo consiste en encuadernar los libros, no en leerlos...

Siguió hablando, pero yo dejé de escucharla. Lo había oído mil veces —los pliegos estaban para que los dobláramos, no para que los leyéramos; los cuadernillos estaban para que los apiláramos, no para que los leyéramos; los tacos estaban para que los cosiéramos, no para que los leyéramos— y, por enésima vez, pensé que leer las páginas era lo único que hacía que lo demás resultara tolerable. «Solo he osado desviarme donde me parecía que la falta de atención, bien del copista, bien del impresor, privaba por completo de significado una palabra o una oración.»

La señora Hogg levantó un dedo y, en ese momento, me pregunté qué respuesta se me habría escapado darle. Se le estaba poniendo la cara colorada, como le ocurría invariablemente. Entonces nos interrumpió nuestra capataz.

—Peggy, ya que estás de pie, ¿podrías hacerme un recado? —La señora Stoddard se volvió hacia la supervisora de planta con una sonrisa—. Seguro que puede prescindir de ella durante diez minutos, ¿verdad, señora Hogg?

Cosa Pecosa asintió y continuó caminando a lo largo de la fila de chicas sin dignarse a mirarme de nuevo. Desvié la vista hacia mi hermana.

—A Maude no le pasará nada —dijo la señora Stoddard.

Echamos a andar por el taller, aunque, en ocasiones, la capataz se detenía para darle ánimos a alguna de las más jóvenes o para aconsejar sobre la postura si veía a una trabajadora encorvada. Cuando llegamos a su despacho, cogió un libro recién encuadernado. Estampado con unas letras doradas tan brillantes que parecía que estuviesen mojadas.

El libro Oxford de la poesía inglesa: 1250-1900. Lo imprimíamos casi todos los años.

—¿Es que nadie ha escrito un poema desde 1900? —pregunté.

La señora Stoddard contuvo una sonrisa.

—El interventor quiere ver cómo ha quedado la última tirada. —Me entregó el libro—. El paseo hasta su despacho debería aliviarte el aburrimiento.

Me acerqué el libro a la nariz: cuero limpio y el aroma cada vez más tenue de la tinta y la cola. Nunca me cansaba de olerlo. Era la fragancia recién estrenada de una idea nueva, de una historia antigua, de una rima inquietante. Sabía que se desvanecería del libro en menos de un mes, así que lo inhalé como si así fuera a absorber lo que hubieran impreso en las páginas del interior.

Volví caminando despacio entre las dos largas hileras de mesas llenas de pliegos lisos e impresos y de cuadernillos plegados. Mujeres mayores y jóvenes se inclinaban sobre la tarea de convertir lo uno en lo otro, y a mí me habían dado un momento de tregua. Acababa de empezar a abrir el libro cuando una mano pecosa agarró la mía y lo cerró de golpe.

—No conviene arrugar el lomo —dijo la señora Hogg—. No si lo hacen personas como usted, señorita «Jones».

No ME APURÉ mientras recorría los pasillos de Clarendon Press.

El señor Hart tenía una visita: las palabras de la mujer escapaban a la intimidad de la conversación que estaban manteniendo. Era joven, bienhablada, con un leve acento de las Midlands. Pisé con más delicadeza para no ahuyentar las palabras hacia el silencio.

—¿Y qué opina su padre? —preguntó el interventor.

Me detuve justo al otro lado de la puerta del despacho. Estaba entreabierta y vislumbré los elegantes zapatos y los tobillos esbeltos de la mujer bajo una falda recta de color lila y una chaqueta larga a juego.

—Se mostró reticente, pero al final lo convencí.

—Es un hombre de negocios. Práctico. Él no necesitó ningún título universitario para convertir su fábrica de papel en un éxito. Supongo que no le ve la lógica en el caso de una mujer joven.

—No, no se la ve —respondió ella, y percibí su frustración—. Así que debo demostrarle que sí la tiene haciendo que merezca la pena.

—¿Cuándo se trasladará a Oxford?

—En septiembre, justo antes del primer trimestre. Me trasladaré al Somerville, así que seremos vecinos.

El Somerville. Todas las mañanas me imaginaba que dejaba a Maude en la entrada de la imprenta y que cruzaba la calle para franquear la entrada del colegio universitario Somerville. Me imaginaba el patio cuadrangular y la biblioteca y un pupitre en una de las habitaciones que daban a Walton Street. Me imaginaba que pasaba los días leyendo libros en lugar de encuadernándolos. Me imaginaba, durante un instante, que no era necesario que ganase un salario y que Maude era capaz de apañárselas sola.

—¿Y qué estudiará?

Ya tenía la respuesta en la punta de la lengua, pero la joven me la robó.

—Lengua y Literatura Inglesas, quiero ser escritora.

—Vaya, quizá algún día tengamos el honor de imprimir su obra.

—Quizá, señor Hart. Estoy deseando ver mi nombre entre sus primeras ediciones.

Se sumieron en un silencio en absoluto incómodo, y supe que estaban contemplando la estantería del interventor, contemplando todas las primeras ediciones, con sus lomos impolutos y sus letras grabadas en pan de oro. El volumen que llevaba en la mano reivindicó su presencia. Casi me había olvidado de por qué me habían mandado allí.

—Dele recuerdos a su padre, señorita Brittain.

—De su parte, señor Hart.

La puerta se abrió de par en par y no me dio tiempo a retroceder, así que, durante un segundo, quedamos frente a frente.

La señorita Brittain debía de tener diecinueve o veinte años, tal vez veintiuno, la misma edad que yo. Era de mi altura, estaba igual de delgada y era guapa a pesar de tener el pelo de un tono pardusco. El lila le sentaba bien, pensé, y sentí curiosidad por saber qué pensaría de mí. Que era guapa, sin duda, eso lo decía todo el mundo. Que mi pelo era tan oscuro como el agua del canal en plena noche, al igual que mis ojos, idénticos a los de mi madre. Aunque mi nariz era distinta, un pelín demasiado grande. Quizá no hubiera sido tan consciente de ella si no la viese de perfil cada vez que miraba a Maude.

Fue solo un momento, pero a veces no se necesita más: me di cuenta de que la expresión de la señorita Brittain transmitía algo acerado, una especie de determinación. «Podríamos ser amigas», pensé.

Ella, sin embargo, tenía las cosas más claras. No fue maleducada, pero había protocolos. Vio el delantal de una chica del taller de encuadernación sobre una sencilla falda marrón de dril y una blusa desgastada por los lavados y remangada hasta los codos. Sonrió, saludó con un gesto de la cabeza y luego se alejó caminando por el pasillo.

Llamé con los nudillos a la puerta abierta y el señor Hart levantó la vista del escritorio. Hacía siete años que trabajaba en la imprenta y nunca lo había visto sonreír, pero, en ese instante, el gesto le rondó la comisura de los labios. Cuando se dio cuenta de que no era la señorita Brittain una vez más, la sonrisa desapareció. Me hizo señas para que entrara, pero centró de nuevo su atención en el libro de contabilidad que tenía delante.

Mis diez minutos ya se habían agotado, pero no tenía autoridad para interrumpirlo. Miré por la ventana situada a espaldas del señor Hart. Allí estaba la señorita Brittain, cruzando Walton Street. Se detuvo en la acera y levantó la mirada hacia las ventanas del colegio universitario Somerville. Permaneció así un rato, obligando a la gente a rodearla para seguir su camino. En ese momento, sentí su entusiasmo. Se estaba preguntando si alguna de aquellas ventanas sería la suya. Se estaba imaginando el pupitre con vistas a la calle y los muchos libros que leería.

Y entonces noté una opresión en el pecho. Un resentimiento familiar. Quizá la señora Hogg conociese la verdad de las cosas y yo no tuviera derecho a leer los libros que encuadernaba, ni a imaginarme en ningún otro lugar que no fuera el humilde barrio de Jericho, ni a plantearme ni por un segundo que pudiese llegar a tener una vida más allá de Maude. El libro empezó a pesarme en las manos y me sorprendió que me lo hubieran siquiera confiado.

Y entonces me enfadé.

Abrí *El libro Oxford de la poesía inglesa* y oí el crujido del lomo. Pasé las páginas: John Barbour, Geoffrey Chaucer, Robert Henryson, William Dunbar, Anónimo, Anónimo. Si tuvieran nombre, ¿sería posible que fueran Anna o Mary o Lucy o Peg? Alcé la vista y me percaté de que el interventor me estaba mirando de hito en hito.

Durante un instante, pensé que quizá fuera a preguntarme mi opinión. Pero se limitó a tender la mano para que le entregara el libro. Dudé y enarcó las cejas. Bastó con eso. Le puse el volumen en la mano. Asintió y volvió a concentrarse en el libro de contabilidad.

Me despachó sin pronunciar una sola palabra.

Continúa en tu librería

Descubre otros libros para alimentar tu pasión por las buenas lecturas

Una encuadernadora desafía los límites de su época para labrarse un nuevo futuro

Oxfordshire, 1914. Cuando el frente reclama a los hombres jóvenes, las mujeres deben mantener el país en marcha. Las gemelas Peggy y Maude Jones trabajan como encuadernadoras; Peggy sueña con un futuro en el que pueda utilizar su intelecto. A medida que la guerra remodela su mundo, es el amor y la responsabilidad que conlleva lo que amenaza con frenar sus aspiraciones.

Una hermana desaparecida, un misterioso cuento, una novela mágica sobre el poder de las historias

En el Londres de 1939, Hazel y Flora son evacuadas a una zona rural para escapar de la Segunda Guerra Mundial. Hazel llena de historias los días de su hermana pequeña, e inventa un universo secreto al que pueden escapar, pero un día Flora desaparece. Veinte años después, su vida da un vuelco cuando cae en sus manos un libro titulado igual que aquel mundo imaginario y que solo conocían ellas dos.

¿Qué poder conservan las cartas en una época en la que nos comunicamos en cuestión de segundos?

Cuando el sueño de Hyoyoung de convertirse en realizadora de cine se hace añicos por culpa de su hermana, la joven acepta trabajar como dependienta en una tienda situada en el moderno distrito de Yeonhui-dong, en Seúl. Allí los clientes pueden adquirir artículos para escribir cartas con la condición de contestar también a alguna de las que llegan. Con el tiempo, Hyoyoung establece vínculos estrechos con los clientes, cada uno con su propia historia que contar.

Una declaración de amor a los libros y a las bibliotecas

East End, Londres, 1944. Clara Button no es una bibliotecaria cualquiera. Mientras el mundo sigue en guerra, Clara ha creado la única biblioteca subterránea del país, construida sobre las vías de una estación de metro en desuso. Allí abajo prospera una comunidad secreta que ofrece refugio, calidez y distracción frente a las bombas que caen en el exterior. Junto con su glamurosa mejor amiga y ayudante, Ruby Munroe, Clara se asegura de que la biblioteca sea el corazón palpitante de la vida subterránea.